KB014190

먹을 수 있는 여자

THE
EDIBLE
WOMAN

* 이 도서의 국립중앙도서관 출판예정도서목록(CIP)은 서지정보유통지원시스템
홈페이지(http://seoji.nl.go.kr)와 국가자료공동목록시스템(http://www.nl.go.kr/kolisnet)에서
이용하실 수 있습니다. (CIP제어번호: CIP2020042918)

The Edible Woman

Copyright ⓒ 1969 by O.W. Toad, Ltd.

All rights reserved.

Korean language edition is published by agreement with O.W. Toad, Ltd.

c/o Curtis Brown Group Ltd., through Duran kim Agency.

이 책의 한국어판 저작권은 듀란킴 에이전시를 통한 Curtis Brown Group Ltd.와의 독점 계약으로
(주)은행나무출판사에 있습니다.
저작권법에 의해 한국 내에서 보호를 받는 저작물이므로 무단 전재 및 복제를 금합니다.

THE
EDIBLE
WOMAN

먹을 수 있는 여자

Margaret
Atwood

**마거릿
애트우드**
장편소설

이은선
옮김

은행나무

*J.*에게

"작업대(대리석이 가장 좋다), 조리 도구, 재료, 손가락은
만드는 내내 낮은 온도를 유지해야 하고…….."
—I. S. 롬바워와 M. R. 베커가 쓴 《요리의 즐거움》에 실린
퍼프 페이스트리 만드는 법

저자 서문

《먹을 수 있는 여자》는 1965년 봄과 여름에, 그 전 8개월간 1학년 영어를 가르쳤던 브리티시컬럼비아 대학교에서 슬쩍한 시험 답안용 공책에 써내려간 작품이다. 도입부의 탄생은 1년 더 거슬러 올라간다. 내 기억이 맞는다면 돼지 모양 마지팬 과자가 가득 진열돼 있는 제과점 쇼윈도를 보았을 때 퍼뜩 아이디어가 떠올랐다. 미키마우스 케이크가 가득 진열돼 있는 울워스 백화점 쇼윈도였을 수도 있지만 아무튼 나는 얼마 동안 상징적 식인 행위에 대해 사색하던 참이었다. 설탕으로 만든 신랑과 신부를 얹은 웨딩 케이크가 그 당시 내 최대 관심사였다. 따라서 《먹을 수 있는 여자》는 스물세 살에 기획해 스물네 살에 집필한 작품으로, 엽기적인 행각이 난무하는 이유가 저자의 젊은 나이 때문일 수도 있겠지만 그보다는 저자를 둘러싼 사회적 분위기에서 기인한 것으로 간주하고 싶다.

《먹을 수 있는 여자》가 내 첫 소설은 아니었다. 토론토의 손바닥만 한 셋방에서 쓴 첫 작품은 너무 암울하다는 이유로 그 당시 통틀어 딱 세 군데 있었던 캐나다 출판사에서 모두 퇴짜를 맞았다. 여주인공이 옥상에서 남주인공을 밀쳐서 떨어뜨릴까 말까 고민하는 장면으로 끝이 나는데, 1963년이었던 당시 기준으로는 시대를 너무 앞서갔지만 지금은 너무 우유부단하게 느껴질지 모른다.)

나는 1965년 11월에 《먹을 수 있는 여자》를 탈고하고 전작에 조금 관심을 보였던 출판사로 송고했다. 처음엔 긍정적인 답변을 받았지만 이후로 감감무소식이었다. 그때는 박사학위 구술시험을 준비하느라 정신이 없어서 그냥 묻어두었다가 1년 반이 지난 뒤에 알아보니 출판사에서 내 원고를 잃어버렸다고 했다. 이 무렵 나는 시로 상을 하나 받고 미미하게나마 가시적인 성과를 거두기 시작한 참이었기 때문에 출판사 사장이 같이 점심을 먹자고 나를 불렀다. "선생님 작품을 출간할까 합니다." 그가 내 눈을 피하며 말했다. "원고 읽어보셨어요?" 내가 물었다. "아뇨, 하지만 출간하려고요." 그가 그냥 미안한 마음에 출간한 작품이 《먹을 수 있는 여자》 하나만은 아니었을 것이다.

《먹을 수 있는 여자》는 탈고한 지 4년 만인 1969년에 드디어 세상의 빛을 보았고 마침 그때 북미에서 페미니즘의 열풍이 시작됐다. 당장 이 작품을 페미니즘 운동의 소산으로 간주한 사람들도 있었다. 하지만 누가 내게 묻는다면 페미니즘이 아니라 프로토페미니즘 문학이라고 말하고 싶다. 내가 이 책을 쓴 1965년에는 여성운동이라는 것이 확연하게 드러나지 않았고, 다른 수많은 여성들처럼 숨어서 베티 프리던과 시몬 드 보부아르의 책을 읽기는 했지만 내게 예지력은 없었다. 초반부에 여주인공 앞에 놓인 선택의 갈림길이 막판까지 그대로인 것은 주목할 만하다. 미래가 없는 직장 생활을 계속할 것인가, 결혼을 탈출구로 삼을 것인가. 하지만 1960년대 초반에 캐나다의 젊은 여성들은 아무리 고학력자라도 이런 고민에서 자유롭지 못했다. 이후로 모든 게 달라졌다고 생각한다면 착각일 것이다. 사실 이 작품의 논조는 예컨대 지금보다 사회가 더 빠르게 달라질 수 있다고 믿었던 1971년보다 현재에 더 걸맞지

않나 싶다. 페미니즘 운동은 목표를 달성하지 못했고, 우리가 포스트페
미니즘 시대에 살고 있다고 주장하는 사람들은 안타깝게도 착각의 늪
에 빠져 있거나 페미니즘 자체를 고민하는 데 신물이 났거나 둘 중 하
나다.

《먹을 수 있는 여자》는 북미에서 절판되지 않고 이런저런 형태로 꾸
준히 출간되고 있다. 영국에서 다시금 새 생명을 불어넣어준 비라고 출
판사에 고맙다는 인사를 전하고 싶다.

1979년 에든버러에서

마거릿 애트우드

| 일러두기 |

* 원문의 이탤릭체가 강조의 의미일 경우 고딕체로 표기했습니다.
* 본문의 주는 옮긴이의 것입니다.

차
례

1부

1

나는 금요일 아침에 일어났을 때 내게 아무 문제가 없었다는 것을 안다. 오히려 평소보다 무덤덤한 편에 가까웠다. 아침을 먹으려고 부엌으로 나가보니 에인슬리가 힘없이 앉아 있었다. 그녀는 전날 밤에 갔던 파티가 최악이었다고 했다. 치과대 학생들밖에 없어서 너무 우울했기 때문에 술을 진탕 마시는 것으로 마음을 달랬다고 했다.

그녀가 말했다. "사람들 입속을 주제로 같은 대화를 스무 번 반복하려면 얼마나 기운 빠지는지 알아? 내가 예전에 어떤 식으로 농양이 생겼는지 설명했을 때 제일 눈을 반짝이더라니까? 침을 흘려가면서 말이지. 대부분의 남자들은 그렇게 상대방 이만 처다보지 않잖아."

나는 숙취로 괴로워하는 그녀를 보고 기분이 좋아져서—대조적으로 나는 쌩쌩한 느낌이었다—토마토주스를 한 잔 따라주고, 얼른 알카셀처 소화제를 대령하고, 맞장구를 쳐주며 하소연을 들어주었다.

"회사에서 그러는 걸로도 충분한데 말이지." 에인슬리는 전동칫솔 회

17

사에서 불량품을 테스트한다. 임시로 하는 일이고 조그만 화랑에 자리가 날 때까지 기다리는 중이다. 보수가 변변치 않아도 상관없다. 화가를 사귀는 것이 목표다. 작년에는 배우라고 하더니 실제로 배우를 만났다. "그건 정말이지 집착이야. 그 인간들은 구부러진 거울을 주머니에 넣고 다니면서 화장실에 갈 때마다 충치가 없는지 들여다볼 거야." 그녀는 생각에 잠긴 표정으로 빨간색, 아니 적갈색의 긴 머리를 한 손으로 쓸어 넘겼다. "그런 남자랑 키스하는 거 상상이나 할 수 있겠어? '입 크게 벌리세요' 할 거 아냐. 정말 융통성이라고는 눈곱만큼도 없는 인간들이야."

"정말 끔찍했겠다." 나는 잔을 다시 채워주었다. "다른 데로 화제를 돌릴 수는 없었고?"

에인슬리는 아직 이른 아침이라 그리지 않아서 거의 없다시피 한 눈썹을 추켜올렸다. "당연하지. 엄청 재밌게 듣는 척했어. 그리고 내가 무슨 일을 하는지는 말하지 않았고. 전문직 남자들은 상대가 자기 직업에 대해 하나라도 아는 척하면 발끈하거든. 피터처럼 말이야."

에인슬리는 특히 컨디션이 좋지 않으면 괜히 피터를 들먹인다. 나는 속이 깊었기에 대응하지 않았다. "뭐라도 챙겨 먹고 출근하는 게 좋겠다. 빈속일 때보다 그게 좀 낫잖아."

에인슬리가 말했다. "아아, 못 견디겠어. 기계와 입을 상대하며 또 하루를 보내야 하다니. 지난달에 여자 고객이 칫솔모가 계속 빠진다며 제품을 반품한 이후로 재밌는 일이 하나도 없어. 알고 보니까 그 여자가 에이잭스 표백제를 쓰고 있었지 뭐야."

나는 에인슬리보다 도덕적으로 훌륭한 나를 칭찬하며 시중을 드는 데 정신을 파는 바람에 그녀가 알려줄 때까지 시간이 그렇게나 지난 걸 알지 못했다. 전동칫솔 회사에서는 직원이 몇 시에 출근하든 상관하지 않지만 우리 회사는 근태 관리를 중요하게 생각했다. 점심시간이 되기 한참 전부터 배가 고프겠지만 달걀은 건너뛰고 우유와 차가운 시리얼을 들이켜는 수밖에 없었다. 나는 에인슬리가 구역질을 달래며 말없이 지켜보는 가운데 빵을 씹으며 핸드백을 집었고, 문을 열어놓은 채로 뛰쳐나갔다.

우리는 예스럽고 고풍스러운 지역의 대저택 꼭대기 층에서 살았다. 예전에는 하인들의 거처이지 않았을까 싶은데, 그래서 현관까지 두 층의 계단으로 연결돼 있었다. 위 계단은 좁고 미끄러웠고 아래 계단은 넓고 카펫이 깔려 있었지만 카펫 고정장치가 헐거웠다. 나는 회사가 권장하는 하이힐을 신고, 난간을 잡은 채 옆으로 내려가야 했다. 그날 아침에는 계단 벽에 일렬로 걸린, 침대 데우는 놋쇠 다리미를 무사히 통과하고, 2층 층계참에 놓여 있는 살 많은 물레를 피해, 액자에 담긴 너덜너덜한 연대 깃발과 줄지어서 1층 계단을 지키는 타원형 액자 속의 선조들을 게걸음으로 잽싸게 지날 수 있었다. 다행히 1층 홀에 아무도 없었다. 계단을 다 내려온 뒤에는 한쪽으론 고무나무를, 다른 한쪽으론 크림색 도일리와 동그란 놋쇠 쟁반이 놓인 홀 탁자를 요리조리 피해가며 현관문을 향해 성큼성큼 걸었다. 오른편의 벨벳 커튼 뒤에서 아이가 아침 숙제로 피아노 연습을 하는 소리가 들렸다. 이제 안심해도 될 것 같았다.

하지만 아직 어느 정도 거리가 남았을 때 현관문이 조용히 안으로 열렸고 나는 옴짝달싹 못 하게 됐다는 것을 알았다. 아래층 아주머니였다. 티끌 한 점 없는 원예용 장갑을 끼고 모종삽을 들고 있었다. 나는 그녀가 뜰에 뭘 묻었는지 궁금해졌다.

"안녕하세요, 미스 매캘핀." 그녀가 말했다.

"안녕하세요." 나는 목례하며 미소를 지었다. 나는 그녀의 이름을 절대 기억하지 못했고 에인슬리도 마찬가지였다. 그 지점에 이르면 우리둘 다 이른바 머릿속의 지우개가 생기는 것 같았다. 나는 그녀를 지나길거리 쪽으로 시선을 옮겼지만 그녀는 문 앞에서 꿈쩍하지 않았다.

그녀가 말했다. "내가 어제저녁에 외출을 했어요. 모임이 있어서." 그녀는 말을 빙빙 돌려서 꺼내는 데 재주가 있었다. 나는 한쪽 발에서 다른 쪽 발로 체중을 옮기고 다시 미소를 지으며 내가 지금 시간이 없다는 걸 알아주길 바랐다. "아이가 그러는데 어제저녁에 또 불이 났다면서요?"

"글쎄요, 정확히 따지자면 불은 아니었어요." 나는 말했다. 아이는 자기 얘기가 들리자 그 핑계로 연습을 멈추고 벨벳 커튼이 달린 응접실문 앞에 서서 나를 빤히 쳐다보았다. 아이는 열다섯 살쯤 된 거인데, 아무나 가지 못하는 사립 여학교에 다니느라 초록색 튜닉을 입고 같은색의 무릎 양말을 신어야 했다. 아이는 분명 정상이겠지만 안 그래도큰 키에 머리 리본을 달고 있어서 백치 같은 분위기를 풍겼다.

아래층 아주머니는 장갑 한쪽을 벗어서 틀어 올린 머리를 토닥이며상냥하게 말했다. "아. 아이 말로는 연기가 많이 났다던데요."

"걱정할 일 전혀 없었어요. 그냥 포크 촙 만드느라 그랬던 거예요." 나는 말했고 이번에는 미소를 짓지 않았다.

"아, 그렇군요. 음, 미스 튜스에게 앞으로는 연기를 많이 내지 말라고 전해줘요. 아이가 불안해질 수 있거든요." 그녀는 에인슬리 혼자만의 책임으로 간주한다. 에인슬리가 용처럼 콧구멍으로 불을 내뿜는다고 생각하는 눈치다. 하지만 절대 복도를 지나가는 에인슬리를 붙잡고거기에 대해 짚고 넘어가지 않는다. 나한테만 그런다. 나는 번듯하지만 에인슬리는 그렇지 않다고 생각하는 게 아닐까 싶다. 어쩌면 우리의 옷차림 때문일 수도 있다. 에인슬리는 내가 위장복이나 보호색이 될 만한 옷만 골라서 입고 다닌다는데, 나로서는 그러면 안 되는 이유를 모르겠다. 그녀가 좋아하는 색은 형광 핑크다.

당연히 나는 버스를 놓쳤다. 앞마당을 가로지르는데, 매연을 내뿜으며 다리 너머로 사라지는 버스가 보였다. 내가 나무 아래에 서서—우리 동네에는 나무가 많고 전부 어마어마하게 크다—다음 버스를 기다리는 동안 에인슬리가 나와서 내 옆에 섰다. 그녀는 순간 변신의 귀재다. 나라면 절대 그렇게 삽시간에 준비하지 못했을 것이다. 그녀는 아까보다 훨씬 안색이 괜찮았고—화장의 효과일 수도 있지만 잘 모르겠다—붉은 머리를 틀어서 정수리에 얹었다. 그것이 출근용 헤어스타일이고 다른 때는 이리저리 뻗치도록 늘어뜨린다. 주황색과 분홍색으로 된 민소매 원피스를 입었는데, 내가 생각하기에는 엉덩이 부분이 너무 타이트했다. 오늘은 날이 덥고 습할 예정이었다. 벌써부터 비닐봉지처럼 나를 압박하는 주변 공기가 느껴졌다. 나도 민소매 원피스를 입을 걸 그랬다.

"아주머니한테 현관 앞에서 붙잡혔어." 내가 말했다. "연기 때문에."

"재수 없는 할망구 같으니라고." 에인슬리가 말했다. "왜 남의 일에 자꾸 이래라저래라 난리야?" 에인슬리는 나와 다르게 작은 마을 출신이 아니기 때문에 참견하기 좋아하는 사람들을 낯설어한다. 그런 사람들을 무서워하지도 않는다. 그들을 무시했다가는 어떤 대가를 치러야 하는지 전혀 모르기 때문이다.

"그렇게 나이가 많지도 않아." 나는 그 여자의 귀에 우리 얘기가 들릴 리 없다는 걸 알면서도 커튼이 쳐진 창문을 흘끗 넘겨다보았다. "게다가 연기가 나는 걸 알아차린 사람은 아주머니가 아니라 애였대. 아주머니는 모임이 있었다는데."

"여성 기독교 금주 연맹 모임이었겠지." 에인슬리가 말했다. "아니면 칙령을 받드는 제국의 딸들 모임이었거나. 장담하는데 그 여자는 모임에 나가지 않았을 거야. 모임에 나간 척하고는 커튼 뒤에 숨어서 우리가 무슨 짓을 실제로 벌이길 기다렸을 거야. 광란의 파티를 기다린 거지."

"에인슬리." 내가 말했다. "너 그거 피해망상이야." 에인슬리는 아래층 아주머니가 우리가 없을 때 몰래 올라와서 우리 아파트를 둘러보며 혼자 경악하고, 열어보지만 않을 뿐 우리 우편물도 뒤질지 모른다고 생각한다. 가끔 우리를 찾아온 손님이 초인종을 누르기도 전에 나가서 문을 열어주는 경우가 있기는 하다. 자기는 선제 대응 할 권리가 있다고 생각하는 눈치다. 우리가 맨 처음 집을 보러 갔을 때도 그녀는 이전 세입자를 넌지시 언급하며, 무슨 일이 있어도 아이의 동심을 지켜주어야 하는데 젊은 남자 둘보다는 젊은 아가씨 둘이 당연히 낫지 않겠느냐고 딱 잘라서 말했다.

"나는 최선을 다하고 있어요." 그녀는 이렇게 얘기하며 한숨을 쉬고 고개를 저었다. 피아노 위에 걸어놓은 초상화의 주인인 남편의 유산이 생각보다 많지 않았다고 했다. "그 집에 출입문이 따로 없는 건 알죠?" 그녀는 우리에게 집을 빌려주기 싫은 사람처럼 줄곧 장점보다 단점을 더 강조했다. 나는 안다고 대답했다. 에인슬리는 아무 말도 하지 않았다. 내가 대화를 주도하고 에인슬리는 아무것도 모르는 척 가만히 앉아 있기로 둘이서 합의를 본 참이었다. 에인슬리는 마음만 먹으면 얼마든지 순진한 척할 수 있다. 복숭아색 얼굴은 그야말로 아기 같고 코가 동

22

그란 데다 큼지막한 파란 눈을 탁구공처럼 동그랗게 뜰 수 있기 때문이다. 이때는 내가 그녀에게 장갑까지 끼게 했다.

아래층 아주머니는 다시 고개를 저었다. "아이만 아니면 집을 팔 텐데. 하지만 아이를 좋은 동네에서 키우고 싶어서요."

나는 이해한다고 말했고 그녀는 이 동네가 예전 같지는 않다고 했다. 좀 더 넓은 집들은 유지비가 너무 많이 들어서 처분하는 수밖에 없었는데 이민자들이 그런 매물을 사서(이 대목에서 그녀는 입꼬리를 아래로 내렸다) 여러 개로 쪼개 하숙을 친다고 했다. "하지만 우리 집 근처는 아직 아니에요. 내가 아이한테 어느 길로는 가도 되고 어느 길로는 가면 안 되는지 알려주고 있지요." 나는 잘 생각하셨다고 말했다. 임대차 계약서에 서명할 때쯤에는 그녀를 상대하기가 훨씬 편해졌다. 게다가 월세가 워낙 저렴했고 버스 정거장이 아주 가까웠다. 이 도시에서 이 정도면 횡재였다.

나는 에인슬리에게 덧붙였다. "게다가 그 둘은 연기에 대해 걱정할 자격이 있어. 집에 불이라도 나면 어떻게 해? 그리고 아주머니가 지금까지 다른 부분에 대해서는 이러쿵저러쿵한 적이 없잖아."

"다른 부분이라니? 우리가 뭐 다른 걸 했던 적이 없잖아."

"뭐……." 우리가 식료품인 척 2층으로 들고 올라가는 병 모양 물건의 정체를 아래층 아주머니가 알아차리지 않았을까 싶었다. 그녀가 꼭 집어서 뭘 하지 말라고 한 적은 없었지만—그런 세련되지 못한 행동은 뉘앙스의 법칙에 어긋났다—그래서 오히려 아무것도 하지 말아야 할 것 같았다.

버스가 다가오는 동안 에인슬리가 말했다.

"조용한 날 저녁에는 아주머니가 뒤지고 다니는 소리가 문 틈새로 들리더라."

우리는 조용히 버스를 타고 갔다. 나는 버스 안에서 떠드는 것을 좋아하지 않기 때문에 차라리 광고를 보는 편이다. 게다가 에인슬리와 나는 아래층 아주머니 말고는 접점이 별로 없다. 그녀와 나는 이사하기 직전에 만났다. 에인슬리는 나와 비슷한 시기에 룸메이트를 찾던 친구의 친구였고 대개 이런 일은 그런 식으로 이루어진다. 컴퓨터로 알아봤어야 하나 싶지만 대체로 잘 풀렸다. 우리는 공생하며 서로 습관을 조율하고 여자들 사이에서 종종 보이는 그 연보라색 적개심을 최대한 자제하며 잘 지내고 있다. 우리 집은 깨끗하다고 볼 수는 없지만 먼지가 고운 목화 수준 이상으로 쌓이지 않도록 암묵적인 합의 사항을 이행한다. 내가 아침 설거지를 하면 에인슬리가 저녁 설거지를 한다. 내가 거실을 쓸면 에인슬리가 식탁을 닦는다. 시소와 같은 규칙이라 한 박자라도 어긋나면 모든 게 와르르 무너진다는 것을 우리 둘 다 알고 있다. 물론 각자 방이 있고 그 안에서 벌어지는 일은 철저하게 상관 않는다. 예컨대 에인슬리의 방바닥은 입고 벗은 옷으로 뒤덮인 위험한 습지와 같고 재떨이가 징검다리처럼 여기저기 놓여 있어서 화재의 위험이 있어 보이지만 그래도 나는 절대 아무 말도 하지 않는다. 우리는 그렇게 서로 조심해가며 별다른 마찰 없이 평화를 유지한다. 그녀도 나를 보며 못마땅해하는 부분이 있을 테니 피차일반이지 않을까.

버스가 전철역에 도착했고 나는 거기서 땅콩을 한 봉 샀다. 벌써부터 배가 고파지려 하고 있었다. 에인슬리는 됐다고 하길래 시내까지 가는 동안 나 혼자 한 봉을 다 먹었다.

우리는 남행선의 종점 바로 전 정거장에서 내려 같이 한 블록을 걸어갔다. 사무실이 같은 동네였다.

내가 우리 회사가 있는 쪽 길로 꺾으려고 했을 때 에인슬리가 말했다. "혹시 3달러 있어? 우리 스카치위스키 다 마셨는데." 나는 핸드백을 뒤져서 돈을 건넸지만 불공평하다는 생각이 없지 않았다. 우리는 생활비를 반씩 부담하지만 내역까지 따지지는 않았다. 나는 열 살 때 연합교회 주일학교 창작 대회에 차량 충돌 사진, 병든 간의 해부도, 알코올이 순환계에 미치는 영향을 기록한 도표를 첨부한 금주 관련 작문을 제출한 적이 있었다. 내가 술을 한 잔 이상 마실 때마다 알록달록한 크레용으로 적은 경고문과 미지근한 성찬식용 포도주스 맛이 떠오르는 이유도 그 때문이 아닐까 싶다. 그래서 피터와 만나는 데 어려움이 있다. 그는 내가 열심히 보조를 맞춰주길 바란다.

회사 쪽으로 서둘러 걸음을 옮기는데, 에인슬리의 직업이 부러워졌다. 내가 하는 일이 보수도 더 많고 더 재밌었지만 그녀의 일은 임시직에 더 가까웠고, 그다음으로 어떤 일을 하고 싶은지 계획도 세워놓았다. 우리 회사는 창문도 조그맣고 우중충한 벽돌 건물인 반면 그녀의 회사는 에어컨이 달린 으리으리한 신축 사무용 건물이었다. 하는 일 역시 특이했다. 파티에서 만난 사람들에게 불량 전동칫솔을 테스트한다고 하면 다들 놀라는데, 그러면 그녀는 "요즘 같은 때 대학 졸업장 가지고 달리 무슨 일을 할 수 있겠어요?"라고 한다. 반면에 내가 하는 일은 빤하다. 게다가 내가 그녀의 일을 더 잘할 수 있다는 생각이 들었다. 집에서 지낼 때 보면 내가 에인슬리보다 기계 쪽에 소질이 훨씬 많았다.

마침내 회사에 도착하고 보니 45분 지각이었다. 아무도 뭐라고 하지 않았지만 다들 눈을 흘겼다.

2

사무실 안은 습도가 더 높았다. 다른 직원들 책상을 지나 구석 자리 내 타자기 앞에 앉자마자 다리 뒤쪽이 까만색 인조가죽 의자에 들러붙었다. 이제 보니 냉방장치가 또 고장 났다. 어차피 천장 한가운데 달려서 수프를 젓는 숟가락처럼 빙글빙글 돌아가는 선풍기라 있으나 마나였지만 천장에서 꼼짝 않는 선풍기는 직원들의 사기에 악영향을 미쳤다. 되는 일이 아무것도 없는 인상을 풍기며 그들의 무기력에 박차를 가해 정체를 유발했다. 그들은 두꺼비처럼 느른하게 책상 앞에 납작 웅크리고 앉아 눈을 껌뻑이고 입을 벌렸다 다물었다 했다. 금요일은 항상 사무실 분위기가 별로다.

내가 눅눅한 타자기를 맥없이 두드리기 시작했을 때 영양사 위더스 부인이 뒷문으로 성큼성큼 들어오더니 똑바로 서서 사무실 안을 훑어보았다. 평소처럼 베티 그레이블 헤어스타일에 앞이 뚫린 구두를 신고 민소매 원피스를 입었는데도 어깨에 심을 넣은 듯한 분위기를 풍겼다.

26

그녀가 말했다. "아, 메리언, 마침 잘 왔네. 지금 연구 중인 라이스푸딩 캔을 사전 시식할 사람이 필요한데 다른 아가씨들은 오늘 아침에 별로 배가 고프지 않은 눈치라."

그녀는 몸을 돌려서 씩씩하게 주방으로 향했다. 영양사들은 왠지 의기소침할 일이 없어 보인다. 나는 대열에서 홀로 선발된 지원병의 기분을 느끼며 자리에서 일어났다. 하지만 아침을 그걸로 때울 수 있을 터였다.

그녀는 티끌 하나 없는 작은 주방에서 캔에 든 라이스푸딩을 숟가락으로 똑같이 떠서 세 개의 유리그릇에 담으며 뭐가 문제인지 설명했다. "메리언, 너는 설문지 작업을 하니까 도움이 될지 모르겠다. 세 가지 맛을 한 끼에 모두 맛보게 하는 게 좋을지 아니면 한 개씩 차례대로 맛보게 하는 게 좋을지 결정을 내리지 못하겠거든. 아니면 두 개씩 짝을 맞춰서 내놔도 돼. 예를 들면 한 번은 바닐라하고 오렌지, 또 한 번은 바닐라하고 캐러멜, 이런 식으로. 물론 최대한 편견을 배제하고 시식을 실시하고 싶지만 곁들인 메뉴에 따라 좌우되는 부분이 워낙 많긴 해. 예를 들면 채소의 색상이라든지 식탁보라든지."

나는 바닐라를 먹어보았다.

"색상은 뭐라고 평가하겠어?" 그녀가 연필을 들고 불안한 목소리로 물었다. "자연스럽다, 조금 인공적이다, 아주 부자연스럽다."

"안에 건포도를 넣으면 어떨까요?" 나는 캐러멜 쪽으로 고개를 돌리며 말했다. 그녀가 듣고 기분 나빠할 말은 하고 싶지 않았다.

"건포도는 위험 부담이 너무 커서. 싫어하는 사람들이 많거든."

나는 캐러멜을 내려놓고 오렌지를 먹어보았다. "따뜻하게 먹으라고 하실 거예요? 아니면 크림이랑 같이 먹으라고 하실 거예요?"

"글쎄, 일차적으로 간편식 시장을 겨냥한 제품이라. 소비자들은 기본적으로 차갑게 먹고 싶어 하겠지. 원하면 나중에 크림을 곁들여도 되지만, 그러니까 반대는 하지 않겠지만 영양적인 측면에서는 그럴 필요가 없어. 이미 비타민을 보강했거든. 하지만 지금 단계에서 우리가 원하는 건 전적으로 맛에 대한 평가야."

"한 개씩 차례대로 맛보게 하는 게 좋겠어요." 내가 말했다.

"오후 느지막이 시식을 진행할 수 있으면 좋을 텐데. 하지만 가족의 반응도 살펴야 하고……." 그녀는 생각에 잠긴 표정을 지으며 연필로 스테인리스 싱크대 가장자리를 톡톡 두드렸다.

"네, 그러게요. 저는 이제 그만 가보는 게 좋겠어요." 어떤 정보를 수집할지 결정하는 것은 내 업무가 아니었다.

가끔 자동차 정비소에 전화해 피스톤과 개스킷에 대해 물어보거나 길모퉁이의 수상쩍은 노파들에게 프레츨을 나눠줄 때면 내 업무가 뭔지 궁금해질 때도 있다. 시모어 서베이스에서 나를 고용한 이유는 뭔지 안다. 설문지를 작성한 심리학자들의 난해하고 지나치게 애매모호한 문구를 다듬어, 묻는 사람과 답하는 사람 양쪽 모두가 이해할 수 있는 간단한 질문으로 바꾸는 작업을 맡기기 위해서다. "시각적인 효과의 중요성을 백분위로 표기한다면 몇이라고 생각하십니까?"와 같은 질문은 도움이 되지 않는다. 학교를 졸업하고 여기에 취직됐을 때는 운이 좋다고 생각했다. 괜찮은 축에 속하는 직장이었기 때문인데, 입사한 지 넉 달이 지난 지금까지 업무의 경계선이 계속 모호하다.

가끔 이것이 좀 더 높은 자리를 위한 준비 작업인 게 분명하다는 생각이 들 때도 있지만 나는 시모어 서베이스의 조직구조를 정확히 모르기 때문에 어떤 자리인지는 잘 모르겠다. 이 회사는 아이스크림 샌드위치처럼 세 층으로 이루어져 있다. 위 빵, 아래 빵, 그리고 그 중간의 질 척질척한 층에 해당하는 우리 부서. 위층에는 고객을 상대하는 중역진과 심리학자들이 있다. 전부 남자이기 때문에 위층 남자들이라고 불린다. 사무실을 언뜻 본 적이 있는데 카펫이 깔려 있었고 가구는 비싸 보였으며 벽에는 그룹 오브 세븐(캐나다를 대표하는 화가 집단—옮긴이)의 그림을 실크스크린으로 찍어낸 작품이 걸려 있었다. 아래층에는 정보를 세고 분류하고 도식화하는 IBM 컴퓨터나 등사기와 같은 기계들이 있다. 거기에도 내려가본 적이 있는데, 공장처럼 시끄러웠고 과로로 신경이 날카로워 보이는 조작자들은 손가락에 잉크가 묻어 있었다. 우리 부서는 그 둘을 잇는 연결 고리다. 우리가 설문 응답자라는 인간적인 측면을 책임진다. 시장조사는 손뜨개 양말 회사 같은 가내수공업과 비슷해서 가정주부들이 남는 시간에 일하고 건당 보수를 받는다. 벌이는 많지 않지만 그들은 집 밖으로 나올 수 있기에 좋아한다. 설문에 응하는 사람들은 보수를 전혀 받지 못한다. 나는 가끔 그들이 설문에 응하는 이유가 궁금해질 때가 있다. 집에서 쓰는 제품을 개선하는 데 과학자처럼 이바지할 수 있다는 과대 포장 때문일까. 아니면 대화 상대가 생겨서 좋은 걸까. 하지만 대부분의 사람들은 누가 자기 의견을 물어봐주면 기분이 좋지 않을까 싶다.

우리 부서는 주로 가정주부를 상대하기 때문에 불쌍한 사환 말고는 전원이 여직원이다. 간유리로 칸이 나뉜 칙칙한 초록색의 널찍한 사무실에 뿔뿔이 흩어져서 근무한다. 사무실 한쪽 끝은 부서장인 보그 부인의 자리고 다른 쪽 끝에는 나무 탁자가 몇 개 놓여 있다. 여기에 자애로워 보이는 여자들이 앉아서 응답자의 글씨를 해독하고 완료된 설문지에 색연필로 가위표와 체크 표시를 하는데, 가위와 풀과 종이 뭉치 때문에 할머니 유치원 교실처럼 보인다. 나머지 직원들은 그 사이에 놓인 여러 종류의 책상에 앉아 있다. 도시락을 싸가지고 다니는 직원들 용으로 아늑한 친츠 커튼이 달린 휴게실이 있고, 차와 커피머신도 갖추어져 있지만 일부는 개인용 찻주전자를 쓴다. 그리고 세면대에 머리카락이나 찻잎을 버리지 말라고 거울에 적힌 분홍색 화장실도 있다.

그렇다면 나는 시모어 서베이스에서 무엇이 될 수 있었을까? 위층의 남자들처럼 될 수는 없었다. 기계 조작자나 설문지에 체크하는 직원이 될 수도 없었다. 그건 강등이었다. 보그 부인이나 그녀의 보조처럼 될 수는 있을지 몰라도 시간이 오래 걸릴 테고 그 자리가 마음에 들 거라는 확신도 없었다.

내가 냄비 닦는 수세미 설문지를 급하게 마쳤을 때 회계팀의 그로트 부인이 들어왔다. 보그 부인에게 볼일이 있어서 온 거였지만 가는 길에 내 자리에 들렀다. 그녀는 머리칼이 철제 냉장고 트레이 색이었고 키가 작고 뻣뻣했다.

그녀가 신경을 긁는 목소리로 말했다. "미스 매캘핀, 우리 회사에서 근무한 지 이제 넉 달이 됐으니까 연금제도 가입 대상이에요."

"연금제도요?" 나는 입사할 때 연금제도에 대해서 들었지만 잊어버리고 있었다. "연금제도에 가입하기에는 아직 너무 이르지 않은가요? 그러니까 제 말은, 나이가 너무 어리지 않은가요?"

"일찍 가입할수록 좋죠." 그로트 부인은 말했다. 무테안경 뒤에서 두 눈이 번뜩거렸다. 그녀는 내 월급에서 공제할 항목이 추가되는 기쁨을 느끼려 했다.

내가 말했다. "저는 연금제도에 가입하고 싶지 않아요. 그래도 알려주셔서 감사해요."

"그래요. 그런데 그거 의무가입이에요." 그녀가 사무적인 투로 말했다.

"의무가입요? 원하지 않아도 가입해야 한다고요?"

"네. 거기 돈을 붓는 사람이 없으면 아무도 돈을 받을 수 없지 않겠어요? 내가 필요한 서류를 들고 왔으니까 서명만 하면 돼요."

나는 서명했고, 그로트 부인이 가고 난 뒤에 갑자기 몹시 우울해졌다. 필요 이상으로 심란해졌다. 관심도 없고 내가 만드는 데 관여하지도 않은 규정을 따라야 한다는 것 때문만은 아니었다. 그건 이미 학교에서부터 적응이 되어 있었다. 내 이름을 적었다는, 생각조차 할 수 없을 만큼 먼 미래에 나를 구속하는 뭔지 모를 서류에 서명을 했다는 데 따르는 어떤 미신 같은 공포 때문이었다. 내 앞의 어딘가에서 미리 만들어진 내가, 시모어 서베이스에서 무수한 햇수 동안 근무하고 이제 보상을 받게 된 내가 기다리고 있었다. 그 보상이 바로 연금이었다. 이동식 전기 난로가 놓인 음산한 방이 그려졌다. 나는 독신으로 늙은 고모할머니처럼 보청기를 끼고 있을지도 몰랐다. 나는 혼잣말을 중얼거릴 것이다. 아이들이 내게 눈덩이를 던질 것이다. 나는 실없는 생각 하지 말라고, 그전에 세상이 결딴날지 모른다고 속으로 중얼거렸다. 마음만 먹으면 당장 내일 그 회사를 박차고 나와 다른 데 취직할 수도 있었지만 그런들 달라질 건 없었다. 서류 파일 속으로 들어가는 내 서명과 캐비닛 속으로 들어가는 서류 파일과 어느 금고 안에 보관돼 잠기는 캐비닛을 그려보았다.

10시 30분에 쉬는 시간이 시작되자 반가웠다. 자리에 남아서 지각을 벌충해야 한다는 걸 알았지만 머리를 식혀야 했다.

우리 부서에서 나와 나이가 거의 비슷한 직원은 딱 세 명뿐이고 그들이 내 커피 친구다. 가끔 같은 일을 하는 다른 직원들이 지겨워지면 에

31

인슬리가 자기 회사에서 건너오기도 한다. 그녀가 사무실의 처녀들이라고 한데 뭉뚱그려 부르는 우리 회사 직원들을 특별히 좋아하는 건 아니다. 서로 많이 다른 그 셋에게 공통점이 있다면 염색한 금발이라는 거였다. 타이피스트인 에미는 볏짚 다발 비슷한 색이고 부스스했다. 홍보 비슷한 업무를 맡은 루시는 하얀색에 가까웠고 우아하게 손질했다. 보그 부인의 보조로 일하는 오스트레일리아 출신의 밀리는 햇빛에 노래진 머리를 짧게 쳤다. 깎아 먹고 남은 구운 대니시 껍질과 커피 찌꺼기를 앞에 놓고 여러 번 고백한 바에 따르면 그들은 모두 숫처녀였다. 밀리는 걸스카우트 뺨치는 실용주의 때문이고("장기적인 관점에서 봤을 때는 결혼할 때까지 기다리는 편이 낫다고 봐요. 안 그래요? 신경이 덜 쓰이잖아요"), 루시는 이 사회에 대한 공포 때문이다("남들이 뭐라고 **말하겠어요?**"). 그녀는 모든 방마다 도청 장치가 설치되어 있고 사람들이 이어폰을 끼고 저쪽 끝에 옹기종기 모여 있을 거라고 믿어 의심치 않는 눈치다. 그리고 건강염려증 환자인 에미는 병에 걸릴지 모른다고 생각하기 때문인데, 어쩌면 그건 가능성이 있을지 모른다. 셋 다 여행에 관심이 많다. 밀리는 영국에서 산 적 있고 루시는 뉴욕에 두 번 다녀왔고 에미는 플로리다에 가고 싶어 한다. 여행을 실컷 하고 나면 결혼해서 정착할 마음이 생길 거라고들 한다.

"퀘벡에서 하기로 한 변비약 설문조사가 취소된 거 알아요?" 형편없지만 회사에서 제일 가까운, 길 건너편 식당의 지정석에 자리를 잡고 앉았을 때 밀리가 말했다. "엄청난 프로젝트가 될 예정이었는데. 집에서 제품을 써보고 서른두 장짜리 설문지를 작성하는 거였거든요." 밀리가 항상 새로운 소식을 제일 먼저 듣는다.

"다행이네요." 에미는 콧방귀를 뀌었다. "나는 그걸 가지고 무슨 수로 서른두 장짜리 설문지를 만들 수 있겠는지 모르겠던데." 그녀는 다시 엄지손가락에 바른 매니큐어를 벗기기 시작했다. 에미는 항상 분해되고 있는 것처럼 보인다. 옷단의 올은 풀려 있고 립스틱은 마른 비늘처럼 떨어져 나오며 어깨와 등 위로 금색 머리카락과 비듬이 떨어진다. 가는 곳마다 이런저런 흔적을 남긴다.

나는 에인슬리가 들어오는 걸 보고 손을 흔들었다. 그녀는 우리 자리에 끼어 앉아 "안녕하세요"라고 인사하고는 흘러내린 머리칼을 핀으로 고정했다. 우리 사무실의 처녀들은 화답했지만 열렬하게 환영하지는 않았다.

"전에도 한 적 있어요." 밀리가 말했다. 그녀는 우리 중에서 근무 연차가 가장 많았다. "그리고 성공했어요. 누구든 세 장을 넘기면 일종의 변비약 중독자일 거라고 했는데 다들 끝까지 작성했지 뭐예요."

"뭐를 전에도 한 적 있다는 거예요?" 에인슬리가 물었다.

"이 테이블을 닦지 않았다는 데 뭐 걸고 내기할래요?" 루시가 웨이트리스도 들을 수 있을 만큼 큰 소리로 물었다. 울워스 귀걸이를 하고 뚱하게 인상을 쓰고 다니는, 누가 봐도 사무실 처녀가 아닌 웨이트리스와 루시는 계속 신경전을 벌인다.

"퀘벡에서 하기로 한 변비약 설문조사." 내가 에인슬리에게 따로 알려주었다.

웨이트리스가 와서 사납게 테이블을 닦고 주문을 받아 갔다. 루시가 이번에는 구운 대니시를 두고 꼬투리를 잡았다. 오늘만큼은 절대 건포도가 없는 걸 먹고 싶었다는 것이다. "지난번에 건포도가 있는 걸 주길래 내가 건포도는 정말 싫다고 얘기했거든요. 정말이지 건포도는 못 먹겠어요. 웩."

"왜 꼭 퀘벡이에요?" 에인슬리가 코로 담배 연기를 뿜으며 물었다. "심리학적인 이유라도 있는 거예요?" 에인슬리는 대학에서 심리학을 전공했다.

"아이, 나야 모르죠." 밀리가 말했다. "거기 사람들이 변비가 더 심한가 보죠. 거기서는 감자를 많이 먹지 않아요?"

"감자를 먹으면 그 정도로 변비가 심해져요?" 에미가 테이블 위로 몸을 숙이며 물었다. 그녀가 이마에 묻은 머리칼 몇 가닥을 뒤로 쓸어 넘기자 조그만 먼지구름이 떨어져 나와 허공을 가르며 살금살금 내려앉았다.

"감자 때문만은 아닐 거예요." 에인슬리가 딱 잘라 말했다. "그들 모두가 느끼는 죄의식 때문이겠죠. 아니면 언어 문제로 인한 스트레스 때문이거나. 끔찍하게 억눌리고 지내는 게 분명해요."

다들 날선 눈빛으로 그녀를 쳐다보았다. 잘난 체한다고 생각하는 것이었다. "오늘따라 덥네요." 밀리가 말했다. "사무실이 꼭 찜통 같아요."

"너희 회사에서는 별일 없어?" 나는 분위기 해소 차원에서 에인슬리에게 물었다.

에인슬리는 담배를 비벼서 껐다. "아, 흥미진진한 일이 몇 건 있어. 남편 전동칫솔에 합선을 일으켜서 죽이려고 한 여자가 있어서 우리 남자 직원 하나가 재판정에 출두해야 해. 정상적인 상황에서는 합선을 일으킬 수 없는 제품이라고 증언하러. 나더러 특별보좌관 격으로 동행해주었으면 좋겠다는데 워낙 재미없는 인간이라. 침대에서 형편없을 거야."

지어낸 얘기가 아닐까 싶었지만 에인슬리는 파란 눈을 최대한 동그랗게 떴다. 사무실의 처녀들은 당혹스러워했다. 그들은 에인슬리가 지금까지 만난 여러 남자 얘기를 불쑥 꺼내면 불편해한다.

34

다행히 우리가 주문한 음식이 나왔다. "저 여자가 또 건포도가 있는 걸 줬네." 루시는 투덜거리며 완벽한 모양의 무지갯빛 긴 손톱으로 건포도를 파내 자기 접시 한쪽에 쌓았다.

사무실로 돌아가는 길에 나는 밀리에게 연금제도에 대한 불평을 토로했다. "의무가입인지 몰랐어요. 회사 연금제도에 돈을 내고 그로트 부인 같은 할망구들이 퇴직할 때 내 월급으로 먹여 살려야 하는 이유를 모르겠단 말이죠."

"아, 나도 처음에는 기분 나빴어요." 밀리는 심드렁한 투로 말했다. "차차 괜찮아질 거예요. 아아, 냉방장치가 고쳐졌으면 좋겠는데."

3

점심을 먹고 돌아와 전국으로 발송 예정인 인스턴트 푸딩 소스의 설문지 봉투에 침 바른 우표를 붙이고 있을 때(등사기 담당이 설문지 한 장을 거꾸로 찍은 바람에 예정보다 늦어졌다) 보그 부인이 자기 자리에서 나왔다.

"메리언." 그녀가 체념했다는 듯이 한숨을 쉬며 말했다. "캠루프스에서 도지 부인을 빼야겠어. 아이가 생겼대." 보그 부인은 살짝 얼굴을 찡그렸다. 그녀는 임신을 회사에 대한 배신행위로 간주한다.

"어떡해요." 나는 말했다. 빨간색 압정이 홍역처럼 점점이 꽂힌 거대한 지도가 내 책상 바로 위 벽에 붙어 있기 때문에 설문 진행자를 넣고 빼는 것이 내 일처럼 되어버렸다. 나는 책상 위로 올라가 캠루프스를 찾고 '도지'라고 적힌 종이 깃발의 압정을 뺐다.

보그 부인이 말했다. "이왕 올라간 김에 블라인드리버에서 엘리스 부인도 없애줄래? 일을 잘하는 직원이라 나중에 복귀했으면 좋겠지만 어

36

떤 여자가 고기 써는 칼을 들고 덤비는 바람에 집에서 뛰쳐나오다가 계단에서 넘어져 다리가 부러졌대. 아, 그리고 이 새로운 직원을 추가해 줘. 샬럿타운, 고티에 부인. 지난번 직원보다 실력이 괜찮으면 좋겠는데. 샬럿타운이 항상 어렵네."

나는 책상에서 내려왔을 때 그녀가 살갑게 미소를 짓는 것을 보고 경계 태세를 갖추었다. 보그 부인은 다정하고 친근한 분위기라 설문 진행자들을 상대하기에 더할 나위 없이 완벽한데, 원하는 것이 있을 때 가장 상냥해진다. "메리언, 사소한 문제가 하나 생겼어. 다음 주에 맥주 설문조사를 실시할 예정인데, 뭔지 알지? 전화로 하는 거 말이야. 그런데 위층에서 이번 주말에 사전 테스트를 진행해야겠다고 결정을 내렸대. 설문지가 걱정돼서. 필처 부인한테 맡기면 믿음직해서 좋긴 한데 **연휴**라 부탁하기가 좀 그러네. 자기, 이번 주말에 어디 안 갈 거지?"

"꼭 이번 주말이라야 하나요?" 나는 물었지만 괜한 질문이었다.

"화요일까지 결과가 나와야 하거든. 일고여덟 명만 하면 돼."

나는 그날 아침에 지각을 했기 때문에 약점이 잡혔다. "알았어요. 내일 할게요."

"당연히 시간외수당은 지급될 거야." 보그 부인은 이 말을 끝으로 사라졌고 나 혼자 그게 뼈가 담긴 말이었는지 고민에 휩싸였다. 그녀는 항상 말투가 서글서글하기 때문에 잘 알 수가 없다.

봉투 작업을 마치고 밀리에게 설문지를 받아서 문제가 될 만한 부분이 있는지 훑어보았다. 초반부의 객관식은 일반적인 틀에서 벗어나지 않았다. 그 뒤로 대기업의 새로운 맥주 브랜드를 홍보하는 라디오 CM송에 대한 반응을 알아보는 질문이 이어졌다. 중간에 응답자에게 수화기를 들고 어떤 번호를 눌러달라고 하면 CM송이 전화기에서 흘러

나오게 되어 있었다. 그런 다음 광고가 마음에 드는지, 광고가 그의 소비 습관에 영향을 미칠 것 같은지, 기타 등등 몇 가지 질문을 하게 되어 있었다.

그 번호로 전화를 걸어보았다. 정식 설문조사는 다음 주에 실시될 예정이라 담당자가 깜빡하고 아직 노래를 연결시키지 않았다면 내가 바보처럼 보일 수 있었다.

서두의 신호 가는 소리, 윙윙대는 소리, 딸깍하는 소리에 이어 낮고 굵은 음성이 전기기타인가 싶은 반주에 맞춰 노래를 불렀다.

무스, 무스
소나무와 가문비나무의 땅에서 온
짜릿하고 이쩔하고 거친 그 맛……

그러고 나서 가수 못지않은 저음의 목소리가 음악을 배경으로 설득력 있게 읊조렸다.

진정한 남자라면, 사냥을 하건 낚시를 하건 아니면 그냥 옛날식으로 편하게 쉬건 진정한 남자의 휴식이라면, 저 깊은 데서 남자의 풍미가 느껴지는 건강하고 가슴이 뻥 뚫리는 맥주가 있어야겠죠. 무스 맥주 첫 모금을 길고 시원하게 들이켜는 순간 맥주의 참맛이 뭔지 알 수 있을 겁니다. 진한 무스 맥주 한 잔으로 오늘 '당신'의 일상 속에서 황야의 짜릿함을 느껴보세요.

노래가 다시 이어졌다.

짜릿하고 아찔하고
거친 그 맛
무스, 무스, 무스, 무스 '맥주'!!!

클라이맥스를 끝으로 녹음테이프가 끊겼다. 만족스러운 수순이었다.

잡지와 포스터에 실릴 예정이라던 스케치를 비주얼 프레젠테이션 때 봤던 게 생각났다. 한 쌍의 사슴뿔 아래에 총과 낚싯대가 X자로 놓여 있었다. 이런 이미지를 보강한 것이 CM송이었다. 아주 기발하지는 않았지만 "그냥 옛날식으로 편하게 쉬건"이라는 부분의 절묘함이 좋았다. 워낙 절묘해서 어깨는 굽고 배는 나온 평범한 맥주 애호가들도 체크무늬 재킷을 입고 사슴 위에 발을 얹었거나 송어를 뜰채로 뜨고 있는 그림 속의 스포츠맨과 묘한 동질감을 느낄 터였다.

설문지 마지막 장에 다다랐을 때 전화벨이 울렸다. 피터였다. 목소리를 들어보니 뭔가 문제가 생겼다는 것을 알 수 있었다.

"있잖아, 메리언. 오늘 저녁 같이 못 하겠는데."

"응?" 나는 좀 더 자세한 설명을 기다렸다. 피터와 저녁을 같이 먹으며 기분을 내고 싶었기 때문에 실망스러웠다. 게다가 다시 배가 고팠다. 하루 종일 끼니를 대충 때우며 영양 만점의 푸짐한 음식을 기대했는데, 또다시 에인슬리와 내가 비상용으로 사다 놓은 인스턴트식품으로 때워야 한다는 건가. "무슨 일 생겼어?"

"역시 자기는 이해해줄 줄 알았어. 트리거가." 그는 목멘 소리를 냈다. "트리거가 결혼을 한대."

"아." 내가 답했다. '어쩜 좋아'라고 말할까 고민했지만 그런 말로는 부족할 것 같았다. 거국적인 참사 앞에서 경미한 사고를 대하듯 안타까

39

워하면 안 되는 거였다. "내가 같이 가줄까?" 나는 도움을 자청하고 나섰다.

"으, 아니야." 그가 말했다. "그러면 더 안 좋아질 거야. 우리는 내일 만나자. 알았지?"

그는 전화를 끊었고 나는 이 사태의 후폭풍에 대해 곰곰이 생각해보았다. 가장 분명하게 단언할 수 있는 것이 있다면 내일 저녁에 피터를 조심스럽게 대해야 한다는 것이었다. 트리거는 피터의 가장 오래된 친구였다. 사실 피터의 가장 오래된 친구들 중에서 아직까지 결혼을 하지 않은 마지막 미혼이었다. 결혼이 무슨 전염병 같았다. 내가 그를 만나기 직전에 두 명이 무릎을 꿇었고 만난 이후로 넉 달 동안 두 명이 더 별다른 조짐도 없이 쓰러졌다. 여름 내내 피터와 트리거 단둘이서 술을 마시는 횟수가 점점 늘었고, 간혹 다른 친구들이 아내에게서 탈출해 합류하긴 했지만 피터의 침울한 설명에 의하면 아무 걱정 없이 웃고 떠들었던 과거의 인위적인 대체재 같은 분위기라고 했다. 그와 트리거는 물에 빠진 사람처럼 서로 꼭 붙들고 상대방에게서 자기가 원하는 모습만 찾으며 거기서 위안을 얻으려고 했다. 이제 트리거는 물속으로 가라앉고 거울에는 아무도 남지 않았다. 물론 다른 법대생들도 있었지만 그들 역시 대부분 유부남이었다. 게다가 그들은 대학교에 입학하기 전, 피터의 황금기에 만난 친구들이 아니었다.

나는 그가 안쓰러워졌지만 조심해야 한다는 것을 알았다. 지난 두 번의 결혼식에서 힌트를 얻는다면 그는 술이 두세 잔 들어간 순간, 트리거를 유혹한 음흉한 요부를 보듯 나를 의심할 것이었다. 나는 그 여자가 무슨 수로 트리거를 유혹했느냐고 감히 묻지도 못했다. 그에게 힌트를 얻으려 한다는 오해를 심어줄 수 있기 때문이었다. 그의 관심을 딴 데로 돌리는 것이 상책이었다.

한창 고민하고 있을 때 루시가 내 자리로 찾아왔다. "나 대신 이 여자분한테 편지 써줄 수 있어요? 머리가 깨질 듯이 아파서 뭐라고 하면 좋을지 한마디도 생각이 나질 않네요." 그녀는 우아하게 한 손으로 이마를 짚었다. 다른 손으로는 마분지 조각에 연필로 적은 쪽지를 내게 내밀었다. 나는 쪽지를 읽어보았다.

담당자께. 시리얼은 맛이 괜찮았지만 건포도 사이에 이런 게 있었어요. 러모나 볼드윈 (부인) 드림.

납작해진 파리가 편지 아래에 스카치테이프로 붙어 있었다.

"그 건포도 시리얼 설문조사예요." 루시가 힘없이 말했다. 내 동정심을 유발하려는 작전이었다.

"아, 알았어요." 나는 말했다. "주소 있어요?"

초안을 몇 개 잡아보았다.

볼드윈 부인께. 시리얼에 그런 이물질이 들어 있었다니 정말 죄송합니다. 하지만 이런 사소한 실수는 늘 벌어지기 마련이죠. 볼드윈 부인, 이런 불편함을 드려서 진심으로 죄송하게 생각합니다. 하지만 내용물은 백 퍼센트 살균 처리되었음을 알려드리는 바입니다. 볼드윈 부인, 이런 문제가 발생했음을 알려주셔서 감사합니다. 저희는 모든 문제에 항상 관심을 기울이고 있습니다.

파리를 직접적으로 언급하지 않는 것이 관건이었다.

다시 전화벨이 울렸고 이번에는 생각지도 못했던 목소리가 들렸다.

"클래라!" 나는 그간 그녀에게 무심했다는 생각을 하며 이렇게 외쳤다. "그동안 어떻게 지냈어?"

"개떡같이 지냈지, 뭐." 클래라는 말했다. "그런데 저녁 먹으러 올 수 있어? 외부 사람을 정말 간절하게 만나고 싶어서."

"나야 좋지." 반은 진심이었다. 인스턴트식품보다는 나을 것이었다. "몇 시쯤에 갈까?"

"뭐, 아무 때나 와. 이 동네 사람들이 시간을 딱딱 맞추고 그러지는 않잖아." 신랄한 말투였다.

약속을 해버렸으니 앞으로 어떤 식으로 상황이 전개될지 얼른 머리를 굴렸다. 클래라는 재밌게 놀아주고 장황한 하소연을 들어주는 상대가 필요해서 나를 초대한 거였는데 그 역할이 내키지가 않았다. "에인슬리도 데려가도 돼?" 나는 물었다. "그러니까 시간이 된다고 하면." 나는 건강에 좋은 음식을 먹으면 에인슬리한테도 잘된 일이라고 속으로 중얼거렸지만—쉬는 시간에 커피만 마시지 않았던가—그녀를 데려감으로써 부담을 조금이나마 덜 수 있길 은근히 바라는 마음이 있었다. 클래라와 둘이서 아동심리학을 주제로 대화를 나눌 수 있을 것이었다.

"그럼, 당연하지." 클래라가 말했다. "많을수록 더 재밌다는 게 우리 좌우명이야."

나는 에인슬리의 회사로 전화해 저녁때 뭐 하느냐고 조심스럽게 묻고 두 명이 만나자고 했는데 거절했다는 얘기를 들었다. 한 명은 전동칫솔 살인 사건의 증인이었고 다른 한 명은 전날 저녁 파티에서 만난 치과대 학생이었다. 두 번째 인물에게는 아주 못되게 굴었다. 두 번 다시 데이트할 일이 없기 때문이었다. 그녀의 주장에 따르면 그가 같이 가자는 파티에 화가들이 참석할 거라고 했다는데도 그랬다.

"그러니까 별일 없는 거네." 나는 확실하게 짚고 넘어갔다.

"응." 에인슬리가 말했다. "다른 스케줄이 생기지 않는 한."

"그럼 나랑 같이 클래라네 집에 가서 저녁 먹을래?" 나의 예상과 달리 그녀는 순순히 좋다고 했다. 우리는 전철역에서 만나기로 했다.

나는 5시에 자리를 정리하고 멋진 분홍색으로 된 여자 화장실에 갔다. 클래라의 집으로 출발하기 전에 잠깐 혼자서 마음의 준비를 하고 싶었다. 하지만 에미, 루시, 밀리가 전부 그 안에서 금발을 빗으며 화장을 손보고 있었다. 여섯 개의 눈동자가 거울 안에서 반짝였다.

"오늘 저녁에 약속 있어요, 메리언?" 루시가 너무 아무렇지도 않은 척 물었다. 그녀는 나와 한 전화선을 쓰기 때문에 피터에 대해서 알 수밖에 없었다.

"네." 나는 대답하고 그 이상은 함구했다. 그들의 선망 어린 호기심은 내 신경을 건드렸다.

4

황금빛으로 물든 두툼하고 부연 열기와 먼지를 뚫고 늦은 오후의 인도를 따라 전철역으로 걸어갔다. 거의 물속을 움직이는 느낌이었다. 전봇대 옆에 서 있는 에인슬리가 멀리서 어른어른하게 보였다. 내가 다가가자 그녀가 고개를 돌렸고 우리는 계단을 지나 시원한 지하동굴로 깔때기처럼 빨려 들어가는 사무직 근로자 대열에 합류했다. 잽싼 눈치작전으로 서로 마주 보는 자리나마 차지했고 나는 앉아서 휘청거리는 승객들의 장막 사이로 광고를 읽었다. 다시 내려 파스텔색 통로를 지나 밖으로 나갔을 때는 습도가 좀 덜한 것처럼 느껴졌다.

클래라의 집은 북쪽으로 몇 블록 더 가야 했다. 우리는 말없이 걸었다. 나는 연금제도에 대해 짚고 넘어갈까 하다가 하지 않기로 했다. 에인슬리는 내가 왜 심란해하는지 이해하지 못할 것이었다. 내가 이 일을 그만두고 다른 일을 찾을 수 없는 이유를, 이것이 최후의 방책일 수 없는 이유를 모르겠다고 할 것이었다. 잠시 후 이번에는 피터와, 피터에게 어떤 일이 벌어졌는지 생각이 났다. 하지만 내가 그 얘기를 꺼내면 에인슬리는 그저 재밌어할 것이었다. 결국 나는 컨디션이 좀 괜찮아졌느냐고 물었다.

"그렇게 걱정할 일 아니야, 메리언." 그녀는 말했다. "그러니까 내가 무슨 환자 같잖아."

나는 기분이 상해서 아무 대꾸도 하지 않았다.

우리는 살짝 경사가 진 오르막길을 걷고 있었다. 이 도시는 호수를 기점으로 완만하게 오르락내리락하며 비탈이 이어지지만 체감으로는 평평하게 느껴졌다. 여기가 더 서늘한 이유가 그 때문이었다. 그런가 하면 더 조용하기도 했다. 현재 클래라의 상태를 감안했을 때 덥고 시끄러운 도심과 이렇게 멀찌감치 떨어져 지낼 수 있어서 다행이라는 생각이 들었다. 정작 본인은 그걸 일종의 유배 생활로 간주했다. 그들은 처음에는 대학교 근처의 아파트에서 살았지만 넓은 집이 필요해지자 북쪽으로 거처를 옮겨야 했다. 그래도 현대식 단층집과 스테이션왜건으로 이루어진 진정한 근교로 넘어가지는 않았다. 이 길거리 자체는 오래됐지만 우리 동네만큼 매력적이지는 않았다. 집들은 목조 현관과 길쭉한 뒷마당이 딸린 길고 좁은 복층주택이었다.

"어휴, 더워라." 클래라의 집 앞 인도로 접어들었을 때 에인슬리가 말했다. 손바닥만 한 마당은 잔디를 깎지 않은 지 좀 됐다. 계단에는 거의 목이 잘리다시피 한 인형이 누워 있었고 유모차 안에 담긴 큼지막한 곰 인형은 솜이 다 삐져나왔다. 내가 문을 두드리자 잠시 후에 조가 머리도 빗지 않은 초췌한 몰골로 셔츠 단추를 채우며 방충문 앞에 등장했다.

"안녕하세요." 내가 말했다. "저희 왔어요. 클래라는 좀 어때요?"

"안녕하세요, 들어와요." 우리가 지나갈 수 있도록 그가 옆으로 비켜서며 말했다. "클래라는 뒤에 있어요."

우리는 이리저리 흩뿌려진 장애물을 넘고 빙 돌아가며 집의 이 끝에서 저 끝까지 가로질렀다. 그런 집들이 대개 그렇듯 맨 앞이 거실, 그다음이 미닫이문이 달린 다이닝룸, 그다음이 부엌이었다. 맥주, 우유, 와인, 스카치, 젖병 등 각양각색의 빈 병들로 발 디딜 틈이 없는 뒤편 현관 계단을 어찌어찌 헤치며 내려가보니 철제 다리가 달린 둥그스름한 등의자에 클래라가 앉아 있었다. 다른 의자에 발을 얹고 한때 무릎이었음 직한 곳 근처에 가장 최근에 낳은 아기를 올려놓고 안고 있었다. 클래라는 워낙 말라서 임신을 하면 배가 불룩한 것이 눈에 확 띄는데, 이제 8개월로 접어들어서 수박을 삼킨 보아 뱀 같았다. 옅은 금발을 광환처럼 두른 머리가 대조를 이루어 더 작고 여리여리해 보였다.

"어, 왔어?" 우리가 계단을 내려가자 그녀가 힘없이 말했다. "어서 와요, 에인슬리. 다시 만나서 반가워요. 와, 진짜 덥다."

우리는 맞장구를 쳤고 의자가 없었기에 그녀의 옆 잔디밭에 앉았다. 에인슬리와 나는 신발을 벗었다. 클래라는 이미 맨발이었다. 대화를 나누기가 힘들었다. 모두의 관심이 찡찡대는 아이에게 집중될 수밖에 없어서 한동안 아이 혼자 종알거렸다.

전화했을 때 클래라는 구조 요청 비슷한 것을 하는 분위기였는데, 이제 보니 내가 할 수 있는 일이 없었고 그녀도 내게 아무것도 기대하지 않는 눈치였다. 나는 그저 입회인 아니면 곁에 있음으로써 일말의 권태감을 흡수하는 일종의 압지(押紙)였다.

아이는 칭얼거림을 멈추고 이제는 까르륵거렸다. 에인슬리는 풀을 뽑았다.

"메리언." 클래라가 마침내 말문을 열었다. "일레인 좀 잠깐만 안아줄

46

래? 바닥에 내려놓질 못하게 해서 팔이 떨어질 것 같아."

"내가 안을게요." 돌연 에인슬리가 말했다.

클래라는 아이를 몸에서 떼어내 에인슬리에게 건네며 말했다. "가자, 우리 꼬마 거머리. 애 온몸이 문어처럼 빨판으로 덮인 게 아닌가 싶을 때도 있어요." 그녀가 의자에 기대고 앉아서 눈을 감자 희한한 채소처럼 보였다. 하얗고 가느다란 네 개의 뿌리와 조그맣고 옅은 노란색 꽃이 달린 불룩한 덩이줄기 같았다. 근처 나무에서 매미가 울자 그 단조로운 진동이 뜨거운 햇살처럼 귀로 들어와 꽂혔다.

에인슬리는 아이를 어설프게 안고 호기심 어린 눈빛으로 얼굴을 빤히 들여다보았다. 나는 그 둘의 얼굴이 정말 닮았다는 생각이 들었다. 아이는 에인슬리처럼 동그랗고 파란 눈으로 그녀를 올려다보았다. 분홍색 입으로는 살짝 침을 흘렸다.

클래라가 고개를 들고 눈을 떴다. "내가 뭐라도 가져다줄까?" 그녀는 자기가 집주인이라는 사실을 떠올리고는 이렇게 물었다.

"아, 아니야. 괜찮아." 나는 그녀가 끙끙대며 자리에서 일어날까 봐 놀라서 얼른 말했다. "내가 뭐 좀 가져다줄까?" 뭔가 도움이 될 만한 일을 하면 기분이 좀 괜찮아지지 않을까 싶었다.

"좀 있으면 조가 나올 거야." 그녀가 설명 조로 말했다. "자, 이제 들려줘. 새로운 뉴스 없어?"

"별거 없어." 나는 말했다. 앉아서 그녀가 재미있어할 만한 얘기가 있는지 생각해보았지만 그게 회사 이야기든 다녀온 곳이나 아파트에 비치한 가구 이야기든 뭐든 간에, 시간도 공간도 없고 꼭 필요한 자질구레한 일들 때문에 폐소공포증에 시달리는 그녀의 무기력한 일상만 더욱 강조될 것이었다.

"그 괜찮은 남자랑 계속 만나고 있어? 그 잘생긴 친구 말이야. 이름이 뭐였더라? 너를 데리러 한번 왔던 기억이 나는데."

"피터 말이야?"

"네, 계속 만나고 있어요." 에인슬리가 못마땅해하는 투로 말했다. "그 남자가 쟤를 독점하고 있어요." 그녀는 책상다리를 하고 앉아 있다가 담배에 불을 붙이려고 무릎에 아이를 내려놓았다.

"듣던 중 반가운 소식이네." 클래라가 우울한 목소리로 말했다. "그나 저나 누가 왔는지 알아? 렌 슬랭크. 요전 날 나한테 전화를 했더라고."

"진짜? 언제 왔대?" 나는 그가 나한테는 연락을 하지 않았다는 데 짜증이 났다.

"일주일쯤 전에. 너한테 연락하려고 했는데 전화번호를 찾을 수가 없더래."

"전화번호 안내센터에 물어봤으면 됐을 텐데." 나는 냉랭하게 말했다. "하지만 만나고 싶다. 어떻게 지내는 것 같았어? 얼마나 있다가 간대?"

"그 사람이 누군데?" 에인슬리가 물었다.

"아, 네가 관심 있어 할 만한 사람은 아니야." 나는 얼른 말했다. 그보다 더 안 어울리는 조합도 없을 거라는 생각이 들었다. "그냥 우리 대학 동기야."

"영국에 가서 텔레비전 방송국에 취직했어요." 클래라가 말했다. "무슨 일을 하는지는 잘 모르겠지만. 서글서글한 타입이지만 나쁜 남자예요. 어린애만 밝히고 뭐든 열일곱 살이 넘은 건 너무 늙었다고 해요."

"아, 그런 부류로군요." 에인슬리는 말했다. "그런 남자들은 재미없어요." 그녀는 잔디에 대고 담배를 비벼서 껐다.

"있잖아, 그래서 돌아온 것 같아." 클래라가 생기 비슷한 것이 느껴지는 목소리로 말했다. "여자랑 문제가 생겨서. 애초에 영국으로 간 것도 그런 문제 때문이었잖아."

"아." 나는 알 만하다는 듯이 말했다.

에인슬리가 조그맣게 비명을 지르며 아이를 마당에 내려놓았다. "내 옷에다가 오줌을 쌌어요." 그녀가 나무라는 투로 말했다.

"음, 애들이 그럴 때가 있어요." 클래라가 말했다. 아이가 울어대기 시작하자 내가 조심스럽게 안아서 클래라에게 건넸다. 얼마든지 도울 생각이 있긴 했지만 그것도 어느 정도까지였다.

클래라가 아이를 흔들었다. "너 이 오줌싸개." 그녀가 달래는 투로 말했다. "엄마 친구한테 오줌을 싸다니. 빨면 지워져요, 에인슬리. 하지만 이렇게 더운데 방수 팬티를 입힐 수는 없잖아. 그치, 냄새나는 우리 분수대? 모성 본능 어쩌고 하는 말은 믿지 말아요." 그녀가 험상궂은 목소리로 덧붙였다. "사람 구실하기 전에는 애들을 무슨 수로 사랑할 수 있는지 모르겠으니까."

조가 행주를 앞치마처럼 바지 허리춤에 차고 뒤편 현관에 등장했다. "저녁 먹기 전에 맥주 드실 분?"

에인슬리와 내가 간절하게 저요, 라고 외쳤고 클래라는 이렇게 말했다. "나는 베르무트 조금만 줘, 여보. 요즘은 속이 안 좋아서 다른 건 아무것도 못 마시겠네. 그리고 일레인 데리고 들어가서 기저귀 좀 갈아줄래?"

조가 계단을 내려와서 아이를 안았다. "그나저나 이 근처에서 아서 못 봤지?"

"아휴, 그 녀석이 이번에는 또 어딜 갔을까?" 조가 집 안으로 사라지자 클래라가 물었다. 대답을 바라고 묻는 건 아닌 듯했다. "뒷문 여는 법을 알아낸 것 같아. 골치 아픈 녀석 같으니라고. 아서! 이리 와." 그녀는 힘없이 외쳤다.

좁은 마당 저쪽 끝에 거의 땅에 닿을 듯이 널려 있는 빨래를 조그맣고 꾀죄죄한 두 손으로 헤치며 클래라의 맏이가 등장했다. 동생처럼 기저귀만 찼을 뿐 알몸이었다. 아이는 미심쩍어하는 눈빛으로 우리를 쳐다보며 머뭇거렸다.

"이리 와, 아들. 와서 뭐 하고 있었는지 엄마한테 얘기해줘." 클래라가 말했다. "빨아놓은 시트에서 손 떼고." 그녀는 자신 없는 목소리로 덧붙였다.

아서는 한 걸음 옮길 때마다 맨발을 높이 들어가며 풀밭을 가로질러 우리에게로 걸어왔다. 풀 때문에 간지러운 모양이었다. 헐거워진 기저귀는 참외 배꼽이 달린 불룩한 배 아래에 오로지 불굴의 의지 하나로 매달려 있는 듯 보였다. 아이는 그런 채로 얼굴을 진지하게 찡그리고 있었다.

조가 쟁반과 함께 다시 등장했다. "일레인은 빨래 바구니에 넣어놨어. 빨래집게 가지고 놀아."

우리에게 다가온 아서가 계속 찡그린 표정으로 의자 옆에 서자 클래라가 물었다. "왜 그렇게 웃긴 표정을 짓고 있어, 우리 말썽꾸러기?" 그녀는 아이의 뒤편으로 손을 내려 기저귀를 만졌다. "이럴 줄 알았다." 그녀는 한숨을 쉬었다. "어쩐지 조용하더라니. 남편, 당신 아들이 또 똥을 쌌어. 어디에다 쌌는지는 모르겠지만 기저귀는 아니야."

조는 마실 거리를 나누어주고 아서 옆에 무릎을 꿇고 앉아서 단호하지만 다정하게 말했다. "어디에다가 쌌는지 아빠한테 알려줘." 아서는 징징거릴지 웃을지 고민하는 표정으로 아빠를 물끄러미 올려다보았다. 그러다 결국 으스대며 마당 한편으로 걸어가 먼지를 뒤집어쓴 빨간색 국화 더미 옆에 쭈그리고 앉아서 땅바닥을 열심히 들여다보았다.

"우리 아들 최고야." 조는 말하고 다시 집 안으로 들어갔다.

"쟤는 정말 자연을 사랑하는 아이야. 마당에 똥 싸는 걸 어찌나 좋아하는지." 클래라가 우리에게 말했다. "자기가 비료의 신인 줄 알아. 우리가 치우지 않으면 이 집이 거대한 거름밭이 될 거야. 눈이 오면 어쩔 생각인지 모르겠네." 그녀는 눈을 감았다. "아직 이르다는 육아서도 있지만 배변 훈련시키려고 플라스틱 변기도 샀거든. 그런데 그게 뭐에 쓰는 물건인지 전혀 몰라. 머리에 뒤집어쓰고서는 돌아다녀. 헬멧인 줄 아나 봐."

우리가 맥주를 마시며 지켜보는 가운데 조가 마당을 가로질러 갔다가 접은 신문을 들고 돌아왔다. "얘만 낳으면 피임약을 먹을 거야." 클래라가 말했다.

마침내 저녁 준비가 끝나자 우리는 안으로 들어가 식당의 묵직한 식탁에 둘러앉았다. 둘째는 우유를 먹여서 앞 현관의 유모차로 쫓아냈지만 아서는 어린이용 의자에 앉아서 클래라가 숟가락으로 뭘 떠서 입 쪽으로 가져갈 때마다 경련하듯 몸을 비틀며 피했다. 저녁 메뉴는 쪼글쪼글한 즉석 미트볼 스파게티와 상추였다. 디저트로는 내가 아는 것이 나왔다.

"새로 나온 라이스푸딩이야. 캔으로 돼 있어서 시간 절약이 많이 돼." 클래라가 변명조로 말했다. "크림이랑 같이 먹으면 그럭저럭 괜찮고 아서가 워낙 좋아하거든."

"응." 내가 말했다. "조만간 오렌지하고 캐러멜도 출시될 거야."

"그래?" 클래라는 침처럼 길게 떨어지는 푸딩을 날렵하게 받아서 아서의 입에 다시 넣었다.

에인슬리는 담배를 꺼내 불을 붙여달라는 뜻에서 조에게 내밀었다. 그러면서 그에게 물었다. "혹시 레너드 슬랭크라는 저 두 사람의 친구 알아요? 저 두 사람이 하도 비밀스럽게 굴어서요."

조는 저녁을 먹는 내내 앉았다 일어나길 반복하며 접시를 치우고 뒤치다꺼리를 했다. 그래서 정신이 없는 눈치였다. "아, 네. 기억나요. 하지만 사실은 클래라의 친구예요." 그는 푸딩을 얼른 해치우고 클래라에게 뭐 필요한 거 있느냐고 물었지만 그녀는 그 말을 듣지 못했다. 아서가 방금 전에 자기 그릇을 바닥으로 내동댕이쳤기 때문이었다.

"하지만 당신이 보기에는 그 남자가 어떤데요?" 에인슬리가 그의 지성에 호소하는 투로 물었다.

조는 벽을 보며 곰곰이 생각했다. 나는 안 좋은 평가를 내리고 싶어 하지 않는 그의 속내를 알지만 그가 렌을 좋아하지 않는다는 것도 알았다. "도덕적이지는 않아요." 마침내 조가 말했다. 그는 철학 강사다.

"아, 그건 너무하다." 내가 말했다. 렌은 나를 비도덕적으로 대한 적이 없었다.

조가 나를 보며 눈살을 찌푸렸다. 그는 에인슬리를 잘 모르는 데다 미혼인 아가씨들은 쉽게 먹잇감으로 전락하기 때문에 보호해주어야 한다고 생각하는 경향이 있다. 그는 내게 여러 번 자청해서 아버지 같은 충고를 한 적이 있었는데, 이제 다시 자기 의견을 강조했다. "그 사람은…… 엮이면 안 좋은 남자예요." 그가 준엄하게 말했다. 에인슬리는 외마디 웃음을 터뜨리며 태연하게 담배 연기를 뿜었다.

"그러고 보니 생각났다." 내가 말했다. "걔 전화번호 좀 알려줄래?"

저녁 식사가 끝나자 우리는 어지러운 거실로 자리를 옮겼고 그동안 조는 식탁을 치웠다. 내가 돕겠다고 했지만 조는 괜찮다며 차라리 클래라의 말벗이 되어달라고 했다. 클래라는 쭈글쭈글한 신문으로 둥지를 튼 체스터필드 소파에 앉아서 눈을 감았다. 나는 또다시 무슨 말을 하면 좋을지 생각나지 않았다. 예전에는 샹들리에 자리였을지 모르는, 회반죽으로 정교한 소용돌이무늬를 만든 천장의 장식을 물끄러미 올려다보며 고등학교 시절의 클래라를 떠올렸다. 체육 시간에 항상 열외가 되었던 키가 크고 여리여리했던 아이. 그녀는 사이드라인에 앉아서 짧은 파란색 반바지 체육복을 입은 우리가 꼴사납게 땀을 뻘뻘 흘리는 광경이 워낙 낯설어 재미있는 볼거리라도 된다는 듯 구경하고는 했다. 기름에 튀긴 감자칩 때문에 살이 찐 사춘기 소녀들로 가득한 그 교실에서 그녀는 투명한 향수 광고가 표방하는 여성성의 상징이었다. 대학교에 입학한 뒤에는 조금 건강해졌지만 금발을 길러서 예전보다 중세 분위기를 물씬 풍겼다. 나는 그녀를 보면 장미꽃밭에 앉아 있는, 태피스트리 속의 여자들이 떠올랐다. 물론 그녀의 정신세계는 그렇지 않았지만 나는 예나 지금이나 외모의 영향을 많이 받는다.

그녀가 2학년이 끝나가는 5월에 조 베이츠와 결혼했을 때 나는 완벽한 커플이라고 생각했다. 조는 그 당시 대학원생이었고 그녀보다 거의 일곱 살이 많았고 키가 크고 텁수룩하며 살짝 구부정하고 클래라를 보호하려고 들었다. 결혼 전에 서로를 떠받들던 그들의 모습은 가끔 어이가 없을 정도로 이상적이었다. 조가 계속 진흙탕 위에 자기 코트를 펼쳐주거나 무릎을 꿇고 클래라의 고무장화에 입을 맞추지 않을까 싶을 정도였다. 첫아이를 임신했을 때 클래라는 자기한테도 그런 일이 벌어질 줄 몰랐다는 듯이 놀라워했고 둘째 때는 경악했다. 셋째를 가진 지금은 암울하지만 무기력한 운명론 속으로 침잠했다. 그녀는 아이들을 예컨대 배를 뒤덮은 따개비나 바위에 들러붙은 삿갓조개에 비유했다.

그녀를 바라보는데, 당황스럽게도 연민이 파도처럼 나를 덮쳤다. 내가 뭘 어쩔 수 있을까? 나중에 와서 청소를 해주겠다고 해야 하나? 클래라는 현실감각이 전혀 없어서 돈 문제나 수업 시간에 지각하지 않기와 같은 삶의 일상적인 부분에 젬병이었다. 같이 기숙사에서 살았을 때도 이따금 짝이 맞는 신발이나 빨아놓은 옷을 찾을 수 없을 정도로 방을 어지럽혀놔서 내가 쌓인 쓰레기 더미에서 그녀를 끄집어내야 했다. 심란하면 방을 5분 만에 난장판으로 만들어버릴 수 있는 에인슬리처럼 적극적이고 창조적으로 지저분한 게 아니라 수동적이었다. 그냥 먼지의 수위가 점점 높아져가는 동안 그걸 막지도 피하지도 못한 채 가만히 서 있을 따름이었다. 아이들도 그와 같은 맥락이었다. 그녀의 몸이 그녀가 정한 방향과 상관없이 제 갈 길을 가는 느낌이었다. 나는 그녀가 입고 있는 임부복의 선명한 꽃무늬를 눈여겨보았다. 그녀가 숨을 쉴 때마다 꽃잎과 덩굴이 마치 살아 있는 듯 움직였다.

아서는 거실 문 뒤에서 조가 '실수'라고 표현한 짓을 저지른 뒤에 악다구니를 쓰며 잠자리로 끌려갔고 우리는 일찌감치 그 집에서 나왔다.

"실수가 아니었어." 클래라는 눈을 뜨며 말했다. "그냥 문 뒤에다 오줌 싸는 걸 좋아해. 왜 그러나 모르겠어. 나중에 커서 스파이나 외교관이나 뭐 그런 비밀스러운 일을 하려나? 엉큼한 녀석 같으니라고."

조가 빨랫감을 한 아름 가득 안고 우리를 문 앞까지 배웅해주었다. "조만간 또 놀러 와요. 클래라가 얘기를 나눌 만한 상대가 워낙 없거든요."

5

우리는 어스름이 내려앉은 가운데 매미 소리와 웅얼웅얼하는 텔레비전 소리(파란색으로 깜빡이는 텔레비전이 열어놓은 창문 너머로 보이는 집도 있었다)와 뜨끈한 타르 냄새를 헤치며 전철역으로 걸어갔다. 축축한 밀가루 반죽 안에 갇혀 있기라도 한 것처럼 맨살이 답답하게 느껴졌다. 아무래도 에인슬리가 심기가 불편한 듯했다. 아무 말도 하지 않는 것이 불길했다.

"저녁은 먹을 만하더라." 나는 말했다. 이러니저러니 해도 클래라가 에인슬리보다 오래된 친구였기에 의리를 지키고 싶었다. "조의 음식 솜씨가 점점 발전하고 있네."

"어떻게 그럴 수가 있어?" 에인슬리가 평소보다 격한 어조로 말했다. "네 친구는 그냥 가만히 누워 있고 남편이 일을 다 하잖아! 네 친구는 무슨 **물건** 취급당하도록 자기 자신을 방치하고 있어!"

"뭐, 임신 8개월이잖아." 내가 말했다. "그리고 걔는 예전부터 늘 몸이 안 좋았어."

"네 친구가 몸이 안 좋다고?" 에인슬리는 씩씩댔다. "네 친구는 잘 지내고 있어. 몸이 안 좋은 사람은 그 남편이지. 내가 그 사람을 처음 만난 지 넉 달이 안 됐는데 그새 늙었더라. 네 친구한테 기를 빨려서 그래."

"그래서 어쩌자는 거야?" 나는 에인슬리에게 짜증이 났다. 그녀는 클래라의 입장을 이해하지 못했다.

"뭐라도 해야지. 하는 척이라도. 네 친구는 학교도 중간에 그만뒀지? 지금이 학교 공부를 다시 시작하기에 완벽한 시기 아니야? 임신한 여자들 중에서도 졸업장을 따는 경우가 많잖아."

나는 첫째를 임신했을 때 가엾은 클래라가 어떤 결심을 했는지 기억하고 있었다. 그때만 해도 학교를 잠깐 떠나는 거라고 생각했다. 둘째가 생기자 그녀는 울부짖었다. "우리가 뭘 잘못하고 있는지 모르겠어! 늘 조심하고 또 조심하는데." 그녀는 피임약을 먹으면 자기 성격이 달라질지 모른다며 거부했었지만 점점 결심이 무너졌다. (영어로 번역된) 프랑스 소설과 페루로 떠난 고고학 탐험을 다룬 책을 읽었고 야간대학에 대해 고민했다. 요즘 들어서는 "그냥 가정주부"로 지내는 생활을 냉소적으로 비꼬았다. "하지만 에인슬리." 내가 말했다. "너는 졸업장은 아무 증거도 되지 못한다고 입버릇처럼 말하잖아."

"당연히 졸업장 그 자체로는 그렇지." 에인슬리가 말했다. "중요한 건 졸업장이 상징하는 바야. 네 친구는 정신을 좀 차려야 해."

우리 아파트에 도착했을 때 나는 렌 생각이 났고 전화하기에 너무 늦은 시각은 아니라는 결론을 내렸다. 그는 집에 있었고 안부 인사를 주고받은 뒤에 나는 만나고 싶다고 말했다.

"좋지." 그가 말했다. "언제, 어디서 볼까? 좀 시원한 데서 만나자. 여름에 여기가 이렇게 더운 걸 깜빡했어."

"그럼 돌아오지 말았어야지." 나는 그가 돌아온 이유를 알고 있다는 눈치를 흘리며 그에게 설명할 여지를 주었다.

"만전을 기하느라." 그가 살짝 우쭐대며 말했다. "여자들은 하나를 주면 열을 달라고 하거든." 그는 살짝 영국 억양이 생겼다. "그나저나 클래라가 그러는데 새 룸메이트가 생겼다며?"

"네 타입 아니야." 내가 말했다. 에인슬리는 거실로 들어가 나를 등지고 소파에 앉아 있었다.

"아, 너처럼 너무 늙었다는 뜻이로구나?" 나더러 늙었다고 하는 것은 그가 예전부터 즐겨 하던 농담이었다.

나는 웃음을 터뜨렸다. "내일 저녁에 만나자." 문득 렌이 피터의 기분 전환용으로 완벽하겠다는 생각이 들었다. "파크 플라자에서 8시 반쯤에. 내가 친구를 한 명 데리고 갈게."

"아하." 렌이 말했다. "클래라가 얘기한 그 친구인가. 심각한 사이는 아니지?"

"어, 아니야. 절대 아니야." 나는 그를 안심시키려고 이렇게 말했다.

내가 전화를 끊자 에인슬리가 물었다. "방금 전에 렌 슬랭크하고 통화했어?"

나는 그렇다고 했다.

"그 사람 어떻게 생겼어?" 그녀는 지나가는 투로 물었다.

나는 답변을 하지 않을 도리가 없었다. "아, 좀 평범하게 생겼어. 네가 매력을 느낄 타입은 아냐. 금발에 곱슬이고 뿔테 안경을 썼어. 왜?"

"그냥 궁금해서." 그녀는 일어나 부엌으로 건너갔다. "한 잔 마실래?" 그녀가 외쳤다.

"아니, 괜찮아." 나는 말했다. "간 김에 물 한 잔만 부탁해." 나는 거실로 들어가 바람이 부는 창가 자리로 갔다.

그녀가 자기 몫으로 얼음을 넣은 스카치위스키를 들고 돌아와 내게 물을 건네고 바닥에 앉았다. "메리언. 너한테 할 얘기가 있어."

말투가 너무 진지해서 덜컥 걱정이 됐다. "무슨 일 있어?"

"아이를 낳을 거야." 그녀가 조용히 말했다.

나는 물을 얼른 한 모금 마셨다. 에인슬리가 그런 실수를 저지르다니 믿기지가 않았다. "못 믿겠는데."

그녀는 웃음을 터뜨렸다. "아, 아이가 벌써 생긴 건 아니야. 아이를 가질 거라고."

그 말에 나는 마음이 놓였지만 어리둥절했다. "그러니까 결혼을 하겠다는 거야?" 나는 트리거를 찾아온 불운을 떠올리며 물었다. 에인슬리가 누구에게 관심이 있는지 알아맞혀보려고 했지만 오리무중이었다. 나와 알고 지낸 기간 동안 그녀는 확실하게 결혼반대주의자였다.

"그렇게 물어볼 줄 알았다." 그녀는 재밌어하는 한편 경멸하는 투로 말했다. "아니, 결혼은 하지 않을 거야. 대부분의 아이들은 그게 문제거든, 부모가 너무 많다는 거. 클래라와 조 같은 가정이 아이를 키우기에 가장 바람직한 환경이라고는 볼 수 없겠지. 이상적인 어머니와 아버지를 그려보라고 하면 아이들이 얼마나 헷갈리겠어. 그 아이들은 이미 콤플렉스투성이야. 거의 다 아버지 때문에 생긴 콤플렉스고."

"하지만 조가 얼마나 훌륭한데!" 나는 외쳤다. "부인을 위해서 뭐든 하잖아! 조가 없으면 클래라가 어떻게 되겠어?"

"내 말이 그 말이야." 에인슬리가 말했다. "자기 스스로 대처해야지. 엄마가 알아서 대처해야 훨씬 일관성 있게 아이들을 키울 수 있어. 요즘 가족을 파괴하는 건 남편이야. 네 친구가 심지어 모유도 먹이지 않는 거 봤지?"

"하지만 이가 났잖아." 나는 이의를 제기했다. "애한테 이가 생기면 대부분 젖을 뗀다고."

"말도 안 돼." 에인슬리는 험상궂게 말했다. "분명 조가 부추겼을 거야. 남미에서는 훨씬 늦게까지 모유를 먹여. 북미 남자들은 기본적인 모자 관계가 자연스럽게 이루어지면 싫어해. 그럼 자기들이 필요 없는 존재인 것처럼 느껴지거든. 모유를 끊어야 조가 간단하게 우유를 먹일 수 있을 거 아냐. 어느 누구의 간섭도 받지 않으면 여자들이 최대한 늦게까지 모유를 먹일걸? 나는 반드시 그럴 거야."

내가 보기에는 논의가 궤도를 이탈한 듯했다. 현실적인 문제를 두고 이론을 들먹이고 있었다. 나는 개인적인 공격을 시도했다. "에인슬리, 너는 아이에 대해서 전혀 모르잖아. 심지어 별로 좋아하지도 않았잖아. 너무 지저분하고 시끄럽다며."

"남의 아이를 좋아하지 않는 거지." 에인슬리가 말했다. "그거랑 내 아이를 좋아하는 건 별개야."

그건 맞는 말이었다. 나는 당혹스러워졌다. 어떤 식으로 내 반대 의견을 뒷받침하면 좋을지 그것조차 알 수 없었다. 가장 걱정스러운 점이 있다면 정말로 실행에 옮길지 모른다는 것이었다. 그녀는 원하는 것이 생기면 아주 효율적으로 작업에 착수했다. 다만 그걸 왜 원하는지 나로서는 이해가 안 되는 경우가 더러 있는데 지금 이 문제가 그랬다. 나는 현실적인 접근 방식을 택하기로 마음먹었다.

"좋아. 인정할게. 하지만 아이를 낳고 싶은 이유가 뭐야, 에인슬리? 아이를 낳아서 뭐 하게?"

그녀는 혐오스럽다는 눈빛으로 나를 보았다. "여자라면 누구나 아이를 최소 한 명은 낳아야지." 여자라면 누구나 헤어드라이어가 한 개쯤은 있어야 한다는 라디오 광고와 비슷한 말투였다. "성생활보다 그게 더 중요해. 그래야 가장 심오한 여성성이 충족되니까." 에인슬리는 인류학적인 관점에서 원시 문화를 다룬 책을 좋아한다. 그런 책 몇 권이 방바닥을 나뒹구는 옷가지 속에 섞여 있다. 그녀가 졸업한 대학에서는 그게 필수과목이다.

"하지만 왜 지금 낳겠다는 거야?" 나는 반대하는 이유로 거론할 만한 것을 찾으며 물었다. "화랑 일은 어쩌고? 그리고 화가를 만나는 건?" 나는 당나귀에게 당근 내밀듯 그녀에게 이런 논리를 펼쳤다.

에인슬리는 눈을 동그랗게 떴다. "아이를 낳는 거랑 화랑에서 일하는 게 무슨 상관인데? 너는 항상 이거 아니면 저거, 이런 식으로 생각하더라? 종합적인 관점에서 봐야지. 왜 지금이냐고 묻는다면 뭐, 고민한 지 좀 됐어. 너는 목적의식이 필요하다는 생각이 든 적 없어? 그리고 젊었을 때 아이를 낳는 게 낫지 않을까? 애 키우는 재미를 느낄 수 있을 때. 게다가 스물에서 서른 사이에 출산해야 건강한 아이를 낳을 가능성이 크대."

"그리고 직접 키울 가능성도 크고." 나는 거실을 둘러보며 짐을 싸고 가구를 옮기려면 얼마나 많은 시간과 에너지와 비용이 들지 벌써부터 계산하기 시작했다. 기본적인 물품은 대부분 내 것이었다. 묵직한 원형 커피 테이블은 본가 근처에 사는 친척집 다락에서 기증받았고, 손님이 올 때 쓰는 호두나무 보조 테이블도 내가 기증받았고, 솜을 넣은 안락의자와 체스터필드 소파는 내가 구세군 중고 용품점에서 들고 와 커버를 다시 씌웠다. 특대형 테다 바라 포스터와 산뜻한 종이꽃은 에인슬리의 것이었다. 재떨이와 바람을 넣어 부풀리는 기하학적인 무늬의 비닐 쿠션도 마찬가지였다. 피터는 우리 거실에 통일감이 부족하다고 했다. 나는 그녀와의 동거를 영구적인 합의라고 생각한 적은 없지만 막상 그것이 위기에 처하자 이 집이 바람직한 안정감을 상징하는 공간처럼 여겨졌다. 테이블은 바닥에 더욱 굳건하게 다리를 내렸다. 원형 커피 테이블을 좁은 계단으로 나르다니, 테다 바라 포스터를 걷어 회반죽에 금이 간 부분을 드러내다니, 비닐 쿠션의 바람을 빼서 트렁크로 치우다니 상상이 되지 않았다. 에인슬리가 임신하면 아래층 아주머니가 계약 위반으로 간주하고 법적인 조치를 취할지 궁금해졌다.

에인슬리는 샐쭉거렸다. "당연히 직접 키워야지. 직접 키우지도 않을 거면 뭐 하러 그 고생을 하겠어?"

"그러니까 한마디로 요약하자면." 내가 남은 물을 마저 마시며 말했다. "아무렇지 않게 사생아를 낳아서 네가 직접 키우겠단 말이지?"

"아우, 그런 식으로 표현하니까 김샌다. 왜 그렇게 끔찍하게 속물적인 단어를 써? 출생은 그 자체로 축복받아야 할 일 아니야? 너는 내숭쟁이야, 메리언. 그게 이 사회의 전반적인 문제야."

"그래, 난 내숭쟁이야." 나는 마음의 상처를 속으로 달래며 말했다. 그래도 내가 대부분의 사람들보다는 이해를 잘하는 편이라고 생각하건만. "그런데 이 사회가 그런 식이라면 네가 이기적인 게 아닐까? 애가 고생하지 않겠어? 무슨 수로 양육비를 감당하고 사람들의 편견과 기타 등등을 상대할 건데?"

에인슬리는 개혁가라도 되는 양 점잔을 빼며 말했다. "몇몇 구성원이 앞장서지 않으면 이 사회가 무슨 수로 발전할 수 있겠니? 나는 그냥 사실대로 얘기할 거야. 이런저런 어려움을 겪겠지만 그런 부분에 대해 너

그러운 사람들도 있을 거야, 심지어 이 주변에서도. 내가 실수로 임신하거나 그런 것도 아닐 거고."

우리는 잠깐 동안 아무 말 없이 앉아 있었다. 가장 중요한 부분은 이미 결정된 것 같았다. "그래." 마침내 내가 말했다. "네가 다 생각해놨다는 걸 알겠어. 하지만 아이 아빠는 어떻게 할 건데? 사소한 기술적인 문제라는 건 알지만 아주 잠깐 동안이라도 아이 아빠는 있어야 할 거 아냐. 그냥 너 혼자 싹을 틔울 수 있는 것도 아니고."

그녀는 내 말에 진지하게 반응했다. "사실 나도 계속 고민 중이야. 유전적으로 훌륭하고 잘생겨야 할 테니까. 그리고 내 뜻을 이해하고 결혼하자고 귀찮게 굴지 않을 협조적인 사람을 구할 수 있으면 좋을 텐데."

나는 그녀가 가축 교배를 논의하는 농부 같다는 생각이 들어서 마음이 불편해졌다. "점찍어놓은 후보 있어? 그 치과대 학생은 어때?"

"으악, 절대 안 돼." 그녀가 말했다. "턱이 들어갔어."

"아니면 전동칫솔 살인 사건 증인은?"

그녀는 눈썹을 찡그렸다. "그 사람은 머리가 별로 좋지 않은 것 같아. 물론 화가면 더 좋겠지만 그건 유전적으로 위험 부담이 너무 커. 지금쯤이면 LSD 때문에 염색체가 다 망가졌을 테니까. 작년에 만났던 프레디를 찾아가면 군소리 없이 내 요청을 받아주겠지만 너무 뚱뚱하고 저녁만 돼도 얼굴이 수염 자국으로 거뭇거뭇해지는 게 흉측하거든. 뚱뚱한 아이는 낳고 싶지 않아."

"수염 자국이 심한 아이도 안 되고." 나는 옆에서 거들었다.

에인슬리는 짜증 난 눈빛으로 나를 쳐다보았다. "그런 식으로 비꼬다니. 하지만 자기들이 아이한테 어떤 유전자를 물려주는지 좀 더 진지하게 생각하기만 해도 다들 그렇게 맹목적으로 달려들지 않을 거야. 우리도 알다시피 인류는 지금 퇴보 중인데 그게 다 사람들이 아무 생각 없이 열등한 유전자를 물려줘서 그래. 그리고 의학의 발달로 예전처럼 자연도태가 되지 않는 것 때문이기도 하고."

나는 머릿속이 몽롱해지기 시작했다. 에인슬리의 생각이 틀렸다는 걸 알겠는데 너무 논리적이었다. 그녀에게 본의 아니게 설득당하기 전에 자러 들어가는 편이 낫겠다는 생각이 들었다.

방으로 들어가서 벽에 등을 대고 침대에 앉아 생각해보았다. 처음에는 그녀를 말릴 방법에 집중하다가 단념했다. 그녀가 마음을 정했으니 나로서는 이것이 시간이 지나면 없어질 변덕이길 바라는 수밖에 없었다. 내가 상관할 일도 아니지 않은가? 나는 그냥 상황에 맞춰서 대응하는 수밖에 없었다. 이사를 해야 하게 되면 다른 룸메이트를 구하겠지만 에인슬리 혼자 그냥 내버려둬도 될지 모르겠다. 무책임한 사람이 되기는 싫었다.

나는 심란한 마음을 달래며 침대에 누웠다.

6

내려다본 발이 젤리처럼 녹기 시작해 얼른 고무장화를 신었지만 이번에는 손끝이 점점 투명해지는 꿈을 꾸다가 알람 소리를 듣고 놀라서 눈을 떴다. 얼굴은 어떻게 됐는지 보려고 거울로 다가가던 순간, 꿈에서 깨어났다. 원래 꿈을 잘 기억하지 못하는 내가 웬일일까.

에인슬리는 아직 자고 있었기 때문에 나 혼자 달걀을 삶고 토마토주스와 커피를 마셨다. 그런 다음 설문조사라는 업무에 알맞게 정장 치마와 소매가 달린 블라우스를 입고 굽이 낮은 구두를 신었다. 일찍 시작할 작정이었지만 너무 일찍 찾아가면 휴일에는 늦잠을 자는 남자들이 아직 일어나지 않았을 수 있었다. 이 도시의 지도를 꺼내 찬찬히 들여다보며 정식 설문조사지로 선정된 지역을 속으로 표시했다. 토스트를 먹고 커피를 한 잔 더 마시며 어떤 식으로 이동하면 될지 경로를 몇 개 설정했다.

내게 필요한 것은 매주 마시는 맥주의 양이 평균을 살짝 밑돌고 질문

응답에 거부감이 없는 일고여덟 명의 남자였다. 주말이 길기 때문에 그런 남자를 찾기가 평소보다 어려울 수 있었다. 내 경험상 남자들은 대개 여자들보다 설문지 놀이를 좋아하지 않았다. 우리 아파트 근처는 후보에서 제외됐다. 내가 동네 사람들에게 맥주를 얼마나 마시는지 물어보고 다닌다는 소문이 아래층 아주머니 귀에 들어갈 수 있었다. 게다가 이 근처는 맥주가 아니라 스카치위스키 구역이고 거기에 술은 입에도 대지 않는 과부들이 드문드문 섞여 있을 것 같았다. 서쪽으로 좀 더 가면 나오는 하숙촌도 후보에서 제외됐다. 감자칩 사전 설문조사를 진행하러 한번 간 적이 있었는데 집주인들이 아주 사나웠다. 신고한 것보다 하숙생을 많이 받았는지 알아내 세금을 올려 받으려 변장하고 시찰에 나선 공무원으로 나를 오해하는 눈치였다. 대학교 근처의 남학생 클럽 회관을 찾아갈까 했다가 응답자 연령 제한이 있음을 떠올렸다.

버스를 타고 가서 전철역에서 내려 지출결의서의 '교통비' 난에 버스 요금을 기입하고 길을 건넜다. 전철역 맞은편의 나무 한 그루 없는 평평한 공원으로 비탈길을 내려갔다. 한쪽 구석에 야구장이 있지만 안에 아무도 없었다. 공원의 나머지 부분은 그냥 풀밭이었다. 누렇게 변한 풀이 발에 밟혀 바스락거렸다. 오늘도 어제처럼 바람 한 점 없고 숨 막히는 날이 될 것이었다. 하늘에는 구름 한 점 없지만 맑지는 않았다. 공기가 보이지 않는 수증기처럼 축 늘어져 멀리 있는 사물의 색과 윤곽이 부옇게 보였다.

나는 공원 저편의 아스팔트 비탈길을 올라갔다. 그 길로 걸어가면 조그맣고 다소 허름한 집들이 다닥다닥 붙어 있는 주택가가 나왔다. 창문과 처마에 나무로 테를 두른 성냥갑 모양의 이층집이었다. 어떤 집은 테두리를 새로 칠해 빛바랜 전면의 판자가 더욱 도드라져 보였다.

이 일대는 몇십 년 동안 사양길을 걷다 몇 년 전에 다시 반등한 그런 동네였다. 근교에서 건너온 일부 망명객이 이 도심 주택을 매입해 세련된 하얀색으로 칠하고, 판석이 깔린 길과 시멘트 화분에 담긴 상록수를 추가하고, 옛날 마차에 쓰이던 램프를 문 옆에 달았다. 이렇게 개조된 집들은 주변과 대조를 이루며, 이 시대의 문제점과 허름한 분위기와 혹독한 날씨에 아무렇지 않게 등을 돌리기로 작정이라도 한 듯 경박스러운 분위기를 풍겼다. 거기에서는 알맞은 후보를 찾지 못할 것이었다. 그들은 마티니 취향일 터였다.

문을 두드리고 아쉬운 소리를 해야 하는 사람에게는 줄줄이 이어지는 닫힌 문들이 위협적으로 느껴진다. 나는 옷매무새를 바로잡고 어깨를 편 뒤, 격식을 갖추었지만 서글서글해 보이길 바라는 표정을 연습하며 다음 블록까지 걸어가 이제 시작해보자는 결단을 내렸다. 그 블록의 끝에 지은 지 얼마 안 돼 보이는 아파트가 있었다. 나는 그 건물을 최종 목적지로 삼았다. 안은 시원할 테고 혹시 설문 응답자가 모자라면 거기서 채울 수 있을지 몰랐다.

맨 첫 번째 집의 초인종을 눌렀다. 누군가가 앞 유리창에 달린 하얀색의 반투명 커튼 사이로 나를 잠깐 살폈다. 잠시 후에 문이 열렸고 가슴받이가 달린 날염 앞치마를 입은 날카로워 보이는 인상의 여자가 등장했다. 화장의 기미라고는 없이 립스틱조차 바르지 않았고, 끈이 달리고 굽이 두툼한 까만 구두를 신고 있어서 '정형외과'라는 단어와 함께 백화점 지하 세일 코너가 떠올랐다.

"안녕하세요, 시모어 서베이스에서 나왔어요." 나는 가식적으로 미소를 지으며 말했다. "저희가 간단한 설문조사를 진행 중인데요. 혹시 남편께서 몇 가지 질문에 응답해주실 수 있을까요?"

"물건 팔러 왔어요?" 그녀가 내 종이와 연필을 흘끗 쳐다보며 물었다.

"아, 아니에요! 저희는 물건 파는 회사가 아니에요. 시장조사 하는 곳이라 그냥 몇 가지 여쭤보기만 해요. 제품 품질 개선에 도움이 되거든요." 나는 궁색하게 덧붙였다. 아무래도 목적을 달성하지 못할 것 같았다.

"어떤 설문조사인데요?" 여자가 의심하는 표정으로 입가에 힘을 주며 물었다.

"아, 사실 맥주 관련 설문조사예요." 나는 맥주라는 단어가 최대한 탈지유처럼 들리길 바라며 밝게 꾸민 목소리로 말했다.

그녀의 표정이 달라졌다. 거부하겠구나, 하는 생각이 들었다. 하지만 그녀는 망설이더니 옆으로 비켜서며 차가운 오트밀을 연상시키는 목소리로 말했다. "들어오세요."

내가 타일이 깔린 티끌 한 점 없는 현관 앞에 서서 가구 광택제와 표백제 냄새를 맡는 동안 그녀는 저쪽 문을 열고 안으로 들어가 등 뒤로 문을 닫았다. 웅얼웅얼 대화를 나누는 소리가 들렸다. 잠시 후에 문이 다시 열렸고 희끗희끗한 머리에 얼굴을 험상궂게 일그러뜨린 장신의 남자가 여자를 뒤에 거느리고 나왔다. 날이 이렇게 따뜻한데도 검은색 외투를 입고 있었다.

"이봐요, 아가씨." 그가 내게 말했다. "보아하니 이 가증스러운 일에 동원된 순진한 아가씨인 것 같으니 개인적으로 혼을 내지는 않겠어요. 하지만 이 책자를 경영진에게 전해주겠어요? 혹시 알아요, 이걸 보고 그들의 마음이 누그러질지? 술과 지나친 음주를 선전하는 것은 주님 앞에서 죄를 짓는 거예요."

나는 그가 내민 작은 책자를 받았지만 시모어 서베이스를 변호해야

67

겠다는 의무감을 느꼈다. "저희 회사는 맥주 판매하고는 아무 연관이 없는데요."

"마찬가지예요." 그가 준엄하게 말했다. "전부 마찬가지예요. '주께서 말씀하시길 나와 함께 아니하는 자는 나를 반대하는 자요'라고 했어요. 그 악덕업체들이 인간의 고통과 타락에 미친 악영향을 희석할 생각은 하지 말아요." 그는 몸을 돌리려다가 생각을 바꾼 듯이 내게 말했다. "아가씨가 그걸 읽어도 좋겠네. 당연히 술로 그 입술을 더럽힌 적이 없겠지만 이 세상에 절대적으로 깨끗하고 시험에 들지 않는 영혼은 없으니까요. 뿌린 씨가 길가나 돌밭이 아닌 다른 곳에 떨어질 수도 있고요."

내가 들릴락 말락 하게 "감사합니다"라고 하자 남자는 입을 양옆으로 늘려 미소를 지었다. 뿌듯해하며 옆에서 이 간단한 설교를 지켜보던 그의 아내가 앞으로 나서 문을 열어주자 나는 예배를 마친 교인처럼 두 사람과 악수를 하고 싶은 반사적인 충동을 자제하며 밖으로 나왔다.

출발이 좋지 않았다. 나는 옆집으로 걸어가며 책자를 들여다보았다. 한 책자에는 '금주'라는 강령이 적혀 있었다. 다른 책자의 제목은 좀 더 자극적인 '술과 악마'였다. 목사인 모양인데 성공회도 연합교회도 아니었다. 뭔지 모를 분파였다.

옆집에는 아무도 없었고, 그다음 집은 초콜릿으로 범벅이 된 남자아이가 문을 열더니 아버지가 아직 일어나지 않았다고 했다. 하지만 그 옆집에 다다랐을 때 나는 마침내 사람 사냥하기 좋은 곳에 왔음을 한눈에 알아차릴 수 있었다. 대문이 열려 있었고 초인종을 누르고 잠시 후에 중간 정도의 키에 거의 뚱뚱하다고 할 수 있을 만큼 덩치가 큰 남자가 내 쪽으로 걸어왔다. 그가 방충문을 열었을 때 보니 신발 없이 양말만 신고 있었다. 러닝셔츠에 반바지를 입었고 얼굴이 시뻘겠다.

나는 용건을 설명하고 일주일 평균 맥주 소비량을 눈금으로 표시하게 되어 있는 카드를 보여주었다. 눈금마다 0에서부터 10까지 숫자가 달렸다. 회사 측에서 이런 식으로 조사를 진행하는 이유는 맥주를 얼마나 마시는지 말로 설명하기 부끄러워하는 남자들이 있기 때문이었다. 이 남자는 두 번째로 큰 수인 9를 골랐다. 10을 고르는 사람은 거의 없다. 다들 자기보다 많이 마시는 사람이 있길 바란다.

거기까지 진행했을 때 남자가 말했다. "거실로 들어와서 앉아요. 이 더위에 걸어 다니느라 지쳤을 텐데. 아내는 마침 장을 보러 나갔어요." 그는 이렇게 부적절한 설명을 덧붙였다.

내가 큼지막한 안락의자에 앉자 그는 텔레비전 볼륨을 줄였다. 무스 비어의 경쟁사 제품이 그의 의자 옆 바닥에 반쯤 비워진 채로 세워져 있었다. 그는 웃으며 내 맞은편에 앉아서 손수건으로 이마를 훔쳤고, 판정을 내리는 전문가 같은 분위기를 풍기며 사전 질문에 답변했다. 전화 CM송을 들은 뒤에는 생각에 잠긴 표정으로 가슴털을 긁더니 광고쟁이들이 보면 아멘을 외칠 만큼 열띤 반응을 보였다. 설문조사가 끝나자 나는 같은 사람을 다시 방문하지 않도록 이름과 주소를 적고 자리에서 일어나 고맙다는 인사를 하려다가 그가 맥주에 취한 음흉한 미소를 흘리며 내 쪽으로 휘청 일어나는 것을 보았다. "아니, 그런데 댁처럼 멀끔한 아가씨가 왜 맥주를 얼마나 마시느냐고 물으면서 돌아다닌대요?" 그가 끈적한 목소리로 물었다. "집에서 듬직한 남자의 보호를 받아야 하는 거 아닌가?"

나는 금주 책자 두 권을 그가 내민 축축한 손에 쥐여주고 도망쳤다.

이후로 별다른 사건 없이 네 건의 설문조사를 마쳤지만 그러는 와중에 설문지에 '전화기가 없는 관계로 설문 종료'와 '라디오를 듣지 않음'

항목을 추가해야겠다는 것과, CM송의 허세에 긍정적으로 반응하는 남자들은 '짜릿하다'는 단어를 '너무 가볍'거나 그중 한 명의 표현을 빌리자면 '너무 상큼'하게 생각한다는 사실을 깨달았다. 다섯 번째로 설문에 응한 상대는 머리가 점점 벗어져가는 막대기 같은 남자였는데, 자기의견을 밝히는 것을 어찌나 조심스러워하는지 꼭 멍키스패너로 이를 뽑듯이 했다. 내가 새로운 질문을 할 때마다 그는 안색을 붉히며 울대뼈를 움직였고 괴로워하며 얼굴을 일그러뜨렸다. 광고를 들은 뒤에는 계속 꿀 먹은 벙어리처럼 있길래 내가 물었다. "광고 들어보니 어떠셨어요? 아주 마음에 들었다, 조금 마음에 들었다, 그저 그렇다 중에요." 그는 한참 만에 힘없이 속삭였다. "네."

이제 두 사람만 더 하면 됐다. 나는 다음 몇 집은 건너뛰고 네모반듯한 아파트에 가보기로 했다. 평소 수법대로 자기네 집에 손님이 온 줄 착각한 입주자가 공동 현관문을 열어줄 때까지 모든 버튼을 일제히 눌렀다.

시원한 공기가 위안이 됐다. 카펫이 닳기 시작한 짧은 계단을 올라가 맨 처음 보이는 문을 두드렸다. 숫자 6이 달린 문이었다. 위치상 1이어야 하지 않나 싶어서 특이하다는 생각이 들었다.

문을 두드려도 아무 반응이 없었다. 문을 좀 더 세게 두드리고 기다렸다가 옆집으로 이동하려던 찰나, 문이 안쪽으로 소리 없이 열리더니 열다섯 살쯤 되어 보이는 남자아이가 나를 마주 보았다.

그는 이제 막 일어났는지 손가락으로 한쪽 눈을 비볐다. 시체처럼 비쩍 말랐고 웃통을 벗고 있어서 중세시대 목판화 속의 수척한 인물처럼 튀어나온 갈비뼈가 보였다. 그 뼈를 감싸고 있는 피부는 핏기가 거의 없는데, 하얀색이 아니라 묵은 리넨처럼 누런색에 가까웠다. 맨발이었고 카키색 바지만 입고 있었다. 이마를 덮은 헝클어진 까만색 직모에 일부 가려진 두 눈은 그 표정을 고수하기로 작정했는지 우울한 눈빛에서 바뀔 줄 몰랐다.

우리는 서로 빤히 쳐다보았다. 그는 아무 말도 하지 않을 게 분명했고 나도 섣불리 말을 꺼낼 수가 없었다. 내가 들고 있는 설문지가 문득 그 어떤 것과도 연관이 없는 동시에 막연히 위험하게 느껴졌다. 마침내 나는 가까스로 말문을 열었지만 미치도록 어색한 기분은 어쩔 도리가 없었다. "안녕하세요, 아버지께선 댁에 계신가요?"

그는 일말의 표정 변화도 없이 나를 계속 빤히 쳐다보았다. "아뇨. 돌아가셨는데요."

"아." 나는 살짝 휘청거렸다. 무더웠던 바깥과의 급격한 온도 차 때문에 현기증이 났다. 시간이 슬로모션으로 흐르는 것 같았다. 더 이상 할 말이 없는 듯했다. 그럼에도 나는 움직일 수가 없었다. 그는 계속 문 앞에 서 있었다.

몇 시간처럼 느껴지는 시간이 흐른 뒤에 그가 사실은 보기보다 나이가 많을지 모른다는 생각이 들었다. 눈 아래에 다크서클이 있었고 입가에는 가느다란 주름이 몇 개 잡혀 있었다. "실제로 나이가 열다섯 살밖에 안 돼요?" 나는 그가 열다섯 살이라고 밝히기라도 한 듯 이렇게 물었다.

"스물여섯 살이에요." 그가 침울하게 말했다.

나는 흠칫 놀랐고, 그 말에 내 안에 숨겨져 있던 가속장치에 발동이라도 걸린 듯, 시모어 서베이스에서 나왔고, 물건을 팔려는 게 아니라 제품의 품질 개선을 위해 일주일에 맥주를 평균 어느 정도 마시는지 몇 가지 간단하게 묻고 싶다고 따발총처럼 쏟아냈다. 그러는 한편 이 남자는 맥주는커녕 지하 감옥에 쇠사슬로 묶여 남들이 던져주는 빵 조각과 함께 물이나 마시게 생겼다는 생각을 했다. 그가 침울하게나마 관심을 보이는 것 같기에(죽은 개 앞에서 보임 직한 수준의 관심이긴 했지만) 나는 평균 소비량을 숫자화한 카드를 내밀며 숫자를 하나 골라달라고 했다. 그는 카드를 잠깐 쳐다보다가 뒤집어서 뒷면에 아무것도 없는 걸 확인하더니 눈을 감고 말했다. "6요."

6이면 일주일에 일곱 병에서 열 병으로, 설문을 진행할 만한 요건이 충족된다고 그에게 말했다. "그럼 들어오세요." 그가 말했다. 문지방을 넘자 등 뒤에서 단단히 문이 닫혀 살짝 불안해졌다.

중간 크기의 거실은 완벽한 정사각형이었고 한쪽으로는 간이 주방이, 다른 한쪽으로는 복도를 지나 방들이 나왔다. 조그만 창문에 달린 베니션블라인드가 내려져 있어서 안이 땅거미 질 무렵처럼 어두침침했다. 어두컴컴하긴 해도 내가 본 바로, 벽은 그냥 하얀색이었다. 아무 그림도 걸려 있지 않았다. 바닥에는 밤색과 초록색과 자주색의 소용돌이와 꽃무늬로 장식이 된 아주 고급스러운 페르시아 카펫이 깔려 있었다. 나는 그걸 보며 아래층 아주머니가 할아버지에게 물려받아 응접실에 깔았다는 카펫보다 더 고급이라는 생각을 했다. 한쪽 벽에는 이 끝에서 저 끝까지 널빤지와 벽돌로 만든 책꽂이가 자리 잡고 있었다. 다른 가구라고는 큼지막하고 아주 오래됐고 속을 두툼하게 채운 안락의자 세 개뿐이었다. 하나는 빨간색 플러시, 또 하나는 다 낡은 청록색 양단, 나머지 하나는 빛바랜 자주색인데, 각각 그 옆에 플로어스탠드가 있었다. 곳곳에 종이, 공책, 엎어놓은 책, 연필이나 찢은 종이로 어디까지 읽었는지 표시해놓은 책이 널려 있었다.

"여기 혼자 살아요?" 내가 물었다.

그는 침울한 두 눈으로 나를 뚫어져라 쳐다보며 읊조렸다. "그건 '혼자'가 어떤 의미인지에 따라 답이 달라져요."

"아, 그렇군요." 나는 예의를 갖춰서 말했다. 명랑하고 씩씩한 분위기를 유지하려고 애를 쓰는 한편 바닥에 놓인 물건들을 불안하게 넘고 돌아가며 거실을 가로질렀다. 종이가 어지럽게 쌓여 있지 않은 의자가 자주색 하나라 그쪽으로 걸어갔다.

"거긴 앉으면 안 돼요." 그가 뒤에서 살짝 경고하는 투로 말했다. "트레버 자리예요. 거기 앉으면 트레버가 좋아하지 않을 거예요."

"아. 그럼 빨간색은 괜찮나요?"

"흠. 거긴 피시('피셔'의 애칭—옮긴이) 자리지만 거기 앉아도 피시는 상관하지 않을 거예요. 적어도 내 생각에는 그래요. 하지만 거기 앉으면 피시가 가져다 놓은 종이가 흐트러질 수도 있어서." 그 위에 앉는 것만으로 어떻게 그보다 어지럽힐 수 있다는 건지 모르겠지만 나는 아무 소리도 하지 않았다. 트레버와 피시는 그가 만든 상상 속의 친구이고 자기 나이도 거짓말을 한 건 아닌지 궁금해졌다. 여기서 보니 열 살짜리 얼굴이라고 해도 믿길 정도였다. 그는 어깨를 웅크리고 가슴 위로 팔짱을 껴서 팔꿈치를 잡고서는 진지한 눈빛으로 나를 물끄러미 바라보았다.

"그럼 초록색이 당신 의자겠네요."

"네. 하지만 2, 3주 동안 거기 앉은 적 없어요. 그 안에 전부 정리해놓았거든요."

나는 그 앞으로 건너가 어떤 식으로 전부 정리해놓았다는 건지 확인하고 싶었지만 처리해야 하는 업무를 상기했다. "그럼 어디 앉을까요?"

"바닥에요. 아니면 부엌, 아니면 내 방요."

"아, 방은 안 돼요." 나는 얼른 말했다. 종이의 바다를 되짚어가 모퉁

73

이 너머로 간이 주방을 흘끗 들여다보았다. 특이한 냄새가 나를 맞았다. 구석마다 쓰레기 봉지가 있는 듯했고 그 나머지 공간은 큼지막한 냄비와 주전자가 차지하는데, 깨끗한 것도 있고 아닌 것도 있었다. "부엌에는 앉을 자리가 없는 것 같네요." 나는 허리를 숙여 연못에서 거품을 걷어내듯 카펫에서 종이를 걷어내기 시작했다.

"그러지 말았으면 좋겠는데요." 그가 말했다. "그중에는 내 것이 아닌 것도 있거든요. 그러다 다 섞일 수 있어요. 내 방으로 가는 게 좋겠네요." 그는 구부정하게 복도로 건너가 열린 문 안으로 들어갔다. 하는 수 없이 나도 따라갔다.

방은 벽이 하얀색이었고 길쭉한 직사각형이었고 거실처럼 어두컴컴했다. 여기도 베니션블라인드가 내려져 있었다. 가구라고는 다리미가 놓인 다리미판, 한쪽 구석에 말 몇 개가 흩어져 있는 체스 세트, 바닥에 놓인 타자기, 안에 빨래가 담겨 있는 듯한 종이 박스(내가 들어가자 그가 발로 차서 벽장 안으로 넣었다) 그리고 좁은 침대가 전부였다. 그는 회색 군용 담요로 헝클어진 시트를 덮고 그 위로 올라가 두 벽이 만나는 모서리를 등지고 책상다리를 하고 앉았다. 침대 머리맡에 달린 독서등을 켜고, 담배를 한 대 꺼낸 다음 담뱃갑을 다시 뒷주머니에 넣고, 담배에 불을 붙이고, 홀로 향을 피우는 굶주린 부처처럼 오므린 두 손으로 담배를 앞에 쥐었다.

"준비됐어요." 그가 말했다.

의자가 없었기 때문에 나는 침대 가장자리에 걸터앉아서 설문조사를 시작했다. 내가 질문을 하나 할 때마다 그는 벽에 머리를 기대 눈을 감고 답을 했다. 그러고는 내가 다음 질문을 읽는 동안 다시 눈을 뜨고 아주 미미하게 관심을 보이며 나를 지켜보았다.

전화 광고 차례가 되자 그는 부엌 전화기 앞으로 가서 그 번호를 눌렀다. 내 느낌상 한참을 그 앞에 있었다. 무슨 일인가 싶어 나가보니 수화기를 귀에 대고 입가를 움직여 미소인가 싶은 것을 지으며 열심히 듣고 있었다.

"한 번 듣는 거예요." 나는 나무라는 투로 말했다.

그는 마지못한 듯 수화기를 내려놓았다. "당신이 간 뒤에 다시 전화해서 들어도 돼요?" 그는 소심하지만 과자 하나 더 달라고 조르는 어린애 같은 투로 물었다.

"네. 하지만 다음 주에는 안 돼요, 알았죠?" 다른 설문 응답자들도 들어야 하는데 계속 통화 중이면 안 됐다.

우리는 다시 방으로 들어가 각자 자세를 취했다. "이제 CM송의 몇 구절을 다시 한번 반복해서 들려드릴 테니까 어떤 느낌이 드는지 얘기해주세요." 내가 말했다. 자유연상을 통해 특정 키워드에 대해 어떤 식으로 즉각 반응하는지 파악하는 대목이었다. "먼저 '저 깊은 데서 남자의 풍미가 느껴지는', 이 부분은 어때요?"

그는 고개를 뒤로 젖히고 눈을 감았다. "땀." 그가 심사숙고 끝에 말했다. "캔버스 운동화. 지하 탈의실과 국부 보호대."

응답을 그대로 받아 적는 것이 설문 진행자의 의무였기 때문에 나는 그렇게 했다. 이 응답지를 진짜 설문지 사이에 슬쩍 끼워 넣을까 하는 생각이 들었다. 그러면 크레용으로 체크하는 위머스 부인이나 건드리지 부인 같은 여직원들이 심심함을 달랠 수 있을지 몰랐다. 그녀가 다른 직원들에게 읽어주면 다들 세상은 요지경이라고 할 것이다. 적어도 쉬는 시간이 세 번 반복되는 동안 이 응답지가 거론될 것이다.

"'길고 시원하게 들이켜는 순간'은요?"

"별 느낌 없는데요. 아, 잠깐. 아주 높은 데서 추락하는 하얀 새요. 겨울이고 심장을 관통해요. 떨어져 나온 깃털이 한들한들 떨어지는데…… 꼭 정신병원에서 하는 낱말 게임 같네요." 그는 눈을 뜨며 말했다. "나는 그거 좋아했는데. 그림 카드보다는 그게 나아요."

나는 말했다. "같은 원리일 거예요. '건강하고 가슴이 뻥 뚫리는'은요?"

그는 한참을 묵상했다. "속쓰림요." 그는 말했다. "아니, 그건 아니다." 그는 이마를 찡그렸다. "이제 알겠어요. 식인 스토리예요." 그는 처음으로 심란한 표정을 지었다. "어떤 패턴인지 알아요. 데카메론에 한 편, 그림 형제 동화집에 두어 편 소개됐으니까. 남편이 아내의 애인을, 아니면 거꾸로 아내의 애인이 남편을 죽이고 심장을 도려내 스튜나 파이로 만들어 은접시에 내면 상대방은 그걸 먹죠. 그런데 그게 건강하다는 부분과는 별로 맞아떨어지지 않네요, 그죠? 셰익스피어." 그는 아까보다 차분해진 목소리로 말했다. "셰익스피어의 작품에도 그 비슷한 게 있어요. 《타이터스 앤드러니커스》에 그런 장면이 있어요, 그게 셰익스피어의 작품인지는 논란의 여지가 있지만……"

"감사합니다." 나는 바쁘게 받아 적었다. 나는 그가 일종의 강박 노이로제 환자인 게 분명하니 계속 침착하게 대하고 공포를 드러내지 말자고 결론을 내린 참이었다. 그가 폭력적인 타입으로 보이지는 않았기 때문에 사실 무섭지는 않았지만 이런 질문이 그의 긴장을 유발하고 있었다. 그는 감정의 낭떠러지에서 휘청거리는 중이라 어떤 한 구절이 그를 아래로 떠미는 역할을 할 수 있었다. 나는 에인슬리에게 들은 사례를 떠올리며 이런 사람들은 그런 식이라고 생각했다. 말 같은 사소한 것에 괴로워할 수 있다.

"그럼 '짜릿하고 아찔하고 거친 그 맛'은요?"

그는 그 구절에 대해서는 오래 고민했다. "나한테는 아무 느낌이 없어요." 그가 말했다. "서로 어울리지 않아요. 앞부분은 머리가 유리로 된 사람을 막대로 때리는 이미지가 떠올라요. 꼭 유리 하프처럼 말이에요. 하지만 거친 그 맛은 아무 느낌이 없어요." 그는 슬픈 목소리로 말했다. "이런 답변은 별 도움이 안 되겠지만."

"잘해주고 계세요." 나는 이걸 입력하면 IBM 컴퓨터에 어떤 사태가 벌어질까 하는 생각이 들었다. "이제 마지막이에요. '황야의 짜릿함'."

"아." 그는 열의 비슷한 게 느껴지려고 하는 목소리로 말했다. "그건 쉬워요. 듣자마자 당장 생각났어요. 개 아니면 말을 다룬 총천연색 영화요. '황야의 짜릿함'은 분명 개예요. 늑대와 허스키의 피가 섞였고 주인을 한 번은 불에서, 한 번은 홍수에서, 한 번은 못된 인간에게서, 요즘은 인디언이 아니라 백인 사냥꾼일 가능성이 더 크죠, 이렇게 세 번 구하고 마침내 잔인한 사냥꾼의 22구경에 맞아 주인의 눈물 속에 눈을 감는 개. 아마도 눈 속에 묻히고 나무와 호수의 파노라마 숏. 저녁놀. 페이드 아웃."

"좋아요." 나는 미친 듯이 받아 적으며 말했다. 우리 둘 다 내 연필 긁히는 소리를 듣느라 정적이 흘렀다. "이제 이런 질문하기 싫지만 이 다섯 개 구절이 맥주와 얼마나 잘 어울린다고 보세요? 아주 잘 어울린다, 잘 어울린다, 아니면 전혀 어울리지 않는다."

"그건 답변할 수 없어요." 그는 완전히 관심을 잃은 목소리로 말했다. "나는 그걸 입에도 대지 않거든요. 스카치만 마셔요. 그 구절은 전부 스카치하고는 전혀 어울리지 않아요."

나는 놀라서 이의를 제기했다. "하지만 카드를 보고 6번을 선택했잖아요. 매주 평균 일곱 병에서 열 병을 마신다고."

"당신이 나더러 숫자를 고르라고 했잖아요." 그는 짜증을 자제하며 말했다. "그리고 6이 내 행운의 숫자예요. 그래서 심지어 이 집 호수까지 바꿨어요. 원래는 여기가 1호인데. 게다가 심심해서 다른 사람과 대화를 나누고 싶었고요."

"그럼 이 설문지를 자료로 쓸 수 없다는 말이네요." 나는 찬바람이 쌩쌩 부는 목소리로 말했다. 이게 진짜 설문조사는 아니라는 것을 잠깐 잊었다.

"아, 당신도 재밌어했잖아요." 그가 다시 특유의 반쪽짜리 미소를 지으며 말했다. "지금까지 들은 답변은 죄다 재미없었다는 걸 당신도 알잖아요. 내가 당신의 하루에 상당한 활기를 불어넣었어요."

나는 살짝 짜증이 났다. 신경쇠약을 일으키기 직전인 환자인 줄 알고 딱하게 여겼더니 처음부터 끝까지 어색한 연기였다고 폭로한 것이었다. 불쾌한 티를 내며 일어나 당장 그 집에서 나오든지 아니면 그의 말이 맞다고 인정하든지 둘 중 하나였다. 나는 찌푸린 얼굴로 그를 보며 어떻게 할지 고민했다. 하지만 바로 그때 현관문 열리는 소리에 이어 사람들 목소리가 들렸다.

그는 홱 하니 몸을 앞으로 내밀고 열심히 듣더니 다시 벽에 몸을 기댔다. "피시하고 트레버예요. 내 룸메이트요." 그가 말했다. "나처럼 재미없는 녀석들이에요. 특히 트레버가 최고예요. 내가 웃통을 벗고 진짜 여자랑 방 안에 있는 걸 보면 충격받을 거예요."

슈퍼에서 받은 갈색 종이봉투를 부스럭거리며 부엌에 내려놓는 소리에 이어 저음의 목소리가 들렸다. "으아, 밖이 진짜 더워!"

"저는 이제 그만 가봐야겠어요." 내가 말했다. 다른 두 명도 이 남자와

78

비슷하다면 감당할 자신이 없었다. 내가 설문지를 주섬주섬 챙기고 일어난 순간, "어이, 덩컨, 맥주 마실래?" 하는 소리와 함께 북슬북슬한 수염으로 덮인 얼굴이 문 앞에 등장했다.

나는 헉 소리를 냈다. "그러니까 결국 맥주를 마시는군요!"

"네, 아마도 그런 것 같죠? 미안해요. 끝내고 싶지 않아서 그랬어요. 내가 헛소리를 늘어놓은 것처럼 들리겠지만 그냥 하고 싶은 얘기를 했을 뿐이에요. 피시." 그가 수염에게 말했다. "이쪽은 골디락스(금발의 미녀를 지칭하는 별명—옮긴이)야." 나는 딱딱하게 미소를 지었다. 나는 금발이 아니다.

첫 번째 얼굴 위로 다른 얼굴이 등장했다. 피부가 하얗고 밝은색 금발은 점점 벗어져가고 눈은 하늘색이며 코는 칼로 깎은 듯이 잘생긴 남자였다. 그가 나를 보고 입을 떡 벌렸다.

이제 나가야 할 때였다. "고마웠어요." 나는 쌀쌀맞지만 우아하게 침대 위의 남자에게 말했다. "도움이 많이 됐어요."

내가 문밖으로 걸어가는 동안 그는 씩 웃었고 두 남자가 놀란 표정 그대로 내가 지나갈 수 있게 뒤로 물러서자 그가 외쳤다. "저기요, 왜 이런 쓰레기 같은 일을 해요? 뚱뚱하고 후줄근한 아줌마들이나 하는 일인 줄 알았는데."

"아." 나는 최대한 품위 있게 대답하되 원래는 이보다 수준 높은 일을 한다는 식의 해명은 시도하지 않았다. "먹고살아야죠. 요즘 같은 때 대학 졸업장 가지고 달리 무슨 일을 할 수 있겠어요?"

밖으로 나가 설문지를 보았다. 눈부신 태양 아래에서 확인해보니 그의 답변을 뭐라고 받아 적었는지 거의 알아볼 수가 없었다. 보이는 거라고는 회색으로 휘갈긴 형체뿐이었다.

7

원칙적으로 따지면 응답지가 한 개 반 모자랐지만 이 정도면 보고서 작성과 설문지 변경에 쓰일 자료로 충분했다. 게다가 피터의 집에 가기 전에 씻고 옷을 갈아입고 싶은데 설문조사를 하는 데 예상보다 시간이 많이 걸렸다.

아파트로 돌아가 설문지를 침대에 던졌다. 그런 다음 에인슬리를 찾았지만 그녀는 외출하고 없었다. 수건, 비누, 칫솔과 치약을 챙기고 가운을 입고 한 층 내려갔다. 우리 집에는 별도의 화장실이 없다. 월세가 저렴한 이유가 그 때문이기도 하다. 수세식 화장실이 탄생되기 전에 집이 지어졌을 수도 있고 하인들에게는 화장실이 필요 없다고 보았을 수도 있었다. 아무튼 그래서 우리는 2층 화장실을 써야 하고 그래서 가끔 사는 게 힘들어진다. 에인슬리는 항상 욕조에 물 자국을 남기는데, 아래층 아주머니는 그걸 성지 훼손으로 간주한다. 그녀는 눈에 잘 띄는 곳에 탈취제와 세제와 솔과 스펀지를 둔다. 에인슬리는 그걸 보고도 아무렇지 않아 하지만 나는 마음이 불편하다. 에인슬리가 목욕을 하고 나면 가끔 내가 내려가 욕조를 청소할 때도 있다.

좀 오랫동안 몸을 담그고 싶었는데, 오후 동안 쌓인 먼지와 매연을 이제 막 벗겨냈을 때 아래층 아주머니가 문밖에서 부스럭거리며 헛기침을 하기 시작했다. 그녀는 화장실을 쓰고 싶으면 그런 식으로 눈치를 준다. 절대 노크하고 물어보지 않는다. 나는 다시 위로 올라가 옷을 갈아입고 차를 한 잔 마시고 피터의 집으로 출발했다. 뻣뻣한 옷깃 위로 음산하게 입을 다문 은판사진 속의 선조들이 점점 빛이 바래가는 눈으로 계단을 내려가는 나를 지켜보았다.

우리는 대개 밖에서 저녁을 먹지만 그렇지 않을 때는 내가 피터의 집으로 가는 길에 오래된 주택가에 있는 조그맣고 후줄근한 가게에 들러 만들어 먹을 만한 것을 산다. 물론 그가 폭스바겐을 몰고 집까지 나를 데리러 올 수도 있었지만 그는 심부름을 시키면 짜증을 낸다. 게다가 아래층 아주머니에게 상상의 나래를 펼 단서를 제공하고 싶지 않다. 나는 피터가 아무 말도 하지 않아서 저녁을 밖에서 먹을지 말지 알 수 없었기 때문에 만일의 경우에 대비해 가게에 들렀다. 전날 마신 축하주가 덜 깨서 거창하게 저녁을 먹을 만한 상태가 아닐 수 있었다.

피터의 아파트는 차를 타고 가는 것이 번거롭게 느껴질 정도의 거리였다. 내가 사는 지구의 남쪽이자 대학교 동쪽의 슬럼가에 가까운 동네인데, 앞으로 몇 년에 걸쳐 고층아파트가 들어설 예정이다. 몇 채는 이미 완공됐지만 피터의 아파트는 아직 공사 중이다. 입주민은 피터밖에 없다. 건물이 완공될 때까지 월세의 3분의 1만 내고 임시로 살고 있다. 계약을 처리하며 알게 된 인맥을 통해 얻어낸 합의안이다. 피터는 수습변호사라 아직 엄청나게 돈을 벌지는 못하지만, 그래서 아파트도 제값을 주고 살 수 없었지만, 작은 법률사무소다 보니 고속으로 승진 가도를 달리고 있다.

여름 내내 그의 아파트에 갈 때마다 로비 입구 근처에 쌓인 콘크리트 더미를 지나고, 바닥에 놓여 먼지 낀 방수포를 덮고 있는 이런저런 물건들을 피하고, 가끔은 위로 올라가는 계단에 놓인 회반죽 통과 사다리와 파이프 더미를 넘어야 했다. 아직 엘리베이터가 작동되지 않았다. 피터의 존재를 모르는 인부들이 나를 가로막으며 사는 사람이 없으니 들어가면 안 된다고 할 때도 있었다. 그러면 월랜더 씨가 안에 있는지 없는지를 놓고 언쟁이 벌어지는데, 한번은 그들을 데리고 7층까지 올라가 피터를 실제로 보여준 적도 있었다. 하지만 토요일 5시까지 작업을 하는 사람은 없을 것이었다. 긴 연휴 내내 아예 쉬지 않을까 싶었다. 작업을 설렁설렁 진행하는 듯이 보여서 피터는 좋아한다. 파업인지 정리해고인지 때문에 작업이 중단된 적도 있다. 피터는 계속 그런 식이길 바란다. 완공까지 시간이 오래 걸릴수록 그는 더 오랫동안 저렴하게 여기서 지낼 수 있다.

건물의 뼈대는 다 만들어졌고 마무리만 남았다. 창문도 모두 달았고 지나가던 사람이 들이받지 않도록 흰 비누로 상형문자도 그려놓았다. 유리문은 몇 주 전에 설치가 돼서 피터가 내 몫으로 열쇠를 한 벌 더 만들어주었다. 아직 인터폰이 연결되지 않았으므로, 편의보다는 필요에 의한 조치였다. 실내는 타일이나 페인트칠한 벽, 거울이나 조명처럼 나중에 건물에 고급스러운 광택을 입히고 딱정벌레 안쪽 껍데기 같은 역할을 할 반짝이는 외관이 아직 제대로 마감되지 않았다. 바닥재의 거칠거칠하고 칙칙한 속살과 회반죽을 칠하지 않은 벽이 고스란히 드러났고 대부분의 콘센트에서 끊긴 신경처럼 벗겨진 전선이 대롱거렸다. 나는 지저분한 난간을 피해 조심스럽게 계단을 올라가며, 주말이라고 하면 신축건물 특유의 널빤지 톱밥과 시멘트 가루 냄새를 떠올리게 된 것에 대해 생각했다. 지나는 층마다 아직 문이 달리지 않은 미래의 개별 현관 입구가 입을 떡 벌리고 나를 맞았다. 한참을 올라가야 했다. 피터가 사는 층에 도착했을 때 나는 숨을 헐떡이고 있었다. 엘리베이터를 쓸 수 있으면 얼마나 좋을까.

물론 피터의 아파트는 거의 완공 단계다. 그는 월세가 아무리 저렴해도 제대로 된 바닥과 전기설비가 갖추어지지 않은 곳에서는 살지 않았을 것이다. 그의 인맥은 그곳을 모델하우스 삼아 어쩌다 한 번씩 미래의 세입자에게 보여주는데, 항상 피터에게 미리 연락을 한다. 피터는 별로 불편해하지 않는다. 집을 비울 때가 많은 데다 사람들이 자기 집을 둘러보아도 신경 쓰지 않는다.

나는 문을 열고 들어가 사 온 식료품을 간이 주방에 있는 냉장고에 넣었다. 물 흐르는 소리가 들리는 걸 보니 피터가 샤워를 하는 모양이었다. 그는 샤워를 자주 했다. 나는 거실로 건너가 창밖을 내다보았다. 호수나 도시의 전경을 감상할 수 있을 만큼 아파트가 높지는 않아서 우중충한 골목길과 좁은 뒤뜰만이 모자이크처럼 보이는 정도고, 거기서 사람들이 뭘 하고 있는지 분명하게 보일 만큼 낮지도 않다. 피터는 거실에 뭘 많이 가져다놓지 않았다. 덴마크 모던디자인의 소파와 의자 세트, 전축이 끝이다. 그는 마음에 들지도 않는 싸구려 물건들로 어지럽히느니 좋은 걸 살 수 있을 때까지 기다리겠다고 한다. 그의 생각이 맞는다고 보지만 그래도 뭐가 좀 더 있으면 좋겠다. 주변의 널찍한 빈 공간 때문에 두 개밖에 없는 가구가 아주 빈약하고 외로워 보인다.

나는 누굴 기다릴 때면 가만히 있지 못하고 왔다 갔다 하는 습관이 있다. 이번에는 방 안으로 들어가 그쪽 창밖을 내다보았지만 풍경이 거의 다를 바 없었다. 피터가 내게 말한 바로는 방의 가구 배치가 거의 끝낳다는데, 취향에 따라서는 조금 허전해 보일 수도 있었다. 바닥에는 큼지막한 양가죽이 깔려 있고, 수수하고 튼튼하고 큼지막한 침대도 중고이긴 하지만 상태가 완벽하고 항상 깔끔하게 정리가 되어 있다. 근엄해 보이는 정사각형의 짙은 색 나무 책상도 있고 가죽 등받이가 달린 사무용 회전의자 역시 그가 중고 용품점에서 고른 것이다. 앉아서 일하기에 아주 편안하다고 한다. 책상에는 스탠드, 압지, 이런저런 펜과 연필이 있고 액자에 담긴 피터의 졸업식 사진이 놓여 있다. 책상 위편 벽에는 조그만 책꽂이가 달려 있다. 맨 아래 칸에는 법률 서적이, 맨 위 칸에는 그가 모아놓은 탐정소설이, 그 중간에는 잡다한 책과 잡지가 꽂혀 있다. 책꽂이 옆 타공판에는 피터가 수집한 무기가 고리에 걸려 있다. 엽총 두 자루, 권총 한 자루, 위험해 보이는 칼 몇 자루다. 모델명을 들었지만 나는 절대 외우지 못한다. 피터가 그 무기를 쓰는 건 본 적 없지만 도시에서는 당연히 그럴 만한 기회가 많지 않을 것이다. 예전에는 오래된 친구들과 사냥을 자주 다녔던 모양이다. 렌즈를 가죽 케이스로 씌운 카메라도 거기 걸려 있다. 벽장문 앞에는 전신 거울이 있고 벽장 안에는 피터의 옷이 모두 들어가 있다.

내가 어슬렁거리는 소리를 들었는지 피터가 외쳤다. "메리언? 왔어?"

"응, 왔어." 내가 외쳤다. "안녕."

"안녕. 뭐라도 마시고 있어. 나도 진토닉 한 잔 만들어주고. 금방 나갈게."

나는 뭐가 어디 있는지 다 알았다. 피터는 구색을 갖춰서 찬장에 술을 채워놓고 꼬박꼬박 얼음을 얼려놓았다. 나는 부엌에 가서 조심스럽게 술을 만들었다. 피터의 취향에 맞게 레몬 껍질을 돌돌 말아서 얹는 것도 잊지 않았다. 나는 술을 만들 때 계량을 해야 하기 때문에 남들보다 시간이 오래 걸린다.

샤워 소리가 멈추고 발소리가 들렸다. 고개를 돌려보니 피터가 우아한 감청색 수건을 두르고 물을 뚝뚝 흘리며 부엌 입구에 서 있었다.

"안녕." 내가 말했다. "술은 조리대에 있어."

그는 말없이 앞으로 다가와 내가 들고 있던 잔을 가져가 3분의 1을 마시고 내 뒤편의 식탁에 내려놓았다. 그러고는 두 팔로 나를 감싸 안았다.

"옷이 다 젖잖아." 나는 나지막이 말하고 차가운 잔을 들고 있던 손을 그의 허리에 얹었다. 그는 움찔하지 않았다. 샤워를 하고 나온 길이라 피부가 따뜻하고 탱탱했다.

그가 내 귀에 입을 맞추었다. "욕실로 가자." 그가 말했다.

나는 피터의 샤워 커튼을 물끄러미 올려다보았다. 목을 구부린 분홍색 백조가 백반증에 걸린 수련 이파리 사이에서 세 마리씩 짝을 이뤄 헤엄을 치고 있는 은색 바탕의 비닐이었다. 피터의 취향은 아니었지만 샤워를 할 때 물이 계속 바닥으로 튀는 바람에 제대로 보지도 못하고 급하게 산 것이었고 그나마 이 커튼이 그중에서 가장 얌전했다. 그가 왜 욕실로 가자고 했는지 궁금해졌다. 내가 보기에는 좋은 생각이 아니었고 나는 침대가 더 좋았다. 욕조는 너무 작고 딱딱하고 울퉁불퉁해서 불편할 것이었다. 그래도 나는 아무 소리 하지 않았다. 트리거를 감안해서 그에게 잘해주어야 했다. 그래도 울퉁불퉁한 것을 보완할 수 있게 욕실용 매트를 들고 들어갔다.

내 예상과 다르게 피터는 평소와 다르기는 했지만 우울해하지는 않았다. 그가 욕조를 선택할 줄은 몰랐다. 나는 지난 두 번의 유감스러웠던 결혼식의 기억을 떠올렸다. 첫 번째 결혼식 이후에는 그의 방바닥에 깔린 양가죽이었다. 두 번째 결혼식 이후에는 차를 타고 네 시간 동안 달려서 찾아간 벌판 위의 까칠까칠한 담요였고 나는 그때 농부와 젖소들 때문에 불안했다. 일종의 패턴인 것 같은데 무슨 패턴인지는 알 수 없었다. 친구들의 결혼 생활이라고 하면 세면대에서 퀴퀴한 냄새를 풍기는 스타킹과 프라이팬에 엉겨 붙은 베이컨 기름이 떠오르고, 그러면 반발심에 젊고 즉흥적인 면모를 강조하고 싶은 것일 수 있었다. 이런 설정에 몰두하는 피터를 보면 어디선가 읽은 걸 따라 하고 싶어 한다는 느낌이 오는데, 출처가 어딘지 도통 모르겠다. 벌판은 아마도 남성용 아웃도어 잡지에 실린 사냥 기사인 것 같았다. 그가 체크무늬 재킷을 입었던 기억이 났다. 양가죽은 펜트하우스 욕망을 다루는 남성용 고급 잡지가 아닐까 싶었다. 하지만 욕조는? 그가 '도피 문학'이라고 부르는 살인 미스터리에서 힌트를 얻었을지 모르겠지만 그랬다면 누가 욕조에서 익사하는 쪽에 가깝지 않을까? 그것도 여자가. 그런 그림이라면 표지로 쓰기에 완벽할 것이다. 실오라기 하나 걸치지 않은 알몸으로 얇은 물의 장막 아래에 누워서 비누나 고무 오리나 핏자국으로 검열상 문제가 될 만한 부위를 가리고, 차갑고 청정한 욕조의 물이 오로지 죽었기 때문에 얼음처럼 순결한 그녀의 시신을 감싸고 있는 가운데 물 위로 머리칼을 펼치고 뜬 눈으로 독자를 응시하는 여자. 관 대신 쓰인 욕조. 어떤 상상 하나가 내 머릿속을 스치고 지나갔다. 우리 둘 다 잠이 든 사이에 수도꼭지가 뜻하지 않게 틀렸는데 물이 미지근해서 알아차리지 못하고 서서히 차오른 물에 익사하면 어쩐다? 그러면 미래의 세입자를 데려온 그의 인맥이 깜짝 놀랄 것이다. 물에 잠긴 욕실 바닥과 꼭 끌어안고 최후의 포옹을 한 알몸의 시체 두 구. 사람들은 '자살'이라고 할 것이다. "사랑을 위해 죽었다"라고 할 것이다. 그리고 여름밤이면 사람들은 독신자를 위한 럭셔리 투룸이라는 브렌트뷰 아파트 복도를 목욕 수건만 두른 채 돌아다니는 우리의 유령을 볼 것이다…….

백조에 질린 나는 고개를 돌려 둥그스름한 은색 샤워기 노즐을 쳐다보았다. 피터의 머리칼에서 깨끗한 비누 냄새가 났다. 그는 방금 전처럼 샤워했을 때뿐만이 아니라 항상 비누 냄새가 났다. 원래는 치과 의자와 약이 떠오르는 냄새지만 그에게서는 매력적이었다. 그는 기분 나쁘게 들큼한 냄새가 나는 셰이빙 로션이나 기타 남성용 향수 대용품을 쓰지 않았다.

내 몸을 가로지른 그의 팔 위로 가지런히 누운 털이 보였다. 그 팔은 욕실과 같았다. 깨끗하고 새하얗고 새로우며 남자치고 살결이 유난히 반질반질했다. 내 어깨에 놓여 있는 그의 얼굴은 볼 수 없었지만 애써 그려보았다. 그는 클래라도 말했다시피 '잘생겼다'. 내가 처음에 그에게 매력을 느낀 이유도 아마 그 때문이었을 것이다. 그가 눈에 띄는 이유는 이목구비가 부리부리하거나 특이해서가 아니라 젊고 멀끔한 담배 광고 모델처럼 평범함이 완벽의 경지에 이르렀기 때문이었다. 하지만 가끔은 사마귀나 점, 까끌한 반점처럼, 손길이 그냥 미끄러지지 않고 걸리는 부분이 있으면 좋겠다는 생각이 들었다.

우리는 내 졸업 기념 가든파티에서 만났다. 그가 내 친구의 친구였고 우리는 그늘에서 아이스크림을 같이 먹었다. 그는 상당히 격식을 차렸고 앞으로 어떤 일을 할 생각이냐고 물었다. 나는 내 원래 계획보다 훨씬 당차게 하고 싶은 일에 대해 이야기했고 그가 나중에 밝힌 바에 따르면 독립적이고 지각을 갖춘 나의 분위기가 마음에 들었다고 했다. 그의 삶을 쥐락펴락하지 않을 여자로 보였던 것이다. 그는 이른바 '그렇지 않은 타입' 때문에 얼마 전에 불쾌한 경험을 한 참이었다. 우리는 그런 가정 아래 만났고 그것이 나에게는 잘 맞았다. 우리는 서로를 있는 그대로 대하고 있는데, 그 말은 곧 성격이 아주 잘 맞는다는 뜻이었다. 물론 내 쪽에서 그의 기분을 맞춰주어야 했지만 그건 어느 남자나 마찬가지고 그는 표정에서 다 드러나기 때문에 별로 어려울 게 없었다. 여름 내내 그와의 만남은 즐거운 습관으로 자리 잡았고 주말에만 만났기 때문에 아직까지 긴장감은 다 가시지 않았다.

하지만 내가 그의 아파트를 처음으로 찾은 날이 하마터면 마지막 날이 될 뻔했다. 그는 하이파이 음악과 브랜디로 교묘하고 점잖게 나를 유혹한다고 생각했고 나는 못 이기는 척 방으로 끌려갔다. 브랜디 잔을 책상에 내려놓았을 때 피터가 곡예를 부리다 잔 하나를 바닥에 떨어뜨려 박살을 냈다.

"아, 그냥 내버려둬요." 나는 말했다. 어쩌면 눈치 없는 발언이었다. 피터는 불을 켜고 빗자루와 쓰레받기를 들고 와 자잘한 유리 조각을 모두 쓸어 담았고, 그보다 큰 조각은 빵 부스러기를 쪼아 먹는 비둘기처럼 꼼꼼하고 정확하게 주웠다. 분위기가 완전히 깨졌다. 우리는 금세 조금 퉁명스럽게 작별 인사를 했고 그는 일주일 넘게 연락이 없었다. 물론 지금은 사이가 훨씬 괜찮아졌다.

피터가 내 팔을 욕조에 으스러뜨려가며 옆에서 기지개를 켜고 하품을 했다. 나는 움찔하며 그의 아래에 있던 팔을 가만히 빼냈다.

"어땠어?" 그는 내 어깨에 입을 대고 아무렇지 않은 듯이 물었다. 그는 항상 이걸 물었다.

"끝내줬어." 나는 중얼거렸다. 보면 알 수 있지 않나? 언제 한번 날을 잡아서 "시시했어"라고 대답하고 그의 반응을 살펴야겠다. 하지만 그는 믿지 않을 것이다. 나는 손을 올려 그의 축축한 머리칼을 쓰다듬고 그의 목덜미를 긁었다. 그러면 그는 적당히 좋아했다.

어쩌면 그는 자신의 성격을 표현하는 도구로 욕조를 선택했을지 몰랐다. 나는 어울릴 만한 시나리오를 궁리해보았다. 고행일까? 예전에 고행하던 사람들이 입던 거끌거끌한 셔츠와 그들이 깔고 앉았던 못을 현대식으로 재현한 걸까? 육신을 괴롭히려는 시도였을까? 하지만 피터의 어떤 부분도 거기에 들어맞지 않았다. 그는 편한 것을 좋아했고 괴롭힘을 당한 건 그의 육신이 아니었다. 그가 위에 있었다. 아니면 옷을 입은 채로 풀장에 뛰어들거나 파티에서 머리에 뭘 얹어대는 식의 무모한 치기였을 수도 있었다. 하지만 이런 이미지도 피터와는 어울리지 않았다. 이제 그의 예전 친구 중에 미혼이 남지 않아서 다행이었다. 다음 번에는 옷장에 들어가자거나 부엌 조리대 위에서 희한한 자세를 시도할 수도 있었다.

아니면 소름 끼치는 상상이었지만 나의 성격을 발산하는 도구로 선택했을 수도 있었다. 새로운 가능성이 내 앞에 복도처럼 펼쳐졌다. 나를 변기로 간주한 걸까? 나를 어떤 여자라고 생각한 걸까?

그가 손가락으로 내 목덜미 머리칼을 돌돌 말았다. "당신 기모노 입으면 잘 어울릴 거야." 그는 이렇게 속삭이고 내 어깨를 깨물었다. 대책 없이 들떴다는 신호였다. 그는 원래 잘 깨물지 않는다.

나는 화답하는 뜻에서 그의 어깨를 깨물고 레버가 계속 샤워기 쪽으로 되어 있는 것을 확인하고는 날렵한 오른발을 뻗어 찬물을 틀었다.

8

8시 30분에 우리는 렌을 만나러 갔다. 아까 피터의 기분이 어떠했든 지금은 미처 해석이 안 된 다른 기분으로 바뀌었기 때문에 나는 차를 타고 가는 동안 대화를 시도하지 않았다. 피터는 도로에 시선을 고정한 채 모퉁이를 너무 급하게 돌았고 다른 운전자들을 향해 들릴락 말락 하게 중얼거렸다. 안전벨트도 매지 않았다.

내가 "당신이 좋아할 만한 친구야"라고 했음에도 그는 렌과 약속이 있다고 말했을 때 처음엔 좋아하지 않았다.

"어떤 친구인데?" 그는 의심스러워하는 투로 이렇게 물었다. 피터가 아닌 다른 남자였다면 질투인가 하고 의심했겠지만 그는 질투하는 성격이 아니다.

"같이 대학 다녔던 예전 친구야. 영국에 갔다가 얼마 전에 왔어. 텔레비전 피디인가 그럴 거야." 나는 렌이 그렇게 대단한 직책은 아닐 거라는 사실을 알았지만 피터는 직업에 따라 사람을 평가한다. 나는 피터의 기분 전환용으로 렌을 선택했기 때문에 즐거운 저녁 시간을 보낼 수 있길 바랐다.

"아." 피터가 말했다. "예술가 타입이로군. 동성애자일 수도 있겠고."

우리는 식탁에 앉아서 비닐봉지째 3분만 끓이면 되는 냉동 완두콩과 훈제 고기를 먹고 있었다. 피터가 집에서 저녁을 먹자고 했기 때문이었다.

"아, 그건 아니야." 나는 열심히 렌을 변호하고 나섰다. "오히려 정반대지."

피터는 접시를 옆으로 치웠다. "당신은 왜 요리를 할 줄 몰라?" 그가 심통 사납게 물었다.

나는 상처를 받았다. 그건 억울한 비난이었다. 나는 요리를 좋아하지만 피터의 집에서는 그가 위압감을 느낄까 싶어 일부러 자제하고 있었다. 게다가 그도 예전에는 훈제 고기를 좋아했고 영양 면에서도 만점이었다. 나는 뭐라고 쏘아붙이려다 참았다. 이러니저러니 해도 피터는 괴로워하고 있었다. 그래서 나는 이렇게 물었다. "결혼식은 어땠어?"

피터는 앓는 소리를 내며 의자에 기대고 앉아서 담배에 불을 붙이고 묘한 눈빛으로 저쪽 벽을 물끄러미 응시했다. 그러다가 자리에서 일어나 진토닉을 한 잔 더 만들었다. 부엌을 왔다 갔다 걸으려다가 너무 좁아서 다시 자리에 앉았다.

그가 말했다. "아, 불쌍한 트리거. 얼마나 처참해 보였는지 몰라. 어쩌다 그런 식으로 코가 꿰이게 됐을까?" 그는 계속해서 횡설수설 독백을 늘어놓았다. 누가 들으면 트리거가 고귀하고 자유로운 최후의 모히칸족이거나 아니면 운명의 여신과 자기보다 못한 종족에 의해 파멸당한 마지막 공룡 또는 너무 멍청해서 도망치지 못한 마지막 도도새인 줄 알았을 것이다. 그는 이어서 가엾은 트리거를 가정이라는 공허한 공간 속으로 빨아들인 악랄하고 사악한 인물이라며 신부를 공격하다가(그 말을 듣고 나는 그녀를 진공청소기로 상상했다) 결국에는 자신의 외로운 미래를 놓고 암울한 예언을 몇 마디 늘어놓으며 마무리를 지었다. 외로운 미래라는 것은 다른 미혼 친구가 없다는 뜻이었다.

나는 마지막 남은 냉동 완두콩을 삼켰다. 이런 일장연설이나 그 비슷한 발언이라면 전에도 두 번 들은 적 있었고 나는 할 수 있는 말이 아무것도 없다는 것을 알았다. 내가 맞장구를 치면 그가 더욱 우울해할 테고 아니라고 반박하면 신부의 편을 드는 거냐며 나를 의심할 것이었다. 처음에는 정석대로 명랑하게 그를 위로하려고 했었다. "뭐, 이제는 다 끝났고 결국에는 잘된 일이 될지 모르잖아. 신부가 어린애를 꼬드겨 결혼한 것도 아니고. 그 친구, 스물여섯 살 아니야?"

"내가 스물여섯 살이야." 피터는 침울하게 이렇게 말했다.

그래서 나는 이번에는 아무 말도 하지 않고 피터가 일찌감치 이 연설을 끝내줘서 다행이라고 속으로 중얼거렸다. 내가 자리에서 일어나 아이스크림을 좀 덜어주자 그는 연민의 선물로 받아들이며 내 허리를 팔로 감싸고 우울하게 끌어안았다.

"아, 메리언." 그가 말했다. "당신이 이해하지 못했으면 내가 뭘 어쩔 수 있었을까? 다른 여자들은 대부분 이해하지 못하는데 당신은 정말 분별력이 있어."

나는 그가 아이스크림을 먹는 동안 그에게 몸을 기대고 그의 머리칼을 쓰다듬었다.

우리는 평소처럼 파크 플라자 뒤편 골목길에 차를 대고 내렸다. 걸어가는 동안 내가 피터의 팔짱을 끼자 그는 멍하니 나를 내려다보며 미소를 지었다. 나는 그가 이제는 운전할 때처럼 이를 갈지 않는다는 데 기뻐하며 마주 보고 미소를 지었다. 그가 다른 쪽 손으로 내 손을 덮었다.

나는 내 다른 쪽 손을 그 위에 얹으려다가 그러면 내 손이 맨 위로 가서 그가 팔을 풀고 학교에서 쉬는 시간에 했던 게임처럼 그쪽 손을 내 손 위에 얹을 거라는 생각이 들었다. 그래서 대신 애정 어린 손길로 그의 팔을 꼭 쥐었다.

파크 플라자에 도착하자 피터는 늘 하던 대로 내가 들어갈 수 있게 유리문을 잡아주었다. 피터는 그런 부분을 세심하게 챙긴다. 차 문도 열어준다. 나는 가끔 그가 문을 열고 양 발꿈치를 딱 소리 나게 부딪칠지 모른다는 기대를 품는다.

엘리베이터를 기다리는 동안 엘리베이터 문 옆 전면 거울에 비친 우리의 모습을 바라보았다. 피터는 차분한 분위기의 옷을 입었다. 갈색이 도는 초록색 여름 양복인데 매력적이기보다는 그저 마른 그의 몸매가 도드라졌다. 나는 내 키가 그에게 딱 맞는다는 생각을 했다.

엘리베이터가 도착했다. 피터는 하얀 장갑을 낀 엘리베이터 걸에게 "루프톱요"라고 했고 엘리베이터는 부드럽게 위로 움직였다. 파크 플라자는 사실 호텔이지만 꼭대기 층에 바가 있다. 피터가 조용히 한잔하고 싶을 때 즐겨 찾는 곳이고 내가 렌에게 거기서 만나자고 한 이유도 그 때문이었다. 그렇게 높은 데 올라가면 도시에서는 드물게 수직감을 느낄 수 있다. 바 자체도 하수구처럼 어두컴컴한 여느 곳과 다르게 환하고 깨끗하다. 거기서는 불쾌감을 유발할 정도로 취하는 사람이 없는 느낌이고 밴드나 가수가 없어서 말소리가 잘 들린다. 의자는 편안하고 인테리어는 18세기풍이며 바텐더들은 모두 피터를 안다. 에인슬리가 말하길 자신이 갔을 때는 야외 테라스 밖으로 뛰어내리겠다고 협박한 사람이 있었다는데 그녀의 얘기일 수도 있었다.

우리는 안으로 들어갔다. 손님이 많지 않아서 검은색 상판이 깔린 테이블에 앉아 있는 렌을 금세 찾을 수 있었다. 그쪽으로 건너가 피터를 그에게 소개했다. 피터는 무뚝뚝하게, 렌은 싹싹하게 서로 악수했다. 웨이터가 지체 없이 등장했고 피터는 진토닉을 두 잔 더 주문했다.

"메리언, 이렇게 만나니까 좋다!" 렌은 말을 마치고 테이블 모서리 너머로 몸을 내밀어 내 뺨에 입을 맞추었다. 전에는 그런 적 없으니 영국에서 배운 습관인 듯했다. 이제 보니 살이 좀 쪘다.

"영국은 어땠어?" 내가 물었다. 그가 뚱한 표정을 짓고 있는 피터에게 재밌는 얘기를 들려주었으면 했다.

"좋았어. 그런데 복잡했어. 고개를 돌리는 곳마다 여기서 건너온 사람이더라고. 너무 심해서 차라리 여기 있는 게 낫겠다 싶더라. 빌어먹을 관광객들 때문에 아수라장이거든. 그래도." 그는 피터를 돌아보며 말했다. "떠나려니 아쉬웠어요. 하는 일도 재밌었고 다른 재미있는 것들도 많았어서. 하지만 치근대는 여자가 있으면 조심해야 해요. 그들의 목적은 오직 하나, **결혼**이거든요. 치고 빠지기를 잘해야 해요. 잘 꼬드겨서 만나고 발목 잡히기 전에 빠져나오는 거죠." 그는 눈부시게 반짝이는 하얀 이를 보이며 웃었다.

피터의 표정이 티 나게 밝아졌다. "메리언한테 들었는데 텔레비전 쪽 일을 하신다면서요."

"네." 렌은 말하고, 어울리지 않게 큼지막한 손의 네모난 손톱을 들여다보았다. "지금은 쉬고 있지만 여기서 할 일을 찾을 수 있겠죠. 뉴스 보도 분야에서 나 같은 경력자가 필요할 테니까요. 이 나라에서도 제대로 된, 정말 제대로 된 시사 프로그램을 볼 수 있으면 좋겠지만 뭐라도 하나 하려면 하도 복잡한 절차를 거쳐야 하는 곳이라."

피터는 긴장을 풀었다. 뉴스 보도에 관심 있는 사람이 동성애자일 수는 없다고 나름대로 결론을 내린 걸까.

누군가가 내 어깨를 건드리기에 나는 고개를 돌렸다. 처음 보는 젊은 여자가 거기 서 있었다. 내가 무슨 일이냐고 물으려는 찰나, 피터가 말했다. "어? 에인슬리. 에인슬리도 온다는 얘기는 없었잖아." 나는 다시 쳐다보았다. 과연 에인슬리였다.

"아, 메리언." 그녀가 숨을 죽이고 속닥거렸다. "여기가 바라고 왜 얘기 안 했어? 신분증 보여달라고 하면 어쩌지?"

렌과 피터가 자리에서 일어났다. 나는 어쩔 수 없이 에인슬리를 렌에게 소개했고 그녀는 네 번째 의자에 앉았다. 피터는 어리둥절한 표정을 짓고 있었다. 그는 예전에도 에인슬리를 만난 적이 있었고 그녀를 별로 좋아하지 않았다. 이드를 해방시켜야 한다는 그녀의 원론적인 연설을 들은 뒤로 '허울만 그럴듯한 과격주의자' 아니냐고 의심했다. 피터는 정치적으로 보수적이었다. 그녀가 그의 생각을 '진부하다'고 공격하자 그는 그녀의 생각을 '미개하다'고 표현하는 것으로 응수했다. 그는 지금 그녀에게 어떤 꿍꿍이속이 있다는 걸 알아차렸지만 그게 뭔지 확실히 파악하기 전까지 가만히 있을 계획인 듯했다. 증거가 있어야 문제제기를 할 수 있었다.

웨이터가 등장하자 렌이 에인슬리에게 뭘 마시겠느냐고 물었다. 그녀는 머뭇거리다가 쭈뼛쭈뼛 말했다. "아, 그냥 진저에일 한 잔 마실 수 있을까요?"

렌이 그녀를 향해 얼굴을 환히 빛냈다. "메리언, 너한테 새로운 룸메이트가 생긴 줄은 알았지만 이렇게 어리다는 얘기는 하지 않았잖아!"

"내가 감시하고 있거든." 나는 심술궂게 말했다. "고향에 계신 부모님을 대신해서." 나는 에인슬리에게 머리끝까지 화가 났다. 덕분에 내 입장이 아주 난처해졌다. 그녀가 사실 나보다 몇 달 먼저 태어난 대학 졸업생이라고 폭로하든지 아니면 말없이 사기극에 동참하든지 양단간에 선택을 해야 했다. 그녀가 찾아온 이유라면 알고도 남았다. 렌이 가능성 있는 후보자였는데 나한테 소개받기 어렵겠다는 느낌이 들자 이런 식으로 정찰하러 나선 것이었다.

웨이터가 그녀의 진저에일을 들고 왔다. 놀랍게도 그는 신분증을 보여달라고 하지 않았지만 사실 경험이 어느 정도 있는 웨이터라면 연령 제한을 너끈히 통과하고도 남는 여자가 아닌 이상 그런 옷차림으로 와서 진저에일을 주문할 리 없다는 것을 알 것이었다. 거창하게 차려입은 십대가 요주의 인물일 텐데 에인슬리는 절대 거창한 차림새가 아니었다. 목에 주름이 달렸고 하얀 바탕에 분홍색과 연한 파란색 깅엄체크 무늬가 있는 여름용 면 원피스를 어디에선가 꺼내 입었는데, 내가 한 번도 본 적 없는 옷이었다. 머리는 하나로 묶어서 분홍색 리본을 달았고 한쪽 손목에는 짤랑거리는 장식이 달린 은색 팔찌를 꼈다. 화장은 연하게 하되 눈만 두 배 더 크고 동그랗고 파래 보이도록 티 나지 않게 정성을 들여서 섀도를 칠했고, 길고 둥그스름한 손톱을 거의 속살까지 들쭉날쭉하게 물어뜯어 고등학생처럼 보이도록 했다. 그녀가 얼마나 작정하고 나왔는지 알 수 있었다. 렌이 말을 걸고 질문을 던지며 환심을 사려고 했다. 그녀는 진저에일을 홀짝이며 짧고 수줍게 대답했다. 피터가 폭탄이라는 것을 알기에 말을 아끼는 눈치였다. 하지만 렌이 무슨 일을 하느냐고 물었을 때는 제대로 대답했다. "전동칫솔 만드는 회사에 다녀요" 하고는 누가 봐도 진짜처럼 얼굴을 붉혔다. 나는 하마터면 사레들 뻔했다.

"미안." 내가 말했다. "나 테라스로 나가서 바람 좀 쐬고 올게." 사실은 어떻게 하면 좋을지 고민을 좀 하고 싶었다. 렌이 속아 넘어가도록 보고만 있는 것은 비도덕적인 처사였다. 에인슬리도 내 의도를 감지했는지 일어나는 나를 향해 흘끗 경고의 눈빛을 보냈다.

나는 밖으로 나가 거의 쇄골까지 오는 벽 위에 팔을 얹고 도시를 내다보았다. 움직이는 불빛으로 이루어진 행렬 하나가 일직선으로 이어지다 시커먼 얼룩처럼 보이는 공원을 감싸고 돌아 나갔다. 또 다른 행렬은 직각으로 꺾여 양쪽으로 멀리 흩어졌다. 어쩌면 좋을까? 내가 상관할 문제이긴 할까? 내가 중간에 끼어들면 무언의 합의를 깨는 셈이 될 테고 그러면 에인슬리는 분명 피터를 통해 어떤 식으로든 복수를 시도할 것이었다. 그녀는 그런 면에서는 머리가 잘 돌아갔다.

저 멀리 동쪽 지평선 위에서 번갯불이 번쩍였다. 조만간 폭풍우가 들이닥칠 모양이었다. "잘됐네." 나는 큰 소리로 말했다. "공기가 맑아지겠어." 아무런 조치를 취하지 않더라도 말실수를 하지 않도록 입단속을 해야 했다. 나는 다시 들어갈 마음의 준비가 될 때까지 테라스를 몇 번 왔다 갔다 걷다가 내가 조금 비틀거리는 것을 느끼고 살짝 놀랐다.

웨이터가 또 왔다 갔는지 내 자리에 진토닉이 다시 한 잔 놓여 있었다. 피터는 렌과 열띤 대화를 나누느라 내가 들어온 줄도 잘 몰랐다. 에인슬리는 시선을 떨구고 진저에일 잔의 얼음을 달그락거리며 말없이 앉아 있었다. 나는 그녀의 변신을 살피며 크리스마스 시즌에 상점에서 파는 큼지막하고 토실토실한 인형 같다는 생각을 했다. 세탁이 가능한 반질반질한 고무 거죽과 무표정한 두 눈과 반짝이는 모발의, 분홍색과 하얀색으로 이루어진 인형.

나는 피터의 목소리에 주파수를 맞췄다. 멀리서 들리는 소리처럼 느껴졌다. 그는 렌에게 어떤 얘기를 들려주고 있었는데, 사냥에 대한 얘기인 것 같았다. 나는 피터가 오래된 친구들과 함께 사냥을 자주 갔다는 건 알았지만 거기에 대해 자세히 들은 적은 없었다. 까마귀, 마멋, 기타 해로운 야생동물 말고는 죽인 적이 없다는 말은 한번 들은 적 있었다.

"그래서 내가 탕 하고 총을 쏘았어요. 심장에 제대로 딱 한 방. 나머지는 도망을 쳤죠. 내가 녀석을 집어 드니까 트리거가 이렇게 말했어요. '내장은 어떻게 제거하면 되는지 알지? 배를 가르고 세게 털면 내장이 전부 떨어져 나올 거야.' 그래서 잽싸게 칼을 꺼내, 독일제 강철로 만든 잘 드는 칼이었는데, 배를 가르고 뒷다리를 잡아서 한 번 탁 하고 채찍질하듯 털었더니 온 사방으로 피와 내장이 쏟아지더라고요. 나한테도 다 튀어서 엉망진창이 되고, 토끼 내장이 나무에 대롱대롱 매달리고, 반경 몇 미터 안의 나무가 다 시뻘게지고……."

그는 하던 얘기를 멈추고 웃었다. 렌은 이를 드러냈다. 피터의 목소리가 달라졌다. 들은 적 없는 목소리였다. '금주'라는 강령이 내 머릿속에서 깜빡였다. 알코올 때문에 피터를 왜곡해서 인지하면 안 된다고 스스로에게 경고했다.

"아, 진짜 재밌었어요. 다행히 트리거하고 내가 묵은 카메라를 들고 가서 난장판을 제대로 찍을 수 있었어요. 아까부터 물어보려던 게 있는데, 아무래도 그쪽 일을 하고 계시니까 카메라에 대해서 잘 아실 텐데……." 이렇게 해서 화제가 일본 렌즈로 옮아갔다.

피터의 목소리가 점점 커지고 빨라졌다. 쏟아져 나오는 단어들을 따라잡을 수가 없어서 나는 관심을 거두고 그 대신 숲속의 그 광경을 담은 사진에 집중했다. 암실에서 스크린 위로 띄운 슬라이드처럼 초록색, 갈색, 파란 하늘색, 빨간색이 눈앞에서 선명하게 펼쳐졌다. 피터는 체크 무늬 셔츠 차림으로 엽총을 어깨에 걸치고 나를 등진 채 서 있었다. 나는 한 번도 만난 적 없는 친구들이 그의 주변에 모여 있는데, 피를 뒤집어쓴 이름 모를 나무들 사이로 쏟아진 햇살에 그들의 얼굴과 웃느라 일그러진 입술이 또렷하게 보였다. 토끼는 보이지 않았다.

나는 검은 테이블 위에 팔을 얹고 몸을 앞으로 숙였다. 피터가 고개를 돌려서 내게 말을 걸어주길 바랐지만, 그의 평소 목소리를 듣고 싶었지만 헛된 바람일 것이었다. 까만색으로 반질거리는 테이블 상판에 물웅덩이처럼 반사돼 그 아래서 움직이는 그들 세 사람의 모습을 가만히 뜯어보았다. 다들 눈은 없이 턱만 보이는데, 자기 잔을 물끄러미 응시하고 있는 에인슬리만 예외였다. 잠시 후에 내 손 옆 테이블 위로 뭔가 축축한 것이 큼지막하게 한 방울 떨어졌다. 나는 살짝 궁금해하며 손가락으로 찔러서 문대다가 눈물이라는 사실을 알아차리고는 경악했다. 내가 울고 있었던 모양이다! 올챙이라도 삼킨 듯 내 안에서 어떤 것이 허둥지둥 공포의 미로를 질주하기 시작했다. 이러다 무너져 한바탕 해프닝이 벌어지게 생겼는데 그럴 수는 없었다.

나는 최대한 조용히 자리에서 일어나 심혈을 기울여가며 다른 테이블을 지나 화장실로 들어갔다. 목격자가 있으면 안 되기 때문에 먼저 아무도 없는지 확인한 다음 화려한 분홍색의 칸막이 안으로 들어가 몇 분 동안 울었다. 이게 무슨 일인지, 내가 왜 이러는지 이해할 수가 없었다. 전에는 이런 적이 한 번도 없었기에 황당하게 느껴졌다. "정신 차려." 나는 속삭였다. "바보짓 하지 말고." 하얗고 부슬부슬한 두루마리 휴지가 그 안에 나와 함께 무력하게 쭈그리고 들어앉아 울음이 그치길 수동적으로 기다리고 있었다. 나는 휴지를 뜯어 코를 풀었다.

어떤 신발이 등장했다. 나는 칸막이 문 아래로 유심히 관찰하고 에인슬리의 신발이라는 결론을 내렸다.

"메리언!" 그녀가 외쳤다. "괜찮아?"

"응." 나는 눈물을 닦고 나갔다.

"잘돼가고 있어?" 나는 애써 목소리를 가다듬었다. "표적으로 정한 거야?"

"아직은 모르지." 그녀는 냉랭하게 말했다. "먼저 그 남자에 대해서 좀 더 알아보고. 너는 당연히 아무 말도 하지 않을 거지?"

"아마도." 나는 말했다. "그게 도덕적으로 옳은 것 같지는 않지만. 끈끈이 덫으로 새를 잡거나 손전등으로 물고기를 잡는 그런 느낌이야."

"난 그 사람한테 아무 짓도 하지 않을 거야." 그녀는 항변했다. "나쁠 것 없어." 그녀는 분홍색 리본을 풀고 머리를 빗었다. "그런데 왜 그래? 너 테이블 앞에서 우는 거 봤어."

"아무 일도 아냐." 나는 말했다. "내가 술 못 마시는 거 너도 알잖아. 눈에 습기가 찼나 봐." 이제 나는 완벽하게 정신을 차렸다.

우리는 다시 자리로 돌아갔다. 피터가 셀프 사진을 찍는 여러 가지 방법에 대해 렌에게 속사포로 설명하고 있었다. 거울에 비친 모습 찍기, 셀프타이머를 설정한 다음 셔터를 누르고 얼른 달려가서 포즈 잡기, 버튼이 달린 기다란 케이블 릴리스나 동그란 손잡이가 달린 에어 릴리스 쓰기. 렌도 피사체에 정확하게 초점을 맞추는 방법을 설명했지만 내가 자리에 앉고 몇 초 지났을 때 실망한 듯한 묘한 눈빛으로 나를 흘끗 쳐다보았다. 그러다가 다시 대화를 이어나갔다.

무슨 눈빛이었을까? 나는 두 사람을 번갈아 쳐다보았다. 피터는 말을 하다 말고 내게 웃어 보였지만 애정이 담겼으되 거리감이 느껴지는 그 미소를 본 순간 알 것 같았다. 그에게 나는 무대 소품이었다. 말 없고 단단한 이차원 그림이었다. 내가 느낀 것처럼 무시하는 것은 아닐지라도

(그래서 그렇게 꼴사납게 도망쳤던 걸까?) 내게 의지하고 있었다! 그리고 렌이 나를 그런 눈빛으로 쳐다본 이유는 내가 일부러 얌전하게 있다고 생각해서였고 만약 그렇다면 우리 사이가 내가 얘기했던 것보다 더 심각한 사이라는 뜻이기 때문이었다. 렌은 어느 누구도 결혼하지 않길 바랐고 좋아하는 사람의 경우에는 더 심했다. 하지만 전후 사정을 모르는 그의 오해였다.

문득 공포가 다시 엄습했다. 나는 테이블 가장자리를 붙잡았다. 고리가 달린 커튼과 소음을 흡수하는 카펫과 크리스털 샹들리에로 이루어진 네모반듯한 이 우아한 공간은 이런저런 것들을 감추고 있었다. 웅성거리는 공기는 가벼운 으름장으로 가득했다. '참아.' 나는 속으로 중얼거렸다. '움직이지 말고.' 문과 창문을 쳐다보며 거리를 가늠했다. 나가야 했다.

전등이 꺼졌다가 켜졌고 한 웨이터가 "영업시간 끝났습니다, 손님 여러분"이라고 외쳤다. 여기저기서 의자를 뒤로 밀었다.

엘리베이터를 타고 내려갔다. 엘리베이터에서 내릴 때 렌이 "아직 시간도 많고 한데 다 같이 우리 집으로 가서 한잔 더 하는 거 어때요? 내 텔레컨버터 렌즈 구경도 할 겸"이라고 하자 피터는 "좋죠"라고 답했다.

유리문을 지나서 나갔다. 나는 피터의 팔짱을 꼈고 우리가 앞장섰다. 에인슬리는 렌을 무리에서 떼어냈고 멀찌감치 거리를 두고 뒤따라오는 그에게 보조를 맞췄다.

길거리는 더 시원했다. 산들바람이 불었다. 나는 피터의 팔을 놓고 달리기 시작했다.

9

나는 인도를 따라 달렸다. 처음 1분이 지났을 때 움직이는 내 발을 보고 놀라 어쩌다 달리기 시작했는지 궁금해졌지만 멈추지는 않았다.

나머지 세 사람은 너무 놀라서 잠깐 동안 전혀 아무것도 하지 못했다. 그러다 잠시 후에 피터가 고함을 질렀다. "메리언! 대체 어디 가는 거야?"

그의 목소리에 깃든 분노를 느낄 수 있었다. 이건 용서할 수 없는 죄였다. 공공장소이지 않은가. 나는 대답하지 않았지만 달리면서 어깨 너머를 돌아보기는 했다. 피터와 렌이 나를 따라서 달리기 시작했다. 그러다 둘 다 달리기를 멈췄고 피터가 이렇게 외치는 소리가 들렸다. "내가 차를 가져와서 앞을 가로막을 테니까 중심가로 가지 않게 막아줘요." 그는 몸을 돌려서 반대 방향으로 쏜살같이 질주했다. 나는 심란해졌다. 피터가 쫓아올 줄 알았더니 렌이 육중한 몸을 이끌고 내 뒤에서 달려오고 있었다. 나는 앞으로 다시 고개를 돌려 때마침 식당에서 어슬렁어슬렁 나오던 노인과의 충돌을 간신히 피하고 다시 뒤를 흘끗 돌아보았다. 에인슬리는 누굴 따라가야 할지 몰라서 망설이고 있었는데, 이제 보니 피터가 택한 방향으로 뛰고 있었다. 그녀가 분홍색과 하얀색을 휘날리며 모퉁이를 비틀비틀 도는 것이 보였다.

나는 이미 숨이 막혔지만 그들보다 한참 먼저 달리기 시작한 덕분에 속도를 늦추는 여유를 부릴 수 있었다. 가로등을 지날 때마다 거리를 계산할 수 있었다. 가로등을 하나씩 제치는 것이 어떤 성과이자 업적처럼 느껴졌다. 술집이 문을 닫는 시각이었기 때문에 거리에는 사람들이 제법 있었다. 나는 그들을 향해 씩 웃었고 지나가며 몇 명을 향해 손을 흔들었다가 놀란 그들의 표정을 보고 하마터면 폭소를 터뜨릴 뻔했다. 속도의 쾌감이 나를 채웠다. 꼭 잡기 놀이 같았다. "어이! 메리언! 거기서!" 렌이 뒤에서 이따금 외쳤다.

잠시 후에 피터의 차가 내 앞 큰길로 모퉁이를 돌아 나왔다. 이 블록을 한 바퀴 돈 모양이었다. 괜찮아. 나는 생각했다. 반대편 차로로 달려야 하니까 내 근처로 오지 못할 거야.

차는 도로 저편에서 내 쪽으로 달려오고 있었지만 차량 행렬이 잠깐 끊긴 틈을 타 급발진을 하더니 난폭하게 유턴을 했다. 속도를 늦추며 나와 나란히 달렸다. 에인슬리의 동그랗고 무표정한 얼굴이 뒤쪽 차창 너머에서 달처럼 나를 빤히 쳐다보고 있었다.

갑자기 이제 더는 놀이처럼 느껴지지 않았다. 그 투박한 탱크 모양이 위협적이었다. 그 편이 논리적인 대처이긴 했어도 피터가 발로 쫓아오는 게 아니라 차로 무장하다니 위협적이었다. 조만간 차가 멈추어 설 테고 문이 열릴 텐데…… 어디로 가야 할까?

이 무렵 나는 상점과 식당을 지나 도로에서 멀찌감치 물러나 앉은 큼지막한 고택이 줄줄이 이어지는 지점에 진입했다. 대부분 사람이 살지 않고 치과나 의상실로 개조된 곳이었다. 철문 하나가 열려 있었다. 나는 그 안으로 뛰어 들어가 자갈이 깔린 진입로를 달렸다.

무슨 회원 전용 클럽인 것 같았다. 현관문 위에 차양이 달렸고 창문마다 불을 환히 밝혔다. 내가 인도를 따라 점점 다가오는 렌의 요란한 발소리를 들으며 망설이고 있을 때 현관문이 열리려 했다.

거기 있다가 들키면 안 될 일이었다. 여긴 사유지였다. 진입로 옆쪽의 조그만 산울타리를 뛰어넘고 잔디밭을 대각선으로 잽싸게 가로질러 그늘로 숨었다. 진입로를 달려오다가 화가 난 사회 지도층 인사들과 부딪치는 렌의 모습을 상상해보았다. 아마도 이브닝드레스를 입은 중년 여성들일 텐데, 잠깐 양심의 가책이 느껴졌다. 그는 내 친구였다. 하지만 나의 적과 한편을 먹었으니 대가를 치러야 할 것이다.

나는 집 옆쪽의 어둠 속에서 달리기를 멈추고 고민했다. 뒤에서는 렌이 쫓아오고 있었다. 한쪽에는 이 집이 있고 다른 두 방향에는 어둠보다 더 단단한 것이 나를 가로막고 있었다. 대문과 연결된 벽돌 담벼락이었다. 그 담벼락이 이 집을 에워싸고 있는 듯했다. 거길 넘어야 했다.

나는 가시덤불을 헤치고 나아갔다. 담벼락은 겨우 어깨 높이였다. 신발을 벗어서 담 너머로 던지고 나뭇가지와 울퉁불퉁한 벽돌을 발판 삼아 낑낑대며 기어 올라갔다. 뭔가가 뜯어졌다. 심장 뛰는 소리가 귓전을 때렸다.

나는 눈을 감고 담벼락 위에 잠깐 무릎을 대고 앉아 현기증 때문에 휘청거리다 뒤로 떨어졌다.

누군가가 나를 잡아서 내려놓고 흔드는 것이 느껴졌다. 뒤쫓아 온 피터가 나의 담치기를 예상하고 골목길에서 기다리고 있었던 것이었다. "당신 도대체 왜 이래?" 그가 딱딱하게 물었다. 가로등 불빛에 비친 그의 얼굴은 화가 난 동시에 놀란 표정을 짓고 있었다. "괜찮아?"

나는 그에게 몸을 기대고 손을 올려 그의 목을 만졌다. 저지당하고 붙잡혔다는 안도감, 피터의 목소리가 원래대로 돌아왔고 그가 가짜가 아니라는 안도감이 너무 커서 웃음을 멈출 길이 없었다.

"괜찮아." 나는 말했다. "당연히 괜찮지. 내가 왜 그랬는지 모르겠어."

"그럼 신발 신어." 피터가 내게 신발을 내밀며 말했다. 그는 짜증이 나긴 했지만 난리를 부리지는 않을 것이다.

렌이 담벼락을 넘어 쿵 하고 착지했다. 숨을 헐떡거리고 있었다. "잡았어요? 다행이다. 경찰이 쫓아오기 전에 얼른 도망칩시다."

차가 바로 앞에 있었다. 피터가 앞문을 열어주었고 나는 안으로 올라탔다. 렌은 에인슬리와 함께 뒤에 탔다. 그가 내게 한 말은 "네가 히스테리를 부리는 타입인 줄은 몰랐는데"가 전부였다. 에인슬리는 아무 말도 하지 않았다. 우리는 도로변에서 출발해 모퉁이를 돌았고 렌이 길을 알려주었다. 나는 그냥 집에 가고 싶었지만 그날 밤에는 더 이상 피터의 속을 썩일 수 없었다. 똑바로 앉아서 포갠 손을 무릎에 얹었다.

우리는 렌의 아파트 옆에 차를 세웠다. 밤이라 금방이라도 무너질 것 같은 갈색 벽돌 건물에 비상계단이 외부에 설치돼 있다는 정도만 알 수 있었다. 엘리베이터는 없고, 시커먼 나무 난간이 달린, 삐걱거리는 계단만 있었다. 우리는 둘씩 짝을 지어 얌전하게 올라갔다.

그의 집은 한쪽에 화장실이, 다른 쪽에 부엌이 딸린 조그만 원룸이었다. 바닥에 여행 가방과 책과 옷가지가 널려 있어서 조금 어수선했다. 이삿짐 정리가 아직 덜 된 모양이었다. 문 바로 옆에 소파 겸용 침대가 있었다. 나는 신발을 벗어 던지고 그 위에 털썩 앉았다. 뒤늦게 정신을 차린 근육이 피로를 호소하며 욱신거리기 시작했다.

렌이 우리 세 사람 몫으로 코냑을 듬뿍 따르고 부엌을 뒤져 에인슬리가 마실 콜라를 찾고 음반을 틀었다. 그런 다음 피터와 함께 카메라를 만지작거리고 렌즈를 바꿔 끼워서 들여다보고 노출시간에 얽힌 정보를 교환했다. 나는 맥이 빠졌다. 참회하는 마음으로 터질 것 같은데 그걸 해소할 방법이 없었다. 피터와 단둘이 있을 수 있다면 이렇지 않을 텐데. 나는 생각했다. 그에게 용서를 구할 수 있을 텐데.

에인슬리도 아무 도움이 되지 않았다. 보아하니 꼬마 숙녀는 끼어들지 말고 얌전히 있어야 한다는 가장 안전한 작전을 고수하려고 작정한 눈치였다. 그녀는 동그란 등의자에 자리를 잡고 앉아 있었다. 클래라의 뒷마당에 있던 등의자와 다른 점이 있다면 여기에는 샛노란색 코듀로이 퀼트 커버를 씌웠다는 것이었다. 나도 이런 커버를 써본 적이 있었다. 고무줄로 씌워놓는데 너무 심하게 꼼지락거리면 자꾸 벗겨지고 엉덩이 주변으로 뭉쳤다. 하지만 에인슬리는 무릎에 올려놓은 코카 콜라 잔을 잡고 가만히 앉아서 갈색 수면에 비친 자기 모습을 묵상했다. 재미있어하지도 지루해하지도 않았다. 꼼짝 않고 진득하니 앉아 있는 모습이 꼭, 안이 빈 불룩한 이파리를 물로 반쯤 채우고서 벌레를 그 안에 빠뜨려 잡아먹을 때까지 가만히 기다리는 습지의 식충식물 같았다.

나는 벽에 기대앉아 파도처럼 나를 향해 철썩이는 말소리와 음악 소리를 들으며 코냑을 홀짝였다. 그러느라 내 몸에 눌려서 침대가 앞으로 조금 밀렸을까. 별생각 없이 방에서 고개를 돌려 아래를 내려다보았을 때 침대와 벽 사이의 어두컴컴하고 서늘한 공간이 아주 매력적으로 다가왔다.

그 아래는 조용할 거라는 생각이 들었다. 그리고 습도도 덜할 것이었다. 전화가 놓인, 침대 옆 탁자에 잔을 내려놓고 얼른 방 안을 훑어보았다. 다들 딴 데 정신이 팔려 있었다. 아무도 알아차리지 못할 듯했다.

잠시 후 나는 침대와 벽 사이에 옆으로 몸을 끼워 넣었다. 그들의 시야에서는 사라졌지만 전혀 편하지가 않았다. 이렇게는 안 되겠다. 나는 생각했다. 곧장 아래로 내려가야겠어. 꼭 텐트 같겠지? 다시 올라가자는 생각은 들지 않았다. 내 몸을 지렛대 삼아 최대한 조용히 침대를 밀고, 가장자리에 술이 달린 침대 커버를 들고, 우편함에 편지를 넣듯 내 몸을 욱여넣었다. 아주 꼭 꼈다. 침대치고 깔판이 낮아서 바닥에 아주 납작하게 누워야 했다. 벽에 닿을 때까지 침대를 제자리로 조금씩 다시 밀었다.

상당히 답답했다. 게다가 큼지막한 먼지 뭉치가 곰팡이 핀 빵 조각처럼 바닥을 나뒹굴고 있었다. (나는 이런 돼지우리를 봤나! 침대 밑을 청소하지도 않다니, 라며 씩씩대다가 생각을 고쳐먹었다. 렌은 여기로 이사한 지 얼마 되지 않았고 일부 먼지는 전에 살던 사람이 남긴 것일지 몰랐다.) 하지만 사방에 드리운 침대 커버라는 필터 덕분에 주황색으로 물든 어둠과 냉기와 고독이 상쾌하게 느껴졌다. 요란한 음악 소리와 스타카토로 끊기는 웃음소리와 웅웅거리는 말소리가 매트리스 덕분에 묻혔다. 좁고 먼지가 굴러다녔지만 그래도 귀 따갑고 뜨겁고 눈부신 저쪽에 앉아 있을 필요가 없어서 좋았다. 나머지 세 사람보다 몇십 센티미터 아래에 있을 뿐인데도 벌써부터 방이 '저쪽 위'로 느껴졌다. 나는 나만의 굴을 파서 지하에 들어와 있었다. 우쭐한 기분이 들었다.

피터인 것 같은 남자의 우렁찬 목소리가 들렸다. "어? 메리언 어디 갔지?" 그러자 누군가가 "아, 화장실 갔나 보죠"라고 대답했다. 내가 어디에 있는지 아는 사람이 나밖에 없다니 통쾌했다.

하지만 그 자세로 있기가 점점 더 힘들어졌다. 목 근육이 아팠다. 기지개를 켜고 싶었다. 재채기가 날 것 같았다. 저들이 어서 빨리 내가 없어졌다는 사실을 알아차리고 찾으러 나섰으면 좋겠다는 생각이 들었다. 애초에 내가 렌의 침대 아래로 몸을 욱여넣은 이유가 뭐였는지 기억나지 않았다. 어처구니가 없었다. 나가면 내 몸은 온통 먼지 뭉치로 뒤덮여 있을 것이었다.

하지만 이미 엎질러진 물이었고 나는 그걸 돌이킬 생각이 없었다. 밀가루 통에서 나온 바구미처럼 먼지를 끌고 침대 커버 아래에서 기어 나가는 것은 체면 깎이는 일이었다. 내가 잘못했다고 인정하는 셈이었다. 그래서 나는 억지로 끌어내질 때까지 거기 있기로 결심했다.

이렇게 침대 깔판에 눌려 있는 동안 시원하게 뻥 뚫린 저 위쪽에서 왔다 갔다 하며 노출시간을 두고 재잘거리는 피터에게 분노가 치밀면서 지난 넉 달을 돌아보게 되었다. 우리는 여름 내내 어떤 방향으로 움직였지만 움직임을 느끼지 못했다. 가만히 있다고 우리 자신을 속였다. 에인슬리는 피터가 나를 독점하고 있다고 경고했다. 그녀는 내가 이른바 '가지 뻗기'를 하면 왜 안 되는지 이유를 모르겠다고 했다. 그녀는 전혀 문제없을지 몰라도 나는 여러 명을 동시에 만나는 것은 비도덕적이라는 주관적인 느낌을 극복하지 못했다. 하지만 그로 인해 나는 일종의 진공 속에 남겨졌다. 피터와 나는 미래에 대한 언급을 피했다. 그건 중요하지 않다는 걸 알기 때문이었다. 그건 우리와 상관없는 문제였다. 하지만 이제 머릿속 어딘가에서 왠지 모르게 상관있는 문제라는 생각이 들었다. 내가 화장실에서 무너지고 도주극을 벌였던 이유가 그 때문이었다. 나는 현실을 도피하고 있었다. 이제, 바로 지금 이 순간부터 현실을 직면해야 할 것이었다. 앞으로 어떻게 하고 싶은지 결정해야 할 것이었다.

누군가가 침대 위에 털썩 주저앉아 나를 바닥에 대고 짜부라뜨렸다. 나는 먼지 섞인 비명을 질렀다.

"이게 뭐야!" 누군지 모를 그 사람은 외치고 침대에서 일어났다. "침대 밑에 사람이 있어요."

그들이 나지막이 상의하는 소리에 이어 피터가 필요 이상으로 크게 외쳤다. "메리언, 당신 침대 밑에 있어?"

"응." 나는 아무 감정 없는 목소리로 말했다. 이 모든 일에 감정을 배제하기로 마음을 먹은 참이었다.

"이제 그만 나오는 게 좋겠어." 그가 조심스럽게 말했다. "집에 가야 할 때가 됐어."

그들은 삐쳐서 문을 잠그고 벽장 안에 들어앉은 애를 살살 달래듯 했다. 나는 재밌어지는 동시에 화가 났다. "나가고 싶지 않은데"라고 할까 고민하다가 그러면 피터의 인내심이 한계에 다다를지 모른다는 생각이 들었다. 게다가 렌은 "아이, 밤새 저기 있게 내버려둬요. 난 상관없어요. 저런 사람들한테는 그런 식으로 대처해야 해요. 저 친구가 왜 저러는지 모르겠지만 시들해지겠죠"라고 하고도 남을 성격이었다. 그래서 대신 이렇게 말했다. "여기 껴서 못 나가!"

나는 움직이려고 해보았다. 정말로 옴짝달싹할 수가 없었다.

위에서 그들이 다시 대책 회의를 열었다. "우리가 침대를 들게." 피터가 외쳤다. "그동안 빠져나와, 알았지?"

그들이 서로에게 지시를 내리는 소리가 들렸다. 어마어마한 공학 기술이 발현되는 시간이 될 것이었다. 그들은 이동해 자리를 잡고 침대를 붙잡았다. 잠시 후에 피터가 "들어요!"라고 외치자 침대가 허공으로 솟구쳤고 나는 숨어 있던 돌멩이가 들추어진 가재처럼 허둥지둥 뒤로 빠져나왔다.

피터가 나를 잡고 일으켜 세웠다. 내 원피스 곳곳이 먼지 뭉치로 북슬거렸다. 두 남자가 웃으며 먼지를 털어주었다.

"도대체 거긴 뭐 하러 들어갔어?" 피터가 물었다. 집중하려고 애를 써가며 천천히 큰 뭉치를 떼어내는 품새로 보건대 내가 땅속에 들어가 있는 동안 둘이서 브랜디를 엄청 해치운 모양이었다.

"조용하더라고." 나는 샐쭉하게 말했다.

"끼었다고 말을 하지 그랬어!" 그가 너그러운 용사처럼 말했다. "그랬으면 내가 꺼내줬을 텐데. 당신 지금 가관이야." 그는 뻐기며 재밌어했다.

"아. 당신 방해하고 싶지 않았거든." 나는 이 무렵 나를 지배하는 감정이 뭔지 파악을 마쳤다. 그건 분노였다.

내 목소리에 담긴 뜨거운 바늘과도 같은 분노가 피터를 에워싼 행복감이라는 장막을 뚫은 모양이었다. 그가 한 발짝 뒷걸음질을 쳤다. 냉랭한 눈빛으로 나를 평가했다. 무단횡단자를 체포하듯 내 팔뚝을 잡고 렌을 돌아보았다. "이제 그만 가는 게 좋겠네요. 정말 재밌는 시간이었어요. 조만간 다시 만날 수 있길 기대할게요. 내 삼각대를 꼭 보여주고 싶거든요." 저편에서 에인슬리가 코듀로이 커버를 씌운 의자에서 몸을 일으켰다.

나는 피터의 손아귀에서 팔을 비틀어 빼냈다. 냉랭하게 "나는 당신이랑 같이 가지 않을 거야. 집까지 걸어갈 거야"라고 말하고 문밖으로 뛰쳐나갔다.

"마음대로 해." 피터는 말은 이렇게 했지만 에인슬리를 운명에 맡기고 성큼성큼 나를 뒤쫓았다. 좁은 계단을 질주하는데 이렇게 말하는 렌의 목소리가 들렸다. "우리는 한잔 더 할까요, 에인슬리? 내가 집까지 안전하게 데려다줄게요. 두 연인의 문제는 자기들이 알아서 해결하게 하고요." 에인슬리는 놀란 목소리로 반항했다. "아, 그러면 안 될 것 같은데…….”

밖으로 나오자 기분이 상당히 괜찮아졌다. 뛰쳐나오기는 했는데 어디에서 뛰쳐나왔고 어디로 가는지는 알 수 없었다. 내가 이러는 이유는 아리송했지만 적어도 행동으로 보여주고 있었다. 어떤 결정이 내려졌고 뭔지 모를 것이 끝났다. 그런 식으로 폭력을 행사하다니, 그런 식으로 대놓고 갑작스럽게 면박을 주다니 화해는 있을 수 없었다. 그런데 멀찌감치 떨어지고 보니 피터에게 전혀 짜증이 나지 않았다. 문득 참으로 평화로운 관계였다는 생각이 들었다. 그날까지 우리는 한 번도 싸운 적이 없었다. 싸울 만한 일이 없었다.

뒤를 돌아보았다. 피터는 코빼기도 보이지 않았다. 나는 아무도 없는 길을 따라 줄줄이 늘어선 오래된 아파트 건물을 지나 버스가 지나는 가장 가까운 큰길을 향해 걸어갔다. 하지만 이렇게 늦었으니(몇 시였을까?) 한참 기다려야 버스를 탈 수 있을 것이었다. 그 생각이 들자 불안해졌다. 이제는 전보다 더 차가운 강풍이 불었고 번개가 시시각각으로 다가오는 것 같았다. 멀리서 천둥이 쳤다. 나는 얇은 여름용 원피스 한 장만 입고 있었다. 택시를 탈 수 있을까 싶어서 걸음을 멈추고 들고 나온 현금을 세어보았지만 부족했다.

차가운 조명이 켜진 닫힌 상점들을 지나 북쪽으로 한 10분쯤 걸었을 때 약 100미터 앞에서 길가에 멈추어 서는 피터의 차가 보였다. 그는 차에서 내려 아무도 없는 인도에 서서 기다렸다. 나는 속도를 늦추지도, 방향을 바꾸지도 않고 계속 걸었다. 이제 더는 도망칠 필요가 없었다. 우리는 이제 상관없는 사이였다.

내가 다가가 나란히 서게 되자 그가 내 앞을 가로막았다. “내 차로 집까지 바래다주게 허락해줄래?” 그가 깍듯하긴 하지만 철갑을 두른 듯 딱딱한 목소리로 말했다. "당신이 속옷까지 다 젖는 건 싫은데." 그가 말하는 동안 서막을 알리는 굵직한 빗방울이 이미 떨어지기 시작했다.

나는 망설였다. 이 남자가 왜 이러는 걸까? 차 문을 열어주는 것처럼 무조건 반사에 가까운 의례적인 배려라면 나 역시 그냥 의례적으로 받아들여도 아무 걱정 할 필요가 없었다. 하지만 차에 탔을 때 어떤 사태로 이어질까? 나는 그를 뜯어보았다. 그는 분명 술을 너무 많이 마시긴 했지만 자기 자신을 거의 완벽하게 컨트롤할 수 있을 만큼 정신이 멀쩡했다. 눈이 조금 게슴츠레하긴 해도 똑바로 꼿꼿이 서 있었다.

"글쎄." 나는 애매하게 말했다. "그냥 걸어갈래. 그래도 걱정해줘서 고마워."

"왜 이래, 메리언. 어린애처럼 그러지 마." 그는 퉁명스럽게 말하고 내 팔을 잡았다.

나는 그가 이끄는 대로 끌려가 앞좌석에 올라탔다. 내키지는 않았지만 딱히 비를 맞고 싶은 마음도 없었다.

그는 차에 올라타 자기 쪽 문을 세게 닫고 시동을 걸었다. "이제 그런 어처구니없는 짓을 저지른 이유를 들을 수 있을까?" 그가 화난 목소리로 말했다.

모퉁이를 돌았을 때 날카로운 돌풍에 휩쓸린 빗방울이 앞 유리창을 때렸다. 고모할머니가 쓰레기 치우기와 하수구 씻기 대장이라고 불렀던 폭풍이 당장이라도 들이칠 기세였다.

"나는 집까지 태워다 달라고 한 적 없어." 나는 이렇게 얼버무렸다. 나는 어처구니없는 짓이 아니었다고 확신했지만 남들 눈에는 어처구니없는 짓으로 보였을 수도 있다는 것을 뼛속 깊숙이 알았다. 거기에 대해서는 왈가왈부하고 싶지 않았다. 그 길의 종착지는 막다른 골목일 수밖에 없었다. 나는 똑바로 앉아서 창밖을 내다보았지만 거의 아무것도 보이지 않았다.

"뭐 하나 나무랄 데 없었던 저녁을 왜 그렇게 기를 쓰고 망쳐놨는지 도대체 이유를 모르겠네." 그는 내가 한 말을 무시했다. 천둥이 쩍 하고 하늘을 갈랐다.

"당신은 별 상관이 없었던 것 같은데." 내가 말했다. "당신은 충분히 재밌게 즐겼잖아."

"아, 그거로군. 우리가 재미있게 놀아주지 않아서. 재미없는 대화만 늘어놓으면서 당신한테 충분히 관심을 기울이지 않아서. 그래, 다음번에는 눈치 없게 당신 부르지 말고 우리끼리 만날게."

내 입장에서는 상당히 억울한 발언이었다. 이러니저러니 해도 렌은 내 친구였다. "렌은 내 친구야." 내 목소리가 떨리기 시작했다. "영국에 있다가 얼마 전에 온 친구랑 대화 좀 나누겠다는데 안 되는 이유가 뭔지 모르겠네." 나는 그렇게 얘기하는 순간에도 논의의 핵심은 렌이 아니라는 것을 알았다.

"에인슬리는 얌전히 있었는데 당신은 왜 그랬어? 당신은 뭐가 문제인가 하면." 그는 매정하게 말했다. "당신에게 주어진 여성성을 거부하고 있다는 거야."

그가 에인슬리를 칭찬한 것이 가증스러운 기폭제였다. "여성성은 무슨 '얼어죽을' 여성성이야." 나는 고함을 질렀다. "여성성이 무슨 상관이냐고. 당신은 그냥 매너 없는 인간이었을 뿐이야!" 자기도 모르는 새 매너 없게 굴었다는 것은 피터가 그냥 넘어갈 수 있는 비난이 아니었고 나는 그렇다는 걸 알았다. 그렇다면 디오더런트 광고에 나오는 인간들과 같은 부류가 되어버린다.

그는 조준하는 사람처럼 눈을 가늘게 뜨고 내 쪽을 흘긋 쳐다보았다. 이윽고 이를 악물고 사람을 죽일 기세로 액셀러레이터를 힘껏 밟았다. 그 무렵에는 비가 억수같이 퍼붓고 있었다. 도로가 잘 보이지도 않을뿐더러 보인다 한들 물의 장막과 같았다. 내가 그를 공격했을 때 우리는 내리막길을 가고 있었는데 갑자기 가속한 차가 미끄러져 두 바퀴 반의반을 돌아서 뒤로 내려가더니 어느 집 경사진 잔디밭 위로 올라가 뼈가 덜거덕거릴 정도로 갑자기 멈추어 섰다. 뭔가가 부러지는 소리가 들렸다.

"당신 미쳤어!" 나는 글로브박스에 맞고 튕겨져 나와 아직 죽지 않은 걸 깨닫고 이렇게 울부짖었다. "당신 때문에 우리 모두 죽게 생겼잖아!" 내가 나를 한 명이 아닌 여러 명으로 생각하고 있었던 모양이었다.

피터는 창문을 내리고 고개를 밖으로 내밀더니 폭소를 터뜨렸다. "내가 저 사람들을 대신해서 산울타리를 다듬어줬네." 그는 액셀러레이터를 밟았다. 바퀴가 헛돌며 진흙을 휘저어 깊은 구멍이 두 개 생겼고(나중에 보고 알았다) 차가 잔디밭 경계선을 타고 넘어 다시 도로로 진입했다.

이제 공포와 추위와 분노가 한데 어우러져 내 몸이 부들부들 떨렸다. 나는 이를 딱딱 부딪치며 말했다. "나를 억지로 끌어다가 차에 앉혀놓고 죄책감 때문에 나를 윽박지르더니 나를 죽이려고 했어!"

피터는 계속 웃어댔다. 잠깐 고개를 내밀었을 뿐인데 머리칼이 다 젖어서 두피에 들러붙었고 거기서 얼굴 위로 물이 뚝뚝 떨어졌다. "저 사람들, 아침에 일어나보면 조경이 달라진 걸 알 수 있겠네." 그는 낄낄대고 웃었다. 남의 집을 고의로 망가뜨려놓은 것을 어마어마하게 재밌게 여기는 눈치였다.

"남의 집을 고의로 망가뜨려놓고 재밌어하는 눈치네?" 나는 빈정거렸다.

"뭘 그렇게 정색하고 그래." 그는 명랑하게 대답했다. 누가 봐도 이로써 확실하게 완력을 보여주었다고 생각하며 뿌듯해하는 눈치였다. 자기 차 뒷바퀴가 한 일을 자기가 한 일인 양 슬쩍 가로채다니 짜증이 났다.

"피터, 좀 진지해질 수 없어? 당신은 나이만 먹었지 사춘기 애랑 다를 게 없어."

그는 이 말을 못 들은 척했다.

차가 덜커덩하고 멈추어 섰다. "다 왔어." 그가 말했다.

나는 반박할 수 없는 마지막 한마디를 날리고 집으로 뛰어가려고 문 손잡이를 잡았다. 하지만 그가 내 팔에 손을 얹었다. "비가 좀 그칠 때까지 잠깐 앉았다가 가."

그가 시동을 끄자 심장 뛰는 소리를 내던 와이퍼가 멈추었다. 우리는 아무 말 없이 앉아서 폭풍우 소리를 들었다. 바로 위를 지나가는지 눈부신 번개가 계속 이어졌고 삐죽삐죽한 포크가 하늘에 꽂힐 때마다 거의 곧바로 온 숲의 나무가 쪼개지고 쓰러지는 듯 요란한 굉음이 지축을 갈랐다. 그 사이로 어둠을 뚫고 빗방울이 차를 때리는 소리가 들렸다. 닫힌 차창 사이로 비가 고운 물보라처럼 들이쳤다.

"당신이 걸어가겠다고 했을 때 말리길 잘했네." 피터가 제대로 확실하게 결정을 내린 사람 같은 투로 말했다. 나도 인정하는 수밖에 없었다.

번개가 한참을 번쩍였고 고개를 돌려보니 그가 나를 쳐다보고 있었다. 얼굴은 묘하게 그늘이 졌고 두 눈은 자동차 헤드라이트 불빛을 받은 동물처럼 번뜩거렸다. 시선이 강렬했고 어렴풋이 불길했다. 잠시 후에 그가 내 쪽으로 몸을 기울이며 말했다. "먼지 뭉치가 남았네. 가만히 있어." 그가 손으로 내 머리를 더듬었다. 서툴지만 다정하게 내 머리칼 사이에 걸려 있던 먼지를 떼어냈다.

나는 문득 물에 젖은 휴지처럼 몸에서 힘이 빠졌다. 그의 이마에 내 이마를 대고 눈을 감았다. 그의 살갗은 차갑고 축축했고 입에서는 코냑 냄새가 났다.

"눈 떠봐." 그가 말했다. 나는 눈을 떴다. 아직 이마를 맞대고 있었기 때문에 다시 주변이 환해졌을 때 내 앞에 여러 개의 눈이 겹쳐 보였다.

"당신 눈이 여덟 개야." 나는 나지막이 말했다. 우리는 같이 폭소를 터뜨렸고 그가 나를 끌어당겨 입을 맞추었다. 나는 그의 허리를 두 팔로 감쌌다.

우리는 폭풍이 치는 와중에 그렇게 잠깐 동안 가만히 앉아 있었다. 나는 너무 피곤하고 몸이 계속 부들부들 떨린다는 것 말고는 아무것도 느낄 수가 없었다. "내가 오늘 밤에 무슨 짓을 저지른 건지 모르겠네." 나는 중얼거렸다. 그는 용서한다는 듯이, 이해한다는 듯이, 조금 생색을 내는 듯이 내 머리를 쓰다듬었다.

"메리언." 그가 침을 삼키는 것이 느껴졌다. 이제는 떨고 있는 것이 내 몸인지 그의 몸인지 알 수가 없었다. 그가 나를 끌어안은 두 팔에 힘을 주었다. "우리가 잘 지낼 수 있을까…… 만약 우리가 결혼을 한다면 말이야."

나는 그에게서 몸을 떼어냈다.

바로 옆에서 번쩍하고 엄청난 기세로 하늘을 가른 새파란 번개가 차 안을 환하게 비추었다. 그 찰나의 빛 속에서 우리는 서로를 마주 보았고 나는 그의 눈 속에서 조그만 타원형의 나를 볼 수 있었다.

10

일요일 아침에 눈을 떴을 때—사실은 오후에 더 가까웠다—내 머릿속은 처음에는 누군가 속을 긁어내고 껍데기만 생각할 건더기로 남겨놓은 멜론처럼 멍했다. 방 안을 두리번거렸지만 내가 와본 적 있는 곳인지 알쏭달쏭했다. 실제 인간 크기의 여자 허수아비가 폭발하고 흩어진 잔재인 양 옷가지들이 바닥에 널려 있거나 의자 등받이에 쭈글쭈글하게 걸려 있었고, 입안에 솜을 물고 있는 기분이었다. 나는 일어나 부엌으로 휘청휘청 들어갔다.

쨍한 햇살과 상쾌한 공기가 열어놓은 부엌 창문을 넘어 살랑살랑 들어왔다. 에인슬리가 나보다 먼저 일어나 있었다. 두 다리를 구부려서 의자에 올려놓고 머리칼을 어깨 위로 풍성하게 늘어뜨린 채 몸을 기울이고 앞에 펼쳐놓은 뭔가를 열심히 들여다보고 있었다. 뒤에서 보니 바위에 앉은 인어 같았다. 꼬질꼬질한 초록색 테리 가운을 걸친 인어였다. 그녀 옆의 식탁은 불가사리처럼 늘어진 바나나 껍질, 부서진 달걀 껍데기, 갈색 토스트 자투리 등 아침을 먹고 남은 부스러기들로 뒤덮여 있었다.

나는 냉장고로 가서 토마토주스를 꺼냈다. "안녕." 나는 에인슬리의 등에 대고 말했다. 달걀을 과연 넘길 수 있을지 의심스러웠다.

그녀가 고개를 돌렸다. "아." 그녀가 말했다.

"어제 집에 잘 들어왔어?" 나는 물었다. "폭풍이 어마어마하던데." 나는 토마토주스를 한 잔 가득 따르고 피에 굶주린 사람처럼 벌컥벌컥 들이켰다.

"당연하지." 그녀가 말했다. "택시를 불러달라고 했어. 폭풍이 닥치기 직전에 집에 도착해서 담배 한 대 피우고 스카치 더블로 한 잔 마시고 곧장 자러 들어갔고. 아, 진짜 피곤하더라. 그렇게 가만히 앉아 있으려면 얼마나 진이 빠지는지 알아? 네가 먼저 나간 뒤에 무슨 수로 빠져나왔는지 모르겠어. 꼭 거대한 오징어한테서 탈출하는 심정이었는데, 아무든 성공했어. 겁에 질린 바보인 척하면서. 지금 단계에서는 절대적으로 그렇게 보여야 하거든."

나는 가스레인지에 놓여 있는, 아직까지 뜨거운 냄비를 들여다보았다. "달걀 삶은 물은 다 쓴 거야?" 나는 가스레인지를 켰다.

"너는 어땠어? 진짜 술에 취하거나 그런 건 아닌지 걱정됐는데. 이런 말 해서 미안하지만 너 진짜 바보 같았어."

"우리 결혼하기로 했어." 나는 살짝 주저하며 말했다. 그녀는 못마땅하게 여길 것이었다. 나는 달걀을 냄비 안에 살살 넣었다. 바로 껍데기에 금이 갔다. 냉장고에서 방금 전에 꺼낸 거라 너무 차가웠다.

에인슬리는 거의 없다시피 한 눈썹을 추켜올렸다. 놀라지 않은 눈치였다. "흠! 나라면 미국에서 결혼하겠다, 여차하면 더 간단하게 이혼할 수 있게. 아니, 너는 그 사람을 잘 알지도 못하잖아, 안 그래? 하지만." 그녀는 좀 더 명랑한 목소리로 말을 이었다. "피터가 조만간 돈을 많이 벌 테니까 아이를 낳고 별거는 할 수 있겠다. 이혼을 하지 않더라도 말이야. 하지만 지금 당장 결혼하지는 않았으면 좋겠어. 네가 뭘 알고 이러는 것 같지는 않거든."

"내 잠재의식에서는 처음부터 피터하고 결혼하고 싶었을지 몰라."그 말에 그녀는 입을 다물었다. 하느님을 들먹이는 거나 다름없는 발언이기 때문이었다.

나는 탐사에 나선 굴처럼 반쯤 굳은 하얀색 더듬이를 내밀고 있는 달걀을 살폈다. 이쯤이면 익지 않았을까 싶어서 꺼냈다. 커피머신을 켜고 식탁을 치워 내 자리를 마련했다. 에인슬리가 뭘 하고 있었는지 이제 알 수 있었다. 부엌 벽에 걸어놓은 달력을 떼어 연필로 그 위에다 암호 표시 같은 걸 하고 있었다. 고풍스러운 원피스를 입은 어린 소녀가 체리를 담은 바구니를 들고 하얀 강아지와 함께 그네에 앉아 있는 달력인데, 고향에서 주유소를 하는 팔촌이 해마다 내게 달력을 보내준다.

"뭐 하는 거야?"나는 물었다. 접시 옆면에 대고 달걀을 깨서 엄지손가락을 집어넣었다. 전혀 익지 않았다. 나는 달걀을 접시에 쏟고 저었다.

"작전을 구상하는 중이야."그녀가 무미건조하게 말했다.

"정말이지 에인슬리, 나는 네가 그 문제에 대해서 어쩌면 그렇게 냉정할 수 있는지 이해가 안 돼."나는 순서대로 줄줄이 적혀 있는 까만색 숫자를 들여다보며 말했다.

"하지만 아버지도 없이 아이를 낳을 수는 없잖아!"마치 전 세계 미망인과 고아들에게서 식량을 빼앗으려고 하느냐며 그들을 대신해 나를 나무라는 듯한 말투였다.

"좋아, 알겠어, 하지만 왜 하필 렌이야? 내 말은, 걔는 내 친구고 얼마 전에 힘든 일을 겪었잖아. 그러니까 걔가 심란할 만한 일은 생기지 않았으면 좋겠어. 주변에 다른 남자들도 많지 않아?"

"지금 당장은 없어. 적어도 그만큼 훌륭한 표본은." 그녀는 논리적으로 말했다. "그리고 애를 봄에 낳고 싶거든. 봄 아니면 초여름. 그래야 집 안이 아니라 뒷마당에서 생일 파티를 열 수 있어서 덜 시끄러울 테고……."

"걔 족보는 알아봤어?" 나는 마지막 남은 달걀을 떠서 먹으며 심술궂게 말했다.

"아, 당연하지." 에인슬리는 열띤 목소리로 대답했다. "그가 스킨십을 시도하기 전에 잠깐 대화를 나눴거든. 아버지가 대졸이더라. 적어도 집 안에 바보는 없는 것 같았어, 알레르기도 없고. 혈액형이 RH음성인지 물어보고 싶었지만 그럼 조금 속이 빤히 들여다보였을 거야, 안 그래? 그리고 텔레비전 일을 한다니까 어딘가에 예술가적인 면모도 있는 게 분명하고. 할아버지, 할머니에 대해서는 알아낸 게 많지 않지만 너무 까다롭게 고르면 평생 아무도 못 만날 거야. 유전은 믿을 만한 게 못 되기도 하고." 그녀는 말을 이었다. "엄청난 천재 밑에서 전혀 똑똑하지 않은 애가 태어나기도 하잖아."

그녀는 달력에 단호함이 느껴지는 체크 표시를 하고 그걸 보며 미간을 찡그렸다. 일대 결전을 준비하는 장군과 섬뜩하게 닮은 구석이 있었다.

"에인슬리, 네게 필요한 건 네 방 설계도야." 내가 말했다. "아니면 지형도. 아니면 항공사진. 그런 게 있어야 그 위에 조그만 화살표와 점선을 그리고 주요 지점에 가위표를 할 수 있지."

"한심한 소리는 그만 접어줘." 그녀가 말했다. 이제는 중얼중얼 계산을 하고 있었다.

"언제라야 해? 내일?"

"잠깐." 그녀는 말하고 좀 더 계산을 했다. "아니. 좀 더 기다려야겠다. 최소 한 달. 첫 번째에 성공해야 할 거 아냐. 아니면 두 번째에."

"첫 번째에?"

"응." 그녀는 말했다. "내가 다 계획을 세워놨어. 그래도 문제인 게, 모든 게 그의 심리 상태에 달려 있거든. 보아하니 그는 내 쪽에서 너무 적극적으로 나서면 무서워서 도망칠 타입이야. 그에게 희망을 잔뜩 심어주어야 해. 왜냐하면 원하는 걸 얻자마자 어떤 케케묵은 핑계를 늘어놓을지 듣지 않아도 알겠거든. 이제는 그만 만나는 게 좋겠다는 둥, 너무 심각한 사이는 되지 말았으면 좋겠다는 둥, 우리 둘 다 구속당하는 건 안 되지 않겠느냐는 둥, 어쩌고저쩌고. 그러다 증발하겠지. 그러면 정말 필요한 때 그를 소환하지 못할 거야. 그가 자기 시간을 독차지하려 든다고, 자기한테 요구 사항을 늘어놓는다고 나무랄 테니까. 하지만 나를 내어주지 않으면 언제든 내가 필요할 때 그를 쓸 수 있어."

우리는 잠깐 동안 함께 생각에 잠겼다.

"장소도 문제야." 그녀가 말했다. "돌발 사태처럼 보여야 하니까. 순간의 격정. 반항하던 내가 거기에 휩쓸려 정신 못 차리고 무너지는 거지." 그녀는 언뜻 미소를 지었다. "예를 들어 그를 모텔에서 만난다든지 하는 식으로 뭐든 사전에 계획하면 성공할 수 없어. 그러니까 그의 집 아니면 여기라야 해."

"여기?"

"어쩔 수 없으면." 그녀는 단호하게 말하고 자리에서 미끄러지듯 일어났다. 나는 아무 말도 하지 않았다. 아래층 아주머니와 액자에 담긴 그녀의 선조들과 한 지붕 아래에서 레너드 슬랭크가 옷을 벗는 상상만 해도 심란해졌다. 거의 신성모독이나 다름없을 것이었다.

에인슬리는 달력을 들고 혼자 콧노래를 부르며 자기 방으로 갔다. 나는 그 자리에 남아서 렌을 생각했다. 화관을 쓰고 멸망의 길로 끌려갈 그를 경고의 말 한마디 없이 지켜보고만 있으려니 또다시 양심의 가책이 느껴졌다. 물론 어떻게 보면 그가 자초한 일이었고, 에인슬리는 누가 될지 알 수 없기에 반응이 미심쩍은 이 영광의 주인공에게 더 이상 아무것도 요구하지 않을 작정인 것 같았다. 레너드가 그냥 평범하게 여자를 밝히는 남자였다면 나도 걱정하지 않았을 것이다. 하지만 내가 커피를 마시며 곱씹어보건대 그는 좀 더 복잡하고 섬세하게 조정된 존재였다. 남의 시선을 많이 의식하고 색을 밝히는 플레이보이인 건 맞았다. 하지만 조의 말처럼 도덕관념이 없는 건 아니었다. 일종의 도착(倒錯)된 윤리주의자였다. 인간은 누구나 섹스와 돈만 밝힌다는 식으로 얘기했지만 그의 이론을 몸소 실천하는 사람이 있으면 맹렬한 독설을 퍼부었다. 성숙한 쪽을 만나기보다 파릇파릇한 아가씨들을 이른바 '타락시키는' 것을 좋아하는 그의 성향도 냉소주의와 이상주의의 결합과 연관 있었다. 그의 이상주의적인 측면은 자기 것으로 만들기 힘들어 보이는, 순수한 것에 매력을 느꼈다. 하지만 그것을 자기 것으로 만들자마자 그의 냉소주의적인 측면이 그것을 더럽혀졌다고 여기고 내버렸다. "알고 보니까 그 여자도 남들이랑 다를 게 없었어." 그는 뚱한 목소리로 이렇게 얘기하곤 했다. 친구의 아내처럼 정말로 가질 수 없다고 여겨지는 여자들을 떠받들었다. 냉소주의가 발동돼 그들을 시험할 일이 없다는 이유 하나만으로 그들을 어처구니없을 정도로 신뢰했다. 그들은 난공불락일 뿐 아니라 어차피 나이도 너무 많았다. 일례로 그는 클래라를 숭배했다. 그는 좋아하는 몇 안 되는 사람들에게는 가끔 질척질척하다 싶을 정도로 유난히 살갑게 대했다. 하지만 그럼에도 불구하고 여자들에게는 여성혐오주의자라고, 남자들에게는 인간혐오주의자라고 계속 손가락질을 당했고 어쩌면 그건 맞는 말일지 몰랐다.

그래도 에인슬리가 계획한 대로 그를 이용한들 심각한 피해는 입지 않을 것 같았기에 그가 믿는 뿔테 안경을 쓴 강인한 수호천사에게 맡기기로 하고 원두 찌꺼기가 가라앉은 커피를 마저 마시고 옷을 갈아입으러 갔다. 그런 다음 클래라에게 전화해 소식을 전했다. 에인슬리의 반응에 김이 샜기 때문이었다.

클래라는 기뻐했지만 애매모호한 반응을 보였다. "어머, 잘됐다. 조가 들으면 좋아하겠네. 요즘 들어서 너도 정착할 때가 됐다는 얘기를 자주 했거든." 나는 살짝 짜증이 났다. 나는 서른다섯도 아니고 절박하지도 않았다. 그녀는 그저 잘 생각했다는 투였다. 하지만 생각해보면 제3자들은 그걸 이해할 수 없을 것 같기도 했다. 그때부터 전화를 끊을 때까지 화제는 그녀가 앓는 소화불량이었다.

아침 설거지를 하는데 계단을 올라오는 발소리가 들렸다. 이것 역시 아래층 아주머니의 수법이었다. 일요일 오후처럼 풀어져 있기 쉬운 때 손님이 찾아오면, 우리가 머리에 롤을 말고 있거나 떡이 진 머리를 하고 있거나 아니면 가운을 입고 늘어져 있거나 하다가 들통나길 바라는지 누가 왔다는 얘기 없이 조용히 문을 열어주곤 했다.

"안녕!" 중간쯤에서 손님이 외쳤다. 목소리를 들어보니 피터였다. 벌써부터 아무 때나 불쑥 찾아와도 된다고 생각하는 것이었다.

"어, 안녕." 나는 스스럼없지만 환영하는 투로 대답했다. "설거지하고 있었어." 계단통 너머로 그의 머리가 보이자 나는 바보처럼 덧붙였다. 남은 그릇을 개수대에 그냥 두고 앞치마에 손을 닦았다.

그가 부엌으로 들어왔다. "아침에 숙취가 그렇게 심했던 걸 보면 간밤에 내가 엄청 마셨나 봐. 인사불성이었겠던데. 입에서 테니스 운동화 안창 맛이 나더라고." 그는 뿌듯한 동시에 미안해하는 말투였다.

우리는 경계하는 눈빛으로 상대방을 이리저리 훑어보았다. 어느 쪽이든 했던 말을 주워 담고 싶으면 지금이 적기였다. 술김에 그랬다고 둘러댈 수 있었다. 하지만 우리 둘 다 뒤로 물러나지 않았다. 마침내 피터가 불안하긴 해도 기뻐하는 표정으로 나를 보며 씩 웃었다.

나는 걱정하는 투로 말했다. "고생했겠네. 많이 마시긴 했어. 커피 한 잔 줄까?"

"좋지." 그는 말하고 다가와 내 뺨에 입을 맞추고 식탁 의자에 털썩 주저앉았다. "그나저나 전화도 없이 와서 미안해. 그냥 보고 싶더라고."

"괜찮아." 나는 말했다. 아닌 게 아니라 그는 술이 덜 깨 보였다. 옷도 아무렇게나 입었는데, 사실 피터는 옷을 정말 아무렇게나 입을 수 없는 성격이었다. 계산된 아무렇게나였다. 일부러 수염을 깎지 않았고 스포츠셔츠의 페인트 얼룩 색에 맞춰서 양말을 신었다. 나는 커피 머신을 켰다.

"흠!" 그가 외쳤다. 에인슬리도 똑같이 외쳤었지만 강조하는 부분이 전혀 달랐다. 그는 방금 전에 반짝이는 새 차를 산 사람 같은 말투였다. 나는 그에게 크롬으로 도금한 듯한 다정한 미소를 지어 보였다. 그러니까 미소로 애정을 표현하고 싶었지만 내 입가가 뻣뻣하고 또렷하고 왠지 값비싸게 느껴졌다는 뜻이다.

나는 커피 두 잔을 따르고 우유를 꺼내 들고 반대편 자리에 앉았다. 그가 한 손을 내 손 위에 얹었다.

"있잖아." 그가 말했다. "어젯밤에 작정하고 그런 건 아니었어." 나는 고개를 끄덕였다. 나도 작정하고 그런 게 아니었다.

"내가 계속 도망치고 있었던 것 같아."

나도 마찬가지였다.

"하지만 당신이 트리거를 두고 한 말이 맞는다고 봐. 그리고 어쩌면 내가 무의식중에 작정하고 있었을지 몰라. 언젠가는 정착해야 하는데 내 나이도 벌써 스물여섯이잖아."

그가 달리 보이기 시작했다. 젊고 생각 없는 미혼남이었던 그가 이 부엌에서 혼돈의 구조자, 안정감의 제공자로 변신하고 있었다. 시모어 서베이스의 금고 어딘가에서 보이지 않는 손이 내 서명을 지우고 있었다.

"그리고 이제 결정하고 나니까 앞으로 훨씬 행복하게 지낼 수 있을 것 같다는 생각이 들어. 한도 끝도 없이 계속 달릴 수는 없는 거 아니겠어? 장기적으로 보면 내 일에도 훨씬 도움이 될 거야. 결혼했다고 하면 의뢰인들이 좋아할 테니까. 나이가 찼는데도 결혼하지 않은 남자는 사람들이 이상하게 생각하잖아. 동성애자나 뭐 그런 건 아닌지 의심하기도 하고." 그는 말을 잠깐 멈추었다가 다시 이었다. "그리고 당신에 대해서도 할 말이 있어, 메리언. 나는 항상 당신을 믿을 수 있다는 걸 알아. 대부분의 여자들은 천방지축인데 당신은 참 현명하거든. 당신은 그런 줄 몰랐을지 몰라도 나는 전부터 아내를 선택할 때 그걸 가장 먼저 감안해야 한다고 생각했어."

내가 현명하다는 생각은 별로 한 적이 없었다. 나는 다소곳이 시선을 떨구고, 식탁을 닦았는데도 남아 있는 토스트 부스러기만 뚫어져라 쳐다보았다. 뭐라고 하면 좋을지 알 수가 없었다. "당신도 현명한 사람이야"라고 하는 건 어울리지 않게 느껴졌다.

"나도 정말 행복해." 나는 말했다. "우리, 커피 들고 거실로 자리 옮기자."

그가 나를 따라왔다. 우리는 동그란 커피 테이블에 잔을 내려놓고 소파에 앉았다.

"나는 이 집 거실이 좋더라." 그가 흘끗 둘러보며 말했다. "엄청 편안해." 그가 한 팔로 내 어깨를 감싸 안았고 우리는 침묵 속에 앉아 있었다. 나로서는 행복한 침묵이길 바랄 따름이었지만 분위기가 어색했다. 이제는 기존 관계 속의 설정과 발자국과 경로를 길잡이로 삼을 수가 없었다. 새로운 관계를 설정할 때까지 뭘 어떻게 하고 무슨 말을 하면 좋을지 알 수가 없을 것이었다.

피터가 혼자 쿡쿡거리며 웃었다.

"뭐가 그렇게 재밌어?" 내가 물었다.

"아, 아니. 차를 타러 나가보니까 밑에 덤불 세 개가 끼어 있더라고. 그래서 그 집 잔디밭을 지나서 왔거든. 우리가 산울타리에 깔끔하게 구멍을 뚫어놨더라." 그는 여태껏 그걸 뿌듯해하고 있었다.

"이 어처구니없는 바보야." 나는 애정을 담아서 말했다. 소유 본능이 꿈틀거리는 것을 느낄 수 있었다. 그러니까 이것이 내 것이라는 느낌이었다. 나는 그의 어깨에 머리를 기댔다.

"결혼은 언제 했으면 좋겠어?" 그가 무뚝뚝하다 싶게 물었다.

처음에는 그가 나에 대해서 진지하게 뭘 물을 때마다 장난스럽게 어물쩍 지나갔던 습관대로 "성촉절 어때?"(미국과 캐나다에서 마멋이 겨울잠에서 깨어난다는 날로 매년 2월 2일이다. 이날 해가 나서 마멋이 자기 그림자를 보게 되면 다시 동면 상태로 돌아가기 때문에 겨울 날씨가 여섯 주 더 계속된다는 설이 있다 ─옮긴이)라고 대답할까 생각이 들었다. 그런데 내가 이게 누구 목소리인가 싶은 여리고 불분명한 목소리로 이렇게 대답하고 있었다. "당신 결정에 따를게. 중요한 결정은 당신한테 맡기고 싶어."
나는 지금까지 이 비슷한 말을 그에게 한 적이 없었다. 재밌는 건 진심
이었다는 것이었다.

11

피터는 오래 있지 않았다. 잠을 좀 더 자야겠다며 나한테도 그러는 게 좋겠다고 했다. 하지만 나는 하나도 피곤하지 않았다. 긴장감으로 터질 것 같아서 아무리 집 안을 들쑤시며 왔다 갔다 걸어도 해소될 줄 몰랐다. 이날 오후에는 어렸을 때부터 일요일 늦은 오후라고 하면 떠올렸던 특유의 서글픈 허전함이 느껴졌다. 할 일이 아무것도 없는 느낌이었다.

　나는 설거지를 마저 하고, 금방 다시 어지럽혀질 것을 알지만 그래도 나이프와 포크와 숟가락을 부엌 서랍 칸에 각각 정리하고, 거실에 있는 잡지를 일곱 번째로 훑어보며 '입양, 찬성인가 반대인가' '나는 지금 그 사람을 진심으로 사랑하는 게 맞을까? 스무 가지 질문으로 알아보는 나의 진심' 따위의 제목에 새로운 의미를 부여해 잠깐 관심을 두었다가 자꾸 뭘 태워먹는 토스터기의 이런저런 장치를 만지작거렸다. 전화벨이 울리자 얼른 뛰어가서 받았지만 잘못 걸려 온 전화였다. 계속 방에 틀어박혀 있는 에인슬리와 대화를 나눌 수도 있었지만 어쩐지 별로 도움이 되지 않을 것 같았다. 뭔가 끝낼 수 있는 일, 완수할 수 있는 일을 하고 싶은데 그게 뭔지 알 수가 없었다. 결국 나는 빨래방에 다녀오기로 마음을 먹었다.

두말하면 잔소리지만 우리는 아래층 아주머니의 세탁기를 쓰지 않는다. 그 집에 세탁기가 있는지조차 잘 모르겠다. 빨래처럼 천박한 물건으로 깔끔하고 너른 뒷마당을 모독하는 것은 그녀로서는 용납할 수 없는 일이다. 어쩌면 그들 모녀는 옷에 뭘 묻히는 일이 절대 없을지 모른다. 투명한 비닐로 겉이 코팅되어 있을지 모른다. 우리는 이 집 지하실에 가본 적이 없었고 지하실이라는 게 있다는 소리를 들은 적도 없었다. 어쩌면 그녀의 예의범절 체계 안에서 빨래라는 것은 누구나 알지만 점잖은 사람이라면 대놓고 입에 담지 말아야 할 것들 가운데 하나일지 모른다.

그래서 쌓인 빨랫감이 견딜 수 없는 지경에 이르고 새 옷을 넣어두는 서랍이 텅 비면 우리는 빨래방에 간다. 아니, 대개는 나 혼자 간다. 나는 에인슬리처럼 오래 버티지 못하기 때문이다. 주중보다는 일요일 저녁이 좋다. 장미 덤불을 동여매고 진딧물을 없애는 노인도 평일보다 적고, 꽃무늬 모자를 쓰고 흰 장갑을 끼고 차를 몰고 아니면 남이 모는 차를 타고 다른 노파의 집으로 차를 마시러 가는 노파도 평일보다 적기 때문이다. 가장 가까운 빨래방은 전철로 한 정거장 거리인데, 토요일은 버스에 쇼핑족이 많아서 별로다. 이번에도 모자와 장갑을 쓴 노파들이지만 그렇게 깔끔하지는 않다. 그리고 토요일 저녁에는 젊은 영화 관람객들이 쏟아져 나온다. 나는 일요일 저녁이 좋다. 인파가 적다. 들고 다니는 빨래 가방이 누가 봐도 빨래 가방이라 사람들의 시선이 부담스럽다.

그날 저녁에는 빨래방으로 가는 길이 기다려졌다. 어서 빨리 아파트에서 탈출하고 싶었다. 냉동식품을 데워서 저녁을 해결한 다음 빨래방에 갈 때마다 입는 옷—청바지와 스웨트셔츠, 충동구매 해놓고 다른 때는 절대 신지 않는 체크무늬 운동화였다—으로 갈아입고 지갑에 25센트짜리 동전이 있는지 확인했다. 빨랫감을 빨래 가방에 넣고 있는데 에인슬리가 어슬렁어슬렁 등장했다. 그녀는 하루 종일 방에 틀어박혀 뭔지 모를 흑마술을 발휘하고 있었다. 분명 최음제를 제조하거나 레너드를 닮은 밀랍인형을 만들어 알맞은 지점에 핀을 꽂았을 것이다. 그러다가 어떤 직감을 느낀 것이었다.

"어? 빨래방 가?" 그녀가 무심한 척 물었다.

"아니." 나는 말했다. "피터를 토막 살인 했거든. 빨래로 위장해서 산골짜기에 묻으려고."

에인슬리는 썰렁하다고 생각했는지 웃지 않았다. "저기 있잖아, 가는 김에 내 것도 몇 벌만 같이 빨아다 주면 안 될까? 기본적인 것만."

"알았어." 나는 포기했다. "들고 와." 늘 이런 식이다. 이래서 에인슬리는 빨래방에 다녀올 필요가 없다.

그녀는 사라졌다가 잠시 후에 알록달록한 속옷을 한 아름 가득 안고 돌아왔다.

"에인슬리. 기본적인 것만이라며."

"다 기본적인 거야." 그녀는 샐쭉하게 말했다. 하지만 내가 가방 안에 다 넣지 못한다고 하자 반으로 나눴다.

"정말 고마워, 살았다." 그녀가 말했다. "잘 다녀와."

나는 자루를 끌며 계단을 내려갔고 그걸 들어서 어깨에 얹고 문밖으로 비틀비틀 나가는 길에 응접실 입구에 걸린 벨벳 커튼 안에서 스르륵 등장한 아래층 아주머니의 냉랭한 눈빛과 맞닥뜨렸다. 나도 알다시피 그녀는 이런 지저분한 물건을 보란 듯이 드러내는 자체를 못마땅하게 여겼다. 나는 성경 구절을 인용해가며 속으로 그녀를 향해 중얼거렸다.

우리는 모두 철저하게 부정한 존재랍니다.

　나는 버스에 올라 빨래 가방을 옆자리에 내려놓고, 주일에 일을 한다고 비분강개할지 모르는 사람들을 피해 멀찌감치 떨어뜨려놓은 어린애처럼 보이길 바랐다. 예전에 어느 일요일에 검은색 실크로 몸을 휘감고 연보라색 모자를 쓴 노파가 버스에서 내리려는 나를 붙잡은 적이 있었다. 그녀는 내가 네 번째 계명을 어겼을 뿐 아니라 옷차림도 불경스럽다며 심란해했다. 예수님은 내 체크무늬 운동화를 절대 용서하지 않을 거라는 식이었다. 잠시 후 창문 위에 달린 어느 포스터가 내 시선을 사로잡았다. 다리가 여섯 개 달린 여자가 거들을 입고 깡충깡충 뛰는 알록달록한 포스터였다. 이 자리에서 고백하지만 나는 그런 광고를 보면 내 뜻과 상관없이 조금 충격을 받는다. 너무 공개적이기 때문이다. 버스를 타고 몇 블록을 가는 동안 어떤 사람이 그런 광고를 보고 찾아가서 문제의 그 물건을 살지, 설문조사를 진행하고 만든 광고인지 궁금해했다. 내가 보기에 여성을 모델로 등장시킨 이유는 여자가 아니라 남자들을 자극하기 위해서인데 남자들은 거들을 사지 않는다. 하지만 유연한 젊은 여자가 자기 이미지일 수 있었다. 소비자들은 젊고 호리호리한 몸매와 거들을 한 세트로 살 수 있다고 생각할지 몰랐다. 이후로 몇 블록을 가는 동안에는 어디에선가 읽은 격언에 대해 생각했다. 옷 잘 입는 여자는 절대 거들을 빠뜨리지 않는다. 나는 '절대'라는 단어에 내포된 의미에 대해 고민했다. 그러고 나서 나머지 구간 동안은 중년의 뱃살에 대해 생각했다. 언제 내게도 그게 생길까? 어쩌면 이미 생겼을 수도 있었다. 그런 건 조심해야 한다. 방심하고 있다가는 당할 수 있다.

　전철역 입구에서 조금만 걸어가면 빨래방이 나왔다. 큼지막한 세탁기 앞에 섰을 때 나는 세제를 깜빡했다는 걸 알아차렸다.

"아, 말도 안 돼!" 나는 큰 소리로 외쳤다.

바로 옆 세탁기에 옷을 넣고 있던 남자가 내 쪽으로 고개를 돌렸다.

그는 아무 표정 없이 나를 쳐다보았다. "제 걸 쓰세요." 그가 상자를 건넸다.

"고맙습니다. 자판기를 하나 설치했으면 좋겠어요. 그런 센스도 없는지, 원." 이러고 났을 때 나는 그를 알아보았다. 맥주 설문조사 때 만난 그 젊은 남자였다. 나는 세제 상자를 들고 가만히 섰다. 내가 세제를 깜빡했다는 걸 그가 무슨 수로 알았을까? 내가 입 밖으로 소리 내서 얘기한 적도 없는데.

그가 나를 좀 더 유심히 들여다보았다. "아. 이제 누군지 알겠다. 처음에는 못 알아봤어요. 일할 때 입는 그 껍데기를 벗으니까 좀, 본모습이 드러나 보이네요." 그는 세탁기 위로 다시 몸을 숙였다.

본모습이 드러나 보인다. 좋은 걸까, 나쁜 걸까? 나는 솔기가 터진 곳이나 지퍼가 열린 곳은 없는지 잽싸게 살폈다. 그런 다음 어두운색 옷은 이쪽에, 밝은색 옷은 저쪽에 얼른 쑤셔 넣기 시작했다. 그가 나보다 먼저 끝내서 나를 구경하는 여유가 생기는 건 싫었다. 하지만 에인슬리의 레이스 달린 천박한 속옷을 안으로 던졌을 때 그가 마침 빨래를 다 넣었다.

"그거 당신 거예요?" 그가 관심 없는 목소리로 물었다.

"아니에요." 나는 얼굴을 붉히며 대답했다.

"어쩐지. 그럴 것 같더라니."

칭찬일까, 욕일까? 별다른 변화가 없는 목소리로 판단하건대 그냥 한 말이었다. 그런데 그냥 한 말치고 정확하네. 나는 씁쓸하게 생각했다.

두툼한 유리문 두 개를 닫고, 구멍에 25센트짜리 동전을 넣고, 세탁

기가 아무 문제 없이 철벅철벅 작동되고 있음을 알리는 귀에 익은 소리
가 들리는지 확인한 다음, 일렬로 놓인 의자로 가서 앉았다. 이제 보니
빨래가 끝날 때까지 하릴없이 기다려야 하게 생겼다. 일요일에 그 일대
에서는 딱히 할 게 없었다. 영화를 보러 갈 수는 있지만 돈을 안 들고 나
왔다. 깜빡하고 읽을 책도 챙기지 않았다. 무슨 생각을 하면서 집에서
나온 걸까? 내가 원래는 잘 깜빡하는 성격이 아니다.

그가 내 옆자리에 앉았다. "빨래방에 딱 한 가지 문제점이 있다면 세
탁기에 항상 다른 사람의 거시기 털이 붙어 있다는 거예요. 많이 신경
쓰이는 건 아니지만요. 나는 세균이나 뭐 그런 데 유난을 떨지 않아요.
초콜릿 먹을래요?"

나는 우리 대화를 듣는 사람이 있나 싶어 흘끗 둘러보았지만 빨래방
에는 우리 둘뿐이었다. "아뇨, 괜찮아요."

"나도 초콜릿 별로 안 좋아하는데 담배를 끊으려는 중이에요." 그는
초코바 포장지를 벗겨서 천천히, 꾸역꾸역 먹었다. 우리는 길게 늘어선
반짝이는 흰색 기계들을, 그중에서도 특히 우리 옷이 빙글빙글 돌아가
고 있는 세 개의 유리창을 현창(舷窓)이나 수족관이라도 되는 듯 물끄
러미 바라보았다. 부연 비누 거품 속에서 다양한 형체와 색상이 등장하
고 섞이고 사라지고 다시 등장했다. 초코바를 다 먹어치운 그는 손가락
을 핥고는 은색 포장지를 잘 펴고 반듯하게 접어서 주머니에 넣고 담배
를 꺼냈다.

"나는 저걸 보고 있는 게 좋아요." 그가 말했다. "나는 남들이 텔레
비전 보듯 빨래방 세탁기를 봐요. 앞으로 어떻게 될지 확실히 아는 데
다 머리 쓸 필요가 없어서 마음이 평온해지거든요. 텔레비전과 차이점
이 있다면 내가 프로그램에 살짝 변화를 줄 수 있다는 거죠. 계속 똑같

은 걸 보는 게 지겨워지면 초록색 양말이나 뭐 그렇게 알록달록한 걸한 켤레 넣으면 돼요." 그는 팔꿈치로 무릎을 짚고, 등딱지 안으로 들어간 거북처럼 검은색 스웨터 안으로 고개를 넣고 단조로운 목소리로 말했다. "나는 여기 자주 와요. 그냥 그 아파트에서 나오지 않고는 못 배길때도 가끔 있거든요. 다림질거리만 있으면 괜찮은데. 나는 주름을 펴서반반하게 만드는 게 좋아요. 손 쓸 일도 생기고. 그런데 다림질거리가없으면 여기 와야 해요. 다림질거리를 더 만들러."

심지어 나를 쳐다보지도 않으며 하는 말이었다. 그냥 혼잣말일 수도있었다. 나는 그의 얼굴을 볼 수 있게 덩달아 몸을 앞으로 숙였다. 빨래방의 푸르스름한 형광등이 워낙 색조도 명암도 용납하지 않는 조명이라 낯빛이 한층 섬뜩해 보였다. "외출을 하지 않을 수가 없어요, 그 아파트 때문에. 여름에는 뜨겁고 어두컴컴한 오븐 같아서 그렇게 더우면 다리미를 켜기조차 싫어져요. 게다가 안 그래도 좁은데 열기 때문에 쪼그라들어서 남들과의 거리가 너무 가까워지고요. 문을 닫고 내 방에 있어도 그 둘이 느껴져요. 그 둘이 뭘 하고 있는지 알겠어요. 피시는 의자에진을 치고 앉아서 거의 꼼짝 않고 글을 쓰다가 안 되겠다며 전부 찢어버리고 며칠 동안 그 자리에 앉아서 바닥에 떨어진 종잇조각을 쳐다봐요. 한번은 엎드려서 스카치테이프로 그걸 붙이려고 한 적도 있었는데당연히 될 턱이 없으니 진짜 난리를 부리면서 자기 아이디어를 도용해선수를 치려고 종잇조각을 몇 개 훔쳐 갔다고 우리 둘을 몰아붙이지 뭐예요. 그리고 트레버는 여름 학기 수업을 들으러 가거나, 나는 그냥 깡통에 든 연어를 먹어도 되는데 12코스 정찬을 차린답시고 집 안을 찜통으로 만들거나, 그것도 아니면 15세기 이탈리아 서예와 당초무늬와 장식체를 연습하고 15세기에 대해 끝도 없이 조잘거려요. 자잘한 부분까지 어마어마하게 기억을 잘하거든요. 재밌긴 하지만 그게 답은 아니라고 봐요, 나한테도 그렇고 그 친구한테도 그렇고. 문제는 뭔가 하면 둘 다 그걸 계속 반복하는데 소득이 전혀 없고 아무것도 완성하지 못한다는 거예요. 물론 나도 다를 게 없고 마찬가지예요. 기말 보고서를 해결하지 못하고 있으니까. 한번은 동물원에 간 적이 있는데 광분한 아르마딜로가 우리 안에서 8자를 그리며 계속 돌고 또 돌고 있더라고요. 녀석의 발이 우리 바닥을 때렸을 때 얼마나 이상한 쿳소리가 났는지 아직까지 기억이 나요. 동물들은 우리에 갇히면 다 그렇게 된다고, 일종의 정신병이라고, 그 지경에 다다르면 풀어줘도 똑같은 패턴으로 맴을 돈다고 하더군요. 참고 자료를 읽고 또 읽고 스무 번을 읽어도 통 이해를 못하겠으면 어떤 해, 어떤 달, 어떤 주에 출간된 책이 몇 권인가 하는 생각이 들기 시작하는데 그러면 감당이 안 돼요. 단어들이." 그는 마침내 나를 쳐다보았지만 내 피부 속 몇 센티미터 아래의 어떤 지점을 보고 있기라도 한 듯 묘하게 초점이 맞지 않았다. "의미를 잃기 시작해요."

세탁기가 헹굼 단계로 접어들면서 옷 돌아가는 속도가 점점 더 빨라졌다. 그런 다음 물소리가 들리고 다시 휘적휘적과 철벅철벅이 시작됐다. 그가 새 담배에 불을 붙였다.

"그럼 다들 학생인가 보네요." 내가 말했다.

"당연하죠." 그가 침통한 목소리로 말했다. "딱 보면 모르겠어요? 전부 대학원생이에요. 영문과. 셋 다요. 나는 온 도시 사람들이 영문과 대학원생인 줄 알았어요. 우리끼리 동종 번식이 워낙 심해서 아닌 사람을 본 적이 없거든요. 요전 날 당신이 찾아왔는데 영문과 대학원생이 아닌 걸로 밝혀졌을 때 기분이 정말 묘했어요."

"나는 그렇게 지내면 좀 재밌을 줄 알았는데." 사실 그렇지는 않았고 옆에서 맞장구를 쳐주려고 한 말이었지만 입을 다물자마자 사춘기 소녀 같은 감상적인 발언이었다는 것을 알 수 있었다.

"재밌네요." 그는 잠깐 킬킬거렸다. "나도 예전에는 그렇게 생각했어요. 열성적이고 똑똑한 학부생이면 재밌게 느껴질지도 모르죠. 다들 이러거든요. 대학원에 가, 그럼 돈도 조금 받을 수 있어. 그래서 대학원에 가고 이런 생각을 하죠. 이제 진정한 진리를 찾겠어. 하지만 그런 진리는 찾을 수가 없고, 상황은 점점 까다롭고 진부해져가고, 넘실대는 쉼표와 너덜너덜한 각주 속으로 모두 무너져버리고, 어느 정도 시간이 지나면 다른 모든 것과 똑같아져요. 그 안에 갇혀서 빠져나오지 못하고 어쩌다 그 지경에 이르렀는지 의아해지죠. 여기가 미국이라면 징병을 피하느라 그러고 있다는 변명이라도 댈 수 있다지만 그렇지가 않으니 그럴듯한 이유가 없어요. 게다가 하고 있던 일이 모두 끝나서 전부 끄집어내졌는데, 나 혼자 통 밑바닥의 찌꺼기 안에서 뒹굴며 9년 차 대학원생, 그 딱한 종자로서 새로운 자료를 찾아 원고를 뒤적이거나 러스킨의 저녁 초대장과 극장표를 한데 묶어서 출간한 결정판만 죽어라 파고 있어요. 사람들이 어딘가에서 발굴한 별 볼 일 없는 엉터리 문학작품에서 마지막 뾰루지를 짜내듯 의미를 추출하려고 애를 쓰며. 가엾은 피셔는 지금 논문을 쓰는 중이고 D. H. 로런스의 작품에서 보이는 자궁의 상징을 주제로 삼고 싶어 했는데 다들 먼저 쓴 사람이 있다고 말렸어요. 그래서 어떤 불가능한 이론을 도입했는데 논문을 쓰면 쓸수록 점점 더 앞뒤가 안 맞아요." 그는 말을 하다 말고 멈추었다.

"어떤 이론인데요?" 나는 그를 침묵 속에서 흔들어내려고 물었다.

"잘 모르겠어요. 그 친구는 이제 술에 취했을 때 말고는 거기에 대해서 말을 하지 않으려고 하는데, 술에 취하면 무슨 말을 하는지 아무도 알아들을 수가 없거든요. 그래서 논문을 계속 찢는 거예요. 다시 읽어보면 자기도 뭐라고 썼는지 하나도 읽을 수가 없으니까."

"당신은 뭘 주제로 쓰고 있는데요?" 어떤 주제일지 상상이 되지 않았다.

"나는 아직 그 단계에 도달하지도 못했어요. 그 단계에 도달할 수 있을지, 도달하면 어떻게 될지도 잘 모르겠어요. 생각하지 않으려고 해요. 나는 지금 재작년에 제출했어야 하는 기말 보고서를 써야 해요. 하루에 한 문장씩 쓰고 있어요. 그것도 컨디션이 좋은 날에만." 세탁기에서 딸깍 소리와 함께 탈수가 시작됐다. 그는 침울한 표정으로 세탁기를 응시했다.

"음, 그럼 기말 보고서 주제는 뭔데요?" 나는 호기심이 생겼다. 그가 하는 얘기도 그렇지만 점점 달라지는 그의 얼굴 윤곽선도 흥미로웠다. 아무튼 그가 얘기를 계속해주었으면 했다.

"사실 알고 싶지 않을 거예요." 그가 말했다. "라파엘전파의 외설물이거든요. 비어즐리를 가지고도 뭔가 해보려고 노력 중이에요."

"아." 우리는 둘 다 아무 말 없이 이 작업이 가망 없다는 진단을 받을 가능성에 대해 생각했다. 나는 머뭇머뭇 내 의견을 제시했다. "어쩌면 당신은 직업을 잘못 선택했을지 몰라요. 다른 일을 하면 좀 더 행복해질지 몰라요."

그는 킬킬거리다가 기침을 했다. "담배를 끊어야 하는데." 그가 말했다. "내가 달리 무슨 일을 할 수 있겠어요? 여기까지 오면 어떤 일에도 부적격자가 되는데. 정신세계에 어떤 변화가 생기거든요. 가방끈이 너무 길고 전문 지식이 너무 많고 그렇다는 걸 다들 알아요. 다른 업계에서 나를 쓰고 싶어 안달 내는 사람은 없을 거예요. 나는 심지어 도랑 파는 일도 잘 못해서 하수 설비를 다 망가뜨리고 파이프, 밸브, 하수도관을 곡괭이로 다 헤집을 거예요……. 안 돼요, 안 돼. 나는 영원히 종이 광산의 노예로 남아야 해요."

나는 뭐라고 해줄 말이 없었다. 그를 보며 시모어 서베이스 같은 데서 근무하면 어떨지 그려보았다. 심지어 위층의 똑똑한 남자들과 짝도 맞추어보았지만 허탕이었다. 절대 어울리지 않았다.

"다른 지역 출신이에요?" 나는 한참 만에 물었다. 대학원 이야기가 이제 끝난 것 같았다.

"그럼요, 우리 다요. 이 도시 출신은 아무도 없지 않나요? 우리가 그 아파트에서 사는 이유도 그 때문이에요. 우리 능력으로는 감당할 수 없다는 걸 하늘도 알고 땅도 알지만 대학원생 기숙사가 없거든요. 문장(紋章)과 수도원처럼 생긴 담벼락으로 영국식인 척하는 그 신축건물 말고는. 하지만 거기서는 나를 받아줄 리 없고 어차피 트레버하고 같이 사는 것보다 괜찮지도 않을 거예요. 트레버는 몬트리올 출신에 집이 웨스트마운트이고 잘살아요. 하지만 전쟁 이후에 장사를 시작하게 됐어요. 집안에서 코코넛 쿠키 공장을 하는데, 우리 아파트에서는 그 얘기를 꺼내면 안 돼요. 코코넛 쿠키가 계속 수북이 쌓이는데, 어디서 났는지 모르는 척하면서 먹으려면 얼마나 어색한지 몰라요. 나는 코코넛을 좋아하지도 않고요. 피시는 밴쿠버 출신이고 계속 바다를 그리워해요. 호숫가로 가서 그 더러운 물속을 헤치며 갈매기와 둥둥 떠다니는 자몽 껍질에서 흥분을 느껴보려고 하지만 될 턱이 없죠. 둘 다 예전에는 사투리를 썼는데 지금은 전혀 티가 나지 않아요. 그 안에서 한참 동안 뇌를 갈며 지내다 보면 다른 지방 출신의 말투가 모두 사라지죠."

"당신은 어디 출신이에요?"

"얘기해도 모를 거예요." 그는 통명스럽게 말했다.

세탁기에서 딸깍하는 소리가 났다. 우리는 철망으로 된 빨래 카트를 끌고 가서 옷을 건조기로 옮겼다. 그런 다음 다시 의자에 앉았다. 이제는 구경할 게 아무것도 없었다. 웅웅거리고 탁탁거리는 건조기 소리만 들릴 뿐이었다. 그가 다시 담배에 불을 붙였다.

발을 끌며 느릿느릿 들어온 후줄근한 노인이 우리를 보더니 다시 느릿느릿 나갔다. 잠잘 곳을 찾고 있었던 걸까.

"문제는 뭔가 하면." 한참 만에 그가 말했다. "관성에 젖어 있다는 거예요. 어딘가로 가고 있는 기분이 전혀 들지 않아요. 수렁에 빠졌고 물에 잠겼어요. 지난주에는 내가 아파트에 불을 냈어요. 어느 정도는 일부러. 그 둘이 어떤 반응을 보일지 궁금했나 봐요. 아니면 나 자신이 어떤 반응을 보일지 궁금했나 봐요. 간만에 불과 연기를 구경하고 싶은 마음이 가장 컸지만요. 그런데 그 둘이 당장 꺼버리더니 한 쌍의 아르마딜로처럼 8자 모양으로 미친 듯이 뛰어다니며 나더러 '아픈' 거 아니냐고, 왜 그랬느냐고, 스트레스가 너무 심해서 무너진 모양이라고, 병원에 가보라고 그러지 뭐예요. 병원은 가봐야 소용도 없을 텐데. 나는 거기에 대해 모르는 게 없는데요, 전혀 소용없어요. 그런 부류는 더 이상 나를 설득하지 못해요. 내가 아는 게 너무 많고 이미 다 거쳤기 때문에 면역이 생겼어요. 아파트에 불을 질러도 달라지는 건 아무것도 없었지만 이제는 내가 콧구멍만 움찔거려도 트레버는 비명을 지르면서 펄쩍 뛰고 피셔는 1학년 때 배운 심리학 교재에서 내 증상을 찾아봐요. 나를 미쳤다고 생각해요." 그는 담배꽁초를 바닥에 떨어뜨리고는 밟아서 껐다. "내가 보기에는 그 둘이 미쳤는데." 그가 덧붙였다.

나는 조심스럽게 말했다. "집을 옮겨야 하는 거 아니에요?"

그는 삐딱한 미소를 지었다.

"어디로요? 능력도 안 되는데. 나는 갇혔어요. 게다가 그 둘이 나를 보살피는 셈이기도 하거든요." 그는 목과 가깝게 어깨를 한층 웅크렸다.

나는 그의 야윈 옆얼굴과 높고 황량하게 솟은 광대뼈와 시커멓게 움푹 들어간 눈을 보며 놀라워했다. 이렇게 술술 속내를 털어놓다니 나로서는 감히 상상할 수 없는 일이었다. 껍질을 깨고 나오기로 작정한 날달걀처럼 무모하게 느껴졌다. 너무 넓게 퍼져서 흐물흐물한 액체로 전락할 수도 있지 않은가. 하지만 새로 꺼낸 담배로 입을 막고 앉아 있는 그는 그런 종류의 위험을 전혀 감지하지 못한 눈치였다.

이제 와 그 순간을 곱씹어보면 나의 초연함에 놀라워진다. 오후 내내 안절부절못했던 것이 사라졌다. 돌로 이루어진 달처럼 차분하고 평온했고 빨래방이라는 하얀 공간이 내 통제 안에 있었다. 나는 스스럼없이 팔을 내밀어 어색하게 웅크린 그 몸을 감싸고 살살 흔들며 다독일 수도 있었다. 하지만 그는 어딘지 모르게 어린아이와는 거리가 먼 구석이 있었다. 비정상적으로 나이를 먹은 남자, 다독일 수 있는 범위를 넘어섰을 정도로 나이를 먹은 남자 같은 분위기를 풍겼다. 게다가 맥주 설문조사 때 보인 이중성을 감안했을 때 이 모든 것이 지어낸 얘기일 수도 있었다. 충분히 진짜 같기는 했지만 모성 본능을 자극하려는 의도가 숨어 있을 수 있었다. 그가 내 반응을 보고 음흉하게 웃으며 내 손길을 거부하고 스웨터라는 피난처 속으로 더욱 깊숙이 숨을 수도 있었다.

그는 과학소설에 나오는 초감각이나 제3의 눈이나 안테나 비슷한 것을 장착한 모양이었다. 고개를 돌리고 있어서 내 표정을 볼 수 없음에도 건조한 목소리로 나지막이 중얼거렸다. "내 열변을 듣고 감탄하고 있군요. 멋져 보인다는 거 알아요, 내가 연습하거든요. 여자들은 병약자를 사랑하니까. 내가 그들 안에 숨겨져 있는 플로렌스 나이팅게일을 자극하죠. 하지만 조심해요." 그는 이제 교활한 눈빛으로 나를 곁눈질하고 하고 있었다. "그러다 무시무시한 일을 저지르게 될 수도 있으니까. 허기가 사랑보다 더 기본적인 본능이거든요. 플로렌스 나이팅게일은 식인종이었어요."

내 평정심이 산산조각 났다. 불안이 생쥐처럼 내 살갗 위를 조르르 달리는 것을 느낄 수 있었다. 내가 무엇 때문에 욕을 먹고 있는 거지? 본모습이 드러난 것 때문인가?

뭐라고 하면 좋을지 전혀 생각나지 않았다.

건조기가 윙윙거리며 멈추었다. 나는 자리에서 일어났다. "세제 고마웠어요." 나는 깍듯하게 말했다.

그도 자리에서 일어났다. 다시금 나라는 존재에 무관심해진 눈치였다. "그래요." 그가 말했다.

우리는 아무 말 없이 나란히 서서 건조기에서 옷을 꺼내 빨래 가방에 쑤셔 넣었다. 어깨로 건조기 문을 닫고 출입문까지 같이 걸어가되 내가 조금 앞장섰다. 나는 문 앞에서 잠깐 걸음을 멈추었지만 그가 문을 열어줄 기미를 보이지 않기에 내가 직접 열었다.

밖으로 나왔을 때 둘이 같이 몸을 돌리는 바람에 하마터면 부딪칠 뻔했다. 우리는 머뭇거리며 잠깐 마주 보고 섰다. 동시에 무슨 말을 하려고 했다가 동시에 멈추었다. 누가 스위치를 켜기라도 한 듯 빨래 가방을 바닥에 떨어뜨리고 앞으로 한 발 다가갔다. 내가 그에게 입을 맞췄는지 그가 내게 입을 맞췄는지 아직도 잘 모르겠다. 그의 입에서는 담배 맛이 났다. 맛을 떠나서, 내가 끌어안은 몸과 내 얼굴에 닿은 그의 얼굴이 철제 옷걸이에 티슈나 양피지를 늘려 씌운 것처럼 얇고 건조하게 느껴졌다는 것 말고는 아무 느낌도 기억나지 않는다.

우리는 동시에 입맞춤을 멈추고 뒤로 물러났다. 다시 잠깐 서로를 쳐다보았다. 그러다 빨래 가방을 집어서 어깨에 메고 반대 방향으로 뚜벅뚜벅 멀어졌다. 황당하지만 생일 파티 때 상으로 받은, 엉덩이에 자석 달린 플라스틱 개들이 움찔거리며 서로 끌어당기고 밀쳐냈던 것을 떠올리게 만드는 사건이었다.

집까지 어떻게 돌아갔는지 아무 기억도 나지 않고 버스 안에서 하얀 모자를 쓰고 하얀 원피스를 입은 광고 속 간호사를 한참 동안 응시했던 것만 생각이 난다. 그녀는 유익하고 유능해 보였고 웃는 얼굴로 병을 들고 있었다. 광고 문구는 다음과 같았다. "생명이라는 선물을 주세요."

12

그러고 나서 지금 이 상태다.

문은 닫고 창문은 열고 내 방 침대에 앉아 있다. 노동절이고 어제처럼 맑고 시원하며 화창하다. 오늘 아침에 출근을 하지 않으려니 이상했다. 여름 별장에서 주말을 보내고 차가 막히기 전에 출발한 사람들로 인해 도시 외곽의 고속도로는 벌써부터 정체 현상을 빚고 있을 것이었다. 5시부터 모든 차량의 속도가 기어가는 수준이 되고, 끝없이 이어지는 금속 차체에서 일렁이는 햇살과 공회전하는 엔진과 지겨워진 아이들의 칭얼거림이 허공을 가득 메울 것이다. 하지만 여기는 늘 그렇듯 조용하다.

에인슬리는 부엌에 있다. 오늘은 그녀의 얼굴을 거의 보지 못했다. 문 저편에서 그녀가 이따금 콧노래를 흥얼거리며 걸어 다니는 소리가 들린다. 문을 열기가 망설여진다. 어떤 식으로인지는 아직 잘 모르겠지만 우리의 입장이 달라졌기 때문에 그녀와 대화를 나누기가 쉽지 않을 것이다.

그동안 벌어진 일이 하도 많아서 금요일이 오래전처럼 느껴지지만 이제 다시 기억을 더듬어보니 내가 생각보다 분별력 있게 처신했다는 걸 알겠다. 무의식이 의식을 앞질러 선수를 치긴 했지만 무의식에도 나름의 논리가 있다. 내 대응 방식이 내 진짜 성격과는 조금 어울리지 않았을지 몰라도 결과도 그런가 하면 그건 아니었다. 조금 갑작스럽게 결정을 내리긴 했지만 이제 찬찬히 생각해보니 아주 훌륭한 선택이었다는 것을 알겠다. 물론 고등학교와 대학교 내내 결국에는 나도 남들처럼 결혼해서 아이를 낳을 거라고 생각했었다. 두 명 아니면 네 명. 셋은 불길한 숫자고 외동은 성격 나빠지기 십상이라 안 된다. 나는 에인슬리처럼 결혼을 두고 한심한 태도를 보인 적이 없었다. 그녀는 원칙적으로 결혼에 반대하지만 인생을 움직이는 힘은 원칙이 아니라 조율이다. 피터의 말마따나 영원히 달릴 수는 없다. 남자건 여자건 중년이 될 때까지 결혼을 하지 않으면 괴팍해지거나 성격이 고약해지거나 머릿속이 곯는다. 나는 사무실에서 그런 경우를 많이 보아왔기 때문에 안다. 하지만 무의식적으로는 예감했을지 몰라도 의식 선상에서는 이렇게 금세 또는 이런 식으로 결론이 내려질 줄 몰랐다. 물론 내가 처음부터 은근히 피터에게 마음이 있었다는 건 인정해야겠지만.

그리고 우리 결혼 생활이 클래라 부부처럼 될 이유는 없다. 그들은 현실감각이 없고 어떻게 하면 체계적인 결혼 생활을 유지하고 관리할 수 있는지 전혀 모른다. 가구, 식사, 정리 정돈과 같은 기본적이고 기계적이며 사소한 것들이 차지하는 부분이 얼마나 큰지 전혀 모른다. 하지만 피터와 나는 아주 합리적으로 해결할 수 있을 것이다. 물론 처리해야 할 소소한 부분들이 아직 많기는 하다. 따지고 보면 피터는 더할 나위 없는 선택이다. 매력적이고 창창한 미래가 기다리고 있으며 깔끔하다. 깔끔하다는 것은 동거인으로서 중요한 포인트다.

이 소식을 듣고 사무실 동료들이 어떤 표정을 지을지 상상이 된다. 하지만 아직은 말할 수 없고 거기서 좀 더 근무해야 한다. 피터의 수습 기간이 끝날 때까지 버틸 돈이 있어야 한다. 처음에는 아파트에 살아야 겠지만 나중에는 집다운 집을 장만할 수 있을 것이다. 청소한 보람을 느낄 만한 집을.

그동안 나는 이렇게 앉아 있을 게 아니라 뭔가 건설적인 일을 해야 한다. 내일 출근하자마자 타자로 쳐서 끝내버릴 수 있게 먼저 맥주 설문지를 수정하고 결론을 보고서로 작성해야 한다.

그런 다음에는 머리를 감아야 할 것이다. 그리고 방도 대충 정리를 해야 한다. 서랍장 안에 모아놓은 뭔지 모를 것들을 솎아내서 버려야 하고 옷장에 걸려 있는 자주 입지 않는 옷들도 마찬가지다. 구세군에 기증해야겠다. 그리고 크리스마스에 친척들이 선물하는 인조 보석류도 있다. 컷글라스로 만든 꽃잎과 눈이 달려 있는 푸들과 꽃다발 모양의 가짜 금 브로치. 대부분 교재인 책과 두 번 다시 읽을 일이 없는 편지와 감상적인 이유로 보관 중인 케케묵은 인형 두 개로 꽉 찬 종이 상자도 있다. 그중에서 더 오래된 인형은 천으로 된 몸통 안에 톱밥이 들어 있고(예전에 손톱 가위로 수술을 실시한 적이 있기 때문에 안다) 손과 발과 머리는 단단한 나무 같은 것으로 되어 있다. 손가락과 발가락은 씹혀서 거의 남아 있지 않다. 머리칼은 짧고 까만색이고, 머리에서 떨어져 나온 망사 조각에 곱슬곱슬한 머리카락이 몇 가닥 붙어 있다. 얼굴은 거의 다 지워졌지만 빨간색 펠트로 만든 혀와 도자기로 만든 치아두 개, 내가 기억하는 그 인형의 가장 큰 매력은 아직 남아 있다. 옷은 헌 이불 쪼가리다. 예전에는 잠자기 전에 그 인형 앞에 음식을 차려놓고 아침에 일어났을 때 그대로 있으면 항상 실망하곤 했다. 그보다 나이가 적은 인형은 긴 머리를 감길 수 있고 살이 고무로 되어 있다. 목욕을 시킬 수 있다는 이유로 크리스마스 선물로 달라고 해서 받은 인형이다. 이제는 둘 다 별로 예쁘지 않다. 다른 쓰레기와 함께 버리는 편이 나을지 모른다.

빨래방에서 만난 남자는 아직까지도 적응이 안 되고 내가 왜 그랬는지도 모르겠다. 기억상실과도 같은 일종의 깜빡함, 내 안의 빈칸이었을까. 하지만 그를 다시 만날 가능성은 거의 없고 나는 심지어 그의 이름도 모르며 어찌 됐건 그는 피터와 전혀 아무 상관이 없다.

방 청소를 마친 뒤에 집에 편지를 써야겠다. 집에서는 다들 기뻐할 테고 이런 소식을 기다려왔을 것이다. 최대한 빨리 날을 잡아서 주말에 우리 둘이 내려와주길 바랄 것이다. 나는 피터의 부모님도 만난 적이 없다.

당장 침대에서 일어나 바닥에 고인 햇빛을 가로질러야겠다. 오후 내내 빈둥거릴 수는 없다. 하지만 시원한 벽에 등을 대고 침대 밖으로 발을 내밀고 이 조용한 방에 이렇게 앉아 있으니 편안하긴 하다. 꼭 고무보트를 타고 맑은 하늘을 올려다보며 물에 떠 있는 기분이다.

정신 차려야겠다. 할 일이 많다.

2부

13

메리언은 책상 앞에 느른하게 앉아 있었다. 통화 내용을 적는 메모지에 낙서를 하는 중이었다. 복잡한 깃털이 여러 개 달린 화살에 이어 열십자를 그렸다. 원래는 스테인리스 면도날에 대한 설문조사 작업을 하고 있어야 했다. 응답자에게 새 면도날을 주면 쓰고 있던 면도날을 넘길 의향이 있느냐고 묻는 문항 차례였다. 여기에서 더는 진도를 나가지 못하고 있었다. 정교한 음모인 게 분명하다는 생각이 들었다. 면도날 회사 사장에게는 집안 대대로 물려 내려오는 기적의 면도날이 있었다. 쓸 때마다 날이 새것 같아질 뿐 아니라 열세 번째로 면도를 할 때마다 소원을 이루어주는 면도날이었다. 그런데 사장이 이 가보를 제대로 지키지 못했다. 어느 날 벨벳 안감이 달린 케이스에 다시 넣는 걸 깜빡하고 화장실에 그냥 두는 바람에 열심히 일을 하던 가정부가 그만……. (여기서 이야기가 아리송하지만 아주 복잡해진다. 이 면도날이 어찌어찌 중고 용품점으로 흘러들어 갔고 아무것도 모르는 손님이 사가지고 가버렸는데…….) 사장은 바로 그날 급전이 필요했다. 13이라는 숫자를 맞추기 위해 얼굴이 시뻘게지도록 세 시간마다 미친 듯이 면도를 했다.

하지만 경악스럽게도……. 사태를 파악한 그는, 문제의 가정부를 쓰고 버린 면도날로 가득한 구덩이에 던져버리라는 명령을 내린 뒤 시모어 서베이스 설문 진행자로 변장한 중년 여성 사설탐정 군단을 보내 온 도시를 저인망처럼 덮었다. 그들은 남녀를 막론하고 수염의 흔적이 있는 자라면 누구든 찾아내는 매의 눈을 장착하고서 값을 매길 수 없는 보물을 회수하겠다는 일념으로 "쓰던 면도날을 새 면도날로 바꿔드립니다"를 외치고 다니는데…….

메리언은 한숨을 쉬고, 선의 미로 한쪽 구석에 조그만 거미를 그리고는 타자기 쪽으로 고개를 돌렸다. 설문지 초안의 문항을 그대로 타자로 입력했다. "면도날 상태를 저희가 점검해드릴게요. 현재 쓰고 계신 면도날을 주세요. 대신 여기 이 새것을 쓰시고요"라고 고스란히 옮기되 '주세요'를 '주시겠어요?'로 바꿨다. 이 문항을 좀 더 그럴듯하게 바꿀 방법은 없었지만 좀 더 공손하게 다듬을 수는 있었다.

사무실은 지금 아수라장이었다. 아수라장이거나 죽은 듯이 조용하거나 항상 둘 중 하나인데, 그녀는 아수라장을 더 좋아하는 편이었다. 다들 흥분 상태로 동에 번쩍 서에 번쩍 하느라 그녀의 어깨 너머를 어슬렁어슬렁 들여다보며 뭐 하느라 이렇게 오래 걸리는지 궁금해할 겨를이 없기 때문에 일을 덜해도 티가 나지 않았다. 예전에는 아수라장 그 자체에서 동지 의식을 느꼈다. 동조하는 뜻에서 한 번인가 두 번 같이 흥분한 적도 있었는데 놀랍게도 엄청나게 재미있었다. 하지만 약혼을 하고 언젠가는 이 회사를 떠난다는 사실을 알게 된 뒤로는(그들은 이 문제를 놓고 대화를 나누었고 피터는 아내를 부양할 능력도 안 되면서 결혼을 하는 건 부당하다고 생각하기 때문에 경제적인 이유로 그럴 필요는 없지만 결혼 후에도 원하면 당연히 당분간이나마 직장 생활을 계속 해도 된다고 했다. 하지만 그녀는 그만두기로 마음을 먹었다) 의자에 기대앉아서 그들을 무심하게 관찰할 수 있었다. 실은 거기에 동참하고 싶어도 그게 되지 않았다. 그들은 요즘 들어 긴급한 상황일 때 침착하다며 그녀를 칭찬하기 시작했다. "아유, 메리언이 있어서 다행이에요." 그들은 차로 마음을 가라앉히고 숨을 몰아쉬는 한편, 휴지로 잔뜩 긴장한 이마를 훔치며 말했다. "절대 우왕좌왕하지 않는 성격이니 말이에요. 메리언, 내 말 맞죠?"

그녀는 현재 미친 듯이 뛰어다니는 그들을 보며 동물원의 아르마딜로 떼 같다는 생각을 했다. 아르마딜로라는 단어에 빨래방에서 만났던 남자가 생각났다. 그녀는 이후로 여러 번 그 빨래방에 갔고 갈 때마다 그를 만나지 않을까 기대하는 마음이 있었지만 한 번도 마주친 적이 없었다. 하지만 그럴 만도 한 것이 그는 불안해 보였다. 오래전에 하수구나 뭐 그런 데로 쓸려 내려갔을지도 모를 일이고…….

그녀는 파일 캐비닛으로 달려가 파일을 미친 듯이 뒤지는 에미를 바라보았다. 이번에는 전국적으로 실시된 생리대 설문조사였는데, 서부에서 당황스러운 사태가 벌어졌다. 원래는 이른바 '3단계 파도치기'로 기획된 설문조사였다. 우편물을 발송해 조건에 걸맞은 응답자들 중에서 적극적인 사람들을 파악하고 모집하는 것이 1단계고 추후에 좀 더 심층적이고 개별적인 설문조사를 진행하는 것이 2단계와 3단계였다. 메리언으로서는 조사가 은밀한 공간에서 이루어지기만을 바랄 따름이었다. 이런 설문조사 자체도 그렇고 특히 몇몇 질문이 그녀의 상식선에서는 다소 충격적이었다. 하지만 루시는 휴식 시간에 말하길, 요즘 시대에 이보다 더 적절할 수 없는 설문조사라며 슈퍼마켓에서도 살 수 있고 고급 잡지에 전면 광고도 실리는 번듯한 제품 아니냐고, 빅토리아시

대처럼 억압하지 않고 공개적으로 드러낼 수 있으니 좋지 않냐고 했다. 밀리는 그것이 한 단계 발전된 시각이기는 하지만 이런 설문조사는 항상 골치 아픈 것이, 집집마다 찾아다니며 묻는 것도 고역일 뿐 아니라 설문 진행자를 찾기도 힘들다고 했다. 설문 진행자들은 대개 보수적이고 소도시에 사는 사람들은 더욱 그렇기 때문에 이런 일을 맡기면 사표를 낸다는 것이었다. (그것이 가정주부를 쓰는 데 따르는 가장 큰 단점이었다. 그들은 돈이 절실하게 **필요하지도** 않고 항상 일이 따분하다거나 질렸다거나 아이가 생겼다는 이유로 사표를 내기 때문에 신입을 채용해 처음부터 교육을 다시 시켜야 했다.) 우리 여성의 숙명을 개선할 수 있도록 모두 최선을 다하자는 공문을 발송하는 것이 가장 좋은 방법이었다. 메리언이 보기에는 모든 여성의 가슴속에 웅크리고 있다는, 유능하고 헌신적이며 숭고한 간호사의 유전자에 호소하는 작전이었다.

이번에 벌어진 사태는 한층 심란했다. 서부에서 전화번호부를 보고 1단계 파도치기 대상을 선정한 담당자가 누구였는지 몰라도(거기 책임자는 누구였던 것일까? 폼 리버의 리치 부인? 워트러스의 해처 부인? 아무도 기억하지 못했고 에미 말로는 파일을 엉뚱한 데 보관한 것 같다고 했다) 별로 꼼꼼하지 않았던 모양이었다. 예상과 다르게 반응이 물밀듯 쏟아지는 것이 아니라 작성이 완료된 설문지가 드문드문 우편으로 배달되고 그만이었다. 밀리와 루시가 지금 메리언의 맞은편 책상에서 그걸 살피며 뭐가 문제였는지 알아보는 중이었다.

"흠, 남자들한테 배달된 설문지도 있었네요." 밀리가 콧방귀를 뀌었다. "여기에다가는 레슬리 앤드루스 씨가 '히히'라고 써놓았어요."

"여자들이 **모든** 칸에 '아니요'라고 체크한 건 뭔지 모르겠어요. 그럼 도대체 그들은 뭘 쓴다는 거지?" 루시는 짜증을 냈다.

"흠, 이분은 80세가 넘었어요."

"여기 이분은 7년째 계속 임신 중이래요."

"어머, 딱해라." 듣고 있던 에미가 헉 소리를 냈다. "그러다 건강에 문제가 생길 텐데."

"리치 부인인지 해처 부인인지 하는 그 멍청한 아줌마가 또 인디언 보호구역에 설문지를 보냈나 봐요. 그러지 말라고 꼭 집어서 얘기했건만. 그들이 뭘 쓰는지 누가 알겠어요?" 루시는 코를 벌름거렸다.

"이끼." 밀리가 딱 잘라서 말했다. 예전에도 서부에서 일이 잘못된 적이 있었다. 그녀는 다시 한번 설문지를 셌다. "처음부터 다시 하게 생겼으니 의뢰인이 노발대발하겠네요. 우리에게 할당된 인원을 모두 날렸으니 데드라인이 어떻게 될지 생각하기도 싫어요."

메리언은 시계를 보았다. 점심시간이 거의 다 됐다. 그녀는 메모지에 연달아 달을 그렸다. 초승달, 보름달, 좀 전과 방향이 반대인 초승달 그리고 빈 공간. 검은 달이었다. 한 초승달 안에 별을 추가했다. 피터에게 생일 선물로 받은 시계와 사무실 시계가 2분밖에 차이가 나지 않았지만 그래도 태엽을 다시 감았다. 그런 다음 질문을 또 하나 타자로 입력했다. 배고프다는 생각이 들면서 몇 시인지를 알고 나서 배가 고파진 건지 궁금해졌다. 그녀는 자리에서 일어나 의자를 두 번 돌려 높이를 올리고 다시 앉아서 질문을 또 하나 타자로 입력했다. 단어를 상대하는 일이 지겹고, 지겹고 또 지겨웠다. 결국 타자기 앞에 1초도 더 못 앉아 있겠다는 생각이 들자 그녀는 말했다. "이제 점심 먹으러 가요."

"글쎄요……." 밀리는 머뭇거리며 시계를 확인했다. 그녀는 이 사태를 해결할 방법이 있을 거라는 환상에서 아직 벗어나지 못했다.

"그래요, 가요." 루시가 말했다. "보고 있자니 미치겠어서 못 앉아 있겠어요." 그녀는 옷걸이 앞으로 걸어갔고 에미가 뒤따라갔다. 밀리는 그들이 외투를 입는 것을 보고 마지못한 듯 설문지를 버렸다.

밖으로 나오니 바람이 쌀쌀했다. 그들은 옷깃을 세우고, 장갑 낀 손으로 외투 앞섶을 여미고, 점심을 먹으러 나온 사람들 사이를 둘씩 짝을 지어서 빠져나갔다. 하이힐로 아직 눈으로 덮이지 않은 인도를 두드리고 긁으며 평소보다 더 멀리 갔다. 루시가 단골 식당보다 좀 더 비싼 데로 가자고 했을 때 그들은 생리대 사태로 신진대사가 빨라진 김에 좋다고 찬성했다.

"우우." 깔깔한 바람을 향해 몸을 숙이며 에미가 투덜댔다. "이렇게 건조한 날에는 어떻게 하면 좋을지 모르겠어요. 피부가 다 말라서 떨어져 나가고 있어요." 그녀는 비가 오면 발이 끔찍하게 아팠고 햇볕이 쨍쨍하면 눈이 피곤하고 머리가 아프고 주근깨가 심해지고 어지러웠다. 날이 우중충하고 미지근하면 전신 열감을 느꼈고 기침을 했다.

"콜드크림이 최고예요." 밀리가 말했다. "우리 할머니도 피부가 건조했는데 그걸 쓰셨어요."

"하지만 그걸 바르면 여드름이 생긴다던데요." 에미는 미심쩍어했다.

식당은 속을 두툼하게 채운 가죽의자와 튜더양식의 기둥으로 구대륙 영국의 분위기를 흉내 낸 곳이었다. 잠깐의 대기 끝에 까만색 실크 옷을 입은 안주인이 그들을 테이블로 안내했다. 그들은 자리를 잡고 앉아서 외투를 벗었다. 메리언은 루시가 못 보던 원피스를 입은 것을 알아차렸다. 우아한 진자주색의 광택이 나는 저지였고 목 라인에 화려하지 않은 은색 브로치가 달려 있었다. 그래서 오늘 여기 오고 싶었나 보네. 메리언은 생각했다.

루시가 긴 속눈썹을 들어 다른 손님들을 슬쩍 훑어보았다. 대부분 무

신경하고 얼굴이 빵떡같이 생긴 회사원들이었고 최대한 빨리, 최대한 무감각하게 점심이라는 훼방꾼을 해치우고 얼른 다시 사무실로 들어가 돈을 벌기 위해 게걸스럽게 음식을 해치우고 벌컥벌컥 음료를 들이켜고 있었다. 그들은 최대한 일찍 일을 마치고 러시아워를 뚫고 아내와 저녁이 기다리는 집으로 돌아가 그 저녁도 최대한 빨리 해치울 것이다. 루시는 원피스에 맞춰 자주색 아이섀도와 옅은 자줏빛이 도는 립스틱을 발랐다. 늘 그렇듯 우아했다. 그녀는 지난 두 달 동안 비싼 점심을 먹는 횟수가 점점 늘었고(무슨 수로 그 비용을 충당하는지 궁금할 따름이었다) 깃털과 유리구슬 미끼가 잔뜩 달렸을 뿐 아니라 거기다 세 개의 스피너와 열일곱 개의 낚싯바늘이 추가된 낚싯줄처럼, 가능성 있어 보이는 장소와 고급 레스토랑, 필로덴드론(덩굴성 관엽식물 — 옮긴이) 화분으로 우거진 칵테일 바를 훑고 다녔다. 결혼 쪽으로 걸신들려 있는 알맞은 후보들이 숨어 있음 직한 곳이었다. 하지만 그 남자들은 미끼를 물지 않거나 다른 물가를 찾아 이미 떠났거나 다른 종류의 미끼를 향해 덥석대고 있었다. 눈에 잘 띄지 않는 갈색 플라스틱 피라미 아니면 녹슨 평범한 황동 숟가락 아니면 루시가 감당할 수 없을 만큼 깃털과 낚싯바늘이 많이 달린 낚싯줄을 향해. 루시는 이 레스토랑과 그 비슷한 식당에서, 연보라색에 관심 없는 땅딸막한 구피로 가득한 수조를 향해 멋진 원피스와 사탕 같은 눈동자를 내보이지만 헛수고였다.

웨이트리스가 왔다. 밀리는 양이 푸짐한 살코기와 콩팥 파이를 주문했다. 에미는 물잔 옆에 한 줄로 늘어놓은 분홍색, 하얀색, 주황색의 알약 세 개와 같이 먹으려고 코티지치즈를 곁들인 샐러드를 선택했다. 루시는 안절부절 호들갑을 떨며 여러 번 이럴까 저럴까 하더니 결국 오믈렛을 달라고 했다. 메리언은 자기가 생각하기에도 놀라운 반응을 보였다. 점심을 먹고 싶어서 안달이 났었고 배가 고파 죽을 것 같았는데 허기가 전혀 느껴지지 않았던 것이다. 그녀는 치즈 샌드위치를 주문했다.

"피터는 어떻게 지내요?" 루시는 오믈렛을 뒤적이며 찔깃찔깃하다고 투덜거리다 말고 이렇게 물었다. 그녀는 피터에게 관심을 보였다. 그에겐 메리언의 회사로 전화해 그날 뭘 했고 저녁에 뭘 할 생각인지 알리는 습관이 생겼는데, 메리언이 자리에 없으면 같은 전화를 쓰는 루시에게 메시지를 남기기 때문이었다. 루시는 그가 더할 나위 없이 깍듯하고 목소리가 매력적이라고 생각했다.

메리언은 트렁크에 짐을 싸듯 체계적으로 살코기와 콩팥 파이를 해치우는 밀리를 구경하고 있었다. 그 작업이 다 끝나면 그녀는 "자, 전부 깔끔하게 챙겨 넣었어요"라고 할 것이다. 그러고는 입을 뚜껑처럼 닫을 것이다.

"잘 지내요." 메리언은 말했다. 그녀와 피터는 회사 사람들에게 아직 알리지 않기로 했다. 그렇기 때문에 날마다 참고 있었는데 안부 인사를 듣고 나니 불쑥 터뜨리고 싶은 마음을 견딜 수가 없었다. 합리적으로 포장하자면 그들도 이 세상에 아직은 희망이 있다는 것을 알면 좋지 않겠는가. "할 얘기가 있는데." 그녀는 말했다. "하지만 아직 다른 사람들한테는 비밀이에요." 그녀는 세 명의 시선이 접시에서 그녀에게로 옮겨질 때까지 기다렸다. "우리 약혼했어요."

그녀는 환하게 웃으며 그들의 눈빛이 기대감에서 실망감으로 바뀌는 것을 지켜보았다. 루시는 포크를 떨어뜨리고 헉 소리를 냈다. "이럴 수가!"라고 했다가 "어머, 잘됐어요!"라고 덧붙였다. 밀리는 "아, 정말 축하해요"라고 했다. 에미는 얼른 약을 한 알 더 먹었다.

이윽고 질문이 쏟아졌고 메리언은 어린아이들에게 사탕을 나누어주듯 조금씩, 침착하게 내막을 공개했다. 너무 많이 먹으면 배가 아플 수 있으니 선을 지켜가며 한 번에 하나씩 알려주었다. 기대했던 것과 다르게 의기양양한 기쁨은 오래가지 않았다. 충격이 가시자마자 면도날 설문지처럼 연관성 없고 인간미 없는 대화가 이어졌다. 결혼식, 신혼집, 접시와 그릇, 무엇을 사고 어떤 옷을 입어야 하는지.

마지막으로 루시가 물었다. "그 사람, 확고부동한 독신주의자인 줄 알았는데. 그렇다고 하지 않았어요? 도대체 무슨 수로 잡은 거예요?"

메리언은 대답을 한마디도 놓치지 않으려는 그들의 표정이 문득 애처롭게 느껴져 접시에 놓인 나이프와 포크 위로 시선을 떨어뜨렸다. "솔직히 나도 잘 모르겠어요." 그녀는 새 신부답게 얌전을 떠는 척했지만 진짜로 몰랐다. 따라 할 수 있는 노하우를 알려주지도 못하면서 충격만 안긴 꼴이 되었으니 소식을 알린 것이 후회됐다.

사무실로 돌아가자마자 피터에게서 전화가 왔다. 루시가 메리언에게 수화기를 건네며 "그분이에요!"라고 속삭였다. 미래의 신랑에게서 걸려 온 전화라는 데 살짝 황홀해진 목소리였다. 메리언은 금발 머리 셋이 고개를 돌려 여섯 개의 귀를 쫑긋 세우는 것을 느끼며 수화기에 대고 인사했다.

피터는 명쾌한 목소리로 말했다. "안녕, 별일 없지? 저기, 오늘 저녁에 못 만나겠어. 갑자기 굵직한 사건을 하나 맡게 돼서 야근을 좀 해야 해."

일을 하는 데 방해된다고 나무라는 것처럼 들렸기 때문에 그녀는 억울했다. 심지어 주중에는 만날 수 있을 거라고 기대하지도 않았는데 그가 그 전날 전화해 같이 저녁을 먹자고 하지 않았던가. 그 전화를 받고 즐거운 마음으로 기다리고 있었기에 그녀는 조금 날카롭게 쏘아붙였다. "그래, 알았어. 하지만 앞으로는 막판에 이러지 말고 미리 알려줬으면 좋겠어."

"갑자기 맡게 됐다고 얘기했잖아." 그가 짜증 섞인 목소리로 말했다.

"그렇다고 나한테 화를 낼 필요는 없지 않아?"

"화낸 적 없어." 그는 발끈하며 말했다. "나야 당연히 오늘 만나고 싶지만 당신도 이해를 해줬으면 하는 게……." 이후로는 서로 밀고 당기는 실랑이가 이어졌다. 뭐, 어차피 타협하는 방법을 배워야 하니까. 메리언은 생각했다. 차라리 지금부터 시작하는 게 나을지 몰라. 그녀는 결론을 내렸다. "그럼 내일 만나?"

"저기." 그는 말했다. "아직 잘 모르겠어. 내가 결정할 수 있는 문제가 아니라서. 당신도 어떤 식인지 알잖아. 연락할게, 알았지?"

듣는 직원들을 생각해서 다정하게 작별 인사를 하고 수화기를 내려놓았을 때 메리언은 기진맥진했다. 회사에서 받는 스트레스가 많은 모양이니 피터를 대할 때 말투에 신경 쓰고 좀 더 조심스럽게 다루어야했다. "빈혈이 생긴 거 아닌가 모르겠네." 그녀는 중얼거리며 다시 일을 시작했다.

면도날 설문지 작업을 마치고 새롭게 출시되는 애완견 건사료 테스트 실시 지침을 타자로 입력하기 시작했을 때 다시 전화벨이 울렸다. 이번에는 조 베이츠였다. 어느 정도 예상했던 전화였다. 메리언은 가짜로 열띤 인사를 건넸다. 그녀는 클래라가 만나고 싶어 한다는 걸 알면서도 그들 부부의 저녁 초대를 어물쩍 넘겨가며 요즘 들어 책임을 회피하고 있었다. 출산이 처음에는 한 주, 그다음에는 두 주 늦춰졌고 클래라는 통화를 할 때마다 그녀의 몸을 감싼 거대한 호박 모양의 혹 속으로 서서히 빨려 들어가는 사람처럼 말했다. "이제는 거의 서 있지도 못

하겠어." 그녀는 이렇게 꿍꿍거렸다. 하지만 메리언은 이제 클래라의 배를 보며 그 안에 든 녀석의 알다가도 모를 행동을 분석하는 것만큼은 사양하고 싶었다. 지난번에 분위기를 띄운답시고 명랑한 목소리로 전혀 명랑하지 않은 말을 쏟아냈던 것이다. "어쩌면 머리가 세 개일지 몰라." "어쩌면 아기가 아니라 네 몸에 기생하는 혹일지 몰라. 나무에서 자라는 옹두리나 배꼽 상피병이나 큼지막한 건막류 같은……." 그날 이후로 그녀는 만나러 가기보다 피하는 것이 좀 더 클래라를 위하는 길이겠다는 결론을 내렸다. 그런데 그 집을 나섰을 때 죄책감을 견디지 못한 나머지 배려를 한답시고 조에게 무슨 일이 생기면 당장 연락해달라고 하며 심지어 정말 필요한 경우에는 다른 아이 둘을 맡아주겠다는 용감무쌍한 제안까지 했다. 이제 그가 소식을 전했다. "이제 다 끝나서 얼마나 다행인지 몰라요. 또 딸이고 4.7킬로그램인데 어젯밤 2시가 되어서야 병원에 갔어요. 택시 안에서 낳는 줄 알았지 뭐예요."

"어머, 잘됐네요." 메리언은 외치고 이런저런 질문과 더불어 축하 인사를 건넸다. 조에게 들은 면회 시간과 병실 호수를 메모지에 적었다. "내일 보러 가겠다고 전해주세요." 그녀는 클래라가 이제 평소 크기로 오므라들었을 테니 좀 더 마음 편하게 대화를 나눌 수 있겠다는 생각이 들었다. 이제는 조그만 핀 대가리가 달린, 큼지막하게 부풀어 오른 살덩어리와 말하는 것처럼 느껴지지 않을 것이었다. 그걸 보고 있노라면 온 집단을 책임지느라 몸이 불룩해진 여왕개미 같았고 인간 같지 않았다. 또 어떨 때는 그녀가 전혀 알지 못하는 여러 인격체가 한데 뭉쳐진 덩어리 같기도 했다. 그녀는 장미꽃을 사 가기로 충동적으로 결정을 내렸다. 진짜 클래라로 돌아온 것을, 아무것도 품지 않은 원래의 여리여리한 몸으로 돌아온 것을 환영하는 선물이었다.

그녀는 까만색 받침대에 수화기를 내려놓고 의자에 몸을 묻었다. 탁탁거리는 타자기 소리와 하이힐 뒷굽이 단단한 바닥에 또각대는 소리와 더불어 시계 초침이 획획 돌아갔다. 그녀의 다리를 감싸고 소용돌이치며 점점 차올라 그녀의 몸을 사무실 의자에서 들어 올려 천천히 빙글빙글, 하지만 비탈길을 흘러내리는 물살과도 같이 정해진 방향을 향해 실어 나르는 시간의 흐름을 느낄 수 있었다. 멀지만 이제 더는 그리 멀지 않은 날, 그들이 합의한 날(3월 말로 할까?), 이 시기가 끝나고 또 다른 시기가 시작될 그날이 이 물살의 종착지였다. 어디에선가 차근차근 준비가 이루어지고 있었다. 친척들이 힘을 합치기 시작했고 모든 게 처리되고 있었고 그녀는 할 일이 아무것도 없었다. 그녀는 물살이 가야할 곳으로 데려다주겠거니 믿으며 거기에 몸을 맡겼다. 이제 오늘 하루를 무사히 보내야 했다. 오늘 하루는 지나쳐야 하는 바닷가의 표지물이었다. 저 뒤나 저 앞이 아니라 바로 여기 있을 뿐, 지금까지 온 길을 가늠하는 것 말고는 아무 기능이 없다는 점에서 다른 나무들과 별반 다를 게 없는 나무였다. 그녀는 이 나무를 지나고 싶었다. 그녀는 초침의 전진을 돕기 위해 애완견 사료 설문지를 타자로 마저 입력했다.

오후가 거의 끝나갈 무렵, 보그 부인이 자기 자리에서 어슬렁어슬렁 나왔다. 미간에 세로로 잡힌 주름을 보면 뭔가에 경악했다는 뜻인데, 눈빛은 평소처럼 침착했다.

"아, 이런." 그녀가 사무실 전 직원을 향해 말했다. 사소한 위기 상황도 그들에게 전부 알려주는 것이 그녀의 조직 관리 원칙이었다. "무슨 이런 날이 다 있는지. 서부에서 벌어진 사고도 모자라 그 끔찍한 속옷맨이 또 말썽을 일으켰어."

"설마 그 더러운 인간은 아니겠죠?" 루시가 혐오감에 우윳빛 파우더를 바른 콧잔등을 찡그리며 말했다.

"그 사람 맞아." 보그 부인이 말했다. "정말이지 심란하기 짝이 없네." 그녀는 여성스럽게 괴로워하느라 손을 꼭 붙들었다. 하지만 누가 봐도 심란한 얼굴이 아니었다. "활동 무대를 근교로 옮겼나 봐, 정확하게는 이토비코로. 오늘 오후에 이토비코에 사는 두 여자분에게 항의 전화를 받았어. 물론 남을 절대 해칠 일 없는 평범한 남자겠지만 회사의 이미지에는 정말 안 좋지."

"그 남자가 무슨 짓을 하는데요?" 메리언이 물었다. 그녀는 속옷맨에 대해 들은 적이 없었다.

"아." 루시가 말했다. "여자들한테 전화해서 더러운 말을 하는 그런 남자예요. 작년에도 똑같은 짓을 저질렀고요."

"문제는 뭔가 하면." 보그 부인은 계속 앞으로 손을 잡은 채 한탄했다. "그 남자가 우리 회사 직원이라고 한다는 거야. 목소리가 아주 설득력이 있나 봐. 아주 격식을 갖춘 말투에. 속옷 설문조사 진행 중이라고 한다는데, 처음에는 제대로 된 질문을 하는 모양이야. 브랜드, 종류, 사이즈, 기타 등등. 그러다 상대가 짜증을 내며 전화를 끊을 때까지 점점 개인적인 질문을 한대. 그러면 피해자들은 당연히 우리 회사로 항의 전화를 하고, 어떨 때는 내가 그 남자는 우리 회사 직원이 아니고 우리 회사는 그런 질문을 절대 하지 않는다고 해명할 겨를도 없이 온갖 지저분한 짓을 저지른다며 우리를 욕하지. 이 골치 아픈 인간을 잡아서 그만하게 했으면 좋겠는데 추적할 방법이 없네."

"왜 그런 짓을 하는 걸까요?" 메리언이 물었다.

"성도착자겠죠." 루시는 연보라색으로 감싼 몸을 우아하게 떨었다.

보그 부인은 다시 미간을 찌푸리며 고개를 저었다. "하지만 다들 말하길 목소리만 들으면 정말 괜찮은 사람 같대. 평범하고, 심지어 지적인 느낌이라고. 전화해서 이상한 숨소리를 내는 그런 끔찍한 인간 같은 느낌이 전혀 없다지 뭐야."

"어쩌면 성도착자 일부는 아주 평범한 인간이라는 증거일 수 있겠어요." 보그 부인이 자기 자리로 돌아갔을 때 메리언은 루시에게 말했다.

그녀는 외투를 입고 사무실에서 나가 복도를 지나 엘리베이터라는 감압(減壓)실을 타고 아래로 내려가는 도중에도 계속 속옷맨에 대해 생각했다. 지적인 얼굴, 보험 영업 사원 아니면 장의사처럼 깍듯하고 세심한 태도를 그려보았다. 어떤 사적인 질문을 했을지, 만약 그녀가 그의 전화를 받는다면 뭐라고 할지 상상해보았다. (아, 속옷맨이로군요. 말씀 정말 많이 들었어요. 우리 둘이 아는 친구가 좀 겹치나 봐요.) 양복을 입고, 갈색과 고동색으로 줄무늬가 그려진 상당히 점잖은 넥타이를 하고, 깨끗하게 반짝반짝 닦은 구두를 신고 있을까. 평소에는 멀쩡하다가 버스에 실린 거들 광고를 보면 광란 상태로 바뀌는 것일지 몰랐다. 그는 이 사회의 피해자였다. 이 사회가 고무로 몸을 조인, 웃는 얼굴의 늘씬한 여자들을 그의 눈앞에 대고 흔들며 나긋나긋한 감언이설로 꼬드기고 사실상 구매를 강요해놓고 나 몰라라 한 것이다. 상점에서 문제의 그 옷을 사보았지만 약속한 물품이 들어 있지 않았던 것이다. 하지만 그는 별 소득 없이 화를 내고 씩씩거리는 대신 조용히, 어른스럽게 실망감을 달랬고, 지각 있는 사람답게 그가 열렬히 갈망했던 속옷을 입은 이미지를 체계적으로 찾아 나서되 이 사회에서 제공한 간편한 통신네트워크를 활용하기로 마음을 먹었다. 단순한 맞교환이었다. 사회에서 그에게 진 빚이 있지 않은가.

길거리로 나섰을 때 새로운 생각 하나가 떠올랐다. 어쩌면 사실 피터였을지 모른다는 생각이었다. 법률사무소에서 슬그머니 빠져나와 가장 가까운 공중전화에서 이토비코의 가정주부들에게 전화를 거는 것이다. 그런 식으로 나름대로 시위를 하거나—무엇에 대한 시위일까? 설문조사? 이토비코의 가정주부들? 생고무 가공?—어마어마한 업무를 짊어지워 그녀와 같이 저녁도 먹지 못하게 하는 잔인한 세상에 대해 반격하는 것일지 몰랐다. 회사 이름과 정통적인 설문조사 방식은 당연히 그녀를 통해 터득했을 것이다! 어쩌면 이것이 그의 참모습이자 성격의 핵심이자 최근 들어 그녀의 머릿속에서 차지하는 비율이 점점 높아지고 있는 피터의 가장 중요한 부분일지 몰랐다. 어쩌면 이것이 표면 아래 숨겨져 있는, 다른 여러 표면 아래 숨겨져 있는 것일지 몰랐다. 그녀가 수없이 넘겨짚고 시도하고 절반의 성공을 거두었음에도 불구하고 아직 밝혀내지 못한 은밀한 정체일지 몰랐다. 그는 사실 속옷맨이었다.

14

메리언의 머리가 잠망경 같은 계단통을 빠져나왔을 때 가장 먼저 눈에 들어온 것은 맨다리였다. 맨다리의 주인인 에인슬리는 옷을 입다 만 상태로 조그만 현관에 서서 그녀를 내려다보고 있었다. 평소에는 무표정하던 그녀의 얼굴 곳곳에서 보일락 말락 하게 놀람과 짜증의 그늘이 느껴졌다.

"왔어?" 그녀가 말했다. "저녁 먹고 들어오는 줄 알았더니." 그녀는 나무라는 눈빛으로 메리언이 들고 있는 조그만 식료품 봉투를 똑바로 쳐다보았다.

메리언은 남은 계단 위로 몸을 밀어 올리고서 대답했다. "그럴 생각이었는데 이렇게 됐어. 피터 사무실에서 급한 일이 생겼다고 해서." 그녀는 부엌으로 들어가 식탁에 종이봉투를 내려놓았다. 에인슬리가 따라 들어와 의자에 앉았다.

"메리언." 그녀가 연극배우 같은 투로 말했다. "오늘 저녁이라야 해!"

"뭐가?" 메리언은 우유를 냉장고에 넣으며 멍하니 물었다. 한 귀로 듣고 한 귀로 흘리는 중이었다.

"그거. 레너드. 너도 알잖아."

메리언은 혼자만의 생각에 빠져 있느라 어느 정도 시간이 지난 다음에서야 그게 무슨 말인지 기억해냈다. "아. 그거." 그녀는 말하며 반사적으로 외투를 벗었다.

그녀는 지난 두 달 동안 에인슬리의 작전(그게 아니라 레너드의 작전이었나?)에 별반 관심을 두지 않았고—이 일에 처음부터 끝까지 절대 손을 대고 싶지 않았다—에인슬리의 설명과 분석과 투덜거림을 강제로 충분히 들었기 때문에 어떻게 돼가고 있는지 추론할 수 있었다. 손을 대지 않기로 했더라도 귀는 계속 열려 있을 수밖에 없기 때문이었다. 사태가 계획대로 흘러가지 않았다. 에인슬리가 쏜 화살이 과녁을 넘어가버린 모양이었다. 처음 만나는 자리에서 분홍색 깅엄체크 무늬로 워낙에 순수한 이미지를 강조한 데다 그날 저녁에 전략적으로 그를 거부한 바람에 렌은 아주 오랫동안 조심스럽게 공을 들여 포위 작전을 펼치기로 작정한 것이었다. 너무 갑작스럽거나 대담하게 접근하면 그녀가 겁을 먹고 도망칠 수 있었다. 가만가만 조심스럽게 덫에 가두어야 했다. 그런 논리에 따라 맨 처음에는 점심을 몇 번 같이 먹고, 너무 길지도 짧지도 않은 간격을 두고 띄엄띄엄 저녁을 같이 먹다가 결국에는 외국 영화를 같이 보며 슬쩍 손을 잡는 단계로까지 발전했다. 심지어 애프터눈 티를 같이 마시자고 그가 자기 집에 초대한 적도 있었다. 에인슬리가 격한 욕설과 함께 설명한 바에 따르면 그는 매너의 전형과도 같았다. 그녀는 자기 입으로 술을 마시지 않는다고 했으니 그의 꼬드김에 넘어가 술에 취한 척할 수도 없었다. 대화를 할라치면 어린애 대하듯 일일이 설명하고, 텔레비전 방송국 얘기로 감탄을 유발하려 하고, 철저하게 그녀의 행복을 바라는 나이 많은 친구의 입장에서 그녀에게 관심을 기울이라는 거라고 어찌나 강조하던지 비명을 지르고 싶을 지경이었다. 심지어 말대꾸를 할 수도 없었다. 머릿속도 표정처럼 멍한 여자인 척해야 하기 때문이었다. 그녀는 이럴 수도 저럴 수도 없었다. 만들어놓은 이미지가 있으니 그걸 유지하는 것 말고는 방법이 없었다. 그녀 쪽에서 먼저 접근하거나 지적인 모습을 조금이라도 드러내면 지금까지 해왔던 바보 행세와 워낙 어울리지 않기 때문에 그 자리에서 들통날 수 있었다. 그렇기에 그녀는 혼자 부글부글 속을 끓이며 렌의 지나치게 은밀한 작전에 괴로워했고, 짜증을 참으며 달력상의 의미심장한 날들이 아무 일 없이 지나가는 것을 지켜보았다.

에인슬리가 말했다. "오늘 저녁도 그냥 지나가면 어떻게 해야 할지 모르겠어. 더는 못 참겠어서 다른 남자를 찾아야겠거든. 하지만 지금까지 허비한 시간이 너무 많단 말이지." 그녀는 생기다 만 눈썹을 최대한 찡그렸다.

"그럼 어디서……?" 메리언은 물었다가 뜻밖에 등장한 그녀를 보고 에인슬리가 왜 짜증 냈는지 알아차렸다.

"그 사람이 자기 집에 가서 카메라 렌즈를 구경하지 않겠느냐고 할 일은 없을 거 아냐." 에인슬리가 퉁명스럽게 말했다. "그런다 한들 내가 좋다고 하면 어마하게 의심할 테고. 하지만 오늘 만나서 저녁을 먹기로 했으니까 내가 나중에 올라가서 커피 한잔하겠느냐고 하면……."

"그럼 내가 집을 비워주길 바라겠구나." 메리언은 못마땅한 투로 말했다.

"그래주면 엄청 도움이 될 거야. 내가 평소 같으면 바로 옆방이나 침대 아래에서 전도 집회가 열린다 한들 상관하지 않을 테고 그도 마찬가지겠지만, 너도 알다시피 렌은 내가 그런 데 신경 쓸 거라고 생각할 거 아냐. 나는 방 안으로 서서히 뒷걸음쳐서 들어가야 해. 눈곱만큼씩."

"그래. 그래야겠네." 메리언은 한숨을 쉬었다. 이 상황에서 힐난은 그녀의 선택지에 없었다. "어디에 가 있으면 좋을지 모르겠네."

에인슬리의 표정이 밝아졌다. 가장 중요한 목적을 달성했으니 나머지 소소한 부분들은 부수적인 문제였다. "피터한테 전화해서 거기로 가겠다고 하면 어떨까? 약혼한 사이니까 그래도 괜찮다고 하지 않겠어?"

메리언은 고민해보았다. 예전이었다면, 언제인지 분명하게 기억은 나지 않지만 아무튼 그때였다면 그럴 수 있었을 것이다. 그가 언짢아한들 상관없었을 것이다. 하지만 요즘에는, 가뜩이나 오후에 그런 식으로 통화를 한 다음에는 좋은 생각이 아니었다. 그녀가 거실에서 책을 읽으며 아무리 얌전히 있어도 그는 집착이 심하다고, 아니면 질투가 나서 자기 일을 방해하려 든다고 속으로 그녀를 욕할 것이다. 어떤 상황인지 설명을 하더라도 그럴 것이다. 그리고 그녀는 설명하고 싶지 않았다. 피터는 그날 저녁 이후로 렌을 거의 만나지 않았고 자유로운 미혼남에서 성숙한 약혼자로 변신하며 그에 걸맞게 자신의 태도와 어울리는 무리를 조정했지만, 그래도 남자들 간의 의리 비슷한 게 남아서 에인슬리는 아닐지라도 그녀에게 난처한 상황이 벌어질 수 있었다. 그에게 책잡히는 꼴이 될 수 있었다. "그건 안 될 것 같아." 그녀는 말했다. "그이가 일이 많거든." 정말이지 갈 데가 없었다. 클래라도 집에 없었다. 공원에 앉아 있거나 한참 동안 산책을 하기에는 날씨가 너무 추웠다. 사무실의 처녀들 중 한 명에게 연락할 수도 있었지만……"영화나 봐야겠다." 결국 그녀는 이렇게 말했다.

에인슬리는 안도의 미소를 지었다. "잘 생각했어." 그녀는 말하고 옷을 마저 입으러 방으로 들어갔다. 몇 분 뒤에 고개를 내밀고 물었다. "혹시 필요하겠다 싶으면 그 스카치위스키 마셔도 될까? 네 거라고 할 건데 그래도 해도 되지?"

"그래, 좋을 대로 해." 메리언은 말했다. 그 위스키는 공동 소유였다. 에인슬리가 다음번에 다시 살 때 진 빚을 갚을 것이다. 설령 깜빡하더라도 일을 완전히 처리하고 마무리 지을 수 있다면 위스키 반병 정도는 별것 아니었다. 그녀까지 피곤하게 만드는 이 상황이 너무 오랫동안 지지부진 진전이 없었다. 그녀는 부엌 조리대에 몸을 기대고 개수대 안을 곰곰이 들여다보았다. 부연 물이 일부 담긴 유리잔 네 개, 달걀 껍데기 부스러기, 얼마 전에 맥앤치즈를 만들어 먹느라 쓴 냄비가 있었다. 그녀는 설거지는 하지 않기로 마음먹었지만 청소하는 시늉으로 달걀 껍데기를 집어서 쓰레기통에 넣었다. 그녀는 찌꺼기가 남아 있는 걸 싫어했다.

에인슬리가 조그만 데이지 모양의 귀걸이를 하고 아주 잘된 눈 화장 덕분에 더욱 돋보이는 블라우스와 점퍼스커트 차림으로 다시 나오자 메리언은 말했다. "영화가 밤새 계속되지는 않아. 12시 30분쯤에는 올 거야."

"그때쯤이면 상황이 깨끗하게 정리되어 있을 거야." 에인슬리가 결연한 목소리로 말했다. "그렇지 않는다 한들 우리 둘 다 여기 없을 테고. 내가 그를 창밖으로 집어 던지고 나도 뛰어내릴 거거든. 하지만 혹시 모르니까 노크도 없이 아무 닫힌 문이나 벌컥 열고 들이닥치지는 말아 줘."

메리언은 가장 불길한 단어를 포착했다. 아무 닫힌 문. "내 방은 안 돼." 그녀가 말했다.

"뭐, 그 방이 더 깨끗하잖아." 에인슬리는 논리적으로 대응했다. "그리고 내가 순간의 격정에 휩쓸려서 정신을 못 차리는데 도중에 '그쪽 방이 아니에요' 할 수는 없지 않겠어?"

"그건 그렇겠지." 메리언은 말했다. 집도 없고 모든 걸 빼앗긴 듯한 기분이 들기 시작했다. "그래도 내 방으로 휘청휘청 들어갔는데 그 안에 누가 있을 수도 있다니 생각하기도 싫어."

"그럼 이렇게 하자." 에인슬리가 말했다. "우리가 만약 네 방에서 하게 되면 손잡이에 넥타이를 걸어둘게, 알았지?"

"누구 넥타이?" 메리언은 물었다. 에인슬리가 사진, 편지, 말린 꽃 대여섯 송이 등 자기 방바닥을 덮어놓는 물건을 모은다는 건 알았지만 넥타이를 수집하는 취미가 있는 줄은 몰랐다.

"그의 넥타이지, 말해 뭐 해." 에인슬리가 말했다.

뿔이 달린 박제한 짐승의 머리가 여러 개 벽에 걸려 있는 사냥감 전시실의 심란한 이미지가 메리언의 머릿속에 떠올랐다. "그의 머리 가죽을 걸어놓지 그래?" 이러니저러니 해도 레너드는 그녀의 친구였다.

에인슬리가 나간 뒤에 그녀는 텔레비전 앞에서 저녁을 먹고 혼자 차를 마시며 이 상황에 대해 생각했고 심야 영화가 시작하는 시간이 될 때까지 집 안에서 어정거리는 동안에도 그랬다. 가까운 영화관까지 가는 동안에도 계속 그 생각을 했다. 작고 잘 보이지 않는 머릿속 어느 한 구석에서 렌에게 경고해야 한다는 생각이 들기 시작한 지 좀 됐지만 무엇을, 그리고 더욱 중요하게는 왜 경고해야 하는지 알 수 없었다. 어리고 어수룩해 보이는 에인슬리가 사실은 그를 상대로 더러운 음모를 꾸몄고, 그의 인격 따위에는 일말의 관심도 없이 인공 수정의 값싼 대체재로 쓰려 하는, XXX 염색체의 소유자라고 폭로한들 그는 선뜻 믿지 않을 것이다. 그리고 아직까지는 확실한 증거도 없었다. 에인슬리가 만전에 만전을 기했다. 메리언은 수화기에 나일론 스타킹을 씌우고 그에게 한밤중에 전화해 "조심해!"라고 속삭여야 할지 여러 번 고민했지만 소용없을 것이었다. 그는 뭘 조심하라는 건지 절대 알 수 없을 것이다. 익명의 편지는…… 못된 장난으로 간주할 것이다. 아니면 질투가 나서 그의 음흉한 계획을 방해하려는 예전 여자친구의 소행으로 간주하고 작전에 더욱 박차를 가할 것이다. 게다가 약혼한 이후로 그녀와 에인슬리 사이에 무언의 합의가 이루어졌다. 두 사람 모두 도덕적인 관점에서 서로의 행동 방침을 못마땅하게 여기지만 간섭은 하지 않는다는 것이었다. 그녀가 렌에게 무슨 말이든 하면 에인슬리는 대찬 역습을, 아니면 하다못해 불안감이라도 유발할 수 있는 역습을 감행하고도 남을 성격이었다. 렌은 그의 운명에 맡겨야 했다. 그는 그 운명을 기쁜 마음으로 받아들일 것이었다. 메리언의 혼란을 가중하는 것이 있다면 초기 기독교도가 사자들에게 던져졌는지, 초기 사자가 기독교도들에게 던져졌는지 정확히 모른다는 것이었다. 어느 일요일에 토론을 하던 도중에 에인슬리가 물었을 때 그녀는 창조적인 생명력을 믿는다고 했던가, 믿지 않는다고 했던가?

그리고 아래층 아주머니도 감안해야 했다. 레너드가 왔을 때 그녀가 창밖을 내다보거나 벨벳 커튼 뒤에 잠복하고 있지 않는다 하더라도 계단을 올라가는 남자의 발소리를 못 들을 리 없었다. 그녀의 상식이라는 독재 제국 안에서는 예의범절이 중력의 법칙만큼 융통성이 없고 강력한 힘을 발휘했으니 올라간 사람이 있으면 가능한 한 밤 11시 30분 이전에 내려와야 했다. 그녀가 이런 얘기를 대놓고 한 적은 없었다. 그냥 알아서 실천해야 하는 사안이었다. 메리언은 에인슬리가 아무리 늦어도 12시 전에 볼일을 마치고 그를 내보내거나 아니면 그를 이 집에서 재워야 하는 최악의 사태가 벌어지더라도 밤새도록 조용히 있어주길 바랄 따름이었다. 그랬을 경우 다음 날 아침에 그를 어떻게 해야 할지는 알 수 없었다. 빨래 가방 안에 숨겨서 몰래 들고 나가야 할지 몰랐다. 혼자서 걸을 수 있는 상태더라도. 아, 뭐, 집이야 얼마든지 이사하면 그만이었다. 하지만 분란을 일으키기는 싫었다.

메리언은 전철을 타고 빨래방 근처 역에서 내렸다. 그 옆에 도로를 마주 보고 영화관 두 군데가 있었다. 그녀는 양쪽을 살폈다. 한쪽에서는 자막이 달린 외국영화를 상영 중이었고 신문의 찬사를 흑백으로 흐릿하게 복사해 외부에 광고로 달아놓았는데, '성인용'과 '성숙한'이라는 단어가 자주 등장했다. 상을 여러 개 수상한 작품이었다. 다른 쪽은 저예산 미국 서부극이었고 말 탄 남자와 죽어가는 인디언이 나오는 총천연색 포스터가 걸려 있었다. 지금 같은 상황에서는 강렬함과 멈춤이 있는 내용, 의미심장하게 실룩이는 땀구멍을 예술적으로 길게 클로즈업한 장면을 보며 고뇌하고 싶지 않았다. 그녀가 바라는 것은 오로지 따뜻한 쉼터와 망각 비슷한 것이었기 때문에 서부극을 선택했다. 반쯤 비어 있는 극장 안에서 더듬더듬 자리를 찾아갔을 때 영화는 이미 시작된 다음이었다.

그녀는 털썩 주저앉아 의자 등받이에 머리를 기대고 앞좌석에 무릎을 대고 눈을 반쯤 감았다. 숙녀답지 못한 자세였지만 어둠 속이라 볼 사람이 없었다. 그리고 양옆이 빈 좌석이었다. 엉큼한 노인들 때문에 고생하는 일이 없도록 미리 확실하게 조치를 취했다. 그녀는 영화관에 대해 잘 몰랐던 학창 시절 초기에 그들로 인해 어떤 일을 겪었는지 떠올렸다. 무릎을 움켜쥐는 손길과 연민을 유발하는 그 비슷한 머뭇거림. 무섭지는 않았지만 (조용히 치우면 그만이었다) 그 안에 진심이 담겼기에 괴로우리만치 당혹스러웠다. 어둠 속의 더듬이족들에게는 가벼운 접촉마저 간절했던 것이다.

알록달록한 장면들이 눈앞에서 이어졌다. 큼지막한 카우보이모자를 쓴 남자들이 그보다 더 큼지막한 말을 타고 화면을 가로지르면 풍경이 바뀌면서 나무와 선인장이 앞에서 솟구쳐 오르거나 뒤로 멀어졌다. 그녀는 아리송한 대사를 해석하거나 줄거리를 파악하려고 하지 않았다. 나쁜 짓을 저지르려는 악당과 아마도 돈을 먼저 차지함으로써 그들을 저지하려는 착한 사람들이 있겠지만, 모든 이에게 만만한 상대인 인디언들도 버펄로처럼 많이 등장하지만, 화면 속의 어떤 사람들이 어느 편이건 상관없었다. 최소한 정신병자들이 등장하는 새로운 서부극은 아니었다. 그녀는 조연으로 등장하는 단역배우들을 집중 관찰하며 펑펑 남아도는 시간에 뭘 하는지, 아직까지도 차세대 스타를 꿈꾸는지 궁금해했다.

밤이었다. 총천연색 화면에서만 볼 수 있는, 자줏빛이 도는 푸른빛의 반투명한 밤이었다. 누군가가 풀밭을 가로질러 다른 누군가를 향해 살금살금 다가갔다. 목초가 바스락거리는 소리와 귀뚜라미 몇 마리가 우는 기계음 말고는 고요했다. 그녀의 왼쪽 가까운 데서 조그맣게 쩍 하는 소리에 이어 뭔가 단단한 것이 바닥에 부딪치는 소리가 들렸다. 총이 발사됐고 몸싸움이 벌어졌고 날이 밝았다. 쩍 하는 소리가 또 들렸다.

그녀는 왼쪽으로 고개를 돌렸다. 화면 속의 이글거리는 태양에서 희미하게 반사된 빛을 통해 두 자리 옆에 앉아 있는 사람이 어슴푸레하게 보였다. 빨래방에서 만난 그 남자였다. 그가 의자에 쭈그리고 앉아 멍하니 앞을 바라보고 있었다. 30초 정도마다 한 번씩, 저쪽 손으로 들고 있는 가방에 이쪽 손을 넣었다가 입으로 옮기면 조그맣게 쩍 하는 소리에 이어 바닥에 뭔가가 부딪치는 소리가 들렸다. 껍데기를 까서 뭘 먹는 모양인데, 땅콩은 아니었다. 땅콩이었다면 그보다 소리가 작았을 것이다. 그녀는 그의 어두침침한 옆모습을 바라보았다. 코와 한쪽 눈과 어둠 속에서 웅크린 한쪽 어깨를 바라보았다.

그녀는 다시 고개를 앞으로 돌리고 모든 관심을 화면에 집중하려고 했다. 그 남자가 그 자리에 갑자기 등장한 것이 반갑기는 했지만 터무니없는 반가움이었다. 그녀는 그에게 말을 걸 생각이 없었고 사실 그가 영화관에 혼자 앉아 있는 그녀의 모습을 아직 보지 못했길, 앞으로도 보지 못하길 바랐다. 그는 화면에 넋을 잃었고, 영화와 먹고 있는 뭔지 모를 것에 홀딱 빠진 듯해 보였으니—뭐길래 그렇게 귀에 거슬리는 쩍 소리가 조그맣게 날까?—조용히 있으면 그녀를 알아차리지 못할 수 있었다. 하지만 그녀가 누구인지 완벽하게 알고 있고, 그녀 쪽에서 그의 존재를 알아차리기 훨씬 전부터 그녀의 존재를 알아차렸을 것 같은 불길한 예감이 들었다. 그녀는 눈앞에 펼쳐진 광활하고 평범한 초원을 물끄러미 바라보았다. 옆에서 짜증 나도록 일정하게 쩍 하는 소리가 계속 이어졌다.

남자와 말과 헝클어진 원피스 차림의 금발 여자 하나가 강을 건너고 있을 때 그녀의 왼쪽 손에서 묘한 느낌이 전해졌다. 그 손은 옆으로 움직여 남자의 어깨를 건드리고 싶어 했다. 그녀와는 별개로 자기만의 의사를 갖추고 있는 듯했다. 그녀가 그런 짓을 하고 싶어 할 리 없지 않은가. 그녀는 그쪽 손가락으로 의자 팔걸이를 붙잡았다. '그러면 안 돼.' 그녀는 속으로 그 손을 나무랐다. '그러면 저 남자가 비명을 지를지 몰라.' 하지만 그가 있는 쪽을 계속 외면하고 있었으니 손을 뻗더라도 만져지는 것이 어둠과 허공 아니면 영화관 좌석을 씌운 플러시 천뿐일까 봐 두려운 마음도 있었다.

배경음악이 지축을 뒤흔들었고, 인디언 부대가 은신처에서 달려 나와 기습 공격을 감행하자 비명과 함성이 사방에 요동쳤다. 그들이 격파당하고 다시 소리를 들을 수 있을 만큼 조용해졌지만 그가 내던 조그만 시계 소리 같은 건 더 이상 들리지 않았다. 그녀는 왼쪽으로 홱 고개를 돌렸다. 아무도 없었다. 그가 나가버렸거나 애초에 그 자리에 없었거나 아니면 다른 사람이었을 수도 있었다.

화면에서는 거구의 카우보이가 금발 여자와 순결하게 입을 맞추고 있었다. "행크, 이게 설마……?" 여자가 속삭였다. 조만간 해가 질 것이었다.

바로 그때 그녀의 머리칼을 흔드는 숨결이 느껴질 정도로 가까운 데서 누군가가 귀에 대고 속삭였다. "호박씨예요." 그 목소리가 말했다.

그녀의 이성은 이 정보를 차분하게 접수했다. '호박씨였군요.' 그녀의 이성은 속으로 대답했다. '그럼 그렇지, 왜 아니겠어요?' 하지만 그녀의 몸은 놀라서 잠깐 동안 얼어붙었다. 그녀가 근육의 경직을 극복하고 고개를 돌렸을 때 뒤에는 아무도 없었다.

그녀는 영화가 끝날 때까지 앉아 있었고 자신이 복합 환각을 일으킨 게 분명하다는 확신이 들기 시작했다. '그러니까 내가 결국 미쳐가고 있는 거지.' 그녀는 생각했다. '다른 모든 사람들처럼. 아, 귀찮아. 그래도 기분 전환은 되겠지만.' 하지만 잠깐 휘날리는 깃발이 비치고 깡통 부딪치는 음악이 흐른 뒤에 불이 켜지자 그녀는 (아마도) 그가 앉아 있었던 좌석 아래를 살폈다. 하얀색 껍질이 조금 쌓여 있었다. 길이나 앞에 있는 무언가를 가리키는 돌무더기나 나뭇가지로 만든 기호나 나무에 새겨진 V자 비슷한 원시적인 표지 같았지만, 몇 명 안 되는 관람객들이 삼삼오오 옆을 지나가는 동안 계속 들여다보아도 정체를 파악할 수 없었다. 그녀는 극장을 나서며 아무튼 이번에는 그가 눈에 보이는 흔적을 남겼다는 생각을 했다.

그녀는 집까지 가는 동안 최대한 뜸을 들였다. 뭔 일이 벌어지는 와중에 들이닥치는 건 사양하고 싶었다. 밖에서 보았을 때만 해도 집은 어둠에 잠겨 있었지만, 안으로 들어가 복도 전등을 켜자 식당에서 스르르 등장한 어떤 형체가 그녀의 앞을 가로막았다. 머리에 핀컬을 꽂고 자주색 비엘라 플란넬 가운을 입었음에도 기품 있어 보이는 아래층 아주머니였다.

"미스 매캘핀." 그녀가 험상궂게 눈썹을 찡그리며 말했다. "내가 계속 심란해하고 있었어요. 오늘 저녁에 어떤 남자가 미스 튜스와 함께 올라가는 소리를 들었는데 그 남자가 내려오는 소리를 아직 듣지 못했거든요. 물론 내가 무슨 단정을 지으려는 건 아니에요. 두 사람 **모두** 아주 훌륭한 아가씨라는 걸 아니까요. 하지만 아이가 있다 보니······."

메리언은 손목시계를 확인했다. "글쎄요." 그녀는 애매하게 말했다. "그럴 일은 없을 거라고 **생각하는데요**. 아주머니께서 착각하신 게 아닐까요? 1시가 지났고 에인슬리는 외출하지 않은 이상 대개는 그 전에 자리 들어가거든요."

"뭐, 나도 그렇게 생각했어요. 위에서 말소리도 전혀 들리지 않고 해서······ 그러니까 내 말은······."

엿듣기 좋아하는 구질구질한 할망구 같으니라고, 눈이 아주 반짝거리는구먼. 메리언은 생각했다. "그럼 자러 들어간 게 **분명하네요**." 그녀는 명랑한 목소리로 말했다. "같이 올라간 사람이 누구였는지 몰라도 아주머니 신경 쓰이지 않게 아주 조용히 내려왔나 봐요. 하지만 내일 아침에 제가 아주머니를 대신해서 한 소리 할게요." 그녀는 안심이 될 정도로 유능해 보이길 바라는 미소를 짓고 계단으로 탈출했다.

에인슬리는 회칠한 무덤(성경에서 위선자를 회칠한 무덤에 비유한다—옮긴이)이야. 그녀는 계단을 올라가며 생각했다. 그리고 내가 방금 그 위선에 한 겹을 더했지. 하지만 남의 눈의 티끌은 보고 네 눈의 들보는 보지 못하고 어쩌고저쩌고하는 말도 있잖아. 내일 아침에 그의 몰골이 어떨지 모르겠지만 저 늙은 콘도르 모르게 무슨 수로 밖으로 옮긴담?

부엌 식탁에 4분의 1 남은 스카치위스키병이 있었다. 닫혀 있는 그녀의 방문에 초록색과 파란색 줄무늬 넥타이가 의기양양하게 매달려 있었다.

그 말은 곧 시트와 옷과 담요와 책이 한데 뒤엉켜 있는 에인슬리의 침대를 어찌어찌 치워서 누울 자리를 마련해야 한다는 뜻이었다.

"이런, 젠장!" 그녀는 외투를 벗어 던지며 중얼거렸다.

15

다음 날 4시 30분에 메리언은 병원 복도를 따라 걸으며 병실을 찾았다. 제대로 된 점심이 아니라 치즈와 상추를 넣은 샌드위치로 때워가며ー 고체 입욕제 사이에 플라스틱 같은 치즈와 시들시들한 이파리 몇 장이 들어 있는 것으로, 식당 배달원이 종이 상자에 넣어 들고 왔다ー한 시간 일찍 퇴근한 길이건만 장미꽃을 사서 병원까지 오는 데 벌써 30분을 썼다. 이제 클래라와 만날 수 있는 면회 시간이 30분밖에 남지 않았다. 둘이서 30분 동안 할 말이 있을지 의문이긴 했지만.

문들이 열려 있었기 때문에 일일이 걸음을 멈추고 안으로 들어가다 시피 해야 호수를 확인할 수 있었다. 병실마다 안에서 여자들끼리 카랑 카랑한 목소리로 조잘대는 소리가 들렸다. 마침내 복도 거의 끝에 다다 랐을 때 찾던 병실이 나왔다.

클래라는 높이가 높은 흰색 병상의 등받이를 올려서 반쯤 앉은 자세 로 아련하게 누워 있었다. 플란넬 환자복을 입은 채였다. 시트를 덮고 있는 몸이 비정상적으로 야위어 보였다. 옅은 금발은 풀어서 어깨 위로 늘어뜨렸다.

"어, 왔어?" 그녀가 말했다. "드디어 이 늙은 어미를 만나러 왔네?"

메리언은 미안하다는 사과 대신 꽃다발을 내밀었다. 클래라는 여린 손가락으로 초록색 원뿔 모양의 포장지를 벗겼다. "예쁘다." 그녀가 말했다. "망할 간호사더러 깨끗한 물에 꽂아달라고 해야겠다. 보고 있지 않으면 요강에다 담그고도 남을 여자야."

메리언은 꽃을 고를 때 짙은 빨간색과 주황색이 도는 분홍색과 하얀색 사이에서 고민했는데, 하얀색을 선택한 것이 이제 와서 조금 후회가 됐다. 어떻게 보면 클래라와 정말 잘 어울리지만 또 어떻게 보면 전혀 아니었다.

"커튼 좀 쳐줄래?" 클래라가 나지막이 말했다. 다른 세 명의 여자와 한 병실을 쓰고 있어서 오붓하게 대화를 나누기가 힘들었다.

메리언은 금지막한 타원형 후광처럼 침대 위에 달려 있는 둥그스름한 철제 레일을 따라 묵직한 캔버스 커튼을 치고 방문객용 의자에 앉아서 물었다. "몸은 좀 어때?"

"아, 좋아. 정말 좋아. 내가 모든 광경을 지켜봤는데 그 피하며 오물하며 난장판이었지만 솔직히 좀 황홀하더라. 특히 그 조그만 녀석이 머리를 쑥 내밀어 그동안 배 속에 넣고 다녔던 그 망할 것이 어떻게 생겼는지 마침내 알게 됐을 때. 어렸을 때 기다리고 또 기다리다가 드디어 크리스마스 선물을 열어보았을 때처럼 보고 싶어서 몸이 달았거든. 임신 기간 동안 가끔 새처럼 그냥 알로 낳으면 얼마나 좋을까 하는 생각이 들 때도 있었어. 하지만 이런 방식도 나름 묘미가 있는 것 같아." 그녀는 하얀 장미 한 송이를 집어서 쿵쿵대며 향을 맡았다. "너도 나중에 꼭 낳아봐."

메리언은 클래라가 파이크러스트를 좀 더 폭신하게 만드는 방법이나 새로 나온 세제를 추천하듯 어쩌면 저렇게 천연덕스럽게 그런 얘기를 꺼낼 수 있을까 하는 생각이 들었다. 물론 그녀도 결국에는 그럴 계획이긴 했다. 피터도 은연중에 아버지 노릇을 운운했다. 하지만 여자들이 하얀 시트를 덮고 대자로 누워 있는 이 병실 안에서는 너무 갑작스럽게 느껴졌다. 그리고 에인슬리 문제도 있었다. "재촉하지 마." 그녀는 웃으며 말했다.

"물론 죽도록 아프긴 하지." 클래라가 으스대며 말했다. "그리고 애를 생각해서 한참 진행될 때까지 아무 약도 처방하지 않거든. 하지만 산통이 웃긴 게 그거야. 나중에는 절대 기억하지 못한다는 거. 지금은 그저 황홀한 느낌뿐이야. 대다수의 여자들처럼 나도 산후우울증에 걸릴 줄 알았는데 아닌 것 같아. 그건 일어나서 집으로 돌아가야 할 때까지 아껴둘래. 여기 이렇게 누워 있기만 하니까 너무 좋아. 진짜 황홀한 느낌이야." 그녀는 베개에서 몸을 살짝 들어 올렸다.

메리언은 그 자리에 앉아서 그녀를 보며 미소를 지었다. 뭐라고 대꾸하면 좋을지 생각나지 않았다. 클래라의 인생은 점점 더 그녀와 분리되고 멀어져 창문 너머로만 바라볼 수 있는 어떤 것이 되었다. "이름은 뭐로 할 거야?" 그녀는 유리창 때문에 안 들릴까 봐 고함을 지르고 싶은 걸 애써 참으며 물었다.

"아직 모르겠어. 우리 할머니랑 조의 할머니 이름을 따서 비비언 린이라고 할까 고민 중이긴 해. 조는 내 이름으로 부르고 싶어 하지만 나는 내 이름을 별로 좋아하지 않거든. 하지만 그이가 딸도 아들만큼 예뻐해서 정말 다행이야. 안 그런 남자가 많잖아. 조도 아들이 없었으면 안 그랬을지 모르지만."

메리언은 클래라의 머리 위쪽 벽을 응시하며 사무실과 같은 색으로 칠해져 있다는 생각을 했다. 커튼 뒤에서 타자기 소리가 들릴 것만도 같았지만 다른 세 명의 여자와 손님들이 웅얼거리는 말소리뿐이었다. 그녀는 들어오는 길에 그중 한 명인 젊은 여자가 분홍색 레이스가 달린 잠옷을 입고 앉아서 컬러링북에 색칠하고 있는 것을 보았다. 그녀도 꽃이 아니라 소일거리를 들고 왔었어야 하는 거였는지 몰랐다. 하루 종일 그렇게 누워 있으려면 얼마나 지긋지긋할까.

"읽을 것 좀 가져다줄까?" 그녀는 이렇게 물으며 부업으로 환자 병문안 다니는 일을 하는 부인회 회원이 된 것 같다는 생각을 했다.

"생각해줘서 고마워. 하지만 당분간은 제대로 집중을 못 할 것 같아. 그냥 잠을 자든지 아니면." 그녀는 목소리를 낮추었다. "다른 여자들이 하는 얘기를 들으려고. 병원 분위기가 그래서 그런지 다들 유산이나 어디 아픈 얘기밖에 하지 않아. 조금 듣고 있다 보면 나도 어디가 심각하게 아픈 것처럼 느껴질 정도야. 언제쯤 내가 유방암에 걸리거나 무슨 관이 파열되거나 사나흘 간격을 두고 네쌍둥이를 유산하게 될지 궁금해지기 시작하고. 농담이 아니라 맨 구석에 누워 있는 저 덩치 큰 모스 부인이 겪은 일이야. 그런데도 다들 얼마나 침착한지 몰라. 소름 끼치는 사건들을 일종의 훈장이라고 생각하는 눈치고 말이야. 그걸 꺼내서 비교하고 끔찍한 부연 설명을 덧붙이면서 진심으로 자랑스러워한다니까? 고통을 그야말로 흐뭇하게 여긴다고 할까. 마치 경쟁하듯 나까지 이런저런 증상을 얘기하게 되더라. 여자들은 왜 이렇게 아픈 데가 많을까?"

"아, 아픈 데가 많은 남자들도 더러 있겠지." 메리언은 말했다. 클래라는 평소보다 더 많은 얘기를 더 빠르게 쏟아내고 있었고 메리언은 그걸 보며 놀라워했다. 식물인간에 가까웠던 임신 후기에는 혹처럼 불룩 튀어나온 배에 워낙 온 정신이 팔려 있었기 때문에, 아니 거기에 흡수당해 있었기 때문에 클래라에게도 해면동물 수준의 일차원적인 감각을 넘어서는 지적인 능력이랄지 인지기능이 있다는 것을 깜빡하기 십상이었다. 그랬던 그녀가 이런 식으로 관찰하고 자기 의견을 밝히다니 조금 충격적이었다. 어떤 반작용이라면 모를까, 히스테리는 아니었다. 그녀는 철저하게 평정심을 유지하고 있는 듯해 보였다. 어쩌면 호르몬의 효과일 수도 있었다.

"뭐, 조는 안 그래." 클래라는 행복한 목소리로 말했다. "그이가 그렇게 아픈 데가 없지 않았다면 내가 무슨 수로 버틸 수 있었을지 모르겠어. 애들 건사하는 거며 빨래며 모든 걸 워낙 잘해서 이런 때 그이한테 전부 맡기고 있어도 전혀 불안하지 않아. 나만큼 잘하고 있을 거야. 가엾은 아서 때문에 좀 골치 아프긴 하지만. 이제는 걔가 배변 훈련이 제대로 돼서 거의 플라스틱 변기만 쓰거든. 근데 수집 대장이 됐어. 똥을 조그맣게 뭉쳐서 찬장이나 맨 아래 서랍 같은 데 숨겨놔. 그래서 매의 눈으로 감시하고 있어야 해. 한번은 내가 냉장고에서 찾은 적도 있고, 조가 그러는데 커튼으로 덮여 있던 화장실 창턱에서 한 줄로 딱딱하게 굳어가고 있는 걸 얼마 전에 발견했대. 그걸 버리면 애가 얼마나 난리를 부리는지 몰라. 왜 그러는지 모르겠어. 나중에 커서 은행원이 되려나?"

"새로 태어난 아이하고 연관이 있을까?" 메리언은 물었다. "질투가 나거나 뭐 그래서 말이야."

"아, 그럴 수도 있지." 클래라는 잔잔하게 웃으며 말했다. 그녀는 하얀 장미 한 송이를 잡아서 돌리고 있었다. "그나저나 계속 내 얘기만 하고 있었네." 그녀는 말하며 침대에서 몸을 돌려 메리언을 좀 더 똑바로 쳐다보았다. "약혼에 대해서 제대로 물어볼 기회가 없었잖아. 두말하면 잔소리지만 우리 둘 다 정말 잘됐다고 생각해, 피터에 대해서 잘 **모르긴** 해도 말이야."

메리언은 말했다. "너 퇴원해서 몸 좀 추스르고 나면 다 같이 한번 만나자. 보면 너도 마음에 들 거야."

"**외모상으로는** 엄청 훌륭하던데. 물론 결혼해서 어느 정도 함께 지내며 지저분한 습관을 파악하고 난 다음이라야 누군가를 제대로 안다고 할 수 있겠지만 말이야. 조가 예수 그리스도가 아니라는 걸 처음 깨달았을 때 얼마나 심란했던지 기억이 나. 무엇 때문에 그걸 깨달았는지는 모르겠지만, 아마 그이가 오드리 헵번을 미치도록 좋아한다는 걸 알게 됐다는 식의 어이없는 이유 때문이었을 거야. 아니면 알고 보니 나 모르게 우취(郵趣)에 취미가 있었다거나."

"뭐에 취미가 있었다고?" 메리언은 물었다. 그게 무슨 뜻인지 몰라도 왠지 비정상으로 들렸다.

"우표 수집 말이야. 물론 진짜로 그런 건 아니야. 편지에 우표가 붙어 있더라도 그냥 찢어버리니까. 적응이 필요하다는 얘기지. 아무튼 지금은." 그녀가 말했다. "그이가 남들은 잘 모르는 성인(聖人)이 아닌가 싶어."

메리언은 뭐라고 대답하면 좋을지 알 수가 없었다. 조를 대하는 클래라의 태도가 자아도취적인 동시에 당혹스럽게 느껴졌다. 여성잡지 뒤편에 실리는 러브 스토리처럼 감상적이었다. 그뿐 아니라 클래라가 완곡한 충고를 하려는 것처럼 느껴진다는 점에서 더욱 당혹스러웠다. 딱한 얘기지만 충고라는 단어와 세상에서 가장 어울리지 않는 사람이 클래라였다. 그녀가 저질러놓은 사고를 보라. 그 나이에 아이가 셋이지 않은가. 그녀와 피터는 그렇게 엄청난 환상을 품고 결혼 생활을 하지 않을 것이다. 클래라가 조와 혼전에 성관계를 가졌었더라면 훨씬 훌륭하게 대처해왔을 것이다.

"나는 조가 훌륭한 남편이라고 생각해." 메리언은 인심 좋게 말했다.

클래라는 콧방귀가 섞인 폭소를 터뜨렸다가 움찔했다. "아, 망할. 제일 민망한 곳들이 아프네. 아냐, 그건 아니지. 너는 우리 둘 다 속수무책이고 정신없다고, 너는 그런 난장판에서 살면 돌아버릴 거라고 생각하잖아. 우리가 서로를 증오하지 않고 무슨 수로 지금까지 버텼는지 이해하지 못하잖아." 그녀의 말투는 서글서글하기 짝이 없었다.

메리언은 그런 식으로 갑자기 정곡을 찌르다니 너무하다는 생각을 하며 반박하려고 했지만 간호사가 열린 문 너머로 고개를 내밀고는 면회 시간이 끝났다고 알렸다.

"아기 보고 싶으면 간호사한테 물어봐." 일어서는 메리언을 향해 클래라가 말했다. "어디에 데려다 놓았는지 알려줄 거야. 유리창 너머로 볼 수 있어. 다 똑같이 생겼지만 물어보면 우리 아이가 누군지 가리켜 줘. 하지만 내가 너라면 그냥 가겠어. 지금 단계에서는 애들이 별로 재미없거든. 시뻘겋고 쪼글쪼글하게 말라비틀어진 자두 같기나 하지."

"그럼 나중에 봐야겠다." 메리언은 말했다.

그녀는 병실 밖으로 나가면서 클래라의 태도가 왠지 모르게 마음에 걸린다는 생각을 했다. 다른 건 둘째치고 클래라는 우려를 표하며 약간 걱정하는 표정으로 눈썹을 한두 번 꿈틀거렸다. 하지만 뭐에 대한 우려인지 알 수 없었고 고민할 겨를도 없었다. 하수구 아니면 동굴에서 탈출한 느낌이었다. 그녀가 클래라가 아니라서 다행이었다.

이제 남은 일정이 그녀를 기다리고 있었다. 가장 가까운 식당에서 얼른 끼니를 해결하고 나면 그즈음에는 교통정체가 좀 풀렸을 테니 얼른 집에 가서 빨래를 들고 나올 수 있을 것이었다. 도대체 뭘 들고 나오면 좋을까? 블라우스 두어 장이면 되지 않을까 싶었다. 주름치마도 괜찮지 않을지, 어차피 다려야 하는 데다 그걸 들고 가면 그가 덜 심심할 것 같았지만 다시 한번 생각해보고 그랬다가는 너무 복잡해지겠다는 결론을 내렸다.

앞으로 남은 시간은 그날 오후만큼 복잡하게 얽히고설킬 것 같은 예감이 들었다. 그날 오후에는 피터가 전화해 어디에서 저녁을 먹을지 둘이서 한참 동안, 한참도 너무 한참 동안 의논해놓고 잠시 후에 그녀 쪽에서 다시 전화를 걸었다. "자기야, 정말 미안한데 어쩔 수 없는 일이 생겨서. 우리 약속을 미룰 수 있을까? 내일 어때?" 그는 그 전날 똑같은 짓을 저질렀기 때문에 짜증을 낼 수 없었다.

물론 어쩔 수 없는 일이 벌어진 이유는 달랐다. 그녀의 경우에는 연달아 걸려 온 전화였다.

수화기를 타고 들려온 목소리는 "저 덩컨이에요"라고 했다.

"누구요?"

"빨래방에서 만난 사람요."

"아. 네." 듣고 보니 평소보다 불안하게 들리긴 했어도 목소리를 알아들을 수 있었다.

"영화관에서 놀라게 해서 미안해요. 하지만 내가 뭘 먹고 있는지 죽도록 궁금해한다는 걸 알았거든요."

"맞아요, 그랬어요." 그녀는 말하고 시계를 흘끗 보았다가 보그 부인의 열려 있는 칸막이 문 쪽으로 시선을 옮겼다. 그날 오후에 통화를 하는 데 쓴 시간이 이미 너무 많았다.

"호박씨였어요. 담배를 끊으려고 하는 중이라 그걸 먹으면 도움이 많이 되더라고요. 깨서 먹으면 구강 욕구가 충족돼요. 애완동물 용품점에서 사요, 원래는 새 먹이라."

"그렇군요." 그녀는 이후에 이어진 정적을 메우느라 이렇게 말했다.

"형편없는 영화였어요."

메리언은 소문대로 아래층의 교환원이 통화 내용을 엿듣고 있을지, 그렇다면 뭐라고 생각할지 궁금해졌다. 지금쯤 업무 전화가 아니라는 것을 알아차렸을 것이었다. "덩컨…… 씨." 그녀는 최대한 딱딱하게 말했다. "제가 지금 근무 중인데 외부 전화는 간단히 끊는 게 우리 회사 방침이라서요. 그러니까 친구나 뭐 그런 사람한테서 받은 전화는요."

"아." 그는 말했다. 의기소침해진 말투였지만 무슨 일로 전화했는지 밝히려는 기미는 없었다.

그녀는 저편에서 퀭한 눈으로 수화기를 들고 그녀의 목소리가 들리길 침울하게 기다리는 그의 모습을 상상해보았다. 그가 전화한 이유를 도무지 알 수가 없었다. 어쩌면 그녀가 필요했을지, 그녀와의 대화가 필요했을지 몰랐다. "하지만 대화 나누는 건 좋을 듯하네요." 그녀는 격려하는 투로 말했다. "나중에 좀 더 편한 때."

"저기." 그가 말했다. "실은 당신이 필요해요. 지금 당장. 그러니까 다림질거리가 필요해요. 뭘 다려야겠는데 집 안에 있는 건 심지어 행주마저 다 다려버렸거든요. 그래서 당신 집으로 가서 당신 옷을 좀 다려주면 어떨까 했어요."

이제는 보그 부인의 시선이 분명하게 그녀 쪽을 향하고 있었다. "아, 좋죠." 그녀는 활기차게 대답했다가 문득 왠지 모르겠지만 이 남자가 피터나 에인슬리를 만나면 절대 안 된다는 생각이 들었다. 게다가 그날 아침에 그녀가 그의 넥타이로 장식된 문 뒤편의 악마의 덫 안에 렌을 남겨둔 채 살금살금 빠져나온 이후에 집 안에서 어떤 난리법석이 벌어졌을지 아무도 모를 일이었다. 에인슬리는 하루 종일 소식이 없었고 그건 좋은 징조일 수도 나쁜 징조일 수도 있었다. 그리고 만약 렌이 무사히 탈출했다면 표적을 잃은 아래층 아주머니의 분노가 남자라는 종족 전체를 대표해 아무 죄 없는 다림질쟁이의 머리 위로 쏟아질 수 있었다. "내가 당신 집으로 몇 벌 들고 가는 게 낫겠어요." 그녀가 말했다.

"사실 나도 그 편이 더 좋아요. 그래야 손에 익은 내 다리미를 쓸 수 있으니까. 남의 다리미를 쓰면 불편해요. 하지만 빨리 와줘요, 정말 다림질이 필요하거든요. 절실하게."

"알겠어요, 퇴근하자마자 갈게요." 그녀는 그를 진정시키는 한편으로 사무실 직원들에게 치과 약속을 잡는 것처럼 들릴 수 있게 이렇게 말했다. "7시쯤에요." 그녀는 전화를 끊자마자 그러려면 피터와의 저녁 약속을 또다시 미뤄야 한다는 사실을 깨달았지만 그는 언제든 만날 수 있었다. 저쪽은 비상사태였다.

피터와 문제를 해결하고 나니 몸에 엉킨 이 도시 전역의 전화선을 풀려고 버둥거린 것 같은 심정이었다. 그것들은 거머리였고 뱀 같았고 스멀스멀 돌아와 온몸을 다시 휘감는 습성이 있었다.

간호사 하나가 배식을 실은 고무바퀴 카트를 밀며 그녀 쪽으로 다가왔다. 메리언은 딴 데 정신 팔려 있었지만 그 하얀 형상을 인식했고 어울리지 않는 그림이라는 생각을 했다. 그녀는 걸음을 멈추고 사방을 두리번거렸다. 지금까지 어디로 가고 있었는지 몰라도 정문 쪽은 아니었다. 꼬리에 꼬리를 물고 이어지는 자기만의 계획과 생각에 잠겨 있느라 엉뚱한 층에서 엘리베이터를 내린 모양이었다. 방금 전까지 있었던 곳과 똑같이 생긴 복도가 이어지는데, 한 가지 차이가 있다면 모든 병실

문이 닫혀 있었다. 호수를 확인했다. 273호였다. 그렇다면 결론은 간단했다. 엘리베이터에서 너무 일찍 내린 거였다.

그녀는 몸을 돌렸고 엘리베이터가 어디 있었는지 기억을 더듬으며 왔던 길을 되짚었다. 모퉁이를 몇 번 돈 기억이 나는 듯했다. 아까 그 간호사는 사라지고 보이지 않았다. 이번에는 복도 저쪽 끝에서 초록색 덧옷을 입고 하얀 마스크로 얼굴 아랫부분을 가린 남자가 그녀를 향해 걸어오고 있었다. 그녀는 병원 냄새를, 지독한 소독약 냄새를 처음으로 느꼈다.

의사인 모양이었다. 얇고 까만 청진기를 목에 두르고 있는 것이 이제 눈에 들어왔다. 그녀는 점점 가까이 다가오는 남자를 좀 더 유심히 바라보았다. 마스크를 쓰고 있었음에도 낯익은 구석이 있었다. 왜 그런지 모르겠어서 괴로웠다. 하지만 그는 표정 없는 눈빛으로 똑바로 앞을 쳐다보며 그녀를 지나쳤고 오른편의 문 하나를 열고 안으로 들어갔다. 몸을 돌렸을 때 보니 뒤통수에 머리가 벗어진 부분이 있었다.

"내가 아는 사람들 중에 대머리는 없어." 그녀는 혼자 중얼거렸다. 마음이 놓였다.

16

그의 아파트로 가는 길은 완벽하게 기억났지만 번지수와 도로 이름은 생각나지 않았다. 꽤 오래, 사실상 맥주 설문조사 이후로 그 동네에 간 적이 없었다. 그녀는 거의 기계적으로 올바른 방향을 찾아가고 제때 모퉁이를 돌았다. 누가 보면 눈이나 코가 아니라 방향감각이라는 그보다 애매한 감각에 의지해 누군가를 본능적으로 추적하는 것 같겠지만 사실 길이 별로 복잡하지 않았다. 그냥 야구장을 건너 아스팔트 비탈길을 올라가 두어 블록을 걸으면 끝이었다. 하지만 지난번처럼 작열하는 태양이 아니라 희미한 가로등이 비추는 어두컴컴한 길을 걸어가려니 전보다 멀게 느껴졌다. 그녀는 발걸음을 재촉했다. 벌써부터 다리가 시렸다. 야구장 잔디가 성에로 덮여 희끗희끗했다.

사무실에서 달랑 백지 한 장 앞에 놓고 빈둥거릴 때나 허리를 숙여 바닥에 떨어진 쓰레기를 주울 때처럼 일이 한가한 시간에 몇 번 이 아파트를 생각했지만 이곳을 도시의 구체적인 장소로 설정하지는 않았다. 아파트 내부와 방의 생김새만 머릿속에서 그렸을 뿐 건물 그 자체는 아니었다. 이제 네모반듯하고 평범하며 아무 특징 없는, 전에 보았던 것과 거의 다를 게 없는 건물을 맞닥뜨리고 보니 당혹스러웠다.

그녀는 6호 버저를 눌렀고 인터폰에서 특유의 전기톱 소리가 나자마자 유리문 안으로 들어갔다. 덩컨이 문을 일부분만 열어주고 미심쩍어하는 눈빛으로 그녀를 응시했다. 머리칼로 덮인 눈이 침침한 어둠 속에서 반짝였다. 입에 문 담배꽁초가 위험할 정도로 입술에 바짝 붙어서 이글거렸다.

"들고 왔어요?" 그가 물었다.

그녀가 아무 말 없이 겨드랑이에 끼고 온 옷 뭉치를 내밀자 그는 그녀가 들어올 수 있게 옆으로 비켜섰다.

"몇 개 안 되네요." 그가 옷을 펼치며 말했다. 얼마 전에 빤 흰색 면 블라우스 두 장, 베갯잇 한 장, 꽃무늬가 수놓아진 손님용 수건 몇 장뿐이었다. 수건은 고모할머니에게 받아서 리넨 선반 맨 아래 놓아두었기 때문에 쭈글쭈글했다.

"미안해요." 그녀가 말했다. "있는 게 그것뿐이었어요."

"뭐, 없는 것보다야 낫죠." 그는 떨떠름하게 말했다. 몸을 돌려 자기 방 쪽으로 걸어갔다.

메리언은 그를 따라가야 할지 아니면 옷을 전해줬으니 이제 나가야 할지 알 수가 없었다. "구경해도 돼요?" 그녀는 그쪽에서 프라이버시 침해로 받아들이지 않길 바라며 이렇게 물었다. 곧바로 집으로 다시 돌아가고 싶지 않았다. 할 일이 없는 데다 이걸 위해 피터와의 저녁 시간을 희생하지 않았던가.

"그럼요, 구경하고 싶으면요. 별로 볼 건 없지만."

그녀는 복도 쪽으로 걸음을 옮겼다. 거실은 여기저기 흩뿌려진 종이가 더 많아졌다면 모를까, 지난번에 왔을 때와 달라진 게 없었다. 의자

세 개는 여전히 그 자리에 있었다. 널빤지 하나가 빨간색 플러시 의자에 기대 있었다. 파란색 의자 옆의 스탠드만 켜져 있었다. 추측건대 룸메이트가 둘 다 외출한 모양이었다.

덩컨의 방도 그녀가 기억하는 거의 그대로였다. 다리미판이 전보다 방의 중심으로 이동했고 체스 말이 서로 마주 보고 있었다. 이제는 흑백의 체스 판이 책 더미 맨 위에 놓여 있었다. 침대에는 갓 다린 흰색 셔츠 몇 벌이 옷걸이에 걸려 있었다. 덩컨은 셔츠들을 벽장에 건 다음 다리미 플러그를 꽂았다. 메리언은 외투를 벗고 침대에 앉았다.

그는 넘치기 직전인 바닥의 재떨이에 담배를 끄고, 이따금 다리미판에 다리미를 대고 온도를 확인해가며 다리미가 뜨거워지길 기다렸다가 천천히, 체계적으로 옷깃 모서리에 집중해가며 블라우스 하나를 다리기 시작했다. 메리언은 말없이 그를 지켜보았다. 그는 방해받고 싶지 않은 기색이 역력했다. 그녀는 남이 자기 옷을 다리는 것을 보고 있자니 기분이 묘했다.

외투를 입고 옆구리에 옷 뭉치를 끼고 방에서 나왔을 때 에인슬리가 묘한 눈빛으로 그녀를 쳐다보았다. "그거 들고 어디 가게?"라고 물었다. 빨래방에 가는가 보다 하기에는 가짓수가 너무 적었다.

"아, 그냥 나갔다 오려고."

"피터가 전화하면 뭐라고 해?"

"전화하지 않을 거야. 아무튼 그냥 나갔다고만 해." 그녀는 덩컨에 대해 설명하거나 그의 존재를 알리고 싶지 않았기 때문에 얼른 계단을 내려갔다. 그의 존재를 공개하면 힘의 균형이 깨질 수 있었다. 하지만 에인슬리는 그때 뜨뜻미지근한 호기심 말고는 아무것도 보일 여유가 없었다. 자신의 작전이 성공했을지 모른다는 데, 이른바 '뜻밖의 행운'이

따라주었다는 데 기뻐서 정신이 없었다.

메리언은 퇴근했을 때 에인슬리가 거실에서 출산과 육아에 관한 책을 읽고 있는 것을 보고 물었다. "오늘 아침에 그 딱한 인간을 무슨 수로 여기서 내보냈어?"

에인슬리는 폭소를 터뜨렸다. "엄청 큰, 뜻밖의 행운이 따라주었지 뭐야." 그녀가 말했다. "아래층 할망구가 계단 아래에서 우리를 계속 기다리고 있을 줄 알았거든. 그러면 어떻게 해야 좋을지 진짜 모르겠더라고. 뭐라고 뻥을 칠까, 전화 기사라고 할까 열심히 고민했는데……."

"어젯밤에 그 문제로 나를 추궁하려고 하더라." 메리언은 말허리를 잘랐다. "걔가 여기 있는 걸 분명히 알고 있더라고."

"그런데 외출을 하지 뭐야. 거실 창문 너머로 그 여자가 집을 나서는 걸 봤어, 정말 우연히. 상상이 돼? 그 여자가 외출을 하다니, 그것도 아침에. 나는 당연히 회사를 빼먹고 담배를 피우면서 그냥 어슬렁거리고 있었거든. 하지만 그 여자가 나가는 걸 보고 렌을 깨워서 옷을 대충 입히고 내려가 밖으로 끌고 나갔어, 아직 비몽사몽인 사람을 붙잡고. 게다가 숙취로 끔찍하게 괴로워했는데. 그 술을 거의 다 마셨거든. 혼자서. 무슨 일이 있었는지 아직 잘 기억이 나지 않을 거야." 그녀는 분홍색의 조그만 입술로 미소를 지었다.

"에인슬리, 너 비도덕적이야."

"왜? 그 사람도 재밌어하는 눈치였어. 오늘 나가서 같이 아침을 먹었을 때 미안하고 불안해서 어쩔 줄 몰라 하다가 나를 위로하려는 사람처럼 다독이더라고. 어찌나 황당하던지. 그러다 점점 잠에서 깨고 정신이 멀쩡해지니까 나한테서 도망치고 싶어서 안달하더라. 하지만 됐어." 그녀는 두 팔로 자기 몸을 끌어안았다. "이제 두고 보면 알겠지. 그럴 만한 가치가 있었는지."

"뭐, 그래." 메리언은 말했다. "침대 정리 좀 해줄래?"

이제 와 생각해보니 아래층 아주머니가 외출을 했다는 데 불길한 구석이 있었다. 전혀 그녀답지 않은 행동이었다. 그들이 살금살금 계단을 내려오는 동안 피아노나 벨벳 커튼 뒤에 숨어 있다가 그들이 문턱에 다다라 이제 안심해도 되겠다고 방심할 때 뛰쳐나와 덮치는 편이 더 그녀다웠다.

그는 두 번째 블라우스를 다리기 시작했다. 다리미판에 펼쳐놓은 흰색의 쭈글쭈글한 옷 말고는 아무것도 안중에 없는 사람처럼, 해석이 안 되는 고대의 아주 얇은 필사본을 대하듯 블라우스를 열심히 들여다보고 있었다. 어린애 같은 쪼그라든 얼굴 때문이었는지, 주로 앉아 있는 모습만 봐서 그랬는지 몰라도 전에는 그의 키가 작은 줄 알았는데 이제 보니 그렇게 웅크리고 있지만 않으면 제법 클 것 같았다.

그녀는 앉아서 구경하는 동안 그에게 말을 걸고, 방해하고, 집중이라는 하얀 천으로 덮인 장막을 뚫고 들어가고 싶은 충동이 일었다. 그런 식으로 완전히 내쳐지는 건 싫었다. 그녀는 감정을 달래기 위해 핸드백을 집어 들고 머리를 빗으러 화장실로 들어갔다. 머리가 헝클어져서가 아니라, 위험하거나 손에 넣을 수 없는 빵 부스러기를 맞닥뜨린 다람쥐가 자기 몸을 긁듯이 에인슬리가 대체 활동이라고 부르는 것이 필요했기 때문이었다. 그에게 말을 걸고 싶었지만 지금 말을 걸었다가는 다림질의 치유 효과가 모두 날아가버릴 수 있었다.

화장실은 평범했다. 축축한 수건이 시렁에 쌓여 있었고 잡다한 면도용품과 남성용 화장품이 도기 선반과 표면 곳곳을 뒤덮었다. 하지만 세면대 위에 달린 거울은 깨져 있었다. 삐죽삐죽한 조각 몇 개만 나무틀

테두리를 빙 둘러서 꽂혀 있었다. 그녀는 그중 한 조각에 얼굴을 비춰 보려고 했지만 작아서 소용이 없었다.

다시 방으로 돌아가보니 그는 베갯잇을 다리고 있었다. 아까보다 긴장이 풀린 모습이었다. 블라우스를 다릴 때는 손놀림이 정확한 스타카토 같았다면 지금은 길고 편안하게 휙휙 움직였다. 그녀가 들어가자 그가 고개를 들었다.

"거울이 어쩌다 그렇게 됐는지 궁금하겠네요." 그가 말했다.

"뭐……."

"내가 박살 냈어요. 지난주에. 프라이팬으로."

"아." 그녀는 말했다.

"어느 날 아침에 거기 들어갔을 때 거울에 내 모습이 비치지 않으면 어쩌나 걱정하는 것도 지긋지긋했거든요. 그래서 부엌에서 프라이팬을 들고 나와 후려쳤어요. 그 둘은 엄청 심란해했죠." 그는 상념에 잠긴 투로 말했다. "특히 트레버. 그때 오믈렛을 만들고 있었는데 나 때문에 망쳤나 봐요. 유리 조각이 잔뜩 들어가서. 하지만 왜 그런 일로 당황하는지 모르겠어요. 완벽하게 이해할 수 있는 자아도취의 상징적인 행동이고 비싼 거울도 아니었는데. 하지만 이후로 둘 다 안절부절못해요. 특히 트레버는 무의식적으로 자기가 내 엄마라고 생각하거든요. 그래서 좀 힘들 거예요. 그러거나 말거나 나는 신경 쓰지 않아요, 익숙해져 있어서. 기억이 닿는 먼 옛날부터 어머니의 대역들을 피해 도망치고 있거든요. 나를 구해내겠다며(뭐로부터 구해내겠다는 건지는 모를 일이지만), 따뜻하고 아늑하고 영양가 있는 환경을 제공하고 담배를 끊게 하겠다며 떼를 지어 나를 뒤쫓고 있어요. 고아가 되면 그런 신세로 전락하죠. 그리고 그 둘은 내 앞에서 이런저런 문구를 들먹여요. 요즘 들어

트레버는 T. S. 엘리엇을, 피시는 옥스퍼드 영어사전을 들먹이더라고
요."

"그럼 면도는 어떻게 해요?" 메리언은 물었다. 화장실에 거울이 없는
삶은 상상이 잘 되지 않았다. 그렇게 묻기는 했지만 그가 면도를 하기
나 할까 싶었다. 수염이 있는지 제대로 살핀 적이 없었다.

"네?"

"거울 없이 말이에요."

"아." 그는 말하고 씩 웃었다. "나는 전용 거울이 있어요. 그 안에 뭐가
들었는지 알기 때문에 믿을 수 있는 거울. 나는 공용 거울이 싫을 뿐이
에요." 그는 거울에 흥미를 잃은 눈치를 보이며 잠깐 동안 말없이 다리
미질만 했다. "아, 못 봐주겠네." 그가 마침내 말문을 열었다. 손님용 수
건을 다리던 중이었다. "꽃무늬가 수놓아진 건 못 참겠어요."

"나도 알아요. 우리도 그 수건을 한 번도 쓴 적 없어요."

그는 수건을 접고 침울한 눈빛으로 그녀를 올려다보았다. "그걸 전부
믿은 모양이네요."

"전부라니…… 뭘요?" 그녀는 조심스럽게 물었다.

"내가 거울을 부순 이유와 거울에 비친 내 모습 어쩌고저쩌고한 거
요. 사실 내가 그걸 부순 이유는 뭔가를 부수고 싶었기 때문이에요. 그
게 문제예요, 사람들이 항상 내 말을 믿는다는 거. 그게 너무 엄청난 자
극제라 유혹을 절대 거부할 수가 없어요. 그리고 트레버에 대한 그 놀
라운 분석은, 그게 사실인지 아닌지 내가 무슨 수로 알 수 있겠어요? 사
실은 그가 스스로를 내 엄마라고 여기고 싶어 한다고, 내가 그렇게 믿
고 싶어 하는 걸지 몰라요. 어차피 나는 고아도 아니에요. 저기 고향에
부모님이 계세요. 그 말은 믿을 수 있겠어요?"

"믿어야 하나요?" 그녀로서는 그게 진담인지 농담인지 알 수가 없었다. 그의 표정에는 아무것도 드러나지 않았다. 어쩌면 이것 역시 말의 미로일지 몰랐다. 그녀가 말을 잘못하면, 모퉁이를 잘못 돌면 갑자기 감당할 수 없는 것과 맞닥뜨릴 것이다.

"믿고 싶으면요. 하지만 진정한 진실은 뭔가 하면." 그는 강조하는 뜻에서 허공에 대고 다리미를 흔들며 자기 손의 동선을 지켜보았다. "내가 바꿔치기된 아이라는 거예요. 어렸을 때 진짜 아이 대신 내가 들어앉았는데, 우리 부모님은 사기극이 벌어진 줄 절대 몰라요. 솔직히 뭔가를 의심하는 눈치긴 했지만." 그는 눈을 감고 희미하게 미소를 지었다. "나더러 계속 귀가 너무 크다고 했어요. 하지만 사실 나는 인간이 아니라 지하에서 건너온 존재예요……." 그는 눈을 뜨고 다시 다림질을 시작했지만 관심이 다리미판에서 다른 데로 옮아갔다. 다리미를 다른 쪽 손에 너무 가까이 가져갔다가 악 하고 비명을 질렀다. "젠장." 그가 말했다. 그는 다리미를 내려놓고 손가락 하나를 입안에 넣었다.

메리언은 다가가 화상이 심한지 확인하고 버터나 베이킹소다를 바르자고 얘기할까 하다가 생각을 바꾸었다. 그대로 꼼짝 않고 앉아서 아무 말도 하지 않았다.

그는 기대하는 눈빛, 하지만 살짝 적의가 느껴지는 눈빛으로 그녀를 바라보았다. "나 위로해주지 않을 거예요?" 그가 물었다.

"그럴 필요가 없다고 보는데요." 그녀는 말했다.

"맞아요. 하지만 그래주면 좋은데." 그는 슬픈 목소리로 말했다. "그리고 아프긴 아파요." 그는 다시 다리미를 집었다.

마지막 수건을 접고 콘센트에서 플러그를 빼며 그가 말했다. "활기찬 시간을 보냈고 옷 가져다줘서 고마웠지만 사실 그걸로는 부족했어

195

요. 남은 긴장을 해소할 다른 방법을 생각해야겠어요. 나는 만성적인 다림질 중독자도 아니고 이건 꼭 없애야 하는 나쁜 습관도 아니지만 계속 폭주하는 게 문제예요." 그는 그녀의 옆으로 다가가 조심스럽게 침대에 앉아서 담배에 불을 붙였다. "그제 기말 보고서를 부엌 바닥의 고인 물에 떨어뜨리는 바람에 말리고 다림질을 하면서부터 시작됐어요. 전부 타자로 쳐놓았는데 그 장황한 사설을 꾸역꾸역 다시 타이핑할 자신이 없었거든요. 처음부터 끝까지 뜯어고치고 싶어질 거라. 잉크가 번지지도 않았고 그럭저럭 멀쩡해졌지만 다림질한 티가 났고 내가 한 장을 태워먹었어요. 하지만 학교 측에서 이걸 근거로 이의를 제기할 수는 없죠. '다림질한 보고서는 인정할 수 없다'라고 하면 얼마나 한심하게 들리겠어요. 보고서를 제출한 흥분을 가라앉혀야겠어서 집 안에 있는 깨끗한 걸 전부 다림질했어요. 그런 다음 이번에는 지저분한 옷을 몇 벌 빨래방에 들고 가서 빨아 왔고요. 그 쓰레기 같은 영화를 보고 있었던 이유가 그 때문이에요. 빨래가 다 될 때까지 기다리느라. 거기서 빨래가 돌아가는 걸 보다가 지겨워졌는데 나쁜 징조인 게, 빨래방마저 지겨워지면 다른 모든 게 지겨워졌을 때 할 게 없잖아요. 그렇게 빨아가지고 온 옷을 전부 다리고 났더니 다릴 게 더는 없더라고요."

"그래서 나한테 전화를 했군요." 메리언이 말했다. 그녀가 옆에 있다는 걸 별로 알은체도 하지 않고 계속 혼잣말처럼 자기 얘기만 늘어놓는 그를 보고 있으려니 살짝 짜증이 났다.

"아. 그래요. 맞아요. 그래서 당신한테 전화를 했죠. 당신 회사로. 회사 이름을 기억하고 있었거든요. 교환원인가 싶은 사람을 붙잡고 잠깐 당신에 대해 설명했어요. 흔히 볼 수 있는 설문 진행자 같지 않았다고. 그랬더니 그쪽에서 누군지 알아맞히더라고요. 당신이 이름을 알려주지 않았잖아요."

메리언은 그에게 자기 이름을 알려주지 않았다는 걸 그때까지 모르고 있었다. 그가 당연히 처음부터 알고 있었을 거라고 생각하고 있었다.

그녀가 화제를 바꾸는 바람에 그는 말문이 막혀버린 눈치였다. 바닥을 물끄러미 내려다보며 담배만 계속 뻐끔거렸다.

그녀는 이 정적이 불안하게 느껴졌다. "다림질을 왜 그렇게 좋아해요?" 그녀는 물었다. "아니, 긴장을 해소하고 어쩌고저쩌고 다 좋은데, 왜 하필 다림질이에요? 예를 들면 볼링 같은 걸 해도 되잖아요."

그는 얇은 다리를 들어서 무릎을 두 팔로 감싸 안았다. "다림질은 깔끔하고 단순하잖아요." 그가 말했다. "끝없이 반복되는 보고서를 쓰다 보면 단어들 속에서 온통 뒤엉키게 되는데. 그나저나 하나 또 써야 해요. '트롤럽의 작품에서 보이는 가학피학적 패턴'. 그런데 다림질을 하면 뭐가 펴져서 평평해지잖아요. 내가 깔끔하고 단정한 성격이라 그런 건 절대 아니지만 평평한 표면은 뭔가 특별한 게 있어요……." 그는 이제 자세를 바꿔서 그녀를 눈여겨보았다. "다리미가 아직 따끈따끈할 때 그 블라우스 좀 손봐주면 안 될까요?" 그가 물었다. "소매랑 깃만 다릴게요. 몇 군데 다림질을 빼먹은 것 같은데."

"내가 입고 있는 거 말이에요?"

"네, 그거요." 그는 팔을 풀고 자리에서 일어났다. "자요, 내 가운을 입고 있어요. 걱정 말아요, 훔쳐보지 않을 테니까." 그는 벽장에서 회색의 뭔가를 꺼내 그녀에게 건네고 등을 돌렸다.

메리언은 회색 뭉치를 들고 잠깐 그 자리에 서서 갈팡질팡했다. 그가 시키는 대로 하면 거북하고 바보가 된 기분이 들 것이다. 하지만 악의 없는 제안을 두고 이제 와서 "아뇨, 됐어요. 사양할게요"라고 하면 더 바보가 된 기분이 들 것이다. 잠시 후에 그녀는 단추를 풀고 가운을 입었다. 가운이 너무 컸다. 소매가 손을 다 덮었고 밑단이 바닥에 끌렸다.

"여기요." 그녀는 말했다.

그녀는 그가 다리미를 휘두르는 것을 조금 불안해하며 지켜보았다. 이번에는 다림질이 좀 더 의미심장하게 느껴졌다. 방금 전까지만 해도 그녀의 살에 닿아 있었던 옷이다 보니 무시무시한 손이 앞뒤로 몇 센티미터씩 천천히 움직이는 것 같았다. 저 사람이 태워먹더라도 들고 온 다른 걸 입으면 돼. 그녀는 생각했다.

"자." 그가 말했다. "다 됐어요." 그는 다시 다리미 플러그를 뽑고 블라우스를 다리미판 한쪽 끝에 걸쳐놓았다. 그녀가 그 블라우스를 입어야 한다는 것을 깜빡한 눈치였다. 그가 갑자기 그녀의 옆으로 다가와 침대 위로 올라오더니 눈을 감고 두 팔로 머리를 받치고 똑바로 누웠다.

"아아." 그는 말했다. "자꾸 딴 데로 새게 되네. 어떻게 하면 집중력을 유지할 수 있을까요? 꼭 기말 보고서 같아요. 그 장황한 걸 만들어내지만 그걸로 뭔가 마무리되는 건 없고, 그냥 학점만 받으면 쓰레기통으로 직행이고, 내년이 되면 또 다른 가엾은 샌님이 와서 똑같은 걸 반복해야 할 테고, 꼭 다람쥐 쳇바퀴 같은데, 심지어 다림질도 마찬가지예요. 빳빳하게 다려놓아도 입으면 다시 쭈글쭈글해지잖아요."

"그럼 다시 다리면 되죠, 안 그래요?" 메리언은 달래듯이 말했다. "구겨지지 않으면 당신이 할 일이 없잖아요."

"이번에는 색다르게 뭔가 보람 있는 일을 할까 봐요." 그는 말했다. 여전히 눈을 감은 채였다. "생산과 소비. 한 쓰레기를 다른 쓰레기로 변형하는 것에 불과하지 않은가 하는 의문이 들기 시작해요. 인간의 정신세계가 맨 마지막으로 상업화됐는데 지금은 아주 신나게 상업화가 이루어지고 있죠. 도서관의 서가와 폐차장의 차이점이 도대체 뭘까요? 하지만 심란한 건 뭔가 하면 그게 종점도 아니라는 거예요. 뭐든 끝이 없어요. 내가 낙엽이 지지 않는 가로수라는 근사한 아이디어를 하나 생각해냈는데요, 해마다 이파리를 새로 만들어내려면 수고스럽잖아요. 그리고 이파리가 꼭 초록색이어야 하는 이유도 없어요. 나는 흰색으로 하겠어요. 까만 몸통에 하얀 이파리. 얼른 눈이 왔으면 좋겠어요. 이 도시는 여름에 초목이 너무 우거져서 숨이 막히는데 시간이 지나면 전부 떨어져서 하수구 속을 나뒹굴죠. 내 고향은 광산촌인데 거긴 뭐가 좋은가 하면 별 볼 일 없는 곳이긴 하지만 적어도 초목이 하나도 없어요. 초목이 없으면 좋아하지 않을 사람들이 많겠지만 제련소 때문이에요. 하늘로 우뚝 솟은 굴뚝, 밤이 되면 이글거리는 연기, 매연이 반경 몇 킬로미터 이내의 나무를 모두 태워버렸기 때문에 황량한 바위밖에 남지 않았고 그 위에서는 풀도 거의 자라지 않고요. 거기에는 광석 찌꺼기가 쌓인 언덕도 있어요. 바위에 고인 물을 보면 화학물질 때문에 누르스름한 갈색이에요. 거기서는 뭘 심어도 자라지 않고, 나는 이맘때쯤이면 외곽으로 나가서 바위에 앉아 눈이 오길 기다리곤 했는데……."

메리언은 침대 가장자리에 걸터앉아서 종알거리는 그의 얼굴 쪽으로 살짝 허리를 숙인 채 그의 웅얼거림을 한 귀로 듣고 한 귀로 흘리고 있었다. 종이처럼 얇은 거죽으로 덮인 머리통을 바라보며 어쩌면 저렇게 말랐는데 살아 있을 수 있는지 신기해했다. 이제는 그를 만지고 싶지 않았다. 심지어 움푹 들어간 눈구멍과 귀 앞에서 위아래로 움직이는 네모난 턱뼈가 살짝 혐오스럽게 느껴졌다.

그가 갑자기 눈을 떴다. 그녀가 누구이며 어째서 자기 방에 있는지 기억이 나지 않는 듯한 표정으로 그녀를 잠깐 물끄러미 바라보았다.

"와." 그가 좀 전과 다른 목소리로 말했다. "그거 입으니까 나랑 좀 닮았네요." 그가 손을 뻗어 가운 어깨를 잡고 그녀를 아래로 당겼다. 그녀는 그대로 쓰러졌다.

밋밋하고 졸음을 유발하던 목소리의 변화, 그도 남들처럼 육신을 갖춘 인간이라는 깨달음이 처음에는 그녀에게 충격으로 다가왔다. 그녀의 몸이 반항을 하느라 뻣뻣하게 굳었고 그에게서 멀어지려고 하는 것이 느껴졌다. 하지만 그가 이제는 양팔로 그녀를 끌어안고 있었고 보기보다 힘이 셌다. 그녀는 이게 무슨 일인지 알 수가 없었다. 그가 쓰다듬고 있는 건 그의 가운이고 그녀가 어쩌다 보니 그걸 입고 있는 건지 모른다는 불안한 의심이 그녀의 머릿속 한구석을 차지하고 있었다.

그녀는 얼굴을 멀찌감치 들어 그를 내려다보았다. 그는 눈을 감고 있었다. 그녀는 그의 코끝에 입을 맞추었다. "당신한테 해야 할 말이 있어요." 그녀는 나지막이 말했다. "나는 약혼자가 있어요." 그 순간에는 피터의 생김새가 가물가물했지만 기억 속에 남은 그의 이름이 그녀를 나무라고 있었다.

그는 까만 눈을 뜨고 멍하니 그녀를 올려다보았다. "그건 당신 문제죠." 그가 말했다. "그건 마치 내가 라파엘전파의 외설물 보고서에서 A를 받았다고 얘기하는 것과 같아요. 신기하긴 하지만 어떤 것과도 별 상관이 없잖아요. 안 그래요?"

"글쎄요, 하지만 상관이 있는걸요." 그녀가 말했다. 이 상황이 급속도로 양심의 문제가 되어가고 있었다. "나는 조만간 결혼할 거예요. 여기 있으면 안 돼요."

"하지만 여기 있잖아요." 그는 미소를 지었다. "사실 얘기해줘서 기뻐요. 덕분에 마음이 한결 가벼워졌어요. 왜냐하면." 그는 열띤 목소리로 말했다. "당신이 이 모든 것에 의미를 부여하지 않았으면 하거든요. 나한테는 별 의미가 없어요. 사실 이건 내가 아닌 다른 누군가에게 벌어지고 있는 일이에요." 그는 그녀의 코끝에 입을 맞추었다. "당신은 빨래방을 대신하는 존재일 뿐이에요."

메리언은 그 말을 듣고 기분 나빠해야 하는지 고민하다가 아니라는 결론을 내렸다. 오히려 은근히 안심이 됐다. "그럼 나한테 당신은 뭘 대신하는 존재일까요?" 그녀가 말했다.

"내 장점이 그거예요. 아주 유연해서 온 우주를 대신할 수 있다는 거." 그는 그녀의 머리 위로 손을 뻗어 불을 껐다.

잠시 후에 현관문이 열렸다가 닫혔고 묵직한 발소리가 이어졌다. "이런, 젠장." 그가 가운 속 어딘가에서 중얼거렸다. "그 둘이 돌아왔네요." 그는 그녀를 떠밀어 똑바로 앉히고 다시 불을 켜고는 그녀가 입고 있는 가운을 세게 여며주고 침대에서 스르르 빠져나와 두 손으로 앞머리를 누르고 스웨터를 바로잡았다. 방 한복판에 잠깐 서서 방 입구를 미친 듯이 노려보다가 저쪽으로 질주해 체스 판을 집어서 침대 위로 던지고 그녀를 마주 보고 앉았다. 쓰러진 말을 얼른 세우기 시작했다.

"왔어?" 문 앞에 누가 등장했는지 잠시 후에 그가 차분하게 인사를 건넸다. 메리언은 단정하지 못한 옷차림 때문에 차마 돌아보지도 못했다. "우리 체스 두고 있었어."

"어, 잘했어." 상대는 못 미더워하는 투였다.

"왜 이렇게 안절부절못해요?" 누군지 모를 그 사람이 화장실로 들어가 문을 닫자 메리언은 물었다. "그렇게 어쩔 줄 몰라 할 필요 없잖아요, 아주 자연스러운 일인데. 잘못이 있다면 그런 식으로 문을 박차고 들어온 저 사람들 쪽에 있죠." 그녀는 어마어마한 죄책감을 느꼈다.

"내가 얘기했잖아요." 그는 질서정연하게 서 있는 체스 판 위의 말을 내려다보며 말했다. "저 둘은 자기들이 내 부모라고 생각한다고. 부모들은 그런 거 절대 이해하지 못해요. 저 둘은 당신이 나를 오염시켰다고 생각할 거예요. 현실로부터 저 둘을 보호해주어야 해요." 그는 체스 판 위로 손을 내밀어 그녀의 손을 잡았다. 그의 손은 건조하고 조금 차가웠다.

메리언은 우묵한 숟가락에 은색으로 조그맣게 반사된 자신의 모습을 물끄러미 내려다보았다. 위아래가 뒤집혔고 우람한 상체가 점점 좁아져 손잡이 끝에 이르러서는 핀 대가리가 되었다. 숟가락을 기울이자 이마가 부풀었다가 멀어졌다. 마음이 평온했다.

그녀가 하얀 식탁보와 둘 사이에 놓인 접시와 빵 바구니를 넘어 애정이 담긴 눈빛으로 피터를 바라보자 그도 미소를 지어 보였다. 테이블 가장자리에 놓인, 갓을 씌운 촛불의 은은한 주황색 불빛 덕분에 얼굴의 윤곽이 더욱 도드라져 보였다. 그 그림자 안에서 턱은 더 강해 보였고 이목구비는 더 날카로워 보였다. 정말이지 누가 보면 참 잘생겼다고 하겠어. 그녀는 생각했다. 그가 입은 점잖은 겨울옷—검은색 양복과 수수하게 고급스러운 넥타이였다—은 젊은 한량의 복장처럼 멋들어지지는 않지만 좀 더 중후한 멋이 있었다. 예전에 에인슬리는 그를 가리켜 "포장을 잘한다"고 한 적이 있지만 메리언은 이런 성격이 매력적이라는 결론을 내렸다. 그는 잘 섞여 들어가는 동시에 도드라져 보이는 법을 알았다. 검은 양복을 제대로 입지 못해 어깨에는 비듬을 흘리고 엉덩이는 반질반질하게 만들어놓는 남자들도 있지만 피터는 뭘 흘리거나 엉뚱한 곳이 반짝거리는 법이 없었다. 그녀는 다소 공개적인 공간에 그와 함께 있고 그가 그녀의 남자라는 자부심에 테이블 너머로 손을 뻗어 그의 손을 잡았다. 그는 자기 손을 그녀의 손 위에 얹는 것으로 화답했다.

웨이터가 와인을 들고 오자 피터는 맛을 보고 고개를 끄덕였다. 웨이터는 와인을 따라주고 어둠 속으로 물러났다.

그것 또한 피터의 장점이었다. 그는 그런 결정을 정말 쉽게 내렸다. 그녀는 지난달 그쯤부터 모든 결정을 그에게 맡기는 버릇이 생겼다. 덕분에 메뉴판을 대할 때마다 우유부단하게 시간을 흘려보낼 일이 없었다. 그녀는 뭘 먹고 싶은지 항상 갈팡질팡했지만 피터는 단박에 결정을 내렸다. 그는 스테이크와 로스트비프를 좋아하는 편이었다. 송아지 췌장처럼 특이한 음식은 별로 좋아하지 않았고 생선을 싫어했다. 오늘 저녁에 그들은 안심스테이크를 먹고 있었다. 초저녁에 피터의 아파트에 있다가 나온 참이라 이미 상당히 늦은 시각이었고 서로에게 얘기했다시피 둘 다 배가 고파 쓰러질 지경이었다.

그들은 음식이 나오길 기다리는 동안, 아까 다시 옷을 입으며 나눴던, 아이 교육에 대한 논의를 다시 시작했다. 피터는 아이를 하나의 주제로 삼아 이론상으로 접근할 뿐, 구체적으로 적용하지는 않았다. 하지만 그녀는 앞으로 생길 그들의 아이 이야기라는 것을 정확히 알았다. 그렇기 때문에 아주 중요했다. 피터는 규율을 어기면 아이들에게 벌을 주어야 한다고, 체벌도 가능하다고 생각했다. 물론 홧김에 때리는 건 안 될 말씀이었다. 중요한 것은 일관성이었다. 메리언은 아이들이 감정적으로 비뚤어지지 않겠느냐고 걱정했다.

"당신은 이런 걸 잘 모르지." 피터가 말했다. "아무 걱정 없이 살아왔으니까." 그는 그녀의 손을 잡았다. "하지만 나는 그 결과를 보았거든. 법정마다 비행 청소년으로 넘쳐나는데 좋은 집안 출신들도 많아. 이건 복잡한 문제야." 그는 입을 꾹 다물었다.

메리언은 속으로 자신이 맞는다고 생각했고 아무 걱정 없이 살아왔다는 소리를 듣는 것이 억울했다. "하지만 이해해줘야 하지 않을까? 벌을 주기보다는……."

그는 너그럽게 미소를 지었다. "그 불량한 녀석들을 이해해보겠다고? 오토바이 폭주족, 약물중독자, 병역기피자를? 당신은 그 녀석들을 가까이서 본 적 없잖아. 심지어 이가 생긴 녀석들도 있어. 당신은 선의로 모든 문제를 해결할 수 있다고 생각하지만 그게 그렇게 되지 않아. 녀석들은 책임감이라고는 전혀 없고 그냥 그러고 싶다는 이유 하나로 막 부수고 다녀. 그런 식으로 자랐거든. 죽도록 맞아도 할 말 없는 일을 저질렀을 때 아무도 그렇게 때리질 않은 거야. 녀석들은 세상이 자기들을 먹여 살려야 한다고 생각해."

메리언은 새침하게 말했다. "어쩌면 그럴 만하지 않은 상황에서 죽도록 맞았을지도 모르지. 아이들은 불의에 아주 예민하게 반응하거든."

"아, 나도 정의 구현에 전적으로 찬성이야." 피터가 말했다. "그 녀석들 때문에 재산 피해를 입은 사람들의 정의는 무슨 수로 구현하지?"

"당신, 아이들한테 차로 남의 집 산울타리를 쓰러뜨리고 다니라고 가르치지는 않겠지?"

피터는 따뜻하게 피식 웃었다. 그녀가 그 사건을 들먹이며 못마땅해하면 그가 그런 그녀를 보며 웃는 것이 그들의 새로운 관계의 기준점이 되었다. 하지만 자신이 뱉은 말로 인해 메리언의 평온에 금이 갔다. 그녀는 열심히 피터를 쳐다보며 눈을 맞추려고 했지만 그는 새하얀 식탁보와 대조를 이루는 짙은 빨간색의 액체에 넋을 잃었는지 자기 와인 잔을 내려다보고 있었다. 그가 의자에 살짝 몸을 기댔기 때문에 얼굴에 그림자가 졌다.

그녀는 이런 식당들은 왜 이렇게 어두컴컴한 조명을 고수하는지 궁금해졌다. 식사를 하는 동안 서로의 얼굴을 제대로 보지 못하게 하려는 배려일까? 썹고 삼키는 것은 보는 사람보다 하는 사람이 즐거운 행위였고, 상대방을 너무 유심히 관찰했다가는 식당이 유지하려는 또는 만들어내려는 로맨틱한 분위기가 날아가버릴 수 있었다. 그녀는 자신의 나이프 날을 확인했다.

웨이터가 카펫 깔린 바닥을 걷는 고양이처럼 부드럽고 날렵하게 등장해 주문한 음식을 그녀 앞에 내려놓았다. 나무 접시에 담긴 안심이 베이컨 울타리 안에서 육즙을 흘리고 있었다. 그들은 둘 다 살짝 익힌 상태로 먹는 것을 좋아했다. 적어도 조리 시간을 맞추는 데에는 아무 문제가 없겠다. 메리언은 너무 배가 고파서 스테이크를 한입에 꿀꺽하고 싶을 정도였다.

그녀는 썰고 썹으며 고마워하는 배 속으로 음식을 보냈다. 아까 나누었던 대화를 곱씹으며 자신이 어떤 뜻에서 '정의'를 운운했는지 좀 더 정확하게 따져보려고 했다. 억울하지 않은 걸 말하는 것이었을 텐데 그렇다 하더라도 따져보면 애매했다. 눈에는 눈을 말하는 거였을까? 내 눈을 잃었다고 남의 눈을 망가뜨리면 무슨 소용이 있을까? 보상의 의미였을까? 교통사고 같은 경우에 그것은 금전적인 문제였다. 심지어 정신적인 고통을 입었다고 돈을 받을 수도 있었다. 그녀는 예전에 전차를 타고 가다가 어린아이가 자기를 물자 같이 무는 엄마를 본 적이 있었다. 그녀는 질긴 부위를 질경질경 썹어 삼키며 고민에 잠겼다.

피터는 오늘 평소와 달랐다. 그는 복잡한 조사가 필요한 어려운 사건을 맡았다. 판례를 뒤지고 또 뒤졌지만 전부 반대편에 유리했다. 그가 가차 없는 선언을 하는 이유도 그 때문이었다. 복잡한 것에 데어서 단순한 것을 원하기 때문이었다. 법이 복잡하지 않으면 그가 돈을 벌 방법이 없다는 것도 알아야 하건만.

그녀는 와인 잔을 잡고 위로 시선을 돌렸다. 피터가 그녀를 예의 주시하고 있었다. 그의 잔은 4분의 3이 비었고 그녀는 아직 반도 마시지 않았다.

"뭐 고민 있어?" 그가 그윽하게 물었다.

"아냐. 그냥 딴생각하느라." 그녀는 미소를 지어 보이고 다시 접시로 관심을 돌렸다.

요즘 들어 그가 그녀를 주시하는 횟수가 점점 늘어나고 있었다.

얼마 전인 여름까지만 해도 그녀를 제대로 쳐다보지 않는 느낌이었다. 제대로 눈여겨보지 않는 느낌이었다. 정사가 끝난 뒤에도 옆에 팔다리를 쭉 뻗고 누워 그녀의 어깨에 얼굴을 묻었고 가끔은 그 자세로 잠이 들었다. 하지만 요즘은 눈에 잔뜩 힘을 주면 살갗과 두개골을 관통해 그녀의 뇌 구조를 들여다볼 수 있기라도 한 듯 그녀의 얼굴에 시선을 고정하고 집중했다. 그녀로서는 뭘 찾느라 그런 눈빛으로 쳐다보는지 알 길이 없었고 불편했다. 지친 몸으로 침대에 나란히 누워 있다가 눈을 떠보면 허를 찔러 얼굴에 숨은 표정을 알아내려는 사람처럼 그가 그런 눈빛으로 그녀를 종종 쳐다보고 있었다. 그러다가 만지면 눈으로 알아내지 못한 것을 알 수 있다는 듯 아무 감정 없이, 거의 냉랭하게 한 손으로 그녀의 피부를 가만히 쓰다듬곤 했다. 아니면 그녀를 기억하려는 것 같기도 했다. 그럴 때면 그녀는 진찰대에 누워 있는 기분이 들었기 때문에 만지지 못하게 그의 손을 잡곤 했다.

그녀는 나무 그릇에 담긴 다양한 내용물을 포크로 뒤집으며 샐러드를 뒤적거렸다. 토마토를 먹고 싶었다. 어쩌면 그는 결혼 생활 지침서를 입수했을지 몰랐다. 그래서 그러는 것일지 몰랐다. 피터다운 반응이라고, 그녀는 애정을 담아서 생각했다. 새로운 뭔가가 생기면 나가서 그걸 어떻게 하면 되는지 알려주는 책을 사는 것. 그녀는 그의 방 책꽂이, 법률 서적과 탐정소설 사이의 가운데 칸에 꽂혀 있는 카메라 관련 도서와 잡지를 떠올렸다. 그리고 그는 차량 설명서를 글러브박스에 항상 넣고 다녔다. 따라서 이제 결혼을 하게 됐으니 나가서 결혼을 다룬 책을 사는 것이 그의 논리에 부합했다. 이해하기 쉬운 도식이 들어간 책으로. 재밌는 반응이었다.

그녀는 샐러드에서 까만 올리브를 포크로 찍어서 먹었다. 분명 그게 정답일 것이다. 카메라를 새로 샀을 때처럼 그녀를 뜯어보며 중앙의 톱니바퀴와 자잘한 기계장치, 취약할 수 있는 부분, 향후 기대할 만한 성능을 파악하고 있는 것이었다. 기계의 태엽 장치를 파악하고 있는 것이었다. 그녀를 째깍째깍 돌아가게 만드는 것이 무엇인지 알아내고 싶은 것이었다. 만약 이유가 그거라면…….

그녀는 혼자 빙그레 미소를 지었다. 내가 별 상상을 다하네. 그녀는 생각했다.

그는 식사를 거의 다 마쳤다. 그녀는 나이프와 포크를 쥐고 정확한 압력을 가해 한 치의 오차도 없이 고기를 써는 그의 유능한 손을 바라보았다. 얼마나 솜씨가 좋은지 뜯긴 곳도, 가장자리가 우둘투둘한 곳도 없었다. 하지만 자른다는 것은 폭력적인 행위였다. 피터와 폭력이라니 어울리지 않게 느껴졌다. 지하철, 광고판, 잡지 등 도처에서 보이기 시작한 무스 맥주 광고처럼. 그녀는 사전 마케팅 설문조사에 가담했기 때문에 일말의 책임감을 느꼈다. 그 광고가 사람들에게 어떤 피해를 입히는 것은 아니었지만 개울을 헤치고 나아가 그물로 송어를 잡는 낚시꾼은 너무 단정했다. 방금 전에 머리를 빗고는 바람에 날린 것처럼 보이도록 몇 가닥만 이마에 깔끔하게 붙여놓은 듯한 모습이었다. 그리고 물고기도 현실성이 떨어졌다. 끈적거리지도 않고 이빨도 없고 냄새도 없었다. 금속과 에나멜로 정묘하게 만든 장난감이었다. 사슴을 잡은 사냥꾼은 세련된 포즈로 서 있는데, 머리카락에 걸린 나뭇가지 하나 없고 손에 피 한 방울 묻지 않았다. 물론 광고에서 보기 흉하고 심란한 광경은 금물이긴 했다. 예를 들어 사슴이 혀를 내밀고 있다면 안 될 말이었다.

그녀는 대충 보고 넘긴 그날 조간신문의 1면 기사를 떠올렸다. 광분한 청년이 엽총으로 아홉 명을 죽이고 경찰에게 체포됐다는 기사였다. 총을 쏜 곳은 2층 창문이었다. 회색과 흰색으로 찍힌 그가 초연하고 신중한 눈빛으로, 그보다 더 까맣게 찍힌 두 명의 경찰에게 붙들려 가던 모습이 이제 생각났다. 그는 주먹으로 누굴 치거나 심지어 칼을 쓰는 그런 부류가 아니었다. 그가 선택한 폭력의 방식은 비접촉이었다. 특수한 기계를 조작하고, 손가락으로 처리하지만 절대 손은 대지 않은 채, 그 자신은 멀리서 폭발하는 광경을 바라보았다. 살과 피가 폭발하는 광경을. 마술처럼 생각한 대로 이루어진, 정신이 주도한 폭력이었다.

그녀는 스테이크를 그렇게 일직선으로 가르고 그걸 다시 깔끔한 정육면체로 나누는 그를 보고 있으려니 요리책 앞면에 실려 있던 소의 부위별 소개가 생각났다. 소의 몸에 선을 긋고 각 부위의 위치와 명칭을 설명한 도표 말이다. 그녀가 알기로 그들이 먹고 있는 부위는 등 쪽 어디였다. 그곳을 점선을 따라 잘랐다. 새하얀 옷을 입고 직업학교의 큼지막한 교실에서 공작용 가위를 들고 테이블에 일렬로 앉은 푸주한들이 앞에 놓인 소 모양의 갈색 종이를 스테이크용과 갈비용과 구이용으로 오려내는 장면이 그려졌다. 그녀가 기억하기로 그 요리책 속의 소는 눈도 있고 뿔도 있고 젖통도 있었다. 옆구리에 그려진 해괴한 표시에는 전혀 신경 쓰지 않고 상당히 자연스럽게 서 있었다. 면밀한 연구가 진척되면 나중에는 태어날 때부터 몸에 줄이 그어진 품종을 개발할 수 있을지 모른다고 그녀는 생각했다.

그녀는 반쯤 먹다 만 스테이크를 내려다보았고 문득 그것이 근육 덩어리처럼 느껴졌다. 시뻘건 덩어리였다. 한때는 움직이고 꼴을 먹었지만 전차를 기다리는 사람처럼 줄을 지어 서 있다가 도살당한 진짜 소의 일부분이었다. 물론 그걸 모르는 사람은 없었다. 하지만 대개는 그 부분에 대해 생각하지 않았다. 슈퍼마켓에서 랩으로 미리 포장해 부위와 가격 표시를 붙인 형태로 판매되기 때문에 땅콩버터나 콩 통조림을 사는 것과 다를 게 없었고 정육점에 가더라도 워낙 효율적으로 잽싸게 포장해주기 때문에 깨끗하고 개인적인 감정이 배제된 것처럼 느껴졌다. 하지만 지금 그녀는 거치적거리는 종이 없이, 살짝만 익혀서 살과 피가 고스란히 보이는 그것을 먹고 있었다. 포식하고 있었다.

그녀는 나이프와 포크를 내려놓았다. 얼굴에서 핏기가 조금 사라지는 것을 느끼며 피터가 알아차리지 못하기만을 바랐다. '이건 바보 같은 짓이야.' 그녀는 자기 자신에게 잔소리를 늘어놓았다. '너 나 할 것 없이 소고기를 먹잖아, 그건 자연스러운 일이야. 죽지 않으려면 뭘 먹는 수밖에 없고 고기는 단백질과 무기질이 많아서 건강에 좋아.' 그녀는 포크를 들어 고기 한 점을 찍어서 들었다가 다시 내려놓았다.

피터가 웃으며 고개를 들었다. "아, 얼마나 배가 고팠는지 몰라." 그가 말했다. "스테이크로 배를 채울 수 있어서 다행이었어. 푸짐하게 식사를 하고 나면 좀 더 인간다워진 기분이 들잖아."

그녀는 고개를 끄덕이며 힘없이 미소를 지었다. 그는 그녀의 접시 쪽으로 시선을 옮겼다. "왜 그래? 남겼네."

"응." 그녀가 말했다. "이제는 배가 고프지 않은 것 같아. 다 찼나 봐." 그녀는 위가 너무 작아서 그렇게 많은 양의 음식은 감당이 안 된다는 투로 말하려고 했다. 피터는 자신의 우월한 능력에 뿌듯해하며 웃는 얼굴로 고기를 씹었다. '맙소사.' 그녀는 속으로 생각했다. '이게 일시적인 현상이라야 할 텐데. 안 그러면 굶어 죽을 거 아냐!'

그녀는 손가락으로 냅킨을 잡고 불안하게 비틀며 마지막으로 한 점 남았던 피터의 스테이크가 그의 입속으로 사라지는 것을 지켜보았다.

18

메리언은 부엌 식탁에 앉아 땅콩버터를 암담하게 병째 떠서 먹으며 제일 큼지막한 요리책을 넘겼다. 안심스테이크 다음 날에는 포크 춉을 먹을 수가 없었고 그날 이후로 몇 주째 실험을 하는 중이었다. 알고 보니 부위별로 절단된 소고기만 먹지 못하게 된 것이 아니고 부위별로 절단된 돼지고기와 양고기도 마찬가지로 금단의 영역이 되었다. 이런 결정을 어디서 주관하는지 모르겠지만(분명 이성은 아니었다) 아무튼 뼈나 힘줄이나 섬유질이 조금이라도 보이는 것은 뭐든 거부했다. 예를 들어 핫도그나 햄버거 아니면 양고기 패티나 돼지고기 소시지처럼 갈아서 다시 모양을 잡은 것은 너무 유심히 들여다보지 않는 한 괜찮았고 생선은 아직까지 허용됐다. 닭고기는 겁이 나서 시도해보지 못했다. 예전에는 좋아했었지만 뼈가 불쾌할 정도로 고스란히 달려서 나오는 데다 껍질이 닭살 돋은 팔처럼 느껴질 것 같았다. 단백질 공급을 위해 오믈렛과 땅콩과 다량의 치즈를 섭취하는 중이었다. 요리책을 뒤적이는 동안—'샐러드' 코너를 보고 있었다—수면으로 올라온 고요한 공포는 뭐였는가 하면, 그녀의 입이 먹기를 거부하는 이 현상이 악성이라는 것이었다. 앞으로 점점 퍼져서 먹을 수 있는 것과 먹을 수 없는 것을 분리해 그려놓은 동그라미가 서서히 작아질 테고, 먹을 수 있는 음식이 하나씩 지워질 거라는 사실이었다. '채식주의자가 되어가고 있어.' 그녀는 이런 생각을 하며 슬퍼했다. '그런 괴짜가 되고 있어. 헬스 바스에서 점심을 먹을 수밖에 없을 거야.' 그녀는 '요거트를 낼 때 알아두면 좋은 팁'이라는 제목이 달린 칼럼을 억지로 읽고 있었다. 편집자가 "식감을 위해 잘게 부순 견과류를 뿌려주세요!"라고 발랄하게 제안했다.

전화벨이 울렸다. 그녀는 두어 번 울릴 때까지 내버려두었다가 일어나서 받으러 갔다. 아무하고도 통화하고 싶지 않았고, 몸을 일으켜 상추와 물냉이와 톡 쏘는 허브 드레싱으로 이루어진 안온한 왕국 밖으로 나서려니 힘이 들었다.

"메리언?" 레너드 슬랭크의 음성이었다. "메리언 맞아?"

"맞아. 안녕, 렌." 그녀는 말했다. "어떻게 지내?" 그녀는 한참 동안 그를 만나지도, 심지어 통화를 한 적도 없었다.

그는 다급한 목소리였다. "혼자 있어? 그러니까 에인슬리가 옆에 있느냐고."

"아니. 에인슬리는 아직 퇴근 전이야. 쇼핑 좀 하고 들어온댔어." 몇 달 전부터 시작된 것처럼 느껴지는 크리스마스 시즌이었다. 상점들이 9시까지 문을 열었다. "하지만 들어오면 너한테 전화하라고 얘기를 전해줄 수는 있어."

"아니야, 아니야." 그는 얼른 말했다. "내가 얘기하고 싶은 상대는 너야. 너희 집으로 찾아가도 될까?"

그날 저녁에는 피터가 재판 준비 중이라 엄밀히 따지면 그녀는 바쁠 게 없었다. 그리고 그럴듯한 핑계도 생각나지 않았다. "그럼, 당연히 되지, 렌." 그녀는 말했다. 이 친구한테 얘기를 한 모양이네. 그녀는 수화기를 내려놓으며 생각했다. 바보 같으니라고. 도대체 왜 그랬는지 모르겠네.

에인슬리는 지난 몇 주 동안 기분이 최고였다. 처음부터 임신을 확신했고, 아주 중요한 시험관을 대하는 과학자처럼 자기 몸에 노심초사 관심을 기울이며 결정적인 변화가 찾아오길 기다렸다. 평소보다 훨씬 많은 시간을 부엌에서 보내며 이상한 게 당기지 않는지 살피고, 수많은 음식을 먹어보며 맛이 달라지지 않았는지 확인하고, 그 결과를 메리언에게 보고했다. 차가 전보다 쓰게 느껴지고 달걀에서는 유황 맛이 난다고 했다. 메리언의 침대 위에 서서 자기 것보다 큰 메리언의 화장대 거울에 옆모습을 비춰보았다. 집 안을 돌아다닐 때는 계속, 견딜 수 없을 정도로 콧노래를 흥얼거렸다. 그러다 마침내 어느 날 아침, 부엌 개수대에서 헛구역질을 하고는 어마어마하게 만족스러워했다. 드디어 산부인과에 갈 때가 된 것이었는데 바로 어제 환한 얼굴로 봉투를 흔들며 계단을 달려왔다. 결과가 양성이었다.

메리언은 축하한다고 했다. 몇 달 전이었다면 지금보다 훨씬 뚱하게 축하 인사를 건넸을 것이다. 그때라면 임신이 야기하는 문제들, 예를 들어 배가 나오기 시작하면 아래층 아주머니가 용납하지 않을 텐데 에인슬리가 어디서 지내야 할지, 다른 룸메이트를 구해야 할지, 구한다면 에인슬리를 버린다는 데 죄책감을 느낄지, 구하지 않는다면 미혼모와 신생아와 함께 지내는 데 따르는 번잡함과 긴장을 감당할 수 있을지 등을 고민해야 했다. 하지만 이제는 그녀가 걱정할 일이 아니었기 때문에 에인슬리를 위해 진심으로 기뻐할 수 있었다. 그녀는 결혼을 앞두고 있었다. 여기에서 발을 뺀 상태였다.

그녀는 끼어들고 싶지 않았기 때문에 렌의 전화에 분개했다. 말투로 짐작건대 에인슬리에게 무슨 얘기를 들은 눈치인데, 전화상으로는 어디까지 알고 있는지 불분명했다. 그녀는 이미 최대한 소극적인 자세를 취하기로 결심한 참이었다. 당연히 그가 하는 말(그나저나 할 말이 뭐가 있을까? 그의 역할은 이미 끝났다)을 들어주겠지만—귀가 달려 있으니 어쩔 수 없었다—그 이상은 할 수 있는 게 아무것도 없었다. 이번 사태는 그녀의 능력 밖이라는 생각이 들었고 짜증이 났다. 렌이 누군가와 대화를 하고 싶었다면 에인슬리를 찾아야 맞는 거였다. 해답을 아는 사람은 그녀였다.

메리언은 땅콩버터를 다시 한 숟가락 떠먹고 입천장에 들러붙는 느낌이 싫다는 생각을 하며 시간을 때울 겸 조개류 장으로 페이지를 넘겨 새우 내장 제거하는 법과 (요즘 세상에 생새우를 사는 사람이 있을까 싶었다) 거북 다루는 법을 다룬 부분을 읽었다. 그녀는 요즘 들어 거북에 관심이 생겼는데, 어떤 종류의 관심인지는 애매모호했다. 책에서는 거북을 종이 상자나 다른 케이스에 넣고 다진 고기를 먹여 불순물을 제거해가며 약 일주일 동안 애지중지 키우라고 했다. 거북이 나를 믿게 되어 느릿느릿하지만 딱딱한 껍질을 등에 얹은 충성스러운 스패니얼처럼 부엌에서 따라다니기 시작하면 찬물을 받은 가마솥에 넣고 (처음에는 그 안에서 행복하게 헤엄을 치고 잠수할 것이다) 서서히 끓이면 된다고 했다. 초기 기독교 순교자들의 죽음을 닮은 과정이었다. 영양분 공급이라는 미명 아래 전국 주방에서 이런 만행이 자행되고 있었다니! 하지만 그게 싫으면 랩으로 씌우거나 비닐로 덮거나 종이 상자에 넣은 대체재밖에 없었다. 그걸 대용식이라고 할 수 있을까? 단순히 눈 가리고 아웅은 아닐까? 아무튼 다른 누군가가 사전에 깔끔하게 도살을 마무리

해놓긴 했다.

아래에서 초인종이 울렸다. 메리언은 긴장하며 귀를 쫑긋 세웠다. 어쩔 수 없는 경우가 아닌 이상 계단을 내려가고 싶지 않았다. 웅얼웅얼하는 말소리와 사방을 울리며 문이 닫히는 소리가 들렸다. 아래층 아주머니가 보초를 서고 있었다. 그녀는 한숨을 쉬고 요리책을 덮고 숟가락을 마지막으로 빨아 먹은 다음 개수대에 던지고 땅콩버터 뚜껑을 닫았다.

"왔어?" 그녀는 렌이 새하얀 얼굴로 숨을 헐떡이며 계단통을 넘어서 등장하자 인사를 건넸다. 그는 안색이 좋지 않았다. "들어와서 앉아." 그러고는 아직 6시 30분밖에 되지 않았기 때문에 이렇게 물었다. "저녁 먹었어? 뭐 좀 줄까?" 베이컨 토마토 샌드위치나마 그에게 대접하고 싶었다. 그녀는 음식과의 관계가 애매해진 이래 남이 뭘 먹는 것을 지켜보는 데서 얄궂은 쾌감을 느꼈다.

"아니, 괜찮아." 그가 말했다. "배고프지 않아. 하지만 마실 거 있으면 한 잔만 주라." 그는 거실로 들어가 자신의 몸이 너무 지쳐서 더는 짊어지고 다닐 수 없는 부대 자루라도 되는 듯 체스터필드 소파에 털썩 주저앉았다.

"맥주밖에 없는데. 그거라도 줄까?" 그녀는 부엌으로 가서 맥주 두 병을 따가지고 거실로 들고 들어왔다. 허물없는 친구가 마시는 거라 격식을 차려가며 잔을 챙기지는 않았다.

"고마워." 그는 말하고 땅딸막한 갈색 병을 기울였다. 주둥이를 물고 봉오리처럼 오므린 그의 입이 잠깐 묘하게 어린애처럼 보였다. "어휴, 살겠네." 그는 맥주병을 커피 테이블에 내려놓으며 말했다. "그 친구한테 얘기 들었지?"

메리언은 대답하기 전에 자기 맥주를 한 모금 마셨다. 호기심에 사본

무스 맥주였다. 다른 브랜드와 맛이 다를 바 없었다.

"임신한 거?" 그녀는 감정을 배제한 말투를 유지했다. "응, 당연하지."

렌은 앓는 소리를 냈다. 뿔테 안경을 벗어 한 손을 눈에 대고 눌렀다. "망할, 생각만 해도 속이 울렁거려." 그가 말했다. "그 얘기를 들었을 때 얼마나 충격을 받았는지 몰라. 좀 전에 커피 한잔 같이 마시자고 하려고 연락했었거든. 그날 밤 이후로 나를 피하는 눈치길래 그 일로 많이 심란한가 했더니만 전화로 그 소식을 들었지 뭐야. 오후 내내 일을 할 수가 없었어. 통화 도중에 전화를 끊어버려서 그녀가 날 어떤 식으로 생각할지 모르겠지만 어쩔 수가 없었어. 그녀는 아직 **꼬맹이잖아**, 메리언. 다른 여자들 같았으면 알 게 뭐냐고, 어차피 썩은 걸레들이니 당해도 싸다고 생각했을 거야. 지금까지 나한테 이런 사태가 벌어진 적은 없지만. 하지만 그녀는 너무 **어리잖아**. 문제는 뭔가 하면 그날 밤에 무슨 일이 있었는지 기억이 잘 나지 않는다는 거야. 커피를 마시려고 다시 들어왔을 때 내가 기분이 좀 우울했는데 스카치위스키가 식탁에 놓여 있길래 마시기 시작했거든. 아니, 물론 내가 그녀를 노리고는 있었지만 그럴 생각은 없었어. 아직 마음의 준비가 덜 돼서 훨씬 더 조심스럽게 접근할 생각이었다고. 큰일 났네, 정말. **어떻게 하면 좋을까?**"

메리언은 아무 말 없이 그를 지켜보았다. 그렇다면 에인슬리가 그녀의 의도를 아직 밝히지 못했다는 뜻이었다. 그녀는 렌을 생각해서 그 희한하게 엉킨 타래를 풀어줘야 할지 아니면 에인슬리에게 그냥 맡겨야 할지 고민했다. 따지고 보면 에인슬리가 해야 하는 일이었다.

"그녀와 **결혼할 수는 없어.**" 렌이 비참하게 말했다. "아내가 생기는 것만으로도 충분히 끔찍한데, 결혼하기에도 아직 **젊은** 이 나이에 아내와 아이가 생긴다니 상상이 돼?" 그는 조그맣게 꾸르륵 소리를 내고는 다시 맥주병을 기울였다. "출산." 그는 아까보다 높고 심란한 목소리로 말했다. "출산이라는 단어를 생각하면 무서워. 역겨워. 상상만으로도 견딜 수가 없어." 그는 몸서리를 쳤다. "아이가 생긴다니."

"뭐, 네가 낳을 건 아니잖아." 메리언은 논리적으로 대처했다.

렌은 애원하듯 일그러진 얼굴로 그녀를 돌아보았다. 안경알과 뿔테라는 울타리가 사라져 힘없어 보이는 눈이 고스란히 드러난 이 남자와 입심 좋고 영리하며 살짝 음흉했던 과거의 렌의 선명한 대조가 가슴 아프게 느껴졌다. "메리언." 그가 말했다. "네가 잘 설득해주면 안 될까? 그녀가 아이를 지우겠다고 하면 비용은 당연히 내가 부담할게." 그는 침을 삼켰다. 그녀는 그의 울대뼈가 올라갔다가 내려오는 것을 보았다. 그를 이토록 비참하게 만드는 일이 또 있을까 싶었다.

"지우겠다고 하지 않을 거야." 그녀는 가만히 말했다. "걔가 원해서 임신을 한 거거든."

"뭐라고?"

"일부러 그랬다고. 아이를 갖고 싶어서."

"말도 안 돼!" 렌은 말했다. "세상에 임신을 원하는 사람이 어디 있어? 일부러 그런 짓을 저지를 사람이 어디 있느냐고!"

메리언은 미소를 지었다. 이렇게 단순하다니 귀엽다는 생각이 들었지만 끈적끈적한 느낌의 귀여움이었다. 그녀는 그를 무릎 위로 안아 올려 "자, 레너드, 이제 성교육을 받을 때가 됐구나"라고 해야 할 것만 같은 기분을 느꼈다.

"너는 못 믿겠지만 아이를 갖고 싶어 하는 사람도 많아." 그녀가 말했다. "요즘은 그게 유행이거든. 그리고 에인슬리는 책을 많이 읽어. 대학 시절에 특히 인류학을 좋아했고 여자는 아이를 낳아야 여성성이 완성

된다고 생각해. 하지만 걱정 마, 네가 앞으로 계속 엮일 일은 없으니까. 그녀가 원하는 건 남편이 아니라 아이뿐이거든. 그러니까 네 역할은 끝난 거야."

렌은 그녀를 못 미더워했다. 안경을 다시 쓰고 그녀를 뚫어져라 쳐다보다가 다시 안경을 벗었다. 그가 맥주를 좀 더 마시는 동안 대화가 끊겼다. "그러니까 그녀도 대학을 졸업했단 말이지. 진작 알아차렸어야 하는 건데. 여자들을 교육하면 이렇게 된다니까?" 그는 험상궂은 투로 말했다. "온갖 어이없는 발상을 품는다고."

"아, 글쎄." 메리언은 살짝 날카롭게 쏘아붙였다. "교육이 별 도움이 안 되는 남자들도 있어."

렌은 움찔했다. "그게 나라는 얘기로군. 하지만 내가 무슨 수로 알 수 있었겠어? 너도 아무 소리 하지 않았는데. 친구가 그래도 돼?"

"내가 주제넘게 나서서 이래라저래라 할 일은 없을 거야." 메리언은 발끈했다. "그런데 이런 식으로 밝혀졌다고 화를 내는 이유가 뭐야? 너는 **아무것도** 할 필요가 없어. 걔가 다 알아서 할 거야. 내 말 믿어도 좋아, 에인슬리는 자기 한 몸 잘 건사하고도 남아."

레너드의 기분 상태가 절망에서 분노로 순식간에 바뀌고 있었다. "앙큼한 년 같으니라고." 그가 중얼거렸다. "이런 식으로 나를 골탕 먹이다니……."

계단을 올라오는 발소리가 들렸다.

"쉿." 메리언이 말했다. "걔가 왔나 보다. 이제 흥분을 좀 가라앉혀." 그녀는 조그만 현관으로 나가 에인슬리를 맞았다.

"안녕, 내가 뭘 사 왔는지 보면 너 기절할 거야." 에인슬리가 발걸음도 가볍게 계단을 올라오며 외쳤다. 에인슬리는 부산하게 부엌으로 들어가 짐을 식탁에 내려놓고 외투를 벗으며 숨 가쁘게 조잘거렸다. "거기 엄청 사람 많더라. 이제는 2인분을 먹어야 하니까 먹을거리 말고 음, 비타민도 샀고 또 어마어마하게 귀여운 도안도 샀어. 보면 너도 기절할걸?" 그녀는 뜨개질책과 파란색 아기용 털실을 꺼냈다.

"그러니까 아들이로구나." 메리언은 말했다.

에인슬리의 눈이 동그래졌다. "당연하지. 내 말은 그 편이……."

"글쎄, 무슨 조치를 취하기 전에 미래의 아버지와 먼저 의논을 하지 그랬어. 지금 거실에 있는데 자기하고 상의를 하지 않는다고 좀 짜증이 난 눈치던데." 메리언은 심술궂게 말했다. "아버지는 딸을 바랄 수도 있잖아."

에인슬리는 이마로 흘러내린 적갈색 머리칼을 쓸어 넘겼다. "아. 렌이 왔구나?" 그녀는 누가 들어도 냉랭한 목소리로 말했다. "그러게. 통화할 때 들어보니까 좀 당황한 것 같더라." 그녀는 거실로 들어갔다. 메리언은 둘 중에 자기 도움을 필요로 하는 사람이 있을지, 선택의 기로에 놓이면 누구 편을 들어야 할지 고민이 됐다. 그녀는 에인슬리를 따라가며 일이 더 골치 아파지기 전에 발을 빼야 한다는 생각을 했지만 방법은 알 수 없었다.

"안녕, 렌." 에인슬리는 가볍게 인사를 건넸다. "내가 설명할 겨를도 없이 전화를 끊어버리더라?"

렌은 그녀를 쳐다보려고 하지도 않았다. "설명은 메리언한테 들었어."

에인슬리는 나무라는 표정으로 입을 내밀었다. 자기 입으로 직접 설명하고 싶었던 것이다.

"누군가는 해야 할 일이었어." 메리언은 살짝 장로교 신도처럼 입술을 굳게 다물었다. "렌이 얼마나 괴로워했는지 몰라."

"너한테 얘기를 하지 말 걸 그랬네." 에인슬리가 말했다. "하지만 참을 수가 있어야 말이지. 생각해봐, 내가 엄마가 된다잖아! 정말이지 너무 행복해."

렌은 점점 발끈하며 부아를 내고 있었다. "글쎄, 나는 뭐 그리 행복하지 않은데." 그가 불쑥 내뱉었다. "당신은 처음부터 나를 **이용하려는** 생각뿐이었어. 당신을 귀엽고 순진하다고 생각했던 내가 바보지. 사실은 대학까지 나왔는데! 여자들은 다 똑같아. 당신은 **나한테** 전혀 관심이 없었어. 나한테서 원한 게 내 몸뿐이었어!"

"당신은 나한테서 뭘 원했는데?" 에인슬리가 달콤하게 물었다. "아무튼 내가 가져간 건 그것뿐이야. 나머지는 당신이 다 가져도 돼. 그리고 지금처럼 계속 마음의 평화를 만끽해도 돼, 내가 친자확인소송으로 협박할 일은 없으니까."

렌은 자리에서 일어나 에인슬리와 멀찌감치 거리를 두고 거실을 왔다 갔다 걸었다. "마음의 평화? 하. 그게 되겠어? 당신이 나를 끌어들였잖아. 나를 심리적으로 끌어들였다고. 나는 앞으로 아이 아빠로 살아야 해. 이게 다 너 때문에 벌어진 망측한 일이야." 그는 헉하고 숨을 토했다. 그로서는 처음 있는 일이기 때문이었다. "네가 날 유혹했어!" 그는 그녀를 향해 맥주병을 흔들었다. "나는 앞으로 출산이라는 단어를 떠올릴 때마다 심리적으로 복잡해질 거야. 생식도. 잉태도. 그게 나한테 어떤 영향을 미칠지 모르겠어? 그 추접스럽고 끔찍하도록 축축하고……."

"바보 같은 소리 하지 마." 에인슬리가 말했다. "그게 얼마나 자연스럽고 아름다운 일인데. 이 세상에서 어머니와 태아보다 더 사랑이 넘치고 가까운 관계는 없어." 그녀는 문간에 기대어 창문 쪽을 물끄러미 바라보았다. "가장 서로 균형이 맞고……."

"구역질 나는 관계지!" 렌이 끼어들었다.

에인슬리는 화를 내며 그를 돌아보았다. "전형적인 자궁 선망 증상을 보이는군. 그럼 당신이 도대체 어디에서 태어났다고 생각해? 화성에서 온 것도 아니고 당신은 처음 듣는 얘긴지 몰라도 당신 어머니가 양배추밭에서 주워 온 것도 아니야. 당신도 남들처럼 누군가의 **자궁** 안에 10개월 동안 웅크리고 있다가……."

렌의 얼굴이 움찔거렸다. "그만!" 그가 외쳤다. "상기시켜주지 않아도 돼. 정말 못 견디겠네. 너 때문에 구역질이 나. 가까이 오지 마!" 에인슬리가 그를 향해 한 발 다가가자 그는 꽥 하고 비명을 질렀다. "넌 더러워!"

메리언이 보기에 그는 히스테리를 부리고 있었다. 그는 소파 팔걸이에 주저앉아 두 손에 얼굴을 묻었다. "엄마 때문이야." 그는 중얼거렸다. "우리 엄마. 아침으로 달걀을 먹고 있었는데, 껍질을 까니까 아직 태어나지 않은 조그만 병아리가 그 안에 들어 있었어. 정말이야. 나는 건드리고 싶지 않았지만 엄마는 **보지** 못했고, 그 안에 뭐가 들었는지 보지 못했고, 바보 같은 소리 하지 말라고, 자기 눈에는 평범한 달걀로 보인다고 했지만 아니었어. 아니었는데, 엄마가 그걸 먹게 했어. 조그만 부리랑 조그만 발톱이랑 그런 게 전부 달려 있었는데……." 그는 미친 듯이 부들부들 떨었다. "끔찍해. 끔찍해서 견딜 수가 없어." 그는 끙끙거렸고 어깨를 발작적으로 들썩이기 시작했다.

메리언은 당황스러워서 얼굴이 벌게졌지만 에인슬리는 엄마처럼 걱정하는 말을 속삭이며 소파로 달려갔다. 렌의 옆에 앉아서 두 팔로 감싸 안고 그를 끌어당겨 그녀의 어깨에 고개를 묻고 그녀의 무릎 위로 몸을 반쯤 걸치게 했다. "괜찮아, 괜찮아." 그녀가 달랬다. 그녀의 머리칼이 둘의 얼굴을 베일처럼, 아니 메리언이 보기에는 거미줄처럼 덮었다. 그녀는 가만히 자기 몸을 흔들었다. "괜찮아, 괜찮아. 병아리가 아니라 귀엽고 사랑스러운 아기가 태어날 거야. 귀여운 아기가."

메리언은 부엌으로 건너갔다. 정이 떨어졌다. 저 둘은 갓난아이처럼 굴고 있었다. 에인슬리는 벌써부터 뇌에 기름이 끼기 시작했네. 그녀는 생각했다. 호르몬이라는 것이 놀랍기도 하지. 조만간 온몸이 기름으로 뒤덮일 거야. 그리고 렌은 지금까지 본 적 없었던 숨은 면모를 드러냈다. 갑자기 땅속에서 밝은 빛 속으로 끄집어내진 하얀 유충처럼 굴었다. 아무것도 보지 못한 채 혐오스럽게 꿈틀거렸다. 겨우 그깟 일로 그 지경으로까지 망가지다니 놀랍기는 했다. 그의 껍데기가 생각보다 그렇게 두껍고 딱딱하지 않았다. 어렸을 때 달걀을 가지고 했던 묘기와 비슷했다. 달걀을 세워서 양 손바닥으로 누르면 아무리 힘을 주어도 달걀이 깨지지 않았다. 워낙 균형이 잘 잡혀 있기 때문에 내가 나를 상대로 싸우는 꼴이었다. 하지만 각도를 살짝 바꾸고 누르는 지점을 옮기면 달걀이 퍽 하고 깨지면서 신발 위로 알부민이 쏟아졌다.

아슬아슬했던 균형이 흐트러지면서 렌은 무너졌다. 엄청난 자랑거리로 내세웠던 성생활과 아이의 탄생 간에는 전혀 아무 관계가 없다는 식으로 자신을 속여가며 무슨 수로 그 오랜 세월 동안 그 문제를 피해왔는지 궁금해졌다. 만약 처음에 오해했던 것처럼 실수로 에인슬리를 임신시킨 거였다면 어떻게 했을까? 해칠 의도는 없었으니 책임이 없다는 식으로 죄책감을 날려버리고, 서로 깨끗하게 정리하고, 아무 타격 없이 빠져나갔을까? 에인슬리는 그가 그런 반응을 보일 줄 몰랐을 것이다.

하지만 이런 사태가 벌어진 책임은 그녀에게 있었다. 이제 에인슬리는 그에게 어떻게 할까? 어떻게 해야 할까?

아, 됐어. 그녀는 생각했다. 저 두 사람의 문제니까 자기들끼리 해결하라고 하지, 뭐. 어차피 나하고는 상관없는 문제야. 그녀는 자기 방으로 들어가 문을 닫았다.

하지만 다음 날 아침에 반숙 달걀을 깠을 때 노른자가 비난조의 의미심장한 노란색 눈으로 올려다보자 그녀의 입이 겁에 질린 말미잘처럼 다물어졌다. 살아 있잖아. 목젖이 이렇게 중얼거리며 긴장했다. 그녀는 접시를 멀찌감치 치웠다. 이제 의식 선상에서는 이런 과정이 익숙했다. 그녀는 체념의 한숨을 내쉬고 목록에서 항목을 하나 더 지웠다.

19

"잼, 연어, 땅콩버터와 꿀 그리고 계란샐러드가 있어요." 그로트 부인은 말하고 접시를 메리언의 코 아래로 들이밀다시피 했다. 교양 없이 굴려는 것이 아니라 메리언은 소파에 앉아 있고 그로트 부인은 서 있는 데다, 부인이 척추와 신축성 없는 코르셋과 오랜 책상 생활로 뻣뻣해진 근육의 조합으로 허리를 많이 숙일 수 없는 수직의 체형이 되었기 때문이었다.

메리언은 푹신한 친츠 쿠션 속으로 더욱 깊숙이 몸을 묻었다. "잼으로 할게요, 고맙습니다." 그녀는 말하고 잼 샌드위치를 하나 집었다.

건드리지 부인의 표현을 빌리자면 '좀 더 오붓하게' 있을 수 있는 여직원용 휴게실에서 열린 회사 크리스마스 파티였다. 지금까지는 이 비좁은 공간의 구석구석에 스며든 오붓함이 억눌린 분노로 훼손됐다. 올해에는 크리스마스가 수요일이라 금요일에 다들 출근해야 했다. 하루 차이로 긴 주말이라는 황홀한 선물을 누리지 못하게 된 것이었다. 하지만 그로트 부인이 안경 너머로 눈을 반짝이고 전례 없이 사근사근하게 샌드위치를 권하며 즐거워하는 이유가 이 때문이라고 메리언은 단언할 수 있었다. 괴로워하는 우리를 똑똑히 눈에 담고 싶겠지. 메리언은 휴게실을 한 바퀴 도는 뻣뻣한 몸을 바라보며 생각했다.

회사 파티는 음식을 먹으며 아픈 곳과 세일 정보를 교환하는 시간으로 이루어진 듯했다. 음식은 전부 그들이 직접 준비했다. 각자 하나씩 맡아서 들고 오기로 했다. 심지어 메리언에게도 초콜릿 브라우니가 떠맡겨졌기 때문에 빵집에서 사다가 다른 봉지에 넣어 왔다. 요즘은 요리를 하고 싶은 생각이 별로 들지 않았다. 휴게실 한쪽 끝 테이블에 음식이 수북이 쌓여 있었다. 샐러드며 샌드위치며 근사한 빵, 디저트, 쿠키, 케이크가 사실상 다 먹을 수 없는 분량이었다. 하지만 다들 하나씩 준비했으니 준비한 사람의 성의를 생각해서 조금씩 먹어주어야 했다. 가끔 누군가가 "어머, 도로시, 이 오렌지 파인애플 딜라이트 나도 집에서 만들어봐야겠어요!"라거나 "리나, 과일 스펀지케이크 정말 맛있어 보여요!"라고 꺅꺅거리며 벌떡 일어나 테이블로 가서 종이 접시를 다시 채워 왔다.

메리언이 짐작건대 예전에는 이러지 않았을 것이다. 추억이 전설로 빠르게 희미해져가는 일부 고참 직원들 시절에 이 파티는 전 직원이 참여하는 행사였을 것이다. 그때는 회사 규모가 지금보다 훨씬 작았다. 보그 부인의 아련한 추억에 따르면 그 옛날 옛적에는 위층 남자들이 내려오기도 했고 심지어 같이 술을 마시기도 했었다. 하지만 규모가 점점 커지면서 결국 전 직원이 서로 알고 지낼 수 없는 단계에 이르렀고 파티는 통제 불능으로 치달았다. 중역진은 이리저리 돌아다니며 잉크 얼룩이 묻은 등사기 담당 여직원들을 괴롭혔고, 부글거리던 욕정과 감추어졌던 분노가 불시에 터졌고, 나이 많은 여직원들은 만취해 히스테리를 부렸다. 이제는 전반적인 회사 분위기를 위해 부서별로 파티를 열었

226

다. 그리고 건드리지 부인이 그날 오후에 여직원들끼리 여기서 이렇게 모여야 훨씬 오붓하다고 누가 시키지도 않은 말을 했을 때 다들 입에 뭘 넣은 채 웅얼거리며 맞장구를 쳤다.

메리언은 사무실의 처녀 두 명 사이에 껴 앉았다. 나머지 한 명은 소파 팔걸이에 걸터앉아 있었다. 이런 자리가 마련되면 그들 셋은 자기보호 차원에서 똘똘 뭉쳤다. 그들에게는 누가 더 귀여운지 비교할 수 있는 아이도 없고, 가구가 아주 중요한 자리를 차지하는 집도 없고, 특이하고 고약한 습관을 폭로할 남편도 없었다. 에미가 가끔 자기 병에 얽힌 일화로 전반적인 대화를 거들기는 했지만 그들의 관심사는 다른 데 있었다. 메리언은 그들 사이에서 자신의 위치가 애매하다는 것을 알았다. 그들은 그녀가 기혼과 미혼의 경계선상에 있으니 진정한 의미의 싱글이 아니고 그들의 고민에 공감할 수 없다고 생각했다. 하지만 그들의 태도가 살짝 냉랭했음에도 불구하고 그녀는 다른 그룹보다는 그들과 있는 편이 더 좋았다. 이 안에서 이동은 거의 없었다. 접시를 들고 다니는 사람들 말고는 대부분 삼삼오오 또는 반원으로 앉아 있었고 어쩌다 한 번씩 서로 자리를 바꿨다. 보그 부인 혼자서 이쪽에는 서글서글한 미소를, 저쪽에는 관심의 표현이나 쿠키를 하사하며 돌아다녔다. 그것이 그녀의 직무였다.

그녀가 평소보다 부지런히 돌아다니는 이유는 그날 벌어진 일대 참사 때문이었다. 10월부터 시행하려 했지만 만전을 기하느라 계속 연기됐던 전 도시 규모의 대형 인스턴트 토마토주스 시음 행사가 그날 오전에 시작될 예정이었다. 어마어마한 인원의 설문 진행자가 거의 총동원돼 담배 홍보 모델처럼 종이 쟁반을 목에 걸고 (메리언은 루시에게 그들 모두 머리를 금발로 염색시키고 깃털 옷을 입히고 망사스타킹을 신

227

기면 어떻겠느냐고 의견을 물었다) 아무것도 모르는 가정주부들을 집집마다 찾아다닐 예정이었다. 조그만 종이컵에는 깡통에 든 진짜 토마토주스를, 또 다른 종이컵에는 인스턴트 토마토주스 파우더를 담고 조그만 물 주전자를 들고서 말이다. 그들에게 진짜 주스를 한 모금 권하고 휘둥그레진 눈 앞에서 인스턴트를 타서 주면 그들은 쉽고 빠른 결과물에 놀라워할 것이었다. "젓기만 하면 한 방에 끝!" 잠정적으로 정한 캐치프레이즈는 이거였다. 10월에 이 행사를 실시했더라면 효과가 좋았을지도 몰랐다.

안타깝게도 우중충한 닷새 동안 내리지 않던 눈이 그날 아침 10시부터 내리기 시작했는데, 폭신한 눈송이가 허공을 수놓거나 이따금 눈보라가 날리는 정도가 아니라 폭설이 주기적으로 휘몰아쳤다. 보그 부인은 윗선을 설득해서 행사를 연기하려고 했지만 실패했다. "기계가 아니라 인력을 동원해서 하는 일이잖아요." 그녀가 닫힌 문 밖까지 들릴 만큼 언성을 높여가며 통화하는 소리가 들렸다. "아예 집 밖으로 나갈 수가 없다고요!" 하지만 지켜야 하는 데드라인이 있었다. 너무 오랫동안 연기된 행사라 더 이상 미룰 수가 없었고 지금 시점에서 하루 늦추면 크리스마스 때문에 사실상 사흘을 까먹는 셈이었다. 그렇기 때문에 보그 부인의 설문 진행 군단은 들릴락 말락 하게 푸념을 늘어놓으며 눈보라 속으로 나섰다.

이후로 오전 내내 사무실은 재난 지역 구호 활동 본부 분위기를 풍겼다. 딱한 설문 진행자들로부터 전화가 폭주했다. 차에 부동액과 스노타이어가 없어서 시동이 꺼진 채 발이 묶였고 문에 손을 찧고 트렁크 뚜껑에 머리를 부딪쳤다고 했다. 종이컵은 너무 가벼운 나머지 강풍을 견디지 못하고 눈밭이나 설문 진행자 머리 위로 시뻘건 주스를 쏟으며 찻

길이나 울타리 위로 날아갔고, 설문 진행자가 어찌어찌 현관까지 진출했을 때는 그 집 안주인의 위로 쏟아졌다. 목에 걸고 있던 쟁반 자체가 연처럼 하늘 위로 날아간 경우도 있었다. 외투 안에 넣어서 이동하다가 강풍에 쟁반이 뒤집히는 바람에 주스를 뒤집어쓴 진행자도 있었다. 벌건 얼룩을 뒤집어쓴 진행자들이 11시부터 산발하고 비틀비틀 들어와 각자 성격에 따라서 일을 못 하겠다고 하거나 상황을 설명하거나 자신이 여론을 과학적이고 효율적으로 대변한다고 설득하려고 했다. 보그 부인은 이뿐 아니라 자기들이 만들지도 않은 폭풍의 존재를 인정하지 않으려는 위층의 불호령까지 감당해야 했다. 그 충돌의 흔적이 간식을 먹는 여직원들 사이를 돌아다니는 그녀의 얼굴에 아직까지 확연하게 남아 있었다. 그녀는 사실은 마음속이 평온할 때 당황하고 심란한 척했다. 평온한 척하는 지금은 방금 전에 다리 여러 개 달린 조그만 벌레가 다리를 후닥닥 기어 올라가는 것을 느꼈지만 꽃무늬 모자를 쓰고 우아하게 감사 인사를 하는 부인회 회원처럼 굴었다.

메리언은 여러 군데에서 한꺼번에 이루어지고 있는 대화를 듣는 둥 마는 둥 하다가 포기했다. 방 안을 가득 메운 웅성거림은 이 귀로 들어와 저 귀로 흘러 나가는 의미 없는 낱말 덩어리였다. 잼 샌드위치를 해치우고 케이크를 가지러 갔다. 잔뜩 차려진 테이블을 보자 군침이 돌았다. 이 넘쳐나는 머랭과 아이싱과 글레이즈를, 꾸덕꾸덕한 지방과 당분을, 저 넓게 퍼져 있는 기름기 자르르한 음식을 보라. 그녀가 스펀지케이크 한 조각을 들고 돌아갔을 때 에미와 대화를 나누던 루시가 고개를 돌려 이번에는 밀리와 대화를 나누고 있었기 때문에 메리언은 자기 자리에 앉았을 때 그들의 대화에 끼어들게 됐다.

"당연히 어떻게 하면 좋을지 몰랐겠죠." 루시는 이렇게 말하고 있었다. "어떤 사람한테 좀 씻고 다니라고 대놓고 얘기할 수는 없잖아요. 별로 예의 바른 행동이 못 되니까요."

"그리고 런던이 워낙 더럽기도 하죠." 밀리도 동조했다. "저녁때 보면 남자들이 입은 하얀 셔츠 옷깃이 까매요. 그냥 시커메요. 검댕 때문에."

"그러게 말이죠. 사태가 날이 갈수록 점점 심각해져서 심지어 친구들을 집으로 초대하기도 난감해졌는데……."

"무슨 사태가요?" 메리언은 물었다.

"아, 영국에서 내 친구랑 같이 사는 여자애가 씻지를 않은 적이 있었거든요. 다른 건 멀쩡한 친구가 한참 동안 씻지도 않고 심지어 머리를 감거나 옷을 갈아입지도 않았는데, 뭐라고 말을 할 수가 없었대요. 그것 말고는 완벽하게 정상적이라. 하지만 속은 분명 심각한 환자였을 거예요."

'환자'라는 단어를 들은 에미가 좁고 뾰족한 얼굴을 돌렸고 그녀에게 설명하느라 좀 전에 오간 얘기가 다시 한번 반복됐다.

"그래서 어떻게 됐어요?" 밀리가 손가락에 묻은 초콜릿 아이싱을 핥아 먹으며 물었다.

"아." 루시는 쇼트케이크 조각을 우아하게 한 입 베어 물며 말했다. "엄청 끔찍해졌어요. 같은 옷을 계속 입고 다녔거든요. 아마 서너 달 그랬을 거예요."

다들 "어머나"라고 중얼거렸고 그녀가 다시 말했다. "아무리 못해도 두 달은 그랬어요. 그래서 같이 살던 친구들이 제발 목욕을 하든지 아니면 나가달라고 얘기하려고 마음을 먹었거든요. 누군들 안 그랬겠어요? 그런데 어느 날 집에 들어온 그 친구가 옷을 벗어서 태우더니 목욕도 하고 이거저거 다 하고 그 뒤로 완벽하게 정상인이 됐대요. 그냥 그렇게요."

"그거 참 이상하네요!" 에미가 실망한 투로 외쳤다. 중병 환자로 밝혀졌거나 아니면 심지어 수술을 받았을 거라고 예상하고 있었던 것이다.

"물론 그쪽 나라 사람들이 훨씬 더럽긴 하죠." 밀리가 세상 물정에 밝은 사람 같은 투로 말했다.

"하지만 그 친구는 이쪽 나라 출신이었어요!" 루시는 외쳤다. "훌륭한 집안에서 번듯하게 자랐고요. 그 집에 욕실이 없었던 것도 아니고 그들 모두 더할 나위 없이 깨끗했어요!"

"어쩌면 우리 모두가 거치는 현상이었을지 몰라요." 밀리가 철학적인 설명을 시도했다. "정신적으로 미숙한 상태에서 그런 식으로 식구들과 떨어져 지내다 보니⋯⋯."

"나는 그 친구가 환자였을 거라고 생각해요." 루시가 말했다. 그녀는 크리스마스 케이크를 먹기 위한 전 단계로 거기서 건포도를 골라내고 있었다.

메리언은 '미숙'이라는 단어를 붙잡아 바닷가에서 주운 신기하게 생긴 조약돌이라는 되는 양 이리저리 돌려보았다. 덜 익은 옥수수자루, 다른 채소나 과일 비슷한 것들이 연상됐다. 인간은 파릇파릇했다가 여물어 성숙해졌다. 성숙한 몸을 위한 옷. 다른 말로 하면 살찐 몸을 위한 옷이었다.

그녀는 방 안의 모든 여자들을, 얘기를 하거나 먹느라 벌어졌다가 다물리는 입을 둘러보았다. 이렇게 앉아서 다른 집단처럼 오후의 성찬을 즐기고 있는 모습들을 보니, 거대한 익명의 바다와도 같은 가정주부들과 그 주부들의 심리를 파악하도록 고용된 이들을 구분하는 차별점이, 직장인들이 정규 근무시간 동안 풍기는 특유의 아우라가 온데간데없었

231

다. 실내복을 입고 머리에 롤러를 말고 있어도 어색하지 않을 것 같았다. 이제 보니 다들 성숙한 몸을 위한 옷을 입고 있었다. 그들은 모두 여물었다. 일부는 급속도로 너무 익어갔고 일부는 이미 쪼그라들기 시작했다. 그녀는 그들의 정수리에 줄기가 달려서 성장과 부패의 단계가 각기 다른 상태로, 보이지 않는 덩굴에 매달려 있다고 상상했다. 그렇다면 그녀의 옆에 앉아 있는 마르고 우아한 루시는 초기 단계에 불과했다. 봄을 맞아 파릇파릇하게 돋아난 움이거나 금색으로 세심하게 물들인 머리칼이라는 꽃받침 아래에서 만들어지고 있는 옹이거나…….

그녀는 처음 보는 대상인 양 관심을 기울여가며 비판적인 관점에서 여직원들의 몸을 살폈다. 어떻게 보면 처음 보는 대상일 수도 있었다. 지금까지 그들은 책상, 전화기, 의자처럼 사무실이라는 공간에 배치되어 있는 존재에 불과했다. 윤곽선과 표면으로만 존재했다. 하지만 이제 보니 둘둘 말려서 코르셋 위쪽으로 튀어나온 건드리지 부인의 등살과 햄처럼 불룩한 허벅지와 목의 주름과 크게 얽은 뺨이 눈에 들어왔다. 꼬아서 앉은 투실투실한 한쪽 다리 뒤편은 언뜻 비치는 하지정맥류로 얼룩덜룩했고, 음식을 씹으면 턱살이 젤리처럼 흔들렸고, 찻주전자 덮개 같은 모직 스웨터가 굽은 어깨를 덮었다. 다른 여자들도 구조는 비슷하지만 비율과 구불구불한 파마의 결과 모래언덕 같은 가슴과 허리와 엉덩이의 윤곽선이 달랐다. 그들의 유려함은 안으로는 골격에 의해, 밖으로는 옷과 화장이라는 허울에 의해 유지됐다. 이 얼마나 특이한 종족인가. 그리고 안팎을 오가는 저 끊임없는 흐름을 보라. 뭘 섭취하고 내보내고 씹는다. 말, 감자칩, 트림, 기름, 머리카락, 아이, 우유, 배설물, 쿠키, 토사물, 커피, 토마토주스, 피, 차, 땀, 술, 눈물 그리고 쓰레기…….

잠깐 동안 그들의 정체가, 본질에 가까운 그것이 파도처럼 그녀의 머

릿속을 뒤덮었다. 얼마 있으면 그녀도 그렇게 될 것이었다. 아니, 그녀
도 이미 그렇게 되었다. 그녀의 몸도 쌍둥이처럼 다를 게 없었고 그 꽃
무늬 휴게실 안에서 달콤한 유기체의 향기로 진동하는 다른 살덩이들
과 하나가 되었다. 그녀는 여성성이라는 이 두툼한 해초로 뒤덮인 바다
에 숨이 막혔다. 그녀는 심호흡을 하고 촉수를 거두는 바다 생물처럼
몸과 마음을 오므려 안으로 넣었다. 뭔가 견고하고 분명한 것이 필요했
다. 남자가 필요했다. 빨려 들어가지 않게 손을 내밀어 피터를 붙잡고
싶었다. 루시가 한쪽 팔에 금색 뱅글을 끼고 있었다. 메리언은 그것으로
자신의 주변에 금색의 단단한 동그라미를 그리듯, 자신과 무정형의 액
체 비슷한 남들 사이에 확실하게 장벽을 쌓듯 그 뱅글에 시선을 고정하
고 열심히 들여다보았다.

휴게실 안에 드리운 정적이 느껴졌다. 닭장처럼 왁자지껄하던 소음
이 멎었다. 그녀는 고개를 들었다. 보그 부인이 휴게실 끝의 테이블 옆
에 서서 한 손을 들고 있었다. "이제 이렇게 비공식적으로나마 한자리
에 모였고 하니." 그녀가 인자한 미소를 지으며 말했다. "이 자리를 빌려
아주 기분 좋은 소식을 하나 공개할까 해요. 얼마 전에 우리 직원 중 한
명이 조만간 결혼한다는 소문을 전해 들었어요. 메리언 매캘핀의 새로
운 인생을 우리 모두 축복해주기로 해요."

전주에 해당하는 비명 소리와 환호성과 열띤 재잘거림이 이어졌다.
전 직원이 일어나 그녀를 내려다보며 촉촉한 축하 인사와 초콜릿 부스
러기를 뒤집어쓴 질문과 가루가 묻은 가벼운 입맞춤을 퍼부었다. 메리
언은 자리에서 일어났다가 곧바로 풍만한 수준을 넘어선 건드리지 부
인의 가슴에 눌렸다. 그녀는 몸을 떼어내고 벽을 향해 뒷걸음쳤다. 얼굴
이 벌게진 것은 부끄러워서라기보다 화가 났기 때문이었다. 그걸 누설

한 사람이 있었다. 셋 중 한 명이 그녀에게 알린 것이다. 분명 밀리었을 것이다.

그녀는 "고마워요"와 "9월"과 "3월"을 말했다. 쏟아지는 질문에 필요한 단어가 그 세 개뿐이었다. 여기저기서 "잘됐어요!"와 "멋져요!"를 합창했다. 사무실의 처녀들은 동경의 미소를 지으며 멀찌감치 거리를 두었다. 보그 부인도 옆으로 비켜섰다. 말투와, 경고나 사전 논의 없이 이 소식을 공표했다는 사실로 짐작건대 메리언의 의사와 상관없이 퇴사를 바라는 것이 분명했다. 메리언이 소문을 들었을 뿐 아니라 출근을 시작하고 얼마 되지 않았을 때 한 타이피스트가 추방당하는 것을 목격해서 알다시피 보그 부인은 미혼 아니면 뜻밖의 임신 가능성이 먼 옛날의 얘기가 된 노련한 베테랑을 선호했다. 신혼은 변수가 많다는 식으로 얘기했다는 것을 들은 적이 있었다. 회계팀의 그로트 부인도 꾹 다문 입술로 썩은 미소를 지으며 동그랗게 모인 직원들의 가장자리를 지켰다. 이제 축제 기분을 잡쳤겠네. 메리언은 생각했다. 나는 영영 연금을 받을 일이 없을 거야.

건물에서 빠져나와 찬 바람을 맞으며 길을 걸어가는 기분은 불을 너무 때서 답답하던 방의 창문을 활짝 열어젖힌 것과 비슷했다. 바람이 잦아들었다. 이미 어둠이 내렸지만 쇼윈도에서 쨍그랑거리는 조명과 머리 위에 달린 크리스마스 장식 줄과 별 덕분에 이제 가만가만히 내리는 눈송이가 인공조명이 비추는 거대한 폭포에서 튄 물보라처럼 반짝였다. 생각보다 쌓인 눈이 적었다. 다 녹고 행인들에게 밟혀 갈색 진창으로 변했다. 그날 아침에 출근할 때만 해도 눈보라가 시작되지 않았기 때문에 메리언은 장화를 신지 않았다. 전철역에 도착했을 무렵에는 신발이 다 젖어 있었다.

하지만 그녀는 발이 다 젖었음에도 불구하고 한 정거장 먼저 내렸다. 다과 파티에 이어 집까지 감당할 자신이 아직 없었다. 퇴근한 에인슬리가 그 지긋지긋한 뜨개질을 하고 있을 것이었다. 테이블에 올려놓는 은색과 하늘색의 플라스틱 트리도 있었다. 그녀의 침대에는 아직 포장하지 않은 선물이 있었다. 여행 가방도 싸야 했다. 2박 3일 일정으로 다음 날 아침 일찍 버스를 타고 고향에 내려가 부모님과 친척들을 만날 예정이었다. 그 모두를 떠올려봐도 소속감이 느껴지지 않았다. 고향 마을과 어느 지평선에서 그녀를 기다리는 사람들. 달라질 줄 모르고, 사라진 문명의 빛바랜 석조 유적처럼 회색의 단일 조직체로 뭉친 그들. 지난주에 매대를 향해 아우성과 고함을 지르는 인파를 뚫고 선물을 모두 사놓았지만 이제는 어느 누구에게도 아무것도 주고 싶지 않았다. 심지어 필요도 없고 앞으로 쓸 일도 절대 없는 온갖 선물을 받고 일일이 고맙다고 인사할 생각을 하니 선물을 받는 것이 주는 것보다 더 싫어졌다. 중요한 건 선물의 가치가 아니라 주는 사람의 마음이라고 평생 귀 따갑도록 들었지만 스스로 설득이 되지 않았다. 그게 더 나빴다. 사랑이라고 적힌 종이 꼬리표. 그 선물에 담긴 사랑도 이제는 필요 없고 앞으로도 쓸 일이 없었다. 고인의 사진처럼 향수를 자극하는 뭔지 모를 이유 때문에 보관하는, 서글프게 화려한 폐물이었다.

그녀는 서쪽으로 걷고 있었지만, 환한 유리 진열장 안에서 포즈를 잡고 있는 우아한 마네킹과 상점이 늘어선 길을 따라가는 동안 방향감각을 상실했다. 이제 그녀는 마지막 상점을 지나 좀 더 어두운 곳으로 들어섰다. 네거리 근처에 다다랐을 때 정신을 차려보니 공원을 향해 걷고 있었다. 그녀는 길을 건너서 차량의 흐름을 따라 남쪽으로 방향을 돌렸다. 왼쪽에 박물관이 있었다. 야간 조명으로 점점 많이 쓰이고 있는 주

황색의 눈부신 투광조명이 벽에 부조된 석상을 더욱 도드라지게 강조
했다.

피터가 문제였다. 그에게 어떤 선물을 사면 좋을지 알 수가 없었다.
옷은 선택지에서 제외됐다. 자기 옷은 직접 골라서 입고 싶어 할 성격
이었다. 그럼 또 뭐가 있을까? 집에서 쓸 만한 생활용품은 그녀를 위한
선물이 될 것이었다. 그녀는 결국 근사하고 비싼 카메라 기법서로 결정
했다. 카메라에 대해서 아는 건 전혀 없었지만 직원의 말을 믿었고 그
에게 없는 책이기만을 바랄 따름이었다. 그에게 취미가 있어서 다행이
었다. 덕분에 은퇴 후에 심장마비에 걸릴 확률이 줄어들 것이다.

그녀는 인근 대학교의 울타리 담장 안쪽 나무에서 아치 모양으로 뻗
은 가지 아래를 지났다. 이쪽 인도는 행인의 발길이 덜했고 눈이 더 많
이 쌓여 있어서 어떤 곳은 그녀의 발목을 덮었다. 발이 곱아서 욱신거
렸다. 자신이 계속 걷는 이유가 궁금해졌을 무렵에는 다시 길을 건너
공원 안에 서 있었다.

그곳은 밤의 어둠 속에서 하얀색으로 어슴푸레하게 빛나는 거대한
섬이었다. 차량들이 시계 반대 방향으로 그곳을 감싸고 달렸다. 저편에
는 대학교 건물이 자리 잡고 있었다. 반년 전만 해도 손바닥 보듯 훤하
다고 생각했던 곳인데 이제는 차가운 공기를 뚫고 그녀를 향해 발산되
는 희미한 적의를 느낄 수 있었다. 알고 보니 그 적의의 출처가 그녀였
다. 왠지 모르게 그 건물들이 부러웠던 것이다. 그녀가 자리를 뜰 때 그
건물들도 사라지면 좋겠지만 그것들은 계속 그 자리에 서 있을 테고, 그
녀의 존재에 무관심했던 것처럼 그녀의 부재에도 무관심할 것이었다.

그녀는 무릎까지 쌓인 푹신한 눈을 헤치며 공원 안으로 좀 더 깊숙이
들어갔다. 벌써부터 흙탕이 된 발자국이 여기저기에서 마구잡이로 교

차했지만 대부분 아무도 밟지 않은 보드라운 상태로 남아 있었다. 눈의 깊이가 2미터는 되는 듯 헐벗은 나무 몸통이 우뚝 고개를 내밀었고 거기 그렇게 박혀 있는 것이 꼭 케이크에 꽂힌 촛불 같았다. 까만색 촛불이었다.

동그란 콘크리트 수조가 나왔다. 여름에는 분수대로 쓰이지만 지금은 빈 바닥 위로 눈이 점점 쌓이고 있었다. 그녀는 걸음을 멈추고, 그녀를 중심으로 원을 그리며 움직이는 것처럼 느껴지는 멀찍한 도시의 소음에 귀를 기울였다. 상당히 마음이 놓였다. "조심해야 해." 그녀는 혼잣말을 중얼거렸다. "씻지 않는 사람이 될 수는 없잖아." 휴게실에서 그녀는 어느 낭떠러지에 위험할 정도로 가깝게 서 있다고 잠시 느꼈다. 이제 와 생각해보니 조금 어이없는 반응이었다. 회사 파티는 회사 파티에 불과했다. 때때로 잘 넘겨야 하는 것들이 있기 마련이었다. 이런저런 자잘한 사항, 사람, 필요한 행사. 넘기고 나면 아무것도 아니었다. 그녀는 집으로 돌아가 선물을 포장할 마음이 생겼다. 심지어 그 점박이 무늬며 뭐며 전부 합해 젖소를 반 마리는 먹어치울 수 있겠다 싶을 만큼 배가 고팠다. 하지만 이 섬에서 이 침착한 정적의 눈동자 위로 체치듯 내리는 눈을 맞으며 잠시만 더 서 있고 싶었다⋯⋯.

"안녕하세요." 누군가가 인사를 건넸다.

메리언은 거의 놀라지도 않았다. 고개를 돌렸다. 상록수의 짙은 그늘 속 벤치의 저쪽 끝에 누군가가 앉아 있었다. 그녀는 그쪽으로 걸어갔다.

덩컨이 손가락 사이에서 이글거리는 담배를 태우며 웅크리고 앉아 있었다. 그렇게 앉아 있은 지 좀 되었는지 머리와 외투 어깨에 눈이 쌓여 있었다. 그녀가 장갑을 벗어서 만져보니 손이 차갑고 축축했다.

그녀는 눈 덮인 벤치에 나란히 앉았다. 그가 담뱃불을 튕겨서 끄고 그녀 쪽으로 몸을 돌리자 그녀는 그의 외투 단추를 풀어 그 안으로, 축축한 옷과 퀴퀴한 담배 냄새가 나는 그 공간 안으로 웅크리고 들어갔다. 그가 그녀의 허리를 두 팔로 감싸 안았다.

그는 후줄근한 스웨터를 입고 있었다. 그녀는 무슨 모피라도 되는 듯이 손으로 그 스웨터를 쓰다듬었다. 그의 야윈 몸이, 기근이 들어 굶주린 짐승처럼 수척한 형체가 느껴졌다. 그는 그녀의 스카프와 머리칼과 외투 옷깃 아래에 젖은 얼굴을 묻고 그녀의 목에 댔다.

그들은 꼼짝 않고 앉아 있었다. 그 도시와 공원이라는 하얀 동그라미 밖의 시간은 거의 사라졌다. 메리언은 몸이 점점 마비되는 것을 느낄 수 있었다. 심지어 발은 이제 욱신거리지도 않았다. 그녀는 털실 안으로 더욱 깊숙이 파고들었다. 밖에서는 눈이 내리고 있었다. 일어나려는 시도조차 할 수가 없었는데…….

"오래 걸렸네요." 마침내 그가 조용히 말했다. "계속 기다리고 있었는데."

그녀의 몸이 떨리기 시작했다. "이제 가봐야 해요." 그녀가 말했다.

그의 얼굴 아래 근육이 실룩이는 것이 그녀의 목을 타고 전해졌다.

20

메리언은 굽이치고 잔물결처럼 번지는 주위의 음악과 보조를 맞춰가며 천천히 통로를 걸었다. "콩"이라고 중얼거렸다. '채식주의자용'이라고 적힌 통조림을 찾아서 카트에 두 개를 넣었다.

음악이 뚱땅거리는 왈츠로 바뀌었다. 그녀는 통로를 따라 계속 걸으며 적어 온 목록에 집중하려고 했다. 그녀는 음악이 흐르는 이유를 알기 때문에 불쾌했다. 음악에 취해 모든 상품이 괜찮아 보일 때까지 소비 저항감을 낮추기 위해서였다. 그녀는 슈퍼마켓의 숨은 스피커에서 흘러나오는 경쾌한 음악을 들을 때마다 젖소들에게 감미로운 음악을 들려주었더니 우유 생산량이 늘었다는 기사가 생각났다. 하지만 저들의 의도를 안다고 해서 거기에 아무 영향도 받지 않는 것은 아니었다. 요즘은 조심하지 않으면 몽유병자처럼 시선을 고정한 채 살짝 휘청휘청 카트를 밀고 다니며 밝은색 라벨이 달린 상품이 보이기만 하면 집고 싶어서 손을 움찔거렸다. 그래서 장을 보러 나서기 전에 정자체로 목록을 쓰고 거기에 적혀 있지 않으면 아무리 믿을 수 없으리만치 싸거나 포장이 그럴싸하더라도 절대 사지 않으려고 했다. 유난히 의지가 약해진 날에는 부적 삼아 연필을 들고 다니며 구입한 물건을 체크했다.

하지만 어찌 보면 승리는 항상 저들의 차지였다. 저들은 표적을 놓치는 법이 없었다. 소비자는 언젠가는 무언가를 사게 되어 있었다. 그녀도 회사 생활을 통해 알다시피 예컨대 두 개 브랜드의 비누나 토마토주스 캔 사이에서 선택의 기준은 이성이 아니었다. 제품 그 자체는 별 차이가 없었다. 그럼 무슨 수로 하나를 선택할까? 잔잔한 음악에 몸을 맡기고 아무거나 낚아채는 수밖에 없었다. 라벨에 반응하는 내 안의 뭔지 모를 곳이 라벨에 반응하도록 내버려두는 것이었다. 어쩌면 뇌하수체와 연관 있는 곳일지도 몰랐다. 어느 세제의 상표가 가장 강력해 보일까? 어느 토마토주스 캔에 가장 요염해 보이는 토마토가 찍혀 있나? 그런 게 상관이 있을까? 그녀 안의 어떤 곳에서는 상관이 있는 게 분명했다. 어쨌든 그녀도 넓은 카펫이 깔린 사무실의 어떤 기획자가 의도하고 예견한 그대로 행동하며 선택하는 것을 보면 그랬다. 얼마 전에도 어떻게 하려는지 궁금해하며 멍하니 자기 자신을 관찰하고 있다가 퍼뜩 정신을 차린 적이 있지 않았던가.

"면." 그녀는 중얼거리다가 때마침 알맞게 목록에서 고개를 든 덕분에 너덜너덜한 사향쥐 모피를 입은 풍채 좋은 여자와 부딪치는 사태를 모면할 수 있었다. "으아, 안 돼. 브랜드가 하나 더 출시됐네." 그녀는 제면 업계를 잘 알았다. 그 많은 파스타의 종류와 브랜드가 몇 개나 되는지 세어보며 오후 내내 슈퍼마켓을 돌아다닌 것이 한두 번이 아니었다. 그녀는 똑같이 생긴 비닐봉지에 담겨 층층이 쌓여 있는 면을 노려보다가 눈을 감고 손을 내밀어 하나를 집었다. 아무거나 상관없었다.

"상추, 순무, 당근, 양파, 토마토, 파슬리." 그녀는 목록을 읽었다. 이건 그나마 눈으로 확인할 수 있으니 쉬웠다. 하지만 봉지에 넣어놓거나 상품과 하품을 섞어서 고무줄로 묶어놓거나, 지금 철에는 온실에서 키워 맛이 없는 분홍색 토마토를 네 개씩 종이 상자나 셀로판 상자에 담아놓는 경우도 있었다. 그녀는 채소 코너로 카트를 움직였다. 번드르르하게 마감한, 소박한 나무 팻말이 벽에 걸려 있었다. "마켓 가든."

그녀는 깨지락깨지락 채소를 골랐다. 예전에는 맛있는 샐러드를 좋아했지만 이제는 하도 먹다 보니 물리기 시작했다. 수북이 쌓인 초록색 이파리를 우적우적 씹다 보면 토끼가 된 것 같았다. 다시 육식동물로 돌아가 맛있는 뼈를 물어뜯고 싶은 마음이 굴뚝같았다! 크리스마스 저녁을 먹는 동안 얼마나 힘이 들었는지 모른다. "아니, 메리언, 하나도 먹질 않았네?" 그녀가 접시에 담긴 칠면조를 손도 대지 않고 남기자 어머니가 호들갑을 떨었다. 그녀는 배가 고프지 않아서 그렇다고 말하고 보는 사람이 없을 때 크랜베리 소스와 으깬 감자와 민스파이를 엄청나게 먹어치웠다. 어머니는 그녀가 이상하게 입맛을 잃은 것을 너무 흥분한 탓으로 돌렸다. 그녀는 요가나 두호보르파나 뭐 그런 식의 육식을 금하는 종교를 믿게 됐다고 말할까 했지만 좋은 생각이 아닌 것 같았다. 그들은 온 가족이 다니는 교회에서 결혼식을 올릴 수 있길 애처로울 정도로 소원했다. 이제는 너무나 멀게 느껴지는 사람들이라 반응을 제대로 판단했는지 자신 없긴 했지만 그들은 좋아서 어쩔 줄 몰라 하기보다 속으로 조금 으스대며 뿌듯해했다. 대학 교육이 미칠 영향에 대해 걱정하더니(말로 표현한 적은 없었지만 줄곧 티가 났다) 드디어 해소가 된 것이었다. 그들은 어쩌면 그녀가 고등학교 선생님이나 결혼하지 않은 고모할머니나 약물중독자나 여성 중역이 되는 건 아닌지, 아니면 근육이 생기거나 목소리가 굵어지거나 수염이 자란다거나 하는 식의 충격적인 신체적 변화가 발생하는 건 아닌지 걱정했을지 몰랐다. 찻잔을 앞에 두고 어떤 내용의 걱정 어린 대화가 오갔을지 상상이 됐다. 하지만 이제 그들은 그녀가 제대로 자라주었다고 인정하는 눈빛이었다. 피터를 아직 만나보지는 못했지만 그들에게 피터는 반드시 있어야 하는 X인자에 불과한 눈치였다. 그래도 관심을 보이기는 했고 조만간 주말에 데리고 오라고 했다. 그녀는 추위를 뚫고 이틀에 걸쳐 친척 집을 찾아다니고 묻는 말에 대답하는 동안 그게 과연 좋은 생각인지 자신할 수 없었다.

"크리넥스." 그녀는 여러 브랜드와 색상에다—어디에 대고 코를 풀건 무슨 차이가 있을까—꽃무늬, 소용돌이무늬, 물방울무늬가 멋들어지게 찍혀 있는 화장지를 질색하며 흘끗 쳐다보았다. 이러다 조만간 예를 들면 크리스마스 선물 포장지처럼 전혀 다른 용도로 쓰이는 화장지인 양 금색을 입힌 화장지도 출시될 판국이었다. 어떻게든 써먹지 않고 일상의 불쾌한 영역으로 남겨놓는 분야가 하나도 없었다. 그냥 하얀색이면 도대체 왜 안 되는 걸까? 적어도 깨끗해 보이기는 할 텐데.

어머니와 고모할머니들은 당연히 웨딩드레스와 초대장, 그런 데 관심을 보였다. 전자바이올린 연주를 들으며 두 종류의 라이스푸딩 캔 중에서 어떤 맛을 살지 고민하는 지금으로서는—이건 워낙 인위적인 맛이라 아무 거리낌 없이 먹을 수 있었다—그들이 어떤 결정을 내렸는지 기억이 나지 않았다.

손목시계를 확인했다. 시간이 별로 없었다. 다행히 탱고가 흐르고 있었다. 그녀는 수프 캔 코너로 잽싸게 카트 방향을 돌리며 침침한 눈을 제대로 뜨려고 했다. 슈퍼마켓에 너무 오래 있으면 위험했다. 요즘 같은 때는 덜미가 잡힐 수 있었다. 폐점 시간이 지나서 갇혀 있다가 날이 밝았을 때 깨어나지 못하는 혼수상태로 선반에 기대앉은 채 발견될 것이었다. 상품이 넘치도록 쌓인 이곳에서 모든 카트에 둘러싸인 상태로 말이다.

그녀는 계산대 쪽으로 카트를 돌렸다. 당첨되면 하와이로 사흘간 여행을 보내준다는 판촉 특별 행사를 또 진행 중이었다. 전면 유리창에 걸린 큼지막한 포스터를 보니 풀잎 치마와 꽃다발을 두른 반나체의 아가씨 옆에 조그만 글씨로 이렇게 적혀 있었다. 파인애플, 세 캔에 65센트. 계산대의 캐셔는 종이 화관을 목에 걸고 있었다. 주황색 입술로는 껌을 씹었다. 메리언은 최면 효과를 일으키는 턱의 움직임과, 진분홍색으로 칠한 울퉁불퉁한 뺨과, 설치류처럼 누런 이를 몇 개 번뜩이며 고유의 생명이 있는 것처럼 움직이는 튼 입술을 바라보았다. 금전등록기가 식료품 합계 가격을 알려주었다.

주황색 입이 열렸다. "5달러 29센트요." 그 입이 말했다. "영수증에 이름과 주소만 적으시면 돼요."

"아뇨, 됐어요." 메리언은 말했다. "나는 가고 싶지 않아요."

캐셔는 어깨를 으쓱하고 고개를 돌렸다. "저기, 쿠폰 주는 거 깜빡하셨네요." 메리언은 말했다.

그거하고 이건 다르거든. 그녀는 봉지를 들고 자동문을 지나 질척질척한 회색의 황혼으로 나서며 생각했다. 예전에는 한동안 쿠폰을 거부했었다. 그것 역시 저들이 돈을 버는 또 하나의 은밀한 수법이었다. 하지만 그럼에도 저들은 계속 점점 더 돈을 벌었다. 그래서 그녀는 쿠폰을 받아 부엌 서랍에 처박아놓았다. 그런데 이제는 에인슬리가 아기 띠를 받겠다고 그걸 모으기 시작했다. 에인슬리를 위해 그 정도는 할 수 있었다. 전철역을 향해 터벅터벅 발걸음을 옮기는데 꽃으로 뒤덮인 포스터 속 하와이 아가씨가 그녀를 향해 미소를 지었다.

꽃. 다들 무슨 꽃다발을 들 건지 궁금해했다. 메리언은 백합 쪽으로 마음이 기울었다. 루시는 분홍색 월계화와 안개꽃을 들면 어떻겠느냐고 했다. 에인슬리는 비웃었다. "상대가 피터니까 전통적인 결혼식을 올려야겠지." 그녀는 이렇게 말했다. "하지만 다들 결혼식장의 꽃을 위선적으로 대하더라. 그게 사실은 생식능력의 상징이라는 걸 아무도 인정하려 들지 않아. 큼지막한 해바라기나 밀 한 다발은 어때? 아니면 버섯이랑 선인장을 풍성하게 늘어뜨리든지. 그러면 누가 봐도 생식기를 연상하지 않을까?" 피터는 그런 결정에 관여하고 싶지 않아 했다. "그런 건 다 당신한테 맡길게." 진지하게 물어볼 때마다 그는 애정이 담긴 목소리로 이렇게 대답하곤 했다.

요즘 들어 피터를 만나는 횟수가 늘었지만 단둘이서 만나는 횟수는 줄었다. 그는 이제 반지를 끼워주었으니 그녀를 과시하며 으스대고 싶어 했다. 자기 친구들을 소개해주고 싶다며 좀 더 공식적인 분위기의 칵테일파티와 좀 더 사적인 분위기의 저녁 식사와 저녁 모임에 데리고 다녔다. 그녀는 심지어 변호사 몇 명과 점심을 먹는 자리에까지 불려 나가 처음부터 끝까지 아무 말 없이 웃고만 있다가 온 적도 있었다. 친구들은 하나같이 옷차림이 번듯하고 출세를 눈앞에 두고 있었으며, 마찬가지로 옷차림이 번듯하고 출세를 눈앞에 둔 아내가 있었다. 다들 불안해했다. 다들 그녀에게 깍듯하게 대했다. 메리언으로서는 이 번드르르한 신사들과 피터의 추억 속에 등장하는 행복한 사냥꾼과 맥주 고래가 연결이 잘 되지 않았지만 그들 중 일부가 과거의 그 인물이었다. 에인슬리는 그들을 '비누 인간'이라고 불렀다. 피터가 메리언을 데리러 왔을 때 비누 회사에서 일하는 친구와 함께 온 적이 있기 때문이었다. 메리언의 가장 큰 걱정거리가 있다면 그들의 이름을 잘못 외우는 것이었다.

그녀는 피터를 생각해서 그들에게 잘해주고 싶었다. 하지만 폭격을 당하는 느낌이라 이제 피터 쪽에서도 그녀의 친구들을 만날 때가 되었다는 결론을 내렸다. 저녁을 먹는 자리에 클래라와 조를 초대한 이유가 그 때문이었다. 안 그래도 그들을 나 몰라라 한 데 죄책감을 느끼던 참이었다. 하지만 생각해보면 신기한 것이 기혼자들은 미혼 친구가 전화를 하지 않으면 자기들을 등한시한다고 생각했다. 정작 자기들은 일상에 너무 깊숙이 파묻혀서 전화를 할 생각조차 하지 않으면서 말이다. 피터는 반항했다. 그는 클래라의 거실을 한번 본 적이 있었다.

그녀는 초대장을 보내자마자 메뉴가 가장 큰 문제라는 사실을 깨달았다. 우유와 땅콩버터와 비타민 알약이나 코티지치즈를 곁들인 샐러드를 대접할 수는 없었고 생선은 피터가 좋아하지 않았다. 하지만 고기를 대접할 수도 없는 것이, 그녀는 손도 대지 않으면 다들 뭐라고 생각하겠는가. 그녀는 설명할 도리가 없을 것이다. 그녀도 그런 자신을 이해하지 못하겠는데, 어떻게 그들이 이해해주길 바랄 수 있을까? 지난달에 먹을 수 있던 메뉴 몇 개가 식단에서 제외됐다. 피터의 친구가 장난 삼아 분석했다가 쥐 털을 갈아서 넣은 것으로 밝혀졌다는 얘기를 피터에게 들은 이후로 햄버거가 제외됐다. 쉬는 시간에 에미에게 선모충증과 그 병에 걸린 여자 얘기를 들은 뒤로—거의 종교적인 경외가 깃든 목소리로 "식당에서 너무 안 익힌 돼지고기를 먹었기 때문인데 나는 앞으로 절대 그런 걸 식당에서 먹지 않을래요. **생각해봐요, 그 조그만 벌레들이 근육 속에 똬리를 틀고 있는데 끄집어낼 방법이 없다잖아요**"라고 했다—돼지고기가 제외됐다. 덩컨에게 어지럽다는 뜻으로 쓰이는 'giddy'라는 단어의 유래를 들은 뒤로 양고기가 제외됐다. 선회병을 뜻하는 'gid'에서 비롯됐는데, 양의 뇌 속에 하얗고 커다란 벌레가 들어가 균형감각을 상실하게 되는 병이었다. 핫도그도 제외됐다. 그녀의 위장이 내린 결론에 따르면 오래된 재료를 뭐든 갈아서 그 안에 넣을 수 있기 때문이었다. 식당에서는 샐러드를 주문하는 식으로 피해 갈 수 있었지만 손님을 불러놓고 저녁으로 샐러드는 안 될 말씀이었다. 채식주의자용 콩 통조림을 내놓을 수도 없는 노릇이었다.

그녀는 버섯과 미트볼을 넣은 캐서롤에 기대를 걸어보기로 했다. 어머니에게 배운 요리인데, 재료를 효과적으로 감출 수 있을 것이었다. '불을 끄고 촛불을 켜야겠어.' 그녀는 생각했다. '먼저 셰리주를 먹이면 다들 알아차리지 못할 거야.' 아주 조금만 덜어서 버섯만 먹고 미트볼은 같이 낸 샐러드의 상추 아래로 숨길 수 있을 것이었다. 우아한 해결책은 아니었지만 그게 최선이었다.

이제 그녀는 샐러드에 넣을 순무를 급하게 썰며 몇 가지 사실에 감사했다. 캐서롤을 전날 저녁에 미리 만들어놓았기 때문에 오븐에 넣기만 하면 된다는 것과, 클래라와 조가 아이들을 모두 재운 뒤에 출발하느라 늦게 온다는 것과, 그래도 샐러드는 먹을 수 있다는 것에 감사했다. 특정 음식을 거부하기로 결심한 그녀의 몸에 점점 더 짜증이 났다. 논리적으로 설득도 해보고, 무슨 얼어죽을 변덕이냐고 혼도 내고, 구슬리고 달래보기도 했지만 그녀의 몸은 요지부동이었다. 그리고 그녀가 완력을 휘두르면 반항했다. 식당에서 한 번 그랬으면 충분했다. 피터는 당연히 아주 너그럽게 넘어갔다. 그녀를 당장 차에 태우고 집으로 데려가 무슨 환자라도 되는 것처럼 계단을 올라가는 동안 부축해주며 장염에 걸렸나 보다고 했다. 하지만 당황하고 짜증을 낸 것도 사실이었다(이해가 되는 부분이긴 하지만). 그때부터 그녀는 비위를 맞춰주기로 결심했다. 뭐든 몸이 원하는 대로 했고 심지어 단백질과 무기질의 균형을 맞출 수 있게 비타민도 사서 먹었다. 영양부족은 안 될 말씀이었다. '중요한 건 당황하지 않는 거야.' 그녀는 속으로 중얼거렸다. 가끔 이 문제를 놓고 고민하다 보면 윤리적인 선택이라는 결론이 내려질 때도 있었다. 한때 살아 있었던 아니면 아직까지 살아 있을지 모르는 음식(예컨대 반으로 가른 껍데기에 얹힌 굴처럼)이라면 뭐든 먹기를 거부하기로 작정한 거라고 말이다. 하지만 그녀는 날마다 몸이 생각을 바꿀지 모른다는 헛된 소망을 품었다.

마늘 반쪽을 나무 그릇에 문지르고 동그란 양파와 잘게 썬 순무와 토마토를 담고 상추를 찢었다. 막판에 당근을 갈아서 색을 더하면 좋겠다는 생각이 들었다. 냉장고에서 당근을 하나 꺼내고 빵을 보관하는 통에서 필러를 찾아낸 다음 잎이 난 부분을 잡고 껍질을 벗기기 시작했다.

그녀는 손과 필러와 돌돌 말려서 나오는 얇은 주황색 껍질을 보고 있다가 당근에 관심이 생겼다. 이건 뿌리채소야. 그녀는 생각했다. 땅속에서 자라나 밖으로 이파리를 내밀면 사람들이 와서 캐내는데 어쩌면 소리를 낼지도 몰라. 우리 귀에는 들리지 않을 정도로 나지막이 비명을 지를지도. 하지만 당장 죽지는 않고 계속 살아 있고 지금도 아직 살아 있는데……

당근이 손안에서 꿈틀거리는 게 느껴진 것 같았다. 그녀는 식탁 위로 당근을 떨어뜨렸다. "안 돼." 눈물이 날 것 같았다. "당근마저 이러면 안 돼!"

마침내 다들 갔을 때, 심지어 피터마저 그녀의 뺨에 입을 맞추고 농담처럼 "자기야, 우리는 절대 **그런 식으로** 살지 말자"라고 말하고 갔을 때 메리언은 부엌으로 나가서 남은 음식을 쓰레기통에 버리고 접시를 개수대에 차곡차곡 쌓았다. 저녁 초대는 좋은 생각이 아니었다. 클래라와 조가 베이비시터를 구하지 못했기 때문에 아이들을 끌고 올라와 두 명은 메리언의 방에서, 한 명은 에인슬리의 방에서 재웠다. 아이들이 울고 똥을 싸는데, 계단을 하나 내려가야 화장실이 나온다는 사실은 도움이 되지 못했다. 클래라는 아이들을 거실로 데리고 나와서 달래고 기저귀를 갈았다. 전혀 거리낌이 없었다. 대화가 중단됐다. 메리언은 옆에서 서성이며 기저귀 채우는 옷핀을 건네고 돕는 척했지만 속으로는 아래층 아주머니의 화장실로 내려가서 그 많은 탈취제 가운데 하나를 들고 오면 실례일까 고민했다. 조는 부산하게 움직이며 잽싸게 새 기저귀를 들고 왔다. 클래라는 피터 쪽을 향해 사과의 말을 늘어놓았다. "어린애들이 원래 이래요. 그냥 똥을 싼 거예요. 아주 자연스러운 현상이죠, 우리 모두가 하는. 다만." 그녀는 막내를 무릎에 올려놓고 흔들며 말했다. "타이밍을 기가 막히게 잘 맞추는 사람이 있어서 그렇지. 맞지, 우리 못난이?"

피터는 대놓고 창문을 열었다. 실내 기온이 뚝 떨어졌다. 메리언은 자포자기하며 셰리주를 내왔다. 피터가 점점 못마땅하게 여기고 있는데, 어떻게 하면 좋을지 알 수가 없었다. 클래라가 조금 체면을 차려주었으면 좋겠다는 생각이 들었다. 자기 아이들한테서 고약한 냄새가 난다는 걸 부인하지는 않았지만 그걸 애써 감추려고 하지도 않았다. 시인하고 거의 단언하다시피 했다. 마치 알아주길 바란다는 식이었다.

아이들의 기저귀를 갈고 달래서 두 명은 소파에, 한 명은 바닥에 둔 캐리어 안에 눕히고 그들은 저녁을 먹기 위해 자리에 앉았다. 메리언은 이제 대화를 나눌 수 있길 바랐다. 미트볼을 숨기는 데 집중하고 심판 역할은 사양하고 싶은데, 유쾌한 이야깃거리가 생각나지 않았다. "클래라가 그러는데 우표를 수집하신다고요." 그녀는 조심스럽게 이 말을 꺼냈지만 어찌 된 영문인지 조가 듣지 못했다. 아무튼 대답을 하지 않았다. 피터가 묻는 눈빛으로 그녀를 흘끗 쳐다보았다. 그녀는 지저분한 농담을 했는데 아무도 웃지 않은 듯한 기분을 달래며 롤빵을 만지작거렸다.

피터와 조는 국제 정세를 주제로 대화를 나누기 시작했지만 서로의 생각이 다르다는 것이 분명해지자 피터가 요령 있게 화제를 바꿨다. 대학에서 철학 수업을 한번 들은 적이 있는데 플라톤을 절대 이해할 수 없었다며 조에게 설명을 부탁해도 되겠느냐고 했다. 조는 칸트 전공이라 그건 안 되겠다며 피터에게 상속세에 대해 전문적인 질문을 했다. 그러면서 그와 클래라가 장례 협동조합원이라고 덧붙였다.

"그건 나도 몰랐네." 메리언은 접시에 면을 두 번째로 덜며 클래라에게 조용히 말했다. 모두의 시선이 그녀의 접시에 꽂혀 있고 상추 아래에 숨긴 미트볼이 엑스레이에 찍힌 뼈처럼 여실히 드러나는 느낌이었다. 촛불을 두 개가 아니라 하나만 켤 걸 그랬다고 후회가 됐다.

"응, 맞아." 클래라가 사무적으로 말했다. "조가 시신 방부 처리를 싫어하거든."

메리언은 피터가 이것을 조금 급진적인 발상으로 받아들이지 않을까 싶어 조바심이 났다. 그녀는 속으로 한숨을 쉬며 조는 이상주의적이고 피터는 실용주의적인 게 문제라고 생각했다. 넥타이만 봐도 알 수 있었다. 피터의 넥타이는 짙은 초록색의 페이즐리 무늬로, 우아하고 기능 위주였다. 조의 넥타이는 음, 이제는 넥타이라고 볼 수도 없었다. 넥타이의 추상적인 형태였다. 그녀는 두 사람이 아마도 자기는 평생 그런 넥타이를 맬 일이 없을 거라고 생각하며 서로의 넥타이를 빤히 쳐다보는 순간을 포착했다.

그녀는 잔을 개수대에 넣기 시작했다. 분위기가 별로 좋지 않았다는 데 신경이 쓰였다. 쉬는 시간에 잡기 놀이를 할 때 술래가 그렇듯 그녀의 책임인 것처럼 느껴졌다. '아, 맞다.' 그녀는 기억을 떠올렸다. '렌을 만났을 때는 죽이 잘 맞았잖아.' 아무튼 별 상관이 없었다. 클래라와 조는 과거의 인물이었고 피터는 그녀의 과거에 적응할 필요가 없었다. 중요한 건 미래였다. 그녀는 살짝 몸을 떨었다. 피터가 창문을 열어놓았기 때문에 집이 계속 추웠다. 그녀의 몸에서는 고동색 녹용 껍질과 가구 광택제 냄새가 풍길 테고, 그녀가 지나가면 뒤에서 부스럭거리며 기침을 할 테고, 그녀가 고개를 돌리면 빤히 쳐다보는 사람들의 얼굴과 맞닥뜨릴 테고, 그들이 앞으로 달려나와 문지방을 넘으면 하얀 눈보라가 일어 종잇조각들이 그들의 얼굴을 때리고 머리와 어깨에 눈처럼 내려앉을 것이다.

그녀는 비타민을 한 알 먹고 우유를 한 잔 마시려고 냉장고 문을 열었다. 정말이지 그 냉장고를 어떻게든 좀 해야 했다. 지난 2, 3주 동안 그들의 상호 의존적인 청소 시스템이 붕괴됐다. 오늘 저녁 약속을 앞두고 그녀가 기실을 치우기는 했지만 접시는 개수대에 씻지 않은 채로 둘게 뻔했고, 그러면 에인슬리는 그 위에 자기가 쓴 접시를 쌓을 테고 씻어놓은 접시가 하나도 보이지 않을 때까지 계속 그런 상태가 유지될 것이다. 그러면 필요할 때마다 맨 위 접시를 씻어서 쓸 테고 나머지는 그대로 그 자리에 남을 것이다. 그리고 냉장고는 성에를 제거해야 할 뿐 아니라 조그만 병에 남긴 음식과 포일 및 갈색 종이봉투에 담긴 이런저런 찌꺼기들로 칸마다 지저분했다. 조만간 냄새도 날 것이다. 그 안에서 무슨 사태가 벌어지건 집 안 전체로, 최소한 계단 아래로까지 너무 금세 번지지만은 않기를 바랄 따름이었다. 그 사태가 확산되기 전에 그녀가 결혼할 수도 있었다.

에인슬리는 저녁을 같이 먹지 않았다. 그녀는 매주 금요일 저녁마다 임산부 교실에 참석했다. 메리언이 식탁보를 개고 있을 때 그녀가 계단을 올라와서 방으로 들어가는 소리가 들리더니 곧이어 떨리는 목소리로 이렇게 외쳤다. "메리언, 잠깐 와줄 수 있어?"

그녀는 에인슬리의 방으로 들어가 바닥을 늪처럼 덮은 옷을 헤치고 에인슬리가 쓰러져 누운 침대로 다가갔다. "무슨 일 있어?" 그녀는 물었다. 에인슬리가 낙심한 표정이었다.

"아, 메리언." 그녀가 떨리는 목소리로 말했다. "너무 끔찍해. 오늘 저녁에 임산부 교실에 갔거든. 아주 기분이 좋았고 첫 번째 강연을 듣는 동안 뜨개질도 하고 그랬어. 첫 번째 강연 주제는 모유수유의 장점이었는데 요즘은 모유수유 협회도 있대. 그리고 나서 심, 심, 심리학자의 강연이 시작됐는데 주제가 이상적인 아버지상이었거든." 그녀는 울음을 터뜨리기 직전이었다. 메리언은 일어나 화장대를 뒤진 끝에 만일의 경우에 쓸 만한 지저분한 크리넥스 한 조각을 찾아냈다. 불안했다. 눈물을 보이다니 에인슬리답지 않았다.

"아이들이 어릴 때 집에서 든든한 아버지상을 머릿속에 심어주어야 한다지 뭐야." 그녀는 마음이 진정되자 이렇게 말했다. "그래야 좋다고, 특히 아들일 경우에는 그래야 정상인 기분이 들 수 있대."

"뭐, 그건 너도 전부터 알았던 사실 아니야?" 메리언은 물었다.

"아, 아니야, 메리언. 생각보다 훨씬 끔찍해. 강사가 통계자료랑 기타 등등을 다 보여주더라고. 과학적으로 입증이 됐대." 그녀는 침을 꿀꺽 삼켰다. "이 아이가 아들이라면 나중에 호, 호, 호, 호모로 자랄 게 분명해!" 지금까지 그녀에게 한 번도 관심을 보인 적 없는 범주의 남자가 등장하자 에인슬리의 파랗고 커다란 두 눈 가득 눈물이 고였다. 메리언이 크리넥스를 내밀었지만 에인슬리는 손사래 쳤다. 그러고는 일어나 앉아서 머리칼을 뒤로 넘겼다.

"방법이 있을 거야." 그녀는 말하고 턱을 용감하게 치켜들었다.

21

그들은 넓은 돌계단을 올라 묵직한 문을 지날 때까지 손을 잡고 있었
지만 회전식 개찰구 앞에서는 손을 놓는 수밖에 없었다. 안으로 들어간
뒤에는 다시 손을 잡으면 안 될 것 같았다. 금색 모자이크로 덮인 높다
란 돔 천장에서 풍기는 교회 같은 분위기 때문에 손가락만 닿는 것이라
하더라도 신체적인 접촉이 꺼려졌고, 파란 제복을 입은 백발의 경비는
그녀의 돈을 받으며 그들에게 미간을 찌푸렸다. 메리언은 그 우거지상
을 보고 예전에 초등학생 때 버스를 타고 이 도시로 두 번 견학 왔을 때
를 떠올렸다. 아마 입장료 때문에 그랬을 것이다.

"가요." 덩컨이 속삭임에 가까운 목소리로 말했다. "내가 좋아하는 전
시품을 보여줄게요."

그들은 기하학적 곡선의 천장을 향해 어울리지 않는 토템 기둥을 감
싸고 이어지는 나선형 계단을 올라갔다. 메리언은 박물관에서도 이 근
처는 하도 오랜만이라 편도선 수술을 받고 마취에서 깨어날 때 꿀 법
한, 유쾌하지만은 않은 꿈속에 등장하는 공간처럼 느껴졌다. 대학 시절
에 지하층에서 열린 수업을 들었을 때(종교 지식이라는 과목을 피할 방

법이 그것밖에 없어서 들은 지질학 수업이었는데, 이후로 암석 표본을 대할 때마다 신경질이 났다) 가끔 박물관 1층에 있는 커피숍에 간 적이 있었다. 하지만 그때 이후로 다시 여기까지 대리석 계단을 올라온 적은 없었다. 주발 모양인 이곳은 공기가 거의 꽉 찬 듯 느껴졌고, 저 높이 달린 좁은 창문으로 들어오는 희미한 겨울 햇살이 선명해지면 먼지 기둥이 눈에 보였다.

그들은 잠깐 걸음을 멈추고 난간 너머를 내다보았다. 저 아래에서 어린 학생들이 한 줄로 회전식 개찰구를 지나 원형 홀 옆쪽에 쌓여 있는 캔버스 접의자를 가지러 가고 있는데, 원근감 때문에 키가 작아 보였다. 날카로운 목소리들이 그들을 빽빽하게 에워싼 공간에 묻혀 실제보다 더 멀리 있는 것처럼 느껴졌다.

"저 아이들이 여기까지 올라오지 않았으면 좋겠네요." 덩컨이 대리석 난간에서 몸을 떼어내며 말했다. 그가 그녀의 외투 자락을 당겨 전시실의 분실로 데려갔다. 그들은 삐걱거리는 쪽매널 마루를 밟으며 줄줄이 이어지는 유리 진열장을 천천히 지났다.

그녀는 지난 3주 동안 덩컨을 자주 만났다. 예전처럼 우연한 만남이라기보다 사전 공모였다. 그는 '밀턴의 작품에서 보이는 단음절어'를 주제로 또다시 기말 보고서를 쓰는 중이었고 파격적인 시각에서 밀턴의 문체를 광범위하게 분석하는 내용이 될 거라고 했다. 그는 두 주 반 동안 "주지의 사실이지만……"으로 시작되는 첫 문장에서 진도를 나가지 못했고 빨래방이라는 핑계를 소진한 뒤라 툭하면 탈출의 필요성을 느꼈다.

"영문학을 전공하는 여자 대학원생을 찾아보지 그래요?" 그녀는 상점 쇼윈도에 비친 그들의 얼굴이 그날따라 유난히 안 어울려 보인다는 걸 느꼈을 때 이렇게 물은 적이 있었다. 그녀는 돈을 받고 그를 산책시켜주는 사람 같아 보였다.

"그건 탈출이 되지 못할 거예요." 그가 말했다. "그들도 전부 기말 보고서를 쓰고 있을 테니까 거기에 대해서 의논을 하는 수밖에 없겠죠. 게다가." 그는 시무룩하게 덧붙였다. "그들은 가슴이 너무 작아요. 아니면." 그는 잠깐 말을 끊었다가 추가로 덧붙였다. "너무 크든지."

메리언은 자신이 이른바 '이용'당하고 있다는 걸 알았지만 이용당하는 이유를 아는 한 상관없었다. 의식 선상에서 최대한 벗어나지만 않으면 됐다. 물론 덩컨이 그녀에게 시간과 관심을 이른바 '요구'하기는 했지만 그래도 어떤 정신적인 보답으로 그녀에게 부담을 안기지는 않았다. 그의 완벽한 이기주의가 신기하게 위안이 됐다. 때문에 그가 입술로 뺨을 간질이며 "있잖아요, 나는 당신을 별로 좋아하지도 않아요"라고 말했을 때에도 대답할 필요가 없었기에 심란하지 않았다. 하지만 피터가 거의 같은 위치에 입을 대고 "사랑해"라고 속삭이고 메아리 반응을 기다리면 그녀는 있는 힘껏 노력해야 했다.

그녀도 덩컨을 이용하고 있을 텐데 목적이 뭔지 좀처럼 알 수가 없었다. 요즘 들어서는 모든 목적이 그랬다. 지금까지 지나온 긴 시간(시간이 지나가고 있다는 것이 신기했다. 그녀는 앞으로 두 주 뒤에 피터가 주최하는 파티가 끝나면 다음 날 고향집으로 내려갈 예정이었고 그로부터 2주인가 3주 있으면 결혼식이었다)은 그저 물살에 몸을 맡기고 기다린 시간, 아무 특별한 사건 없이 인내한 시간이었다. 과거의 사건으로 결정된 미래의 사건을 기다리는 시간이었다. 반면에 덩컨과 함께 있으면 현재라는 회오리에 휩쓸렸다. 그들에게는 사실상 과거도 미래도 없었다.

덩컨은 그녀의 결혼식에 짜증 날 정도로 관심이 없었다. 그녀가 어쩔 수 없이 거기에 대해 몇 마디를 하면 듣기만 했고 그녀가 결혼하기로 한 건 잘한 일 같다고 하면 살짝 웃으며 어깨를 으쓱하고는 아무 감정 없는 목소리로 자기 생각에는 엄청난 실수 같지만 그래도 그녀가 완벽하게 대처하고 있는 것 같아 보인다고, 아무튼 그건 그녀의 문제라고 했다. 그러고는 복잡하고 언제나 흥미로운 자기 자신에게로 화제를 돌렸다. 그녀가 현재만 계속 이어지는 그의 세상에서 벗어나면 어떻게 될지 관심이 없는 눈치였다. 그녀가 결혼한 이후를 두고 하는 말이라고는 다른 대체재를 찾아야 하지 않겠느냐는 뉘앙스를 풍기는 것이 고작이었다. 그녀는 관심을 보이지 않는 그의 태도에 마음이 놓였지만 왜 그러는지 이유를 알고 싶지는 않았다.

그들은 동양관을 지났다. 옅은 색 꽃병과 유약을 바르고 옻칠한 접시가 많았다. 메리언은 거대한 벽면 스크린을 흘깃 쳐다보았다. 금색의 조그만 신과 여신들이 중앙의 거대한 형상을 에워싸고 있는데, 그것은 바로 비대한 부처를 닮은 위인이었고 난쟁이가 된 가정주부 군단을 신의 뜻에 따라 평온하고 영묘하게 다스리는 보그 부인처럼 미소를 짓고 있었다.

그녀는 그가 다급하고 심란한 목소리로 전화해 만나자고 할 때마다 왠지 모르게 항상 반가웠다. 그들은 인적이 드문 곳에서 만나야 했고—눈 내리는 공원, 화랑, 어쩌다 한 번씩은 술집(하지만 파크 플라자는 절대 피했다) 등—그러다 보니 가끔 포옹을 하더라도 남들 눈을 피해 우발적으로 슬쩍 끌어안았고 겹겹이 몸을 감싼 겨울옷 때문에 많이 거추장스러웠다. 그날 아침에 그는 그녀의 회사로 전화해 박물관에서 만나자고 명령에 가깝게 제안했다. "박물관에 미치도록 가고 싶어요." 그가 말했다. 그녀는 치과 예약이 있다는 핑계를 대고 사무실에서 일찍 빠져나왔다. 드디어 일주일만 있으면 퇴사고 후임이 이미 연수를 받고 있었으니 상관없었다.

박물관은 훌륭한 선택이었다. 피터는 박물관을 찾을 일이 없었다. 피터와 덩컨이 서로 맞닥뜨리는 것은 생각만 해도 두려웠다. 피터가 발끈할 이유가 없는 데다—경쟁이나 뭐 그런 말도 안 되는 구도는 절대 아니었고 그와는 아무 상관 없는 일이었다—둘이 서로 맞닥뜨린다 한들 덩컨을 대학교나 뭐 그런 데서 만난 친구라고 둘러대면 될 테니 당치 않은 두려움이기는 했다. 아무 일 없을 테지만 그녀가 진심으로 두려워하는 것은 피터와의 관계가 무너지는 것이 아니라 두 남자 중 한 명이 다른 한 명에 의해 무너지는 것이었다. 누가 누구에 의해 왜 무너지는 지는 설명할 도리가 없었고, 그렇게 막연한 예감을 느낀다는 데 스스로 놀랄 때가 많았다.

하지만 이런 이유로 인해 그를 아파트로 부를 수가 없었다. 위험 부담이 너무 컸다. 그녀 쪽에서 그의 아파트로 몇 번 찾아간 적은 있었지만 번번이 룸메이트 하나 혹은 둘이 의심스러운 눈초리로 어설프게 싫은 티를 내며 집을 지키고 있었다. 그러면 덩컨이 전보다 더 불안해졌고 그들은 얼른 집에서 나오곤 했다.

"그 사람들은 왜 나를 싫어해요?" 그녀가 물었다. 그들은 정교하게 돈을 새김한 중국 갑옷을 보려고 걸음을 멈춘 참이었다.

"뭐, 그 친구들이 당신을 싫어하는 건 아니에요. 사실 괜찮은 아가씨 같다면서 나중에 집으로 초대해서 저녁 같이 먹으며 친해졌으면 좋겠다고 했어요. 내가 얘기하지 않았거든요." 그는 웃음을 참으며 말했다. "당신이 조만간 결혼한다는 걸. 그래서 당신을 가족으로 받아들여도 되겠는지 유심히 관찰하고 싶은 거예요. 나를 보호하려고. 그 친구들은 나를 걱정하는 데서 감정적인 활력을 얻기 때문에 내가 타락하지 않길 바라요. 내가 너무 어리다고 생각하거든요."

"하지만 내가 뭐 그리 위협적인 존재라고 그래요? 그들이 무엇으로부터 당신을 보호하려는 건데요?"

"뭐, 당신은 영문과 대학원생이 아니잖아요. 그리고 여자고요."

"아니, 다들 여자를 한 번도 안 만나봤어요?" 그녀는 씩씩대며 물었다.

덩컨은 곰곰이 생각했다. "아마도요. 진지하게는요. 아, 잘 모르겠어요. 부모님에 대해서는 원래 잘 모르는 법이잖아요. 태초의 순수 비슷한 상태에서 지낼 거라고 생각하지. 하지만 트레버는 스펜서풍의 중세 순결주의를 믿는 눈치예요. 피시의 경우에는 음, 이론상으로는 그래도 된다고 생각하고 입만 열면 그 얘기고 심지어 논문 주제도 온통 섹스로 도배되어 있지만, 천생연분이 등장할 때까지 기다려야 하고 그런 사람을 만나면 전기에 감전된 것 같을 거라고 생각해요. '어느 황홀한 저녁'(영화 〈남태평양〉의 주제가―옮긴이)이나 D. H. 로런스나 뭐 그런 데서 배웠을 거예요. 그런데 어휴, 너무 오랫동안 기다리고 있지 뭐예요. 이제 거의 서른이 다 돼가고 있으니……."

메리언은 연민을 느꼈다. 나이를 먹어가는 미혼 여자들 중에서 피시에게 잘 어울릴 만한 상대가 누가 있을지 꼽아보았다. 밀리? 루시?

계속 걸음을 옮겨 다른 모퉁이를 지나자 또다시 유리 진열장으로 가득한 전시실이 그들을 맞았다. 이 무렵 그녀는 완전히 길을 잃었다. 미로 같은 복도와 넓은 홀과 구불구불한 길 때문에 방향감각을 상실했다. 박물관에서도 이 일대에는 아무도 없는 듯했다.

"여기가 어딘지 알아요?" 그녀가 조금 불안한 목소리로 물었다.

"네." 그가 말했다. "거의 다 왔어요."

그들은 아치형 입구를 지났다. 지금까지 지나온 빽빽하고 금빛으로 번쩍이던 동양관과 다르게 이 전시실은 상대적으로 우중충하고 빈 공간이 많았다. 메리언은 벽에 걸린 벽화를 보고 거기가 고대이집트관인 걸 알았다.

"나는 가끔 여길 찾아요." 덩컨이 거의 혼잣말처럼 중얼거렸다. "불멸에 대해 명상하려고요. 이게 내가 제일 좋아하는 미라의 관이에요."

메리언은 금색으로 칠한 얼굴을 유리 너머로 내려다보았다. 테두리를 짙은 파란색으로 그린 특유의 두 눈을 동그랗게 뜨고 있었다. 그 눈이 평온하고 공허한 눈빛으로 그녀를 올려다보았다. 미라의 전면에는 가슴 높이에 날개를 펼친 새가 그려져 있었는데, 깃털을 일일이 묘사했고, 그 비슷한 새가 허벅지에 한 마리, 발에 또 한 마리 있었다. 나머지 장식은 그보다 크기가 작았다. 주황색 태양 몇 개, 왕관을 쓰고 왕좌에 앉아 있거나 배를 타고 어디론가 향해 가는 황금색 인물 몇 명이었다. 그리고 눈처럼 생긴 특이한 상징이 반복됐다.

"미인이네요." 메리언은 이렇게 말했지만 자신이 과연 진심으로 그렇게 생각하는지 궁금해졌다. 유리 표면 아래에 누워 있는 그 형체는 물에 빠져서 부유하는 기이한 표정을 짓고 있었다. 황금색 거죽 위로 잔물결이 일었고……

"아마 남자일 거예요." 덩컨은 말하고 다음 진열장으로 넘어갔다. "가끔 영원히 살고 싶다는 생각이 들 때도 있어요. 그러면 시간에 대해 걱정할 필요가 없잖아요. 아, 변신이여. 우리 인간은 시간을 초월하려고 애를 쓰는데 왜 그걸 막는 것조차 하지 못하는지 이유를 모르겠어요……"

그녀는 다가가, 그가 무얼 보고 있는지 확인했다. 안에 든 쪼그라든 형체를 볼 수 있게 문을 열어놓은 또 다른 미라의 관이었다. 머리에 감았던 누레진 리넨을 풀어놓아서 회색으로 말라붙은 피부와 검은색 머리카락 몇 가닥과 신기하리만치 완벽한 치아가 드러났다. "보존 상태가 아주 좋네요." 덩컨은 이 분야에 대해 좀 아는 사람 같은 말투로 이렇게 평가했다. "요즘은 절대 이렇게 못 해요. 광고에 나오는 수많은 장의사들은 할 수 있는 척하지만."

메리언은 몸서리를 치며 고개를 돌렸다. 미라가 아니라—이런 전시품 감상은 좋아하지 않았다—거기에 매료된 덩컨에게 호기심이 생겼다. 바로 그 순간 그녀가 손을 내밀어 그를 건드리면 그가 바스러질지 모른다는 생각이 어딘지 모를 곳에서 그녀의 머릿속으로 흘러 들어왔다. "소름 끼쳐요." 그녀는 말했다.

"죽음이 뭐 어때서요?" 덩컨이 갑자기 큰 소리로 빈 전시관을 쩌렁쩌렁 울려가며 물었다. "그게 끔찍할 게 뭐가 있어요. 인간은 누구나 죽잖아요. 완벽하게 자연스러운 현상이에요."

"그걸 좋아하는 건 자연스러운 현상이 아니죠." 그녀는 항변하며 그에게로 고개를 돌렸다. 그는 그녀를 보며 씩 웃고 있었다.

"내 말을 진지하게 받아들이지 말아요." 그가 말했다. "이미 경고했잖아요. 이제 가서 내 자궁의 상징을 보여줄게요. 조만간 피시한테도 보여줄 생각이에요. '비어트릭스 포터의 작품에서 보이는 자궁의 상징'이라는 제목으로 빅토리아시대를 연구한 소논문을 쓰겠다고 으름장을 놓고 있거든요. 말려야 해요."

그는 그녀를 전시관 저쪽 구석으로 데려갔다. 햇빛이 급속도로 희미해져가는 시각이라 그녀는 진열장 안에 들어 있는 전시품의 정체를 처음에는 알아보지 못했다. 꼭 조약돌 더미처럼 보였다. 그러다가 군데군데 아직 피부로 덮여 있고 무릎을 끌어 올려 옆으로 누운 해골이라는 것을 알아차렸다. 옆에 질항아리 몇 개와 목걸이가 놓여 있었다. 체구가 하도 작아서 어린아이인가 싶었다.

"피라미드 이전 시대의 해골이에요." 덩컨이 말했다. "사막의 모래 덕분에 보존됐어요. 나도 여기가 정말 지긋지긋해지면 거기 가서 구덩이를 파고 그 안에 들어갈까 봐요. 어쩌면 도서관도 그런 용도로 괜찮을지 몰라요. 이 도시는 습도가 높아서 썩겠지만."

메리언은 유리 진열장 위로 몸을 숙였다. 발달이 덜 된 그 해골이 애처로워 보였다. 툭 튀어나온 갈비뼈와 가는 다리와 굶주린 어깨뼈가 저개발국이나 강제수용소의 사람들을 찍은 사진 같았다. 그걸 품에 안고 싶지는 않았지만 속절없이 가슴이 아팠다.

그녀는 걸음을 옮겨 덩컨을 올려다보았을 때 그가 자신을 향해 손을 뻗고 있는 것을 보고 소스라치게 놀라며 보일락 말락 하게 몸서리쳤다. 이런 상황에서 그의 야윈 몸은 듬직하게 느껴지지 않았기 때문에 그녀는 뒤로 살짝 물러났다.

"걱정 말아요." 그가 말했다. "내가 무덤에서 부활하지는 않을 테니까." 그는 그녀를 향해 슬픈 미소를 지으며 그녀의 둥그스름한 뺨을 한 손으로 쓸고 지나갔다. "문제는 뭔가 하면, 특히 내가 사람들을 대하고 그들을 만지거나 그럴 때 문제가 뭔가 하면, 표면에 집중하지 못한다는 거예요. 표면에 대해서만 생각할 수 있다면 아무 문제 없고 충분히 현실적인데 그 안에 뭐가 있을지 궁금해지기 시작하면……."

그가 허리를 숙여서 그녀에게 입을 맞추었다. 그녀는 몸을 돌려 겨울 외투를 입은 그의 어깨에 고개를 대고 눈을 감았다. 그가 평소보다 더

여리게 느껴졌다. 겁이 나서 그를 와락 끌어안을 수도 없었다.

쪽매널 마루가 삐걱거리는 소리에 눈을 떠보니 회색의 근엄한 두 눈이 그녀를 빤히 쳐다보고 있었다. 그들을 뒤따라온 파란 제복의 경비였다. 그가 덩컨의 어깨를 두드렸다.

"죄송합니다." 그가 깍듯하지만 단호하게 말했다. "하지만 음, 미라 전시실에서 키스는 허용되지 않습니다."

"아." 덩컨이 말했다. "죄송합니다."

그들은 미로 같은 전시실을 되짚어 나와 중앙 계단에 다다랐다. 접이식 의자를 든 학생들이 맞은편 방에서 쏟아져 나오고 있었다. 그들은 움직이는 조그만 발의 물결에 휩쓸렸고 폭포처럼 쏟아지는 귀에 거슬리는 웃음소리에 떠밀려 대리석 계단을 내려갔다.

덩컨이 커피를 마시러 가자고 했기에 그들은 박물관 커피숍의 지저분한 정사각형 테이블에 앉았다. 어색할 정도로 심각한 표정을 짓고 있는 학생들이 삼삼오오 곳곳에 앉아 있었다. 메리언은 커피를 마신다고 하면 사무실과 오전 휴식시간을 연상하게 된 지 하도 오래됐기 때문에 사무실의 처녀들 셋이 당장이라도 테이블 맞은편 덩컨의 옆으로 등장할 것처럼 느껴졌다.

덩컨이 커피를 저었다. "크림 넣어요?" 그가 물었다.

"아뇨, 괜찮아요." 그녀는 이렇게 말했다가 영양분 공급에 도움이 될 거라는 생각이 들자 마음을 바꿔서 조금 넣었다.

"있잖아요, 우리 둘이 같이 자는 것도 좋은 생각일지 몰라요." 덩컨은 숟가락을 테이블에 내려놓으며 아무렇지 않은 투로 말했다.

메리언은 속으로 흠칫했다. 그녀는 스스로 정한 기준에 따르면 절대 결백하다는 이유를 대가며 덩컨과의 관계(무슨 관계였는지는 모르겠지만)를 합리화하고 있었다. 최근 들어 느낀 바에 따르면 결백은 옷과 막연한 연관성이 있었다. 옷깃과 긴팔이 마지노선이었다. 그녀의 합리화는 항상 피터와의 대화를 상상하는 형태를 띠었다. 피터가 질투하며 "뼈만 앙상한 학자 스타일을 자주 만난다는 소문이 들리던데 어떻게 된 일이야?"라고 물으면 그녀는 "말도 안 되는 소리 하지 마, 피터, 백 퍼센트 결백한 사이야. 그리고 어차피 우리는 두 달 있으면 결혼하잖아" 하고 대답할 것이다. 그게 아니라 한 달 반인가? 한 달인가?

"말도 안 되는 소리 하지 말아요, 덩컨." 그녀는 말했다. "그건 있을 수 없는 일이에요. 나는 한 달 있으면 결혼할 사람이라고요."

"그건 당신 문제잖아요." 그가 말했다. "나하고는 전혀 상관없는. 그리고 나는 그게 나를 위해서 좋은 생각일지 모른다는 거고요."

"왜요?" 그녀는 물으며 자기도 모르게 미소를 지었다. 이 정도로 그녀의 입장을 무시할 수 있다니 놀라웠다.

"두말하면 잔소리지만 중요한 건 당신이 아니에요. 그 행위지. 내 말은, 당신이 개인적으로 내 안에서 격렬한 욕정을 불러일으키거나 그러지는 않아요. 하지만 당신은 어떻게 하면 되는지 알 테고 능숙하게 합리적으로, 어찌 보면 침착하게 대처할 거 아니에요. 어떤 여자들과는 달리요. 섹스를 둘러싼 나의 이 문제를 극복할 수 있으면 좋지 않을까 하는 생각이 들어요." 그는 설탕을 테이블에 쏟고 집게손가락으로 그 안에 어떤 무늬를 그리기 시작했다.

"이 문제라뇨?"

"음, 나는 어쩌면 잠재적 동성애자일지 몰라요." 그는 잠깐 고민에 잠겼다. "아니면 잠재적 이성애자일 수도 있고요. 아무튼 상당히 잠재적이에요. 이유는 정말이지 모르겠지만요. 물론 지금까지 몇 번 시도는 해봤지만 부질없다는 생각이 들기 시작해서 포기하게 돼요. 뭔가를 해야하는데 나는 어느 시점이 지나면 가만히 누워서 천장만 올려다보고 싶어지기 때문일지 몰라요. 기말 보고서를 써야 할 때는 섹스 생각이 나지만, 적극적으로 나오는 미인을 한쪽 구석에 몰아넣거나 산울타리 아래에서 서로 끌어안고 뒹굴거나 기타 등등, **최후의 일격**을 향해 만반의 준비를 갖추어야 하는 상황이 되면 기말 보고서 생각이 나기 시작해요. 번갈아 현실도피를 하고 있다는 것도, 둘 다 기본적으로 현실도피라는 것도 알지만 어떤 현실로부터의 도피일까요? 아무튼 여자들이 너무 문학적으로 접근하는 이유는 책을 많이 읽지 않았기 때문이에요. 책을 좀더 읽으면 그 모든 장면이 이미 한물갔다는 걸 알 수 있을 거예요. **구역질**이 날 정도로요. 어쩌면 그렇게 진부할 수 있을까요? 여자들이 흐느적거리고 꿈틀거리고 격정을 분출하며 열심히 노력하면 나는 젠장, 또 누군지 모를 사람을 조잡하게 흉내 내고 있네, 이런 생각이 들기 시작하고 흥미를 잃어요. 더 심각한 경우에는 웃음이 나고요. 그러면 여자들은 히스테리를 일으키죠." 그는 생각에 잠긴 표정으로 손가락에 묻은 설탕을 핥았다.

"나는 다를 거라고 생각하는 이유가 뭐예요?" 그녀는 아주 노련한 전문가가 된 듯한 기분이, 나이 지긋한 유부녀에 가까워진 듯한 기분이 들기 시작했다. 튼튼한 구두와 풀을 먹인 소맷동과 주삿바늘이 가득 담긴 가죽 가방이 필요한 상황이었겠어. 그녀는 생각했다.

"뭐." 그는 말했다. "어쩌면 다르지 않을 수도 있겠죠. 하지만 최소한 당신은 히스테리 부리지 않게 미리 얘기하는 거예요."

그들은 말없이 앉아 있었다. 메리언은 그가 한 말에 대해 생각했다.

그런 식으로 아무 감정 없이 요구하다니 모욕감을 느껴야 맞는 거였다. 그런데 모욕감이 느껴지지 않는 이유가 뭘까? 오히려 맥박을 재거나 하는 식의 임상적인 도움을 주어야 할 것만 같았다.

"음……." 그녀는 신중히 고민했다. 문득 그들의 대화를 듣고 있는 사람이 없는지 궁금해졌다. 그녀는 좌우를 두리번거리다 문가 테이블에 앉아서 그녀 쪽을 쳐다보고 있던, 수염을 기른 거구의 남자와 눈이 마주쳤다. 인류학 교수일 수도 있겠다는 생각이 들었다가 다음 순간 덩컨의 룸메이트 중 한 명이라는 것을 알아차렸다. 그녀를 등지고 앉아 있는 금발 일행은 분명 다른 룸메이트일 것이었다.

"당신 부모님 중 한 명이 저기 있네요." 그녀는 말했다.

덩컨은 몸을 홱 돌렸다. "아." 그가 말했다. "가서 아는 척하는 게 좋겠어요." 그는 그들의 테이블로 건너가 의자에 앉았다. 서로 몸을 옹송그리고 수군수군 대화를 나누더니 그가 일어나서 그녀에게로 돌아왔다. "트레버가 집에 가서 같이 저녁 먹겠느냐고 물어보래요." 그는 외운 메시지를 전달하는 어린아이 같은 말투로 이렇게 얘기했다.

"내가 그랬으면 좋겠어요?" 그녀는 물었다.

"나요? 아, 그럼요. 아마도요. 나쁠 것 없잖아요?"

"그럼 좋다고 전해줘요." 그녀는 말했다. 피터는 사건을 하나 맡았고 에인슬리는 임산부 교실에 가는 날이었다.

그는 건너가서 그녀의 수락 의사를 전했다. 잠시 후에 두 룸메이트는 자리에서 일어나 밖으로 나갔고 덩컨은 구부정하게 돌아와 의자에 앉았다. "트레버가 신난대요." 그가 보고했다. "얼른 달려가서 오븐에 뭐 좀 넣어야겠대요. 별건 아니라고 했어요. 한 시간 있다가 오래요."

메리언은 미소를 지으려다가 손으로 입을 가렸다. 먹을 수 없는 그

많은 것들이 불현듯 떠올랐다. "뭘 준비할 것 같아요?" 그녀는 소심하게 물었다.

덩컨은 어깨를 으쓱했어요. "글쎄요. 트레버는 꼬챙이에 뭘 꿰어서 거기다 불을 지르는 걸 좋아하는데. 왜요?"

"아." 그녀는 말했다. "내가 못 먹는 게 많거든요. 그러니까 최근 들어서 안 먹는 게 많아졌어요. 대표적으로 고기하고 달걀이랑 몇 가지 채소요."

덩컨은 전혀 놀라지 않는 눈치였다. "뭐, 알았어요." 그는 말했다. "하지만 트레버는 자기 요리에 대한 자부심이 어마어마해요. 그러거나 말거나 나는 항상 햄버거가 더 좋다고 하겠지만 준비한 음식을 조금이라도 먹지 않으면 그가 기분 나빠할 거예요."

"내가 먹은 걸 다 토하면 더 기분 나빠할 텐데." 그녀는 우울하게 말했다. "가지 않는 게 좋겠어요."

"아, 왜 그래요. 같이 방법을 생각해봐요." 그는 심술궂은 호기심이 느껴지는 목소리로 말했다.

"미안해요. 나도 내가 왜 그러는지 모르겠지만 어쩔 도리가 없어 보여요." 그녀는 다이어트를 하는 중이라고 하면 되지 않을까, 하는 생각이 들었다.

"아." 덩컨이 말했다. "어쩌면 당신은 시스템에 반항하는 현대 젊은이를 대변하는 중일지 몰라요. 소화기계통에서부터 시작하는 건 정통이 아니지만. 그래도 뭐 어때요?" 그는 골똘히 생각에 잠겼다. "나는 어차피 예전부터 먹는다는 건 어리석은 행위라고 생각했어요. 나도 할 수 있으면 거기서 벗어나고 싶어요. 다들 죽지 않으려면 먹어야 된다고 하지만요."

그들은 자리에서 일어나 외투를 입었다.

"나로 말할 것 같으면." 문밖으로 나섰을 때 그가 말했다. "대동맥을 통해서 영양분을 공급받고 싶어요. 알맞은 전문가만 알아내면 가능할 수도 있는데……."

22

장갑을 벗고 있었던 메리언은 아파트 공동 현관으로 들어섰을 때 외투 주머니 안으로 슬그머니 손을 넣어서 약혼반지를 반 바퀴 돌렸다. 가슴 뭉클한 관심을 보이며 상황을 오해하고 있는 두 룸메이트 앞에서 그들의 무지를 일깨우는 다이아몬드 반지를 너무 대놓고 과시하는 것은 예의에 어긋나는 처사일 것이었다. 잠시 후에는 반지를 아예 빼버렸다. 그랬다가 '이게 뭐 하는 짓이지? 나는 한 달 있으면 결혼할 몸이야. 그 사람들이 알면 왜 안 되는데?' 하고 생각하고는 다시 꼈다. 그랬다가 '하지만 그 사람들을 두 번 다시 만날 일도 없는데 이 시점에서 상황을 복잡하게 만들 필요는 없지 않을까?'라고 생각하고는 다시 빼서 동전 지갑에 잘 넣었다.

계단을 올라가 문 앞에 다다랐는데, 덩컨이 문손잡이에 손을 대기도 전에 트레버가 문을 열었다. 그는 앞치마를 입고 있었고 은은한 향신료 냄새가 그를 감쌌다.

"올라오는 소리가 들린 것 같았거든요." 그가 말했다. "들어와요. 저녁은 미안하지만 조금 기다려줘야겠어요. 와줘서 정말 고마워요,

음······." 그는 묻는 듯한 눈빛으로 옅은 파란색 눈을 메리언에게 고정했다.

"메리언." 덩컨이 말했다.

"아, 그렇지." 트레버가 말했다. "우리가 정식으로 인사를 나누는 건 처음이죠?" 그가 미소를 짓자 양쪽 뺨에 보조개가 생겼다. "오늘 저녁은 대충 때울 예정이에요. 그냥 있는 걸로." 그는 미간을 찌푸리고 쿵쿵거리더니 놀라서 비명을 지르며 종종걸음으로 쏜살같이 간이 주방으로 사라졌다.

메리언은 문밖 신문지 위에서 장화를 벗었고 덩컨이 그녀의 외투를 방으로 들고 갔다. 그녀는 거실로 들어가 앉을 만한 곳을 찾았다. 트레버의 자주색 의자에도, 덩컨의 초록색 의자에도, 종이로 덮인 바닥에도 앉고 싶지 않았다. 초록색 의자에 앉으면 덩컨이 방에서 나왔을 때 난리가 날 테고 바닥에 앉으면 누군가의 논문을 흐트러뜨릴 수 있었다. 피시는 빨간 의자에 앉아서 널빤지를 바리케이드처럼 팔걸이에 얹어놓고 종이에 뭔가를 열심히 쓰고 있었다. 팔꿈치 옆에 거의 비다시피 한 잔이 놓여 있었다. 결국 그녀는 무릎 위로 두 손을 포개고 덩컨의 의자 팔걸이에 걸터앉았다.

트레버가 셰리주를 크리스털 잔에 담아서 쟁반에 받치고 노래를 흥얼거리며 간이 주방에서 나왔다. "고마워요, 뭐 이런 걸 다 준비하셨어요." 그가 잔을 건네자 메리언은 깍듯하게 말했다. "잔이 정말 예쁘네요!"

"네, 우아하죠? 오래전부터 우리 집에서 쓰던 거예요. 요즘은 우아한 게 거의 멸종 직전이에요." 그는 그 안에 아득히 오래되었지만 급속도로 사라져가는 역사가 담긴 태곳적 풍경이 들어 있기라도 한 것처럼 그녀의 오른쪽 귀를 물끄러미 바라보며 말했다. "특히 이 나라에서는요. 그걸 조금이라도 지킬 수 있게 각자 노력을 기울여야 하지 않겠어요?"

셰리주가 등장했을 때 펜을 내려놓은 피시가 이제 메리언을 쳐다보고 있었는데, 시선이 향한 곳이 얼굴이 아니라 복부, 그중에서도 배꼽 근처 어딘가였다. 그녀는 당황스러웠기 때문에 그의 주의를 딴 데로 돌리기 위해 이렇게 말했다. "덩컨한테 들었는데 비어트릭스 포터를 주제로 논문을 쓰고 있다면서요. 재밌겠어요."

"에? 아, 네. 그럴까 하다가 루이스 캐럴로 바꿨어요, 그쪽이 더 심오해서. 요즘은 19세기가 아주 인기 만점이거든요." 그는 의자에 기대 고개를 뒤로 젖히고 눈을 감았다. 그가 내뱉은 말이 덤불처럼 뒤엉킨 까만 수염을 뚫고 모노톤의 읊조림처럼 허공으로 피어올랐다. "물론 다들 알다시피 《이상한 나라의 앨리스》는 성 정체성 혼란을 다룬 책이죠. 오래전부터 있어왔던 유명한 주제지만 좀 더 깊숙이 파고들고 싶어요. 이게 어떤 작품인지 자세히 들여다보면 한 여자아이가 토끼굴이라는 아주 상징적인 곳으로 내려가 태아 상태로 돌아가 자기 역할을 찾으려고 하는 얘기예요." 그는 입술을 핥았다. "여자로서 자기 역할을요. 맞아요, 그건 아주 확실해요. 패턴이 등장하거든요. 어떤 패턴이요. 성 역할이 하나씩 제시되지만 그 아이는 그중 어떤 것도 받아들이지 못하는 눈치예요. 아니, 정말이지 이러지도 저러지도 못해요. 돌보던 아기가 돼지로 변하니까 어머니 역할을 거부하고, '저놈의 목을 베어라!' 하고 거세 명령을 내리는 여왕처럼 군림하는 여성 역할에도 긍정적으로 반응하지 않죠. 그리고 공작부인이 교묘하게 동성애적인 수작을 거는 걸 보면 그 시절의 루이스가 얼마나 깨어 있었는지 알 수 있는데, 그 아이는 그런 수작을 알아차리지도 못하고 관심도 없어요. 당신도 기억하겠지만 그 직후에 아이는 자기 연민으로 껍데기 안에 갇혀 있는 가짜 거북을 만나러 가는데, 이 거북은 누가 봐도 사춘기 이전 시기를 상징하는 캐릭터죠. 그리고 나서 아이의 목이 길어지며 알을 잡아먹는 뱀으로 몰리는 가장 상징적인, 그야말로 가장 상징적인 장면이 등장하는데, 다소 부정적으로 남근을 닮은 이 정체성을 아이는 격하게 부정하죠. 그리고 완벽하게 동그랗고 상대를 줄일 수도 키울 수도 있는 너무나도 여성적인 버섯 위에 으스대며 앉아 있는, 키가 15센티미터밖에 안 되는 애벌레에 대한 아이의 부정적인 반응, 나는 그 부분이 유독 흥미로워요. 그리고 물론 시간에 대한 집착도 있죠, 순환적인 집착이라기보다 순차적인 집착. 아무튼 아이는 여러 가지 시도를 하지만 아무것에도 마음을 주지 않고, 이야기의 말미에 이르렀을 때 아이가 성숙이라고 할 수 있는 상태에 도달했다고는 볼 수가 없죠. 하지만《거울 나라의 앨리스》에서는 그보다 나아요, 당신도 기억하겠지만…….”

누군가가 숨죽이기는 했지만 그래도 들릴 만하게 키득거리는 소리가 들렸다. 메리언은 놀라서 움찔했다. 들어오는 걸 느끼지도 못했는데 덩컨이 거실 입구에 서 있었던 모양이었다.

피시가 눈을 떴다가 깜빡이며 덩컨을 향해 인상을 썼지만 그가 뭐라고 말할 겨를도 없이 트레버가 부산하게 들어왔다.

“저 녀석이 또 상징이니 뭐니 하며 지긋지긋한 궤변을 늘어놓고 있었어요? 나는 그런 식의 비평은 별로예요. 내가 보기에는 **문체**가 훨씬 중요하거든요. 그런데 피셔는 너무 빈 출신의 학자들을 추종해요, 술을 마시면 그게 더 심해지고. 저 녀석은 너무 위험해요. 너무 시대에 뒤떨어지기도 했고요.” 그가 친구 흥을 보았다. “최근에는《이상한 나라의 앨리스》를 그냥 재밌는 아동소설로 치부하는 것이 대세인데. 저녁 준비 거의 다 끝났는데 덩컨, 상 차리는 거 도와줄래?"

피셔는 의자 깊숙이 몸을 파묻고 앉아서 그들을 지켜보았다. 그들은 종이 더미를 조심스럽게 피하고 필요한 경우 옆으로 치워가며 접이식 카드테이블 두 개를 펼쳤다. 그런 다음 트레버가 그 위에 하얀 식탁보를 씌웠고 덩컨이 은그릇과 접시를 놓기 시작했다. 피시는 널빤지에 놓아두었던 셰리주 잔을 집어서 한입에 잔을 비웠다. 거기 놓여 있는 다른 잔이 보이자 그것도 비웠다.

"자!" 트레버가 외쳤다. "이제 저녁 나옵니다!"

메리언은 자리에서 일어섰다. 트레버는 눈을 반짝였고 밀가루처럼 하얀 양쪽 뺨 정중앙이 흥분으로 동그랗게 벌게졌다. 금발 한 가닥이 그의 우뚝한 이마 위로 흘러내려 힘없이 대롱거렸다. 그는 테이블에 놓인 촛불을 켜고 빙 돌아가서 플로어스탠드를 껐다. 마지막으로 피시 앞에서 널빤지를 치웠다.

"여기 앉으세요, 음, 메리언." 그는 말하고 부엌으로 사라졌다. 그녀는 그가 가리킨 카드테이블 의자에 앉았다. 바짝 다가앉고 싶었지만 테이블 다리 때문에 그럴 수가 없었다. 그녀는 접시를 훑어보며 메뉴를 확인했다. 첫 번째 메뉴는 새우 칵테일이었다. 여기까지는 문제없었다. 그녀는 또 뭐가 차려질지 궁금해하며 불안한 마음을 달랬다. 테이블이 은그릇으로 복작거리는 걸 보면 앞으로 나올 게 많았다. 화려한 화관을 두른 빅토리아풍의 은색 소금통과 두 촛불 사이에 우아하게 자리 잡은 꽃 장식이 그녀의 호기심을 자극했다. 길쭉한 은접시에 담긴 진짜 국화였다.

트레버가 돌아와 부엌과 가장 가까운 쪽 의자에 앉았고 그들은 식사를 시작했다. 덩컨이 그녀의 맞은편에, 피시가 왼편에 앉았는데, 거기가 윗자리일 수도 아랫자리일 수도 있었다. 촛불을 켜놓고 식사를 해서 다행이었다. 부득이한 경우 더 쉽게 해결할 수 있을 것이었다. 난처한 상황이 벌어졌을 때 어떤 식으로 대처하면 좋을지 아직은 오리무중이었고 보아하니 덩컨은 별 도움이 되지 않을 것 같았다. 그는 자기 안으로 침잠해 기계적으로 음식을 먹었고 씹는 동안 촛불에 시선을 고정하고 있어서 약간 사시로 보였다.

"은그릇이 멋지네요." 그녀는 트레버에게 말했다.

"네, 그렇죠?" 그는 미소를 지었다. "우리 집안에서 예전부터 쓰던 거예요. 사기그릇도 그렇고. 성스러운 분위기를 풍기는 것이, 요즘 너도나도 쓰는 삭막한 덴마크 접시보다 훨씬 낫다고 봐요."

메리언은 무늬를 들여다보았다. 활짝 피려는 꽃 모양 무늬에 부채꼴 모양과 세로 홈, 소용돌이무늬가 많았다. "예뻐요." 그녀가 말했다. "저 때문에 너무 번거로워지신 거 아닌가 모르겠어요."

트레버의 얼굴이 환해졌다. 그녀가 마음에 드는 말을 한 게 분명했다. "번거롭다니요, 별말씀을. 나는 잘 먹는 게 아주 중요한 일이라고 생각해요. 그냥 남들처럼 살기 위해 먹으면 무슨 의미겠어요? 소스, 내가 직접 만든 건데, 맛 괜찮아요?" 그는 대답을 기다리지 않고 하던 얘기를 계속했다. "시판 소스는 못 먹겠어요, 너무 똑같잖아요. 강가 시장에 가면 제대로 된 고추냉이를 구할 수 있지만 이 도시에서 싱싱한 새우를 구하기가 얼마나 어려운지……." 그는 귀를 기울이는 것처럼 고개를 모로 꼬더니 벌떡 일어나 모퉁이를 빙 돌아서 간이 주방으로 사라졌다.

자리에 앉은 뒤로 한마디도 하지 않던 피셔가 이제 입을 열고 말을 하기 시작했다. 계속 먹으면서 말을 했기 때문에 음식을 먹고 말을 뱉는 것이 숨쉬기처럼 리드미컬하게 반복됐고 그는 이 두 가지를 무의식적으로 번갈아하는 데 재주가 있는 눈치였다. 그래서 다행이었던 것이, 그가 만약 동작을 멈추고 여기에 대해 곰곰이 생각한다면 큰일 날 게 분명했다. 기도에 새우가 걸리면 얼마나 괴로울까. 게다가 고추냉이 소 스라니. 그녀는 넋을 잃고 그를 쳐다보았다. 그가 대개 눈을 감고 있었 기 때문에 그렇게 대놓고 쳐다볼 수 있었다. 포크가 어떤 메커니즘, 아 니면 그에게만 있는 어떤 감각에 의해 입을 찾아가는 건지 신기하기 짝 이 없었다. 포크에서 박쥐처럼 초음파가 발사되나? 그의 구레나룻이 안 테나 역할을 하는지도 모를 일이었다. 심지어 트레버가 와서 바쁘게 새 우 칵테일 접시를 치우고 그의 앞에 수프 접시를 놓아도 속도를 늦추지 않았고, 포크로 예행연습을 해보다가 숟가락을 집었을 때만 길게 눈을 떴다.

"내가 계획한 논문 주제 말인데요." 그는 이렇게 말문을 열었다. "교수 진이 승인하지 않을지 몰라요, 여기 사람들이 워낙 보수적이라. 하지만 그들에게 퇴짜를 맞더라도 학술지 기고용으로 쓰면 돼요, 인간의 생각 이라는 것은 다 쓸데가 있으니까. 아무튼 요즘은 출간되거나 사장되거 나 둘 중 하나인데, 여기서 안 되면 미국에서 쓰죠, 뭐. 내가 생각 중인 주제는 상당히 획기적이에요. '맬서스와 창작적인 비유.' 물론 맬서스 는 단순한 상징일 뿐이고 내가 밝히고자 하는 것은 현대사회, 그러니까 지난 2, 3세기, 그중에서도 특히 19세기 중반의 출생률 증가와 평론가 들이 시를 대하는 자세의 변화, 그로 인해 달라진 시작법 간의 필연적 인 상관관계예요. 아, 그리고 그걸 모든 창작 예술로 확대 적용할 수도 있겠어요. 현재 너무나 완고하게 유지되고 있는 선을 넘나드는, 예컨대 경영학, 생물학, 문학비평을 한데 아우르는 학제 간 연구가 될 거예요. 다들 너무 좁게, 너무 좁게 파고들고 너무 세분화하려고 하는데, 그러면 놓치고 보지 못하는 게 많아져요. 물론 통계자료도 인용하고 그래프도 몇 개 그려야겠죠. 아직까지는 그냥 기본적인 고민을 하고 일차적인 연구를 진행하고 고대와 현대 저자들의 작품을 점검하는 단계인데…….”

그들은 수프와 함께 셰리주를 마시고 있었다. 피시는 더듬더듬 술잔을 향해 손을 내밀다 하마터면 잔을 쓰러뜨릴 뻔했다.

메리언은 십자포화를 당하는 중이었다. 트레버가 다시 자리에 앉자마자 저편에서 맑고 묽은 수프를 어떤 식으로 아주 약한 불에서 1초, 1초 정성스럽게 추출했는지 설명을 시작했기 때문이었다. 그 테이블에서 그녀 쪽을 쳐다보고 있다고 할 수 있는 사람이 그밖에 없었기에 그녀는 보답하는 차원에서 그를 보고 있어야 할 것 같은 의무감을 느꼈다. 덩컨은 어느 누구에게도 전혀 관심을 보이지 않았고 피시와 트레버는 둘이서 동시에 떠들고 있는 것에 전혀 당황하지 않는 눈치였다. 이런 상황에 익숙한 게 분명했다. 하지만 그녀는 고개를 끄덕이고 가끔 미소를 지으며 시선은 트레버에게, 귀는 피시에게 고정하는 식으로 어찌어찌 대응할 수 있었다. 피시의 연설은 계속됐다. “인구, 특히 평방킬로미터당 인구가 낮고 영아 사망률과 전체 사망률이 높으면 출생에 프리미엄이 붙죠. 인간은 자연의 목적, 자연의 순환 리듬과 조화를 이루며 지냈는데 대지가 이렇게 얘기했어요. 생산하라, 생산하라. 생육하고 번성하라, 이게 어디 나온 말인가 하면…….”

트레버가 벌떡 일어나 테이블을 잽싸게 한 바퀴 돌며 수프 그릇을 치웠다. 그가 말하고 움직이는 속도가 점점 빨라지고 있었다. 뻐꾸기시계의 뻐꾸기처럼 획획 부엌을 드나들었다. 메리언은 피시를 흘끗 쳐다보았다. 수프를 몇 번 흘렸는지 수염이 끈적끈적해졌다. 구레나룻을 기르고 아기용 의자에 앉아 있는 젖먹이 같았다. 메리언은 누가 그의 목에

턱받이를 둘러주었으면 좋겠다는 생각이 들었다.

트레버가 깨끗한 접시를 들고 들어왔다가 다시 퇴장했다. 피시의 말소리를 배경으로 그가 부엌에서 부스럭거리는 소리가 들렸다. "따라서 시인은 자신을 자연의 생산자로 간주했죠. 그의 시는 뮤즈나 이를테면 아폴론에 의해 그에게 잉태된 것이었으니까요. '영감'이라는 단어 자체가 숨을 불어넣는다는 뜻이었어요. 시인이 품은 시는 때로는 오랜 잉태 기간을 거쳤고 드디어 세상의 빛을 볼 수 있을 만큼 여물면 엄청난 산고 끝에 탄생했죠. 그렇기 때문에 예술적인 창작 과정 자체가 자연을 닮았고, 자연 안에서도 인류의 생존에 가장 중요한 것을 닮았어요. 출산, 바로 출산요. 하지만 요즘은 어떤가요?"

쉭쉭거리는 소리가 들리는가 싶더니 트레버가 파란색으로 이글거리는 검을 한 손에 하나씩 들고 요란하게 등장했다. 그에게로 고개를 돌린 사람이 메리언 혼자였다.

"어머나." 그녀는 감탄했다. "특수효과가 어마어마한데요?"

"네, 그렇죠? 나는 플람베를 좋아해요. 이게 시시케밥은 아니고, 그리스 요리처럼 노골적이지는 않고 좀 더 프랑스 요리에 가깝지만……."

그가 꼬치에 꿴 뭔지 모를 것을 능숙하게 빼서 그녀의 접시에 담아주었는데, 대부분 고기였다. 이제 그녀는 궁지에 몰렸다. 좋은 수를 생각해내야 했다. 트레버가 이 도시에서 정말 신선한 사철쑥 구하기가 얼마나 힘든지 설명하며 와인을 따라주었다.

"지금 우리 사회는 모든 가치관이 반출산적이에요. 한목소리로 산아제한을 외치고 우리가 걱정해야 하는 건 핵폭발이 아니라 인구 폭발이라고 하죠. 맬서스는 이제는 전쟁으로 인구가 심각하게 감소할 일이 없다고 해요. 이런 관점에서 보았을 때 낭만주의의 발흥이……."

다른 접시에는 뭔가를 넣은 쌀 요리, 고기에 곁들일 향긋한 소스, 뭔지 모를 채소가 담겼다. 트레버가 그 접시를 한 바퀴 돌렸다. 메리언은 화를 낼 수도 있는 신에게 제물을 바치는 사람처럼 짙은 초록색 채소를 조심스럽게 입안에 넣었다. 반응이 괜찮았다.

"……이전부터 시작됐지만 거의 유행병 수준에 도달한 인구 증가와 시기적으로 일치한다는 것이 시사하는 바가 아주 크다고 하겠어요. 시인은 이제 작품을 출산해 이 사회에 또 한 명의 아이를 탄생시키는 대리모로서 자신의 위치를 자축할 수 없게 됐죠. 그래서 다른 역할로 변신해야 했는데, 개인적인 표현을 강조하는 이유가 뭘까요? 사실 그건 표현이고, 짜내는 것인데, 이렇듯 즉흥성을, 즉각적인 창조를 강조하는 이유가 뭘까요? 20세기는……."

트레버는 다시 부엌으로 갔다. 메리언은 점점 커져가는 절박감을 달래며 접시에 담긴 고깃덩어리를 살폈다. 식탁보 아래로 숨길까 고민했지만 나중에 들통날 것이었다. 핸드백에 넣고 싶어도 그걸 의자 옆에 두고 온 게 화근이었다. 블라우스 앞섶이나 소매 안에 넣으면…….

"……화가들은 에너지의 절정에 다다랐을 때 캔버스 위로 물감을 뿌리지만 자신도 그렇게 한다고 생각하는 작가들은……."

그녀는 테이블 아래로 발을 내밀어 덩컨의 정강이를 살짝 찔렀다. 그는 움찔하며 그녀를 쳐다보았다. 처음에는 멍한 눈빛이더니 이내 호기심을 보이며 그녀를 주시했다.

그녀는 고기 한 덩이에서 소스를 긁어내고 엄지와 집게로 집어 촛불 위로 그에게 던졌다. 그는 받아서 자기 접시에 담고 썰기 시작했다. 그녀는 다른 고기의 소스를 긁기 시작했다.

"……더 이상 어떤 것도 낳지 않아요. 네, 오랜 명상과 생산은 과거사가 됐어요. 요즘 예술이 모방하기로 한 자연의 행위는, 모방할 수밖에 없게 된 자연의 행위는 교미인데……."

메리언이 두 번째 고기를 던지자 이번에도 덩컨은 깔끔하게 받았다. 잽싸게 접시를 바꾸는 게 낫지 않을까? 그녀는 생각했다. 아니다, 그랬다가는 티가 날 것이다. 그는 트레버가 부엌으로 건너가기 전에 접시를 비웠다.

"우리에게 필요한 건 대재앙이에요." 피시가 말했다. 그의 말투는 거의 읊조림에 가까웠고 볼륨이 점점 커졌다. 크레셴도를 시도하는 것 같았다. "대재앙. 또 한 번의 흑사병. 수백만 명이 지상에서 소거되고 우리가 알던 문명이 삭제되는 대폭발. 그런 다음에라야 출산이 다시 중요해질 테고 우리는 부족으로, 예전의 신으로, 그 시커먼 땅의 신, 땅의 여신, 물의 여신, 출산과 성장과 죽음의 여신에게로 돌아갈 수 있어요. 우리에게는 새로운 비너스가 필요해요. 온기와 초목과 생식을 상징하는 풍성한 비너스, 배가 불룩하고 생기와 잠재력으로 가득하고 모든 게 풍부한 새로운 세상을 탄생시킬 새로운 비너스, 바다에서 떠오르는 새로운 비너스……."

피셔는 마지막 말을 강조하고 싶었는지 자리에서 일어나려고 했다. 몸을 일으키느라 두 손으로 카드테이블을 짚자 테이블 다리 두 개가 꺾여 접시가 그의 무릎 위로 스르르 미끄러졌다. 바로 그 순간 메리언이 던진 고깃덩어리가 허공을 가르고 날아가 덩컨의 옆통수를 정통으로 맞히고 튀어나와 바닥을 몇 번 구르고 기말 보고서 더미 위에 안착했다.

때마침 양손에 조그만 샐러드 접시를 들고 거실 입구를 지나던 트레버가 이 두 사건을 목격했다. 그의 입이 떡 벌어졌다.

"드디어 내가 뭐가 되고 싶은지 알아냈어." 덩컨이 갑자기 고요해진 거실에 대고 말했다. 그는 희끄무레한 회색 소스를 머리칼에 묻힌 채 침착하게 천장을 응시했다. "아메바."

덩컨이 그녀를 중간까지 바래다주겠다고 했다. 시원한 바람을 좀 쏘여야겠다고 했다.

음식 몇 개가 쏟아지기는 했지만 트레버의 접시는 다행히 한 장도 깨지지 않았다. 피셔가 테이블 다리를 다시 펴고 혼자 중얼거리며 다시 진정됐을 때 트레버는 우아하게 모든 사건을 못 본 체했지만 샐러드를 거쳐 복숭아 플람베와 코코넛 쿠키와 커피와 리큐어로 식사가 마무리되는 동안 메리언을 대하는 태도가 전보다 냉랭해졌다.

이제 그들은 눈 덮인 길을 따라 걸어가며 피셔가 핑거볼에 띄운 레몬 조각을 먹었던 것에 대해 이야기했다. "당연히 트레버는 싫어하죠." 덩컨이 말했다. "나도 예전에 피시가 그걸 먹는 게 싫으면 넣지 말라고 한번 얘기한 적 있어요. 하지만 그 친구는 제대로 격식을 갖추어야 한다고 고집을 부려요, 아무도 자기 노고를 몰라준다고 하면서. 원래는 나도 내 레몬을 먹는데, 오늘은 안 그랬어요. 손님이 있었으니까."

"아주…… 재밌는 시간이었어요." 메리언은 말했다. 그녀는 저녁 내내 그녀에 대해 아무 질문이나 언급이 없었던 것에 대해 생각하고 있었다. 두 룸메이트가 그녀에 대해 좀 더 알고 싶어서 집으로 초대한 줄 알았더니 그냥 새로운 청중을 간절히 원했을 가능성이 더 컸겠다는 생각이 들었다.

덩컨은 냉소적인 미소를 지으며 그녀를 쳐다보았다. "이제 내가 집에서 어떤 식으로 지내는지 알았겠네요."

"다른 데로 거처를 옮기는 게 좋겠어요."

"무슨 말씀. 사실 나는 그 생활이 좀 마음에 들어요. 게다가 또 누가 나를 그렇게 살뜰히 보살펴주겠어요? 두 친구는 자기 취미 생활에 몰두하거나 다른 데 정신 팔리지 않으면 나를 잘 챙겨주거든요. 내 정체성을 두고 하도 수시로 호들갑을 떨어서 정작 나는 고민할 필요가 없어요. 장기적으로 보면 그 친구들 덕분에 내가 훨씬 수월하게 아메바로 변신할 수 있을 거예요."

"아메바에 그렇게 관심이 많은 이유가 뭐예요?"

"아, 죽지 않잖아요." 그가 말했다. "그리고 형체도 없고 유연하고. 인간으로 지내는 게 너무 복잡해지고 있어요."

그들은 야구장까지 이어지는 아스팔트 내리막길이 시작되는 곳에 다다랐다. 덩컨은 눈이 쌓인 한쪽 길가에 앉아 담배에 불을 붙였다. 추워도 상관없는 눈치였다. 잠시 후에 그녀도 그의 옆에 앉았다. 그가 어깨에 팔을 둘러줄 생각을 하지 않기에 그녀가 그의 어깨에 팔을 둘렀다.

"관건은 뭔가 하면." 잠시 후에 그가 말했다. "진짜라고 할 수 있는 게 있었으면 좋겠다는 거예요. 모두 다는 아니에요, 그건 불가능하니까. 하지만 한두 개만이라도요. 존슨 박사는 돌멩이를 발로 차는 것으로 물질의 비현실 이론을 반박했지만 내가 룸메이트를 발로 찰 수는 없잖아요. 교수님도 마찬가지고. 게다가 어쩌면 내 발도 가짜일지 몰라요." 그는 담배꽁초를 눈 속으로 던지고 한 대 더 불을 붙였다. "어쩌면 당신도 그럴지 모른다고 생각했어요. 우리가 동침하는 문제만 해도, 당신은 지금 충분히 가짜 같아요. 당신이 껴입은 외투나 스웨터 같은 털옷밖에 생각나지 않거든요. 가끔 벗겨도, 벗겨도 계속 털옷이 나오는 건 아닌가, 당신이 그냥 처음부터 끝까지 털옷인 건 아닌가 싶을 때도 있어요. 그러니까 그렇지 않다는 걸 알면 좋을 텐데……."

메리언은 그의 호소를 외면할 수 없었다. 그녀는 처음부터 끝까지 털 옷이 아니었다. "좋아요, 그렇게 한다 쳐요." 그녀는 곰곰이 생각하며 말했다. "하지만 내 집에서는 안 돼요."

"내 집에서도 안 되고요." 덩컨은 그녀가 수락했다는 데 놀라지도 기뻐하지도 않았다.

"그럼 호텔에 가야겠네요." 그녀가 말했다. "결혼한 부부인 양."

"호텔 측에서 안 믿을 거예요." 그는 슬픈 목소리로 말했다. "내가 유부남처럼 보이지 않잖아요. 술집에 가면 요즘도 나더러 열여섯 살이 지났느냐고 물어요."

"출생증명서 있어요?"

"예전에 있었는데 잃어버렸어요." 그는 고개를 돌려서 그녀의 콧잔등에 입을 맞추었다. "결혼하지 않았어도 갈 수 있는 그런 호텔에 가면 되지 않을까요?"

"그러니까 나더러…… 매춘부인 척하라는 거예요?"

"왜요? 안 될 것 없잖아요?"

"아뇨." 그녀는 살짝 화를 내며 말했다. "그건 못 하겠어요."

"나도 못 할지 몰라요." 그는 우울한 목소리로 말했다. "그리고 모텔은 외곽에 있는데 나는 운전을 할 줄 모르고요. 뭐, 이걸로 얘기는 끝났네요." 그는 다시 새 담배에 불을 붙였다. "아, 뭐, 어쨌든 맞는 말이에요. 당신은 분명 나를 타락시킬 거예요. 하지만." 그는 약간 비꼬듯이 말했다. "나는 타락시킬 수 없는 존재인지 몰라요."

메리언은 야구장을 바라보고 있었다. 밤공기가 맑고 상쾌했고 까만 하늘에서는 별들이 차갑게 이글거렸다. 좀 전에 고운 가루 같은 눈이 내려서 야구장이 발자국 하나 없는 새하얀 공터로 변했다. 문득 그녀는 거기로 내려가 뛰고 달리며 발자국을 남기고 미로와 울퉁불퉁한 길을 만들고 싶어졌다. 하지만 잠시 후에 그녀는 평소처럼 차분하게 야구장을 가로질러 전철역을 향해 걸어가고 있을 게 뻔했다.

그녀는 일어나 외투에 묻은 눈을 털었다. "더 같이 갈 거예요?" 그녀는 물었다.

덩컨은 일어나 주머니에 손을 넣었다. 희미한 가로등 불빛 때문에 얼굴에 군데군데 그림자가 지고 누레졌다. "아뇨." 그가 말했다. "또 봐요." 그는 몸을 돌렸다. 점점 멀어져가는 그의 형체가 푸르스름한 어둠 속으로 거의 소리 없이 희미하게 묻혔다.

전철역이라는 밝은 파스텔색의 길쭉한 공간에 다다랐을 때 메리언은 동전 지갑을 꺼내 1센트와 5센트와 10센트 사이에서 약혼반지를 꺼냈다.

23

메리언은 엎드려 누워서 눈을 감고 있었다. 맨살을 드러낸 오목한 허리 위에 피터가 아슬아슬하게 재떨이를 올려놓았다. 그는 그녀의 옆에 누워서 담배를 피우며 더블 스카치를 마시는 중이었다. 거실에서는 하이파이 전축에서 잔잔한 음악이 흘러나왔다.

그녀는 의식적으로 노력을 기울여 이마를 찡그리지 않았지만 걱정하고 있었다. 그날 아침에 그녀의 몸이 몇 주 동안 거의 아무렇지 않게 받아들였던, 캔에 든 라이스푸딩을 단호하게 거부했다. 그동안 거기에 기댈 수 있어서 얼마나 안심이 됐는지 몰랐다. 먹으면 든든했고 영양사인 위더스 부인도 얘기했다시피 영양분이 강화됐다지 않는가. 하지만 그 위로 크림을 붓는 순간 그녀의 눈에는 조그만 고치들이 한데 뭉쳐 있는 것처럼 보였다. 아주 조그만 생물들이 안에 살고 있는 고치였다.

이 현상이 시작된 이래 그녀는 심각한 문제는 아니라고, 발진처럼 가벼운 증상이라고 자신을 속여왔다. 없어질 거라고. 하지만 이제는 현실을 인정하는 수밖에 없었다. 누군가에게 상담을 받아야 하는 건 아닌가 싶었다. 덩컨에게는 얘기했지만 아무 소용이 없었다. 그는 정상적인 현상으로 받아들이는 눈치였지만 그녀의 가장 근본적인 고민은 정상이 아닐지 모른다는 것이었다. 그래서 피터에게 얘기하기가 두려웠다. 그의 눈에 그녀가 별종이나 노이로제 환자로 비쳐질 수 있었다. 그러면 그는 당연히 결혼에 대해 고민할 것이다. 다 나을 때까지 결혼식을 미루자고 할 수도 있었다. 만약 그녀라면 그렇게 얘기했을 것이다. 결혼을 한 이후에 더는 숨길 수 없는 지경에 이르면 어떻게 해야 할지 도무지 알 수가 없었다. 식사를 따로 하면 될까?

그녀가 커피를 마시며 먹지 못한 라이스푸딩을 쳐다보고 있었을 때 에인슬리가 칙칙한 초록색 가운 차림으로 들어왔다. 요즘 그녀는 더는 콧노래를 부르며 뜨개질을 하지 않았다. 그녀의 표현을 빌리자면 문제의 싹을 자르기 위해 책을 엄청나게 읽었다.

그녀는 철분이 보강된 효모, 맥아, 오렌지주스, 전용 변비약, 영양분을 강화한 시리얼을 식탁에 모아놓고 자리에 앉았다.

"에인슬리." 메리언이 말했다. "너는 내가 정상이라고 생각해?"

"정상적인 거랑 평범한 거는 달라." 에인슬리는 수수께끼 같은 말을 했다. "세상에 정상인 사람은 없어." 그녀는 책을 펼치고 빨간 연필로 밑줄을 그어가며 읽기 시작했다.

어차피 에인슬리도 별다른 도움이 되지 못했을 것이다. 두 달 전이었다면 메리언의 성생활에 문제가 있는 거라는, 어이없는 진단을 내렸을 것이다. 아니면 샐러드에 지네가 들어 있었던, 아니면 렌처럼 병아리가 들어 있었던 어린 시절의 트라우마가 원인이라고 했을 것이다. 하지만 메리언이 알기로 그런 일은 없었다. 그녀는 편식하지 않았고 뭐든 주는 대로 먹도록 교육을 받았다. 심지어 올리브, 아스파라거스, 조개처럼 익숙해져야 좋아할 수 있다는 음식마저 거부감이 없었다. 하지만 최근 들어 에인슬리는 행동주의를 자주 거론했다. 행동주의자들의 주장에 따르면 환자가 원하는 경우 질병과 연관이 있는 이미지를 보여준 이후에 숨 막히게 만드는 약을 투여함으로써 알코올중독이나 동성애를 고칠 수 있다고 했다.

"그들은 그런 행동을 하게 된 원인이 뭐든 간에 문제는 행동 그 자체라고 해." 에인슬리가 말했다. "물론 몇 가지 한계가 있긴 하지. 원인이 고질적인 경우에는 그냥 중독의 대상이 바뀌기만 하거든. 예를 들면 알코올에서 약물, 이런 식으로. 아니면 자살을 하든지. 그리고 나한테 필요한 건 치료가 아니라 예방이야. 행동주의로 아이를 치료할 수 있을지 몰라도, 아이가 치료받길 원할지 몰라도." 그녀는 암울하게 말했다. "애초에 내가 원흉이라고 나를 원망할 테니까."

하지만 메리언은 행동주의가 그녀의 경우에는 별 도움이 안 될 거라는 생각이 들었다. 이 정도로 부정적인 증상을 무슨 수로 고칠 수 있겠는가. 폭식이 문제였다면 얘기가 달랐겠지만 무슨 수로 먹지 **않는** 이미지를 보여주고 숨을 못 쉬게 만들 수 있겠는가.

의논할 만한 상대가 또 누가 있을지 한 명씩 떠올려보았다. 사무실의 처녀들은 호기심을 보이며 자세히 듣고 싶어 하겠지만 건설적인 조언을 하지는 못할 것이다. 게다가 한 명한테만 얘기해도 그들 전부가 알 테고 조만간 그들이 아는 모두가 알게 될 것이다. 그러다 어떤 식으로 피터의 귀에 들어갈지 아무도 모를 일이었다. 다른 친구들은 다른 마을, 다른 도시, 다른 나라에 있었고 이걸 편지로 쓰면 너무 결정적인 느낌이 들 것이다. 아래층 아주머니는…… 거기가 최후의 보루일 것이다. 아주머니는 그녀의 친척들처럼 이해하려 하지 않고 경악할 것이다. 다들 메리언의 이른바 생리현상에 문제가 생겼다니 악취미적인 관점에서 관심을 보일 것이다.

그녀는 클래라를 찾아가기로 했다. 클래라가 구체적인 해결책을 제시할 리 만무했지만 실낱같은 희망이었다. 최소한 그녀가 하는 말에 귀를 기울여줄 것이었다. 메리언은 그녀에게 전화해 집에 있는지 확인하고 일찌감치 퇴근했다.

클래라는 둘째와 함께 아기방에 있었다. 막내는 식탁에 올려놓은 캐리어에서 잠들었고 아서는 보이지 않았다.

"와줘서 정말 고마워." 그녀가 말했다. "조는 학교에 갔어. 내가 잠깐 나가서 차 끓여 올게. 일레인은 아기방을 좋아하지 않아." 그녀가 말했다. "그래서 내가 익숙해질 수 있게 거드는 중이야."

"차는 내가 끓일게." 메리언은 말했다. 그녀가 생각하는 클래라는 만성 병약자였고 쟁반에 담아서 가져다주는 식사를 연상시키는 이미지였다. "너는 그냥 여기 있어."

시간이 좀 걸리기는 했지만 그래도 차와 레몬과 빨래 바구니에서 찾은 다이제스티브 비스킷을 쟁반에 담아서 들고 가 바닥에 내려놓을 수 있었다. 그녀는 아기방 놀이 울타리 위로 클래라에게 잔을 건넸다.

"잘돼가?" 메리언이 눈높이를 맞추기 위해 카펫에 자리를 잡고 앉자 클래라가 물었다. "준비하고 그러느라 요즘 바쁘겠다."

메리언은 자기 블라우스 단추를 씹어대는 젖먹이를 안고 그렇게 앉아 있는 클래라를 보고 있으려니 3년 만에 처음으로 그녀가 부러워졌다. 클래라에게 벌어진 모든 일은 이미 지나간 일이었다. 그녀는 미래를 향한 변신을 완료했다. 클래라와 입장을 바꾸고 싶은 건 아니었다. 그녀가 어떻게 달라지고 있는지, 어느 방향으로 가고 있는지 알아내 대비를 하고 싶을 따름이었다. 어느 날 아침에 눈을 떠보니 자기도 모르는 새 이미 달라져버린 자신의 모습을 맞닥뜨릴까 봐 두려웠다.

"클래라." 그녀는 말했다. "너는 내가 정상이라고 생각해?" 클래라는 오래전부터 그녀와 알고 지낸 사이였다. 그녀의 의견은 의미가 있을 것이었다.

클래라는 고민했다. "응, 정상이라고 생각해." 그녀는 일레인의 입에서 단추를 꺼내며 말했다. "거의 비정상에 가까울 정도로 정상이라고 하겠어. 무슨 뜻인지 이해가 될지 모르겠다만. 왜?"

메리언은 안심이 됐다. 누가 그녀에게 물었다면 그녀도 그렇게 대답했을 것이다. 하지만 그 정도로 정상이라면 이 현상이 그녀를 선택해 공격을 감행한 이유가 뭘까?

"요즘 들어 어떤 현상이 생겼어." 그녀가 말했다. "그걸 어떻게 해결하면 좋을지 모르겠어."

"어떤 현상인데? 안 돼, 꿀돼지, 그거 엄마 거야."

"보면 기분이 이상해져서 못 먹는 게 생겼어." 그녀는 클래라가 제대로 관심을 기울이고 있는지 의심스러워졌다.

"어떤 건지 알아." 클래라가 말했다. "나는 간을 보면 늘 그래."

"하지만 예전에는 먹을 수 있었던 것들이거든. 맛이 싫은 건 아니야. 그냥 전체적으로……." 설명하기가 어려웠다.

"결혼 스트레스 때문 아닐까?" 클래라가 말했다. "나는 결혼을 앞두고 일주일 동안 매일 아침에 구역질을 했거든. 조도 그랬고." 그녀는 덧붙였다. "괜찮아질 거야. 부부 관계에 대해서는…… 궁금한 거 없어?" 메리언은 클래라가 이런 식으로 조심스럽게 묻다니 어처구니없다는 생각이 들었다.

"응. 고맙지만 없어." 그녀는 말했다. 클래라의 설명이 틀렸다고 자신할 수 있었지만 그랬음에도 기분이 좀 괜찮아졌다.

음반이 다시 중간에서부터 돌아가기 시작했다. 그녀는 눈을 떴다. 누워 있는 위치에서 피터의 책상 스탠드가 비추는 빛의 동그라미 안에 둥둥 떠 있는 초록색 플라스틱 항공모함이 보였다. 피터에게 선박 모형 키트를 조립하는 새로운 취미 생활이 생겼다. 그걸 조립하고 있으면 마음이 편안해진다고 했다. 항공모함은 그녀가 설명서를 낭독하고 알맞은 조각을 건네며 옆에서 거든 작품이었다.

그녀는 베개에 얼굴을 묻은 채로 고개를 돌려 피터를 보며 미소를 지었다. 그는 어슴푸레한 어둠 속에서 눈을 반짝이며 미소로 화답했다.

"피터." 그녀가 말했다. "나 정상이야?"

그는 폭소를 터뜨리고 그녀의 엉덩이를 토닥였다. "내 일천한 경험을 근거로 평가하건대 당신은 놀랍도록 정상이야." 그녀는 한숨을 쉬었다. 그런 뜻에서 물은 게 아니었다.

"술 한 잔 더 마셔야겠다." 피터가 말했다. 요즘 들어 술 한 잔 더 가져다달라는 것을 그런 식으로 표현했다. 그녀의 등에서 재떨이가 치워졌다. 그녀는 몸을 돌리고 일어나 앉아 침대 시트로 몸을 감쌌다. "일어난 김에 레코드도 뒤집어줘, 우리 착한 아가씨."

메리언은 레코드를 뒤집었다. 뻥 뚫린 거실에 있었더니 시트와 베니션블라인드에도 불구하고 벌거벗은 느낌이었다. 그녀는 부엌으로 들어가 피터에게 줄 술의 양을 재서 따랐다. 저녁으로 먹은 게 별로 없어서 배가 고팠기 때문에 그날 오후 클래라의 집에서 오는 길에 산 케이크를 개봉했다. 전날이 밸런타인데이라 피터가 장미꽃 열두 송이를 보냈다. 그녀도 뭔가 선물을 해야 하는데 뭘 하면 좋을지 알 수가 없어서 죄책감이 느껴졌다. 케이크는 선물이라기보다 그저 구색 맞추기였다. 분홍색 아이싱을 입힌 하트 모양이었고 딱딱해졌겠지만 중요한 건 형태였다.

그녀는 피터의 접시 두 개와 포크 두 개와 종이 냅킨 두 장을 꺼냈다. 그런 다음 케이크를 잘랐다. 놀랍게도 안쪽까지 분홍색이었다. 그녀는 케이크를 한 조각 떠서 입에 넣고 천천히 씹었다. 케이크가 수천 개의 조그만 허파가 터지는 것처럼 구멍이 숭숭 뚫리고 성기게 느껴졌다. 그녀는 몸서리를 치며 케이크를 냅킨에 뱉고 접시에 남은 케이크를 쓰레기통에 넣었다. 그런 다음 시트 가장자리로 입을 닦았다.

피터의 술과 접시를 들고 방으로 들어갔다. "케이크 좀 가져왔어." 그녀가 말했다. 피터가 아니라 자신을 겨냥한 테스트였다. 피터도 케이크를 먹지 못한다면 그녀는 정상이었다.

"고마워." 그는 접시와 잔을 받아서 바닥에 내려놓았다.

"안 먹을 거야?" 그녀는 순간 희망을 느꼈다.

"나중에." 그는 말했다. "나중에." 그는 그녀의 몸을 감싼 시트를 풀었다. "당신 몸이 차갑네. 이리 와서 몸 좀 녹여." 그의 입에서 스카치위스키와 담배 맛이 났다. 그는 하얀 시트를 부스럭거려가며 그녀를 당겨 자기 위에 앉히고 깨끗하고 익숙한 비누 냄새로 그녀를 감쌌다. 그녀의 귓전에서 잔잔한 음악이 계속 이어졌다.

나중에 메리언은 오목한 허리 위에 재떨이를 얹고 엎드려 누웠고 이번에는 눈을 뜨고 있었다. 피터가 케이크를 먹는 광경을 지켜보았다. "나 요즘 정말 입맛이 돈다." 그는 이렇게 말하며 그녀를 보고 씩 웃었다. 케이크가 전혀 이상하게 느껴지지 않는 모양이었다. 그는 심지어 움찔하지도 않았다.

24

눈 깜빡할 새 피터의 마지막 파티가 열리는 날이 다가왔다. 메리언은 오후 내내 미용실에 있었다. 피터가 머리를 좀 만지는 게 좋겠다고 했기 때문이었다. 그의 표현을 빌리자면 평소 입고 다니던 그런 '칙칙한 스타일' 말고 원피스도 사면 어떻겠느냐고 언질을 주었기 때문에 이참에 한 벌 장만했다. 스팽글이 달린 짧은 빨간색 원피스였다. 그녀가 보기에는 어울리지 않았지만 점원 생각은 달랐다. "딱 손님 옷이에요." 그녀는 단호하게 말했다.

수선을 해야 했기 때문에 미용실에서 오는 길에 받아서 목 위에 얹힌 머리의 균형을 잡아가며 분홍색과 은색 상자에 담긴 옷을 들고 미끄러운 길을 건너 집까지 걸어갔다. 꼭 터지기 쉬운 황금색 비눗방울을 저글링하는 느낌이었다. 늦은 오후의 차가운 공기 속에 있는데도 머리칼을 한 올, 한 올 고정하는 데 쓰인 헤어스프레이의 달짝지근하고 인위적인 냄새를 느낄 수 있었다. 그녀는 너무 많이 뿌리지 말아달라고 했지만 그들은 해달라는 대로 하는 법이 없었다. 그들은 머리를 케이크처럼 대했다. 조심스럽게 아이싱을 입히고 장식해야 하는 것으로 간주했다.

그녀는 원래 머리 손질을 직접 하기 때문에 그런 데를 잘 알 법한 루시에게 소개를 받았다. 어쩌면 그게 패착이었을지 모른다. 루시의 얼굴과 몸매는 인위적인 조치를 거의 강요하다시피 했다. 매니큐어와 화장과 공들인 헤어스타일이 잘 어울렸고 그것들이 이제는 그녀의 일부가 되었다. 그래서 그런 게 없으면 껍질이 벗겨지거나 신체 일부가 절단된 것처럼 보일지 몰랐다. 반면에 메리언의 몸에서는 반창고나 벽보처럼 겉에 붙어 있는 추가 품목으로 보일 거라는 것이 그녀의 생각이었다.

그녀는 분홍색의 큼지막한 공간으로 들어가자마자—모든 게 분홍색 아니면 연보라색인데, 이토록 경박하리만치 여성스러운 인테리어가 어쩌면 그렇게 또 한편으로는 실용적으로 보일 수 있는지 신기했다—수술을 받으러 병원에 입원한 환자처럼 수동적인 신세로 전락했다. 그녀는 인조 속눈썹과 무지갯빛 손톱에도 불구하고 불안할 정도로 간호사 같고 유능한, 연보라색으로 머리를 물들인 젊은 여자에게 예약을 확인했다. 그런 다음 기다리고 있던 직원에게 안내를 받았다.

샴푸 담당은 분홍색 스목을 입었고 겨드랑에서 땀이 많이 났고 전문가처럼 손힘이 좋았다. 메리언은 그녀가 두피에 비누칠을 하고 문지르고 헹구는 동안 눈을 감고 수술대에 누워 있었다. 필요한 관리가 끝날 때까지 잠을 자도록 환자에게 수면제를 처방하면 좋겠다는 생각이 들었다. 고깃덩어리나 물건으로 취급당하는 기분이 싫었다.

그런 다음 그들이 의자에 그녀를 묶었고—실제로 묶은 건 아니었지만 젖은 머리를 하고 수술복을 목에 두르고 자리에서 벌떡 일어나 겨울의 길거리로 뛰쳐나갈 수는 없었다—의사가 작업을 시작했다. 흰색 스목을 입고 향수 냄새를 풍기며 재바르고 가느다란 손가락에 앞코가 뾰족한 구두를 신은 젊은 남자였다. 그녀는 꼼짝 않고 앉아서 그에게 집게를 건넸고, 가운을 입고 정교한 무늬가 새겨진 금색의 타원형 거울 안에 갇힌 인물과 전면 카운터 선반에 놓인 반짝이는 기구와 병에 든 약품에 넋을 잃었다. 남자가 뒤에서 뭘 하는지 볼 수 없었다. 온몸이 이 상하게 마비된 느낌이었다.

마침내 집게와 롤러와 클립과 핀이 알맞은 자리를 찾고 그녀의 머리 가 가시가 아니라 털이 달린 둥그스름한 부속물로 뒤덮인 돌연변이 고 슴도치처럼 됐을 때 그들이 그녀를 건조기 아래로 데려가 앉히고 스위 치를 켰다. 그녀는 똑같이 윙윙거리는 소리를 내며 돌아가는 버섯 모양 의 기계를 쓰고 똑같이 생긴 연보라색 의자에 줄줄이 앉아 있는 여자들 을 곁눈질했다. 보이는 것이라고는 각기 다른 모양의 다리와 잡지를 들 고 있는 손과 금속 돔처럼 생긴 머리가 달린 희한한 생명체의 행렬뿐이 었다. 그들은 비활성 상태였다. 완벽한 비활성 상태였다. 그녀도 식물과 기계를 한데 섞어놓은 그 장치 아래에 앉혀졌을까? 전기 버섯 아래에?

그녀는 인내라는 불가피한 상황을 받아들이고 팔꿈치 근처에 쌓여 있는 잡지 더미에서 영화잡지를 집었다. 가슴이 어마어마하게 큰 금발 의 여자가 뒤표지에서 그녀를 향해 이렇게 외쳤다. "여성 여러분! 출세 합시다! 성공하고 싶으면 가슴을 키우고…….."

간호사 한 명이 건조가 완료됐다고 선포하자 그녀는 다시 의사의 자 리로 돌아가 실밥을 뽑았다. 침대에 눕혀서 옮겨지지 않는 것이 다소 생뚱맞게 느껴졌다. 그녀는 약하게 튀겨지는 단계가 아직 끝나지 않은 사람들을 지났고 잠시 후에 의사가 그녀의 머리를 풀고 빗겼다. 웃으며 손거울로 그녀의 뒤통수를 비춰주었다. 그녀는 거울을 들여다보았다. 남자가 그녀의 직모를 뻣뻣하고 구불구불하게 얽힌 수많은 덩굴이 가 닥가닥 달린 해괴한 형체로 만들어놓았다. 애교머리가 양쪽 광대뼈 위에서 하나씩 엄니처럼 앞으로 솟았다.

"흠." 그녀는 거울을 향해 미간을 찌푸리며 애매하게 말했다. "이건 저한테는 좀, 너무 요란하네요." 그녀는 콜걸처럼 보이는 헤어스타일이라는 생각이 들었다.

"아, 하지만 이런 스타일을 자주 해보셔야 해요." 그는 이탈리아 사람처럼 열변을 토했지만 황홀해하던 표정이 살짝 빛을 잃었다. "새로운 걸 시도해보셔야죠. 용감하게, 네?" 그가 악동처럼 그녀를 향해 웃자 너무 많은 숫자의 하얗고 고른 치아와 금니 두 개가 보였다. 입에서는 페퍼민트 구강 청결제 냄새가 났다.

그녀는 그가 연출한 특수효과를 조금이나마 빗어서 펴달라고 부탁할까 하다 그러지 않기로 했다. 사무적인 분위기와 전문가용 도구와 그의 치과의사 같은 확신—그는 이 일이 직업이었으니 뭐가 맞는지 분명 알 것이었다—에 주눅이 들기도 했지만 속으로 어깨를 으쓱했기 때문이기도 했다. 결국 그녀는 도약을 했고 자진해서 그 금박의 초콜릿 상자 문을 열고 들어갔고 이것이 그 결과였으니 받아들여야 했다. '피터는 마음에 들어 할지 몰라.' 그녀는 생각했다. '원피스하고도 잘 어울릴 테고.'

그녀는 마취에서 덜 깨어난 상태로 지하매장을 지나 전철역까지 지름길로 갈 생각에 인근 대형 백화점 안으로 들어섰다. 프라이팬과 캐서롤 그릇이 걸려 있는 매대와 진열된 진공청소기와 세탁기를 지나 주방용품 코너를 얼른 통과했다. 출근 마지막 날이었던 어제, 사무실 동료들이 깜짝 축하 파티를 열어 행주와 국자와 리본 달린 앞치마와 충고를 떠안겼던 것과, 최근 들어 어머니가 여러 번 걱정 섞인 편지를 보내, 주변에서 뭘 선물해야 하느냐고 묻는다며 사기와 크리스털과 은그릇의

무늬를 결정해달라고 했던 게 생각나면서 마음이 불편해졌기 때문이었다. 그녀는 여러 상점에 다녀왔지만 아직까지 마음을 정하지 못했다. 내일 버스를 타고 고향으로 내려갈 예정이었으니 뭐, 나중으로 미뤄야 할 판국이었다.

그녀는 플라스틱 조화로 가득한 매대를 끼고 돌아 어딘지 모를 곳으로 연결되는 중앙 통로임 직한 곳을 따라 걸었다. 앞에서 어떤 왜소한 남자가 받침대를 딛고 서서 사과씨를 바르는 부속장치가 달린 신종 강판을 정신없이 시연하고 있었다. 속사포처럼 말을 쏟아내는 동시에 논스톱으로 강판을 돌리며, 갈가리 썰린 당근에 이어 한가운데에 깔끔하게 구멍이 뚫린 사과를 들어 보였다. 종이봉투를 든 여자들이 옹기종기 모여서 말없이 구경하고 있었다. 지하매장의 불빛이 묵직한 코트와 덧신을 칙칙하게 비쳤고 그들은 빈틈없는 눈빛으로 미심쩍어했다.

메리언은 그 주변에서 잠깐 걸음을 멈추었다. 왜소한 남자는 또 다른 부속장치를 가지고 순무로 장미꽃을 만들었다. 여자들 몇 명이 고개를 돌리더니 그녀를 위아래로 훑어보았다. 그런 헤어스타일을 하고 있는 여자가 강판에 진심으로 관심을 기울일 리 없다는 식이었다. 그들은 그 중하위층 가정의 품격을 체득하기까지 얼마나 오랜 시간이 걸렸을까? 살짝 후줄근한 모피의 빛바랜 표면, 소맷동과 단추 주변이 얇게 해어진 옷, 흠집이 많은 가죽 핸드백. 입꼬리를 내리고 굳게 다문 입술, 평가하는 눈빛. 그리고 무엇보다도 냄새와도 같은 그 보이지 않는 색채, 퀴퀴한 소파 커버와 닳은 리놀륨 바닥, 이 지하 세일 코너에서 그들은 진짜지만 그녀는 아니게 만드는 그것. 피터의 향후 수입이 강판의 가능성을 차단했다. 그들 사이에서 그녀는 아마추어가 된 기분이 들었다.

왜소한 남자가 힘차게 감자를 곤죽으로 만들기 시작했다. 메리언은 흥미를 잃고 다시 노란색 전철 표지판을 찾아 나섰다.

현관문을 열자 여자들 수다 소리가 그녀를 맞았다. 그녀는 현관에서 장화를 벗고 그런 용도로 깔아놓은 신문지 위에 얹었다. 다른 장화도 몇 켤레 놓여 있는데, 대부분 바닥이 두툼했고 일부는 위에 검은색 털이 달려 있었다. 응접실 문 앞을 지나가는데 원피스와 모자와 목걸이가 언뜻 보였다. 아래층 아주머니가 다과회를 열고 있었다. 제국의 딸들이거나 여성 기독교 금주 연맹 모임일 것이었다. 레이스 칼라가 달린 고동색 벨벳 원피스를 입은 아이가 케이크를 내고 있었다.

메리언은 최대한 조용히 계단을 올라갔다. 그녀는 무슨 이유에서인지 몰라도 아래층 아주머니에게 집을 빼겠다는 얘기를 아직 하지 않았다. 몇 주 전에 알렸어야 하는데. 충분한 시간을 두고 알리지 않았다는 이유로 다음 달 치 월세를 부담해야 할지 몰랐다. 에인슬리가 다른 룸메이트와 함께 살겠다고 할 수도 있었지만 그럴 가능성은 낮았다. 몇 달 내로 여기서 살 수 없게 될 것이었다.

두 번째 계단을 올라갔을 때 거실에서 에인슬리의 말소리가 들렸다. 전에 없이 모질고 고집스럽고 화가 난 목소리였다. 에인슬리는 원래 잘 흥분하지 않는 성격이었다. 다른 누군가가 그녀의 말허리를 자르며 대꾸했다. 레너드 슬랭크였다.

'아, 안 돼.' 메리언은 생각했다. 둘이서 말싸움을 벌이는 모양이었다. 절대 말려들고 싶지 않았다. 그녀는 조용히 방으로 들어가 문을 닫으려고 했지만 계단 올라오는 소리를 에인슬리가 들었는지 얼굴과 헝클어진 숱이 많은 빨간 머리와 몸의 나머지 부분을 차례대로 거실에서 불쑥 내밀었다. 매무새가 엉망이었고 울고 있었다.

"메리언!" 그녀가 명령조로 울부짖었다. "와서 렌하고 얘기 좀 해봐.

정신 좀 차리라고. 그나저나 머리 예쁘다." 맨 마지막은 형식적으로 덧붙인 말이었다.

메리언은 끈에 매달려서 끌려가는 바퀴 달린 나무 장난감이 된 심정이었지만 도의상으로 보나 뭐로 보나 거부할 근거가 없었다. 렌은 에인슬리보다 더 엉망인 꼴로 거실 한가운데 서 있었다.

메리언은 충격흡수장치 삼아 외투를 입은 채 의자에 앉았다. 두 사람은 말없이 성난 눈빛으로 애원하듯 그녀를 쳐다보았다.

잠시 후에 "나 원 참!" 하고 렌이 고함을 지르다시피 했다. "그런 짓을 저질러놓고 이제 와서 나더러 자기하고 **결혼**을 해달라잖아!"

"그게 뭐 어때서! 당신 아들이 동성애자가 되길 바라? 그건 아니잖아." 에인슬리는 따져 물었다.

"젠장, 나는 아들 자체를 바라지 않아! 나는 아들을 바란 적이 없는데 당신 혼자 저지른 일이야. 없애야 해, 무슨 약이나 그런 게……."

"**중요한 건** 그게 아니잖아. 헛소리하지 마, 나는 아이를 낳을 거야. 하지만 아이는 최상의 환경에서 자라야 하고 당신은 아버지로서 그런 환경을 제공할 책임이 있어. 바람직한 아버지로서." 에인슬리는 이제 조금 짜증을 누르고 침착하게 접근하려고 노력했다.

렌은 거실을 왔다 갔다 하며 걸었다. "그게 얼만데? 내가 하나 사줄게. 뭐든 사줄게. 하지만 당신이랑 결혼은 하지 **않아**, 젠장. 책임감 어쩌고 하지도 마, 나는 책임 없으니까. 전부 당신이 저지른 일이었어. 의도적으로 술을 먹이고 나를 유혹해서, 나를 **끌고 가다시피** 해서……."

"내가 기억하기로는 그렇지가 않은데." 에인슬리가 말했다. "그리고 나는 당신보다 훨씬 정확하게 기억할 수 있는 상태였어. 어쨌거나." 그녀는 가차 없는 논리를 동원해가며 하던 얘기를 계속했다. "당신은 당신이 나를 유혹한다고 생각했잖아. 중요한 건 그거지, 동기. 정말로 당신이 나를 유혹한 거였고 내가 우연히 임신했다 쳐. 그럼 어떻게 했을 건데? 그럼 당연히 당신이 책임을 지지 않았겠어? 그러니까 당신 책임이지."

렌은 얼굴을 일그러뜨리며 냉소적인 야유랍시고 힘없는 미소를 지었다. "당신도 남들이랑 똑같이 궤변을 늘어놓는군." 그는 화가 나서 떨리는 목소리로 말했다. "당신은 지금 진실을 왜곡하고 있어. 우리, 있는 그대로 얘기하자, 응? 내가 당신을 유혹한 게 아니라 사실은……."

"상관없어." 에인슬리가 언성을 높이며 말했다. "당신 생각엔 당신이……."

"제발 현실을 직시해!" 레너드가 비명을 질렀다.

메리언은 아무 말 없이 앉아서 두 사람을 번갈아 쳐다보며 그들이 평소 같지 않다는 생각을 했다. 너무 폭주하고 있었다. 그녀가 말했다. "언성을 조금 낮추면 안 될까? 아래층 아주머니가 듣겠어."

"아래층 아주머니는 떡이나 치라 그래!" 렌이 고함을 질렀다.

너무 불경스러운 동시에 너무 어처구니없는 발언이라 에인슬리와 메리언은 놀란 한편으로 재밌어하며 웃음을 터뜨렸다. 렌은 그들을 노려보았다. 이것이야말로 잔인무도의 결정판, 오만방자한 여자의 결정판이었다. 사람을 이렇게 고생시켜놓고 비웃다니! 그는 소파 등받이에 걸쳐놓은 외투를 휙 낚아채고 성큼성큼 계단을 향해 걸어갔다.

"당신도 그렇고 그 생식능력 찬양도 아주 그냥 지긋지긋해!" 그는 계단을 달려 내려가며 외쳤다.

에인슬리는 바람직한 아버지 후보가 탈출하려는 것을 보고 애원하는 표정을 지으며 쫓아갔다. "렌, 그러지 말고 진지하게 의논해보자." 그녀는 간청했다. 메리언도 그들을 따라 계단을 내려갔다. 뭔가 구체적인 도움을 줄 수 있을 것 같아서라기보다 군중심리 아니면 집단본능이었다. 다들 낭떠러지에서 뛰어내리면 그녀도 그러는 편이 나을지 몰랐다.

렌은 내려가다가 층계참 물레에 막혔다. 물레에 옷이 걸리자 큰 소리로 욕을 하며 잡아 뺐다. 그가 다시 계단을 내려갈 수 있게 되었을 때는 에인슬리가 따라와 소맷부리를 잡고 늘어졌고, 거미가 거미줄의 진동에 반응하듯 패악의 조짐에 정신을 번쩍 차린 아주머니들이 응접실에서 나와 계단 발치에 모여서 희희낙락 위를 올려다보았다. 아이도 케이크 접시를 든 채 입을 벌리고 눈을 동그랗게 뜬 채 그 틈바구니에 섞여 있었다. 까만색 실크 원피스에 진주 목걸이를 한 아래층 아주머니는 품위 있게 맨 뒷줄을 지켰다.

렌은 어깨 너머를 돌아보았다가 다시 계단을 내려갔다. 후퇴할 수 없는 상황이었다. 그는 적에게 둘러싸여 있었다. 용감하게 전진하는 수밖에 없었다.

게다가 그에게는 관중이 있었다. 그는 흥분한 스패니얼처럼 눈을 까뒤집었다. "발톱이 달리고 비늘로 덮이고 피에 굶주린 괴물 같은 너희 몸 파는 쓰레기들이라면 아주 그냥 지긋지긋해! 깡그리! 까뒤집어보면 너희들 모두 똑같아!" 그는 외쳤고 메리언은 그걸 듣고 발음이 정확하다는 생각을 했다.

그가 소매를 붙잡고 있던 에인슬리를 뿌리쳤다. "당신은 절대 나를 가질 수 없어!" 그는 비명을 지르고 망토처럼 외투 자락을 펄럭이며 아래로 돌진해 모여 있던 아주머니들을 흐트러뜨리고 현관문에 다다랐다. 그의 뒤에서 벼락같은 소리와 함께 문이 닫히자 벽에 걸려 있던 누르스름한 선조들의 초상화가 덜커덩거렸다.

에인슬리와 메리언은 흥분한 아주머니들이 응접실에서 늘어놓는 한탄과 조잘거림을 들으며 계단을 되짚어 올라갔다. 그 소음 위로 아래층 아주머니의 부드럽고 차분한 목소리가 들렸다. "그 청년이 술에 취했나 봐요."

"흠." 다시 거실로 들어서자 에인슬리가 딱 부러지게 말했다. "이렇게 끝난 모양이네."

메리언으로서는 레너드를 두고 하는 말인지 아니면 아래층 아주머니를 두고 하는 말인지 알 수가 없었다. "뭐가?" 그녀는 물었다.

에인슬리는 머리칼을 어깨 뒤로 넘기고 블라우스를 바로잡았다. "그이는 돌아오지 않을 거야. 차라리 잘됐어. 어차피 좋은 아버지도 되지 못했을 테니까. 다른 남자를 구하면 돼."

"응, 그러게." 메리언은 애매하게 대꾸했다. 에인슬리는 굳건한 발걸음으로 결의를 표현하며 자기 방으로 들어가 문을 닫았다. 문제가 불길하게 해결됐다. 그녀는 벌써 다른 계획에 착수한 듯해 보였지만 메리언은 어떤 계획인지 생각하고 싶지도 않았다. 뭐가 됐든 그녀가 막을 방법은 없을 것이었다.

25

그녀는 부엌으로 들어가 외투를 벗었다. 비타민을 먹으며 그날 점심을 아예 건너뛰었다는 사실을 되새겼다. 뭐라도 먹어야 했다.

그녀는 먹을 만한 게 뭐가 있는지 알아보려고 냉장고 문을 열었다. 냉동실은 성에가 너무 심하게 껴서 문이 닫히지 않았다. 안에 얼음틀 두 개와 정체불명의 상자 세 개가 있었다. 다른 칸은 병과 그릇으로 덮어놓은 접시, 왁스를 입힌 종이와 갈색 종이봉투에 든 각종 음식들로 빈틈이 없었다. 뒤편에 있는 것들은 기억하고 싶지도 않을 만큼 오래전부터 그 자리를 지키고 있었다. 그중 몇 군데에서 냄새가 나기 시작했다. 그나마 눈길이 가는 것은 노란색 치즈 덩어리뿐이었다. 그녀는 치즈를 꺼냈다. 초록색 곰팡이가 아랫면을 얇게 덮고 있었다. 그녀는 치즈를 다시 넣고 문을 닫았다. 어차피 배도 고프지 않았다.

"차나 한잔 마실까?" 그녀는 혼잣말을 중얼거렸다. 접시를 넣어두는 찬장 문을 열었다. 안에 아무것도 없었다. 다 써버렸으니 컵을 하나 씻어야 한다는 뜻이었다. 그녀는 개수대 앞으로 가서 안을 들여다보았다.

씻지 않은 그릇으로 가득했다. 접시, 생명체의 활동이 시작된 것처럼 보이는 물이 반쯤 담긴 유리잔, 이제는 정체를 파악할 수 없는 잔재가 묻은 그릇이 쌓여 있었다.

맥앤치즈를 만들어 먹은 냄비는 안쪽에 점점이 푸르스름한 곰팡이가 피었다. 냄비 물에 담가놓은 유리 디저트 접시에는 해조류를 연상시키는 끈적끈적한 회색 막이 끼었다. 차와 커피 찌꺼기와 크림 거품으로 동그랗게 얼룩이 남은 잔들도 전부 겹겹이 쌓여 있었다. 심지어 흰색 도기로 된 개수대 표면이 갈색으로 변했다. 보이지 않는 곳에서는 어떤 현상이 벌어지고 있을까 싶어서 뭐 하나라도 건드리고 싶지 않았다. 그 아래에서 어떤 식중독균이 자라나고 있을지 아무도 모를 일이었다. "부끄럽다." 그녀는 말했다. 문득 수도를 최대한 세게 틀고 세제를 그 위에다 뿌려 한바탕 깨끗하게 치우고 싶은 충동이 일었다. 그녀는 심지어 손까지 뻗었다. 그랬다가 멈추었다. 어쩌면 곰팡이도 그녀처럼 살 권리가 있을지 몰랐다. 과연 맞는 생각인지 자신은 없었지만.

그녀는 어슬렁어슬렁 방으로 들어갔다. 옷을 갈아입기에는 아직 이른 시각이었지만 달리 할 일이 없었다. 원피스를 상자에서 꺼내 걸었다. 그런 다음 가운을 입고 목욕용품을 챙겼다. 아래층 아주머니의 영역으로 내려가는 거라 그녀와 맞닥뜨릴 수 있었다. 하지만 나와는 아무 상관이 없는 일이라고, 에인슬리하고 직접 상대하라고 해야지. 그녀는 생각했다.

욕조에 물을 받는 동안 빠뜨린 데가 없는지 세면대 위에 달린 거울로 확인해가며 이를 닦았다. 인이 박인 습관이라 먹은 게 없는데도 그렇게 했다. 칫솔을 손에 들고 입안 가득 거품을 물고 목구멍을 들여다보며 보내는 시간이 이렇게나 많다니 놀랍다는 생각이 들었다. 이제 보니 한쪽 눈썹 오른편에 조그만 뾰루지가 났다. 제대로 먹지 않아서 그래.

그녀는 결론을 내렸다. 그래서 신진대사 아니면 화학적 균형 아니면 뭐 그런 게 깨진 거야. 그녀가 쳐다보는 동안 그 빨간색의 조그만 뾰두라지가 눈곱만큼 위치를 이동했다. 아무래도 시력검사를 받아야 했다. 앞이 어두침침하게 보이기 시작했다. 그녀는 세면대에 거품을 뱉었다.

약혼반지를 빼서 비눗갑에 넣었다. 조금 커서—피터는 사이즈를 줄이자고 했지만 클래라가 아니라고, 나이를 먹으면, 특히 임신하면 손가락이 붓는다며 그냥 끼라고 했다—하수구로 빠지지 않을까 점점 조바심이 났다. 그러면 피터가 노발대발할 것이다. 그는 이 반지를 몹시 좋아했다. 이윽고 그녀는 구석이라 옆면이 높은 욕조 안으로 들어가 따뜻한 물에 몸을 담갔다.

몸에 비누칠을 했다. 물속에 앉았더니 편안하고 긴장이 풀렸다. 시간은 많았다. 거의 다 잠긴 몸 위로 수면이 부드럽게 찰랑거리는 가운데 스프레이로 고정된 머리를 안전하게 욕조에 받치고 편안하게 눕는 호사를 누릴 수 있었다. 오목한 사방의 흰색 벽과 반투명한 물과 섬처럼 떠 있는 몸을 위에서 길게 내려다볼 수 있었다. 올록볼록한 곡선이 이어지다 다리라는 말단의 반도와 발가락이라는 암초가 등장했다. 그 너머에 비눗갑이 놓인 철제 선반과 수도꼭지가 있었다.

수도꼭지는 온수용과 냉수용, 이렇게 두 개였다. 양쪽 모두 꼭지가 둥그런 알뿌리 모양의 은색이었고 중간에 달린 세 번째 알뿌리 주둥이에서 물이 나왔다. 그녀는 좀 더 유심히 들여다보았다. 세 개의 은색 공마다 분홍색으로 희한하게 얼기설기 뻗은 것이 있었다. 그녀는 조그만 물결을 일으키며 일어나 앉아 그게 뭔지 확인했다. 시간이 어느 정도 지난 후에서야 물에 잠긴 그녀의 몸이 일그러진 형태로 불룩하게 비쳤다는 것을 깨달았다.

그녀가 움직이자 세 개의 이미지가 덩달아 움직였다. 서로 똑같지는 않았다. 양쪽 두 개가 가운데를 향해 안쪽으로 비스듬히 기울었다. 세 군데로 반사된 내 모습을 동시에 보다니 희한하기도 하지. 그녀는 생각했다. 그녀는 몸을 앞뒤로 움직여 반짝이는 은색으로 비친 몸의 일부분이 갑자기 커졌다가 작아지는 것을 구경했다. 원래 목욕을 하려던 참이었다는 것을 거의 잊었다. 점점 커지는 것을 보고 싶어서 한 손을 수도꼭지 쪽으로 뻗었다.

문밖에서 발소리가 들렸다. 이제 그만 나가야 했다. 아래층 아주머니가 욕실을 쓰려는 모양이었다. 그녀는 남은 비눗기 위로 물을 끼얹었다. 먼지와 비누가 막처럼 덧씌워진 석회 성분의 센물과 그 안에 앉아 있는, 왠지 몰라도 이제는 남의 것처럼 느껴지는 몸을 내려다보았다. 그녀가 분해되는 건 아닌지, 시궁창 속 판지 조각처럼 한 겹 한 겹 분리되는 건 아닌지 덜컥 겁이 났다.

얼른 마개를 빼고 허둥지둥 욕조 밖으로 나왔다. 뭍과 같은 차가운 타일 바닥이 더 안전했다. 약혼반지를 다시 끼고 반지가 그녀가 분해되지 않도록 막는 부적이 되어주길 바라며 그 단단한 고리를 잠깐 쳐다보았다.

하지만 계단을 올라가는 동안에도 공포는 가실 줄 몰랐다. 그 많은 사람들이 모이는 파티를 감당할 자신이 없었다. 피터의 친구들은 서글서글했지만 이해할 줄 모르는 눈빛으로 빤히 쳐다보기만 할 뿐 그녀를 잘 몰랐다. 그녀는 무너지거나 퍼지거나 더는 감정을 주체하지 못하거나 말이 너무 많아져서 아무나 붙잡고 말을 걸거나(이게 가장 큰 두려움이었다) 울음을 터뜨릴까 봐 겁이 났다. 그녀는 벽장에 걸려 있는 화려한 빨간색 원피스를 암울한 눈빛으로 물끄러미 바라보았다.

어떡하면 좋을까? 머릿속에서 이 질문이 계속 맴돌았다. 그녀는 침대에 앉았다.

그녀는 술이 달린 가운 허리띠 한쪽 끝을 멍하니 물어뜯으며 계속 침대에 앉아 있었다. 기억나지도 않을 만큼 먼 옛날부터 머릿속에 들러붙어 있던 것처럼 느껴지는 축축하고 형체 없는 비참한 기분이 그녀를 점점 에워싸고 있었다. 그것이 사방에서 누르고 있으니 침대에서 일어날 수 있을 리 없었다. 몇 시일까? 그녀는 속으로 물었다. 준비를 해야 하는데.

결국 버리지 못했던 인형 두 개가 화장대 위에서 그녀를 멍하니 쳐다보고 있었다. 그녀가 지켜보는 가운데 두 인형의 얼굴이 흐릿해졌다가 살짝 못된 표정으로 다시 변했다. 도움이 될 만한 제안 하나 없이 거울 양옆에 그렇게 무기력하게 앉아서 쳐다보고만 있는 그들에게 짜증이 났다. 하지만 좀 더 자세히 들여다보니 칠이 벗겨진 까만 머리 인형만 그녀를 쳐다보고 있었다. 금발 인형의 고무 얼굴에 달린 동그랗고 파란 눈은 그녀를 그대로 관통했다.

그녀는 가운의 허리끈 대신 한 손가락의 손톱 옆면을 씹었다. 어쩌면 이건 두 인형이 맺은 협정이자 게임인지도 몰랐다. 그녀는 두 인형 안으로 들어간 것처럼, 두 인형 안으로 동시에 들어가 내다보는 것처럼 둘 사이의 거울에 비친 자신의 모습을 바라보았다. 쭈글쭈글한 가운을 입고 멍하니 넋을 놓고 앉아 있는 축축한 형체를 바라보았다. 금발 인형은 미용실에서 한 머리와 물어뜯은 손톱에, 까만 머리 인형은 잘 보이지 않는 더 깊숙한 곳에 주목하는데, 포개져 있던 두 개의 시상이 서로 점점 멀어졌다. 중심에 있는 것은, 두 인형을 한데 붙잡아놓고 있었던 거울 속의 무언가는 조만간 거의 아무것도 남지 않을 것이다. 그들이 서로 분리된 시야의 힘으로 그녀를 갈라놓으려 하고 있었다.

그녀는 더 이상 거기 앉아 있을 수 없었다. 침대에서 몸을 일으켜 복도로 나가서 전화기 위로 몸을 웅크리고 번호를 눌렀다. 벨 소리에 이어 딸깍하는 소리가 들렸다. 그녀는 숨을 참았다.

"여보세요?" 무뚝뚝한 목소리가 전화를 받았다.

"덩컨?" 그녀가 조심스럽게 물었다. "나예요."

"아." 잠깐 정적이 흘렀다.

"덩컨, 오늘 파티에 와줄 수 있어요? 피터의 집에서 열리는 파티? 너무 늦게 물어보고 있다는 건 알지만……."

"흠, 머릿속이 탈탈 털리는 영문과 대학원 파티에 참석해야 하는데요." 그가 말했다. "온 가족이요."

"그럼 늦게라도 와요. 친구들을 데려와도 돼요."

"흠, 글쎄요……."

"부탁할게요, 덩컨. 아는 사람이 아무도 없어서 당신이 와줘야 해요." 그녀는 평소답지 않게 힘주어 말했다.

"그럴 리가요." 그가 말했다. "그래도 갈게요. 대학원 파티는 구술시험 얘기뿐이라 재미없을 테고 당신이 어떤 인간이랑 결혼하는지 확인하는 데서 느껴지는 스릴 비슷한 게 있을 테니까요."

"아, 고마워요." 그녀는 반색하며 오는 길을 알려주었다.

전화를 끊었을 때 그녀는 기분이 한결 괜찮아진 것을 느낄 수 있었다. 그러니까 이게 해결책이었다. 그녀를 정말 아는 사람을 파티에 초대하는 것. 그러면 올바른 관점을 유지할 수 있고 상황에 대처할 수 있고……. 그녀는 또 다른 번호로 전화를 걸었다.

그녀는 30분 동안 수화기를 잡고 매달렸다. 그즈음에는 충분한 숫자를 불러 모을 수 있었다. 클래라와 조는 베이비시터를 구할 수 있으면 참석하겠다고 했다. 그러면 앞의 세 명을 합해 다섯 명이었다. 그리고 세 명의 사무실 처녀들도 있었다. 너무 늦게 초대해서 그런지 처음에 그들이 망설이는 것을 보고 그녀는 유부남들만 오는 줄 알았는데 알고 보니 혼자 참석하는 싱글도 몇 명 있더라며 와서 짝을 맞춰주지 않겠느냐고 미끼를 던졌다. 커플 파티에 참석한 싱글 남자들이 얼마나 심심하겠느냐고 덧붙였다. 이로써 모두 합해 여덟 명이 되었다. 뒤늦게 생각이 나서 에인슬리에게 물었더니—바람을 쏘이면 좋지 않을까 싶었다—그녀가 좋아할 만한 분위기가 아님에도 놀랍게도 좋다고 했다.

메리언은 잠깐 고민하긴 했지만 레너드 슬랭크를 부르는 건 현명한 선택이 되지 못할 것 같았다.

이제 괜찮아지자 옷을 갈아입을 수 있었다. 그녀는 원피스에 맞춰서 새로 산 거들 안으로 몸을 욱이며 살이 별로 빠지지 않았다는 사실을 알아차렸다. 면을 많이 먹고 있기 때문이었다. 원래는 거들을 살 생각이 없었지만, 코르셋으로 빈틈없이 무장한 원피스 매장 점원이 반드시 입어야 한다며 새틴으로 길게 가장자리를 두르고 앞에 나비 리본을 단, 적당한 제품을 내놓았다. "물론 손님은 아주 **마르셔서** 코르셋을 입을 필요가 없지만 그래도 몸에 많이 붙는 원피스라 코르셋을 갖춰 입지 않았다는 게 티가 나면 안 되지 않겠어요?" 그녀는 펜슬로 그린 눈썹을 치켜세우며 이렇게 물었다. 이쯤 되자 무슨 윤리적인 문제인 것처럼 느껴졌다. "그럼요, 당연히 안 되죠." 메리언은 얼른 대답했다. "그거 살게요."

빨간색 원피스를 입고 보니 손이 닿지 않아서 지퍼를 끝까지 올릴 수가 없었다. 그녀는 에인슬리의 방문을 두드렸다. "나 지퍼 좀 올려줄래?"

에인슬리는 슬립 차림이었다. 화장을 하기 시작했지만 아직까지 한쪽 눈에만 까만 아이라인을 칠하고 눈썹은 전혀 그리지 않았기 때문에 얼굴의 균형이 맞지 않아 보였다. 그녀는 지퍼를 올리고 맨 꼭대기의 조그만 후크까지 채운 뒤에 뒤로 물러나 예리한 눈빛으로 메리언을 살폈다. "원피스 예쁘다." 그녀가 말했다. "하지만 뭘로 분위기를 맞출 거야?"

"뭘로 분위기를 맞출 거냐고?"

"응. 굉장히 화려하잖아. 묵직한 귀걸이나 그런 걸로 시선을 분산해야지. 그런 액세서리 있어?"

"모르겠는데." 메리언은 자기 방에 가서 친척들에게 받은 싸구려 장신구를 담은 서랍을 들고 왔다. 전부 모조진주 아니면 파스텔색으로 칠한 조가비 아니면 금색과 유리로 만든 꽃과 귀여운 동물이었다.

에인슬리는 서랍을 이리저리 헤집었다. "안 되겠다." 그녀는 잘 아는 사람처럼 딱 잘라서 선언했다. "이걸로는 안 되겠어. 하지만 나한테 잘 어울림 직한 게 하나 있어." 그녀는 이 서랍, 저 서랍을 뒤지고 서랍장 위에 쌓인 물건들을 뒤엎은 끝에 묵직하게 달랑거리는 금귀걸이 한 쌍을 찾아서 메리언의 귀에 달았다. "이러니까 좀 괜찮네." 그녀가 말했다. "이제 웃어봐."

메리언은 힘없이 미소를 지었다.

에인슬리는 고개를 저었다. "헤어스타일은 괜찮아." 그녀는 말했다. "하지만 정말이지 화장은 나한테 맡겨줘야겠다. 너 혼자서는 도저히 안 될 테니까. 평소처럼 하는 둥 마는 둥 해서 엄마 옷을 빌려 입은 애처럼 하고 나올 거 아냐."

그녀는 단계별로 오염도가 다른 옷이 울룩불룩 쌓인 의자에 메리언을 앉히고 목에 수건을 둘렀다. "마르는 시간이 필요하니까 매니큐어부터 먼저 칠할게." 그녀는 그렇게 말하고 손톱을 갈기 시작하며 덧붙였다. "이제 보니 손톱을 씹고 있었던 모양이네." 은은하게 반짝이는 황백색으로 매니큐어 칠이 끝나고 메리언이 두 손을 조심스럽게 허공에 들고 있는 동안 그녀가 이번에는 화장대에 뒤죽박죽 놓인 화장품을 이리저리 섞고 도구를 동원해가며 작업에 돌입했다.

피부에 이어 각각의 눈과 각각의 눈썹에 뭔지 모를 것이 칠해지는 동안 메리언은 얌전히 앉아서 그녀의 이목구비를 만지는 에인슬리의 전문가다운 솜씨에 감탄했다. 학예회 날 무대 뒤편에서 조숙한 딸들에게 화장을 해주던 어머니들이 연상됐다. 세균에 대한 걱정은 잠깐 스쳐 지나가고 그만이었다.

마지막으로 에인슬리는 립스틱 브러시를 꺼내 반들반들하게 여러 겹 덧칠하는 것으로 마무리 지었다. "됐다." 그녀는 말하고 메리언이 자기 모습을 확인할 수 있게 손거울로 비춰주었다. "이제 좀 괜찮네. 하지만 속눈썹 접착제가 마를 때까지 조심해."

메리언은 이집트 여인처럼 눈꺼풀을 칠하고 두툼하게 아이라인을 그린, 전에 본 적 없는 낯선 얼굴을 빤히 들여다보았다. 떡칠한 얼굴에 금이 가고 화장이 얼룩덜룩하게 떨어져 나올까 봐 겁이 나서 눈을 깜빡일 수조차 없었다. "고마워." 그녀는 미심쩍은 목소리로 말했다.

"이제 웃어봐." 에인슬리가 말했다.

메리언은 미소를 지었다.

에인슬리가 미간을 찌푸렸다. "그렇게 말고." 그녀가 말했다. "좀 더 진심을 실어야지. 눈꺼풀을 살짝 내리깔면서."

메리언은 당황스러웠다. 어떻게 하라는 건지 알 수가 없었다. 거울을 들여다보며 어느 근육을 움직여야 원하는 결과가 나올지 실험하다가 살짝 사팔뜨기의 기미가 느껴지긴 해도 눈꺼풀을 내리까는 것과 비슷한 효과를 연출하는 데 성공했을 때 계단을 올라오는 발소리가 들렸다. 잠시 후에 아래층 아주머니가 가쁜 숨을 몰아쉬며 문 앞에 등장했다.

메리언은 목에 둘렀던 수건을 치우고 자리에서 일어났다. 한번 눈꺼풀을 내리깔고 났더니 전처럼 앞이 잘 보이도록 눈을 당장 가능한 한 크게 치뜰 도리가 없었다. 지금 같은 상황에서는 평소처럼 사무적으로 깍듯하게 처신해야 하는데, 이런 빨간색 원피스와 이런 얼굴로는 그럴 수가 없었다.

아래층 아주머니는 메리언의 새로운 앙상블—훤히 드러낸 팔, 짧은 원피스, 짙은 화장—을 보고 조그맣게 헉 소리를 냈지만 실질적인 표적은 한쪽 눈만 시커멓게 아이라인을 그리고 적갈색 머리를 덩굴처럼 어깨 위로 늘어뜨리고 슬립 차림의 맨발로 서 있는 에인슬리였다.

"미스 튜스." 아래층 아주머니가 말문을 열었다. 아직까지 다과회용 원피스에 진주 목걸이를 하고 있었다. 위엄을 풍기는 작전을 구사하려는 것이었다. "당신한테 얘기할 수 있을 만큼 완벽하게 진정이 될 때까지 기다렸어요. 나는 불쾌한 상황을 좋아하지 않기 때문에 남부끄러운 광경과 불쾌한 상황을 피하려고 항상 노력하는데, 이번에는 나가달라는 통보를 하는 수밖에 없겠네요." 그녀는 전혀 진정한 상태가 아니었다. 목소리가 떨렸다. 메리언은 그녀가 한 손으로 레이스 손수건을 움켜쥐고 있는 것을 알아차렸다. "술을 마시는 것만으로도 문제가 있었는데, 나는 그 술병들이 전부 당신 몫이라는 걸, 미스 매캘핀은 절대 정도 이상으로 술을 마시지 않는다는 걸 알아요." 그녀의 시선이 다시 메리언의 원피스를 흘끗 훑었다. 믿음이 조금 흔들리는 눈치였지만 그녀는 그냥 넘어갔다. "그나마 집으로 들고 오는 술을 상당히 분별력 있게 고르긴 했지만. 그리고 지저분하고 정리를 하지 않는 것에 대해서는 왈가왈부할 수가 없었어요. 나는 너그러운 사람이고 누가 자기 거처에서 저지르는 일은 내가 전혀 상관할 바가 아니라고 생각해왔으니까요. 그리고 그 청년이 여기서 하룻밤 자고 갔을 때도 모르는 척했고 심지어 다음 날 아침에 불쾌한 상황이 벌어지지 않도록 집을 비우기까지 했어요. 거짓말할 생각하지 말아요, 다 아니까. 적어도 아이는 몰랐는데, 이런 식으로 공공연하게." 그녀는 이제 비난조의 낭랑한 목소리로 카랑카랑하게 외치고 있었다. "꼴사나운 술 취한 친구들을 남들 보는 앞으로 끌고 나오다니…… 아이에게도 나쁜 본보기인 데다……."

에인슬리는 그녀를 노려보았다. 까맣게 테두리를 그린 눈을 번뜩였다. 그녀는 똑같이 비난조의 목소리로 "아하"라고 말하고 머리칼을 뒤로 넘기고 맨발을 좀 더 넓게 벌려서 바닥을 디뎠다. "예전부터 아주머니가 위선자가 아닐까 의심스러웠는데 이제 확실히 알겠네요. 아주머니는 부르주아 사기꾼이에요. 신념다운 신념은 하나도 없으면서 이웃 주민들이 뭐라고 할지 그것만 걱정하는. 그 잘난 평판만 걱정하는. 나는 그런 걸 비도덕적이라고 생각해요. 그리고 이 자리에서 밝히는데 나도 아이를 낳을 거지만 이 집에서 키울 생각은 없어요. 아주머니가 아이한테 부정을 가르치는 나쁜 본보기가 될 테니까요. 있잖아요, 나는 지금까지 살면서 아주머니처럼 창조적인 생명력에 방해가 되는 사람은 처음 봤어요. 나도 되도록 빨리 이사했으면 좋겠네요. 아주머니의 부정적인 기운이 배 속의 내 아이한테 영향을 미치기 전에."

아래층 아주머니의 안색이 상당히 창백해졌다. "오." 그녀는 진주 목걸이를 움켜쥐며 희미하게 외쳤다. "아이라니! 오, 오, 오!" 그녀는 분노와 경악으로 조그맣게 비명을 지르며 몸을 돌렸고 휘청휘청 계단을 내려갔다.

"너 이사해야겠네." 메리언은 말했다. 새롭게 복잡해진 이 상황과 안전하게 거리를 두고 있는 느낌이었다. 어차피 내일이면 고향으로 내려갈 예정이었다. 그리고 아래층 아주머니가 야기한 정면충돌을 겪어보니 지금까지 왜 그녀를 조금 무서워했는지 모르겠다는 생각이 들었다. 이렇게 쉽게 기를 꺾을 수 있는데.

"응, 당연하지." 에인슬리는 침착하게 말하고 앉아서 다른 쪽 눈의 아이라인을 그리기 시작했다.

아래층에서 초인종이 울렸다.

"피터인가 보다." 메리언이 말했다. "벌써 왔네." 그녀는 시간이 이렇게 지난 줄 전혀 모르고 있었다. "같이 가서 준비하는 거 도우기로 했거든. 너 태우고 가면 좋은데 기다릴 수 없을 것 같아."

"괜찮아." 에인슬리가 눈썹이 원래 있어야 할 자리에 길고 우아하게 예술적인 곡선을 그리며 말했다. "나는 좀 있다 갈게. 어차피 해야 할 일도 있거든. 아기한테 너무 춥겠다 싶으면 택시 타면 돼, 별로 멀지도 않으니까."

메리언은 외투를 놓아둔 부엌으로 갔다. 뭘 좀 먹었어야 했는데. 그녀는 속으로 중얼거렸다. 빈속에 술을 마시면 안 좋은데. 피터가 계단을 올라오는 소리가 들렸다. 그녀는 비타민을 한 알 더 먹었다. 갈색의 타원형이고 끝이 뾰족했다. 꼭 껍질이 단단한 갈색 씨앗 같았다. 이 안에 뭘 갈아서 넣었는지 모르겠네. 그녀는 약을 삼키며 생각했다.

26

피터가 열쇠로 유리문을 열고는 손님들이 왔을 때 문이 계속 열려 있도록 걸쇠를 고정했다. 그런 다음 그들은 로비로 들어가 넓은 타일 바닥을 나란히 가로질러 계단을 향해 걸어갔다. 엘리베이터가 아직 작동되지 않았지만 피터의 말로는 다음 주말이면 가동될 거라고 했다. 화물용 엘리베이터는 운행이 되지만 인부들이 잠가놓았다.

아파트 공사가 거의 끝났다. 메리언은 올 때마다 사소한 변화를 알아차릴 수 있었다. 어수선하게 널려 있던 원자재, 파이프와 까칠까칠한 널빤지와 시멘트블록은 사라지고 눈에 보이지 않는 소화와 흡수 과정을 거쳐 지금 그들이 걸어가고 있는 이 공간을 감싸는 반짝이는 껍데기가 되었다. 벽과 일렬로 늘어선 직육면체의 기둥은 짙은 주홍색으로 칠해졌다. 조명이 설치됐고 피터가 파티에 대비해 로비 스위치를 모두 켜놓았기 때문에 그 냉랭한 기운을 있는 힘껏 뿜어내고 있었다. 기둥에 달린, 마루까지 닿는 거울은 지난번에 왔을 때 못 봤던 것이었다. 덕분에 로비가 더 넓고 훨씬 더 길어 보였다. 하지만 카펫과 가구(아마도 인조가죽 소파일 것이다)와 나무를 감싸고 올라가는, 이런 데 빼놓을 수 없는 필로덴드론 활엽수는 아직 도착 전이었다. 그것들이 마지막으로 풍성하게 얹어지면 인정사정없는 조명과 차가운 표면으로 이루어진 이 복도에 인위적이기는 해도 부드러움을 더할 수 있을 것이다.

메리언이 피터의 팔에 몸을 기대고 둘이서 같이 계단을 올라갔다. 메리언은 매 층 복도를 지날 때마다 아파트 문 앞에 거대한 나무 상자와 캔버스 천으로 덮은 길쭉한 물건이 놓인 것을 볼 수 있었다. 전자레인지나 냉장고와 같은 주방기기일 게 분명했다. 조만간 이 아파트에 피터 말고 다른 입주민이 생길 것이다. 그러면 난방을 최고로 돌릴 것이다. 지금은 피터의 집을 제외하면 온 건물의 기온이 외부와 다를 바 없었다.

"자기야." 그녀는 5층에 다다라 숨을 돌리느라 층계참에서 잠깐 걸음을 멈추었을 때 아무렇지 않은 투로 말했다. "퍼뜩 생각이 나서 내가 몇 명을 더 초대했거든. 괜찮지?"

그녀는 차를 타고 여기까지 오는 동안 어떤 식으로 얘기를 꺼내면 좋을지 고민했다. 그들이 등장할 때까지 피터에게 비밀로 하는 건 안 될 말씀이었지만 아무 말도 하지 않고 있다가 막상 사람들이 닥쳤을 때 임기응변으로 대처해보고픈 엄청난 유혹이 느껴지긴 했었다. 정신없는 와중이면 어쩌다 그들을 초대하게 됐는지 설명할 필요가 없을 게 아닌가. 그녀는 설명을 하고 싶지 않았고 설명을 할 수가 없었고 피터가 어떤 질문을 던질지 두려웠다. 문득 평소와 다르게 그의 반응을 미리 예측하는 능력이 모두 사라져버린 기분이 들었다. 그는 미지수가 되었다. 그녀의 얘기를 듣고 미친 듯이 화를 낼 수도, 미친 듯이 좋아할 수도 있을 것 같았다. 그녀는 그에게서 한 발짝 물러나 다른 쪽 손으로 난간을 붙잡았다. 그가 어떤 행동을 할지 알 길이 없었다.

하지만 그는 짜증을 감추느라 미간을 살짝 찌푸리며 그녀를 향해 미소를 짓고는 그만이었다. "그랬어? 뭐, 사람들이 많으면 많을수록 재밌지. 하지만 너무 많이 초대하지는 않았으면 좋겠다. 술이 모자랄 텐데 내가 제일 싫어하는 게 파티장에서 술이 떨어지는 거거든."

메리언은 마음이 놓였다. 생각해보니 그는 완벽하게 예상 범주 안에 드는 반응을 보였다. 그녀는 그가 모범 답안을 들려주었다는 데 신이 나서 그의 팔을 꼭 잡았다. 그가 그 팔로 그녀의 허리를 감싸 안았고 그들은 다시 계단을 올라가기 시작했다. "아니야." 그녀가 말했다. "한 여섯 명밖에 안 돼." 실은 아홉 명이었지만 그가 워낙 품위 있는 반응을 보여주었으니 그녀도 인원수를 줄여서 말하는 예의를 갖추었다.

"내가 아는 사람도 있어?" 그가 명랑한 목소리로 물었다.

"음…… 클래라하고 조." 잠시 들떴던 마음이 가라앉기 시작했다. "그리고 에인슬리. 하지만 나머지는 아니야."

"이런, 이런." 그가 놀리는 투로 말했다. "당신한테 내가 만난 적 없는 친구가 그렇게 많은 줄 몰랐네. 지금까지 비밀로 했단 말이지? 당신의 사생활에 대해서 전부 알아낼 수 있게 그 친구들하고 반드시 얘기를 나눠야겠다." 그가 따뜻하게 그녀의 귀에 입을 맞추었다.

"그래." 메리언은 힘없이 애써 명랑한 척했다. "다들 당신 마음에 들 거야." 바보. 그녀는 자기 자신에게 화가 났다. 바보, 바보. 어쩌면 그렇게 생각이 짧았을까? 앞으로 어떻게 될지 그림이 그려졌다. 사무실의 처녀들은 아무 문제 없을 것이다. 피터는 그들을, 그중에서도 특히 에미는 흘끗 쳐다보고 그만일 것이다. 그리고 클래라와 덩컨은 용납할 것이다. 하지만 나머지는 문제였다. 덩컨은 그녀의 행적을 폭로하지 않을 것이다. 아니, 과연 그럴까? 그는 의미심장한 발언을 슬쩍 흘리는 것을 재미있다고 생각할 수도 있었다. 아니면 호기심에 그럴 수도 있었다. 그가 도착했을 때 옆으로 데려가서 그러지 말아달라고 부탁하는 것도 한 방법이었다. 하지만 룸메이트들은 해결할 수 없는 문제였다. 둘 다 그녀에게 약혼자가 있다는 걸 모를 듯한데, 그걸 알게 됐을 때 트레버가 놀라서 어떤 식으로 비명을 지를지 상상이 됐다. 그가 덩컨을 곁눈질하며 "하지만 우리는 그런 줄도 모르고……" 하고 말꼬리를 흐리면 진실보다 더 위험한 암시로 정적이 채워질 것이다. 피터는 노발대발할 테고, 누군가가 그의 사유재산권을 침범했다고 생각할 테고, 절대 이해하지 못할 텐데, 그럼 어떻게 될까? 도대체 그녀는 왜 그들을 초대했을까? 이런 엄청난 실수를 저지르다니. 어떻게 하면 오지 못하게 그들을 막을 수 있을까?

그들은 7층에 도착해 피터의 아파트를 향해 복도를 걸었다. 사람들이 덧신과 장화를 벗어놓을 수 있도록 그가 문 앞에 신문지를 몇 장 깔아놓았다. 메리언은 장화를 벗어서 피터의 덧신 옆에 단정하게 세워놓았다. "손님들도 우리를 따라 했으면 좋겠다." 피터가 말했다. "얼마 전에 바닥을 깔았는데 발자국으로 뒤덮이는 건 싫거든." 아직 두 사람의 신발뿐이라 아무것도 없는 큼지막한 신문지 덫에 끼워놓은 검은색의 가죽 미끼처럼 보였다.

안에 들어가자 피터가 그녀의 외투를 받아주었다. 맨살이 드러난 그녀의 어깨에 두 손을 얹고 목덜미에 가볍게 입을 맞추었다. "냠, 냠." 그가 말했다. "새로운 향수다." 사실 에인슬리의 향수였고 그녀가 귀걸이와 잘 어울린다며 골라준 이국적인 향이었다.

그는 자기 외투를 벗어서 현관문 바로 앞에 있는 벽장에 걸었다. "당신 외투는 방에 둬." 그는 말했다. "거기 두고 부엌으로 나와서 준비하는 거 좀 도와줘. 접시에 음식 담는 건 여자들이 훨씬 잘하니까."

그녀는 거실을 가로질렀다. 피터가 최근에 추가한 가구가 있다면 기존의 것과 분위기가 비슷한 덴마크 모던디자인의 의자 하나뿐이었다. 휑한 공간이 여전히 많았다. 그 말은 곧, 손님들이 돌아다녀야 한다는 뜻이었다. 다 같이 앉을 자리가 없었다. 피터의 친구들은 대개 밤늦은 시각이 될 때까지 바닥에 앉지 않았다. 하지만 덩컨은 바닥에 앉을지도 몰랐다. 그녀는 담배 한 대를 입에 물고 맨바닥 한복판에 책상다리를 하고 앉아서 비누 인간이나 덴마크 모던디자인의 소파 다리를 물끄러미 바라보는 그의 모습을 그려보았다. 다른 손님들은 커피 테이블이나 풍속화라도 되는 듯, 나무와 양피지로 만든 모빌이라도 되는 듯 별로 신경 쓰지는 않지만 밟지 않도록 조심해가며 그를 빙 돌아서 다닐 것이다. 어쩌면 그들에게 전화해 오지 말라고 해도 아직 늦지 않았을지 몰랐다. 하지만 전화기가 부엌에 있었고 피터도 마찬가지였다.

방은 늘 그렇듯 티끌 하나 없이 깔끔했다. 책과 총은 제자리에 있었다. 피터가 조립한 선박 모형 네 개가 이제는 북엔드 역할을 하고 있었다. 카메라 두 대를 케이스에서 꺼내 책상 위에 놓아두었다. 한 대에 플래시가 달려 있는데, 접시 모양의 은색 반사경 안쪽에 파란색 플래시전구를 끼워놓았다. 펼친 잡지 옆에 파란색 전구가 좀 더 놓여 있었다. 메리언은 외투를 침대 위에 두었다. 피터가 말하길 현관문 앞 벽장이 좁아서 여자들 외투는 방에 보관해야겠다고 했다. 그러니까 양옆으로 소매를 펼치고 놓여 있는 그녀의 외투에 부여된 기능이 보기보다 많았다. 다른 외투를 겨냥한 일종의 바람잡이였다. 그걸 보고 다들 외투를 어디에 두면 되는지 알 수 있을 것이었다.

그녀는 몸을 돌렸다가 벽장문에 달린 전신 거울에 비친 자신의 모습을 보았다. 피터는 소스라치게 놀라며 좋아했다. "자기야, 오늘 정말 끝내준다." 그는 계단을 올라오자마자 이렇게 말했다. 항상 그런 모습이면 더 바랄 나위 없겠다는 뜻이 담겨 있었다. 그는 뒤쪽을 볼 수 있게 돌아보라고 하더니 거기도 마음에 든다고 했다. 이제 그녀는 자기가 정말로 끝내주게 보이는지 궁금해졌다. 그 단어를 머릿속에서 이리저리 곱씹어보았다. 아무런 형체도 풍미도 없었다. 어떤 느낌이라야 하는 걸까? 그녀는 거울에 비친 자신을 향해 미소를 지어 보였다. 아니다, 그게 아니었다. 이번에는 눈을 내리깔고 다르게 미소를 지어 보였다. 그것도 영 이상했다. 고개를 돌려서 옆모습을 곁눈질했다. 전체적인 효과를 파악할 수 없다는 게 문제였다. 평소에 하지 않았던 이런저런 부분들에 시선을 빼앗겼다. 매니큐어, 묵직한 귀걸이, 머리, 에인슬리가 덧붙이거나 바꾸어놓은 얼굴의 여기저기. 한 번에 하나씩만 볼 수 있었다. 무엇이 이런 조각들이 떠 있는 표면 아래에서 이것들을 한데 연결하고 있을까? 그녀는 맨살이 드러난 양쪽 팔을 들어 거울을 향해 내밀었다. 옷이나 스타킹이나 가죽이나 매니큐어로 덮이지 않은 곳이 거기뿐인데, 거울에 비친 두 팔은 분홍빛이 도는 흰색의 말랑말랑한 고무나 플라스틱처럼 뼈가 없고 잘 구부러지는 가짜로 보였다.

좀 전의 공포 속으로 다시 뒷걸음질 치려는 자기 자신에게 짜증이 나서 벽장문을 활짝 열어 거울을 벽 쪽으로 돌렸더니 피터의 옷을 마주하게 됐다. 전에도 자주 보았던 옷들이라 한 손으로 문 가장자리를 짚고 서서 어두컴컴한 벽장 안을 들여다볼 이유가 딱히 없었다. 옷들은 깔끔하게 한 줄로 걸려 있었다. 물론 지금 입고 있는 까만 겨울 양복은 예외지만 피터가 지금까지 입었던 모든 옷이 거기 있었다. 한여름 복장 옆에 회색 플란넬 셔츠와 잘 어울리는 트위드 캐주얼 재킷이 있었고, 그 옆으로 늦여름에서 가을까지가 단계별로 이어졌다. 같이 신는 신발이 바닥에 줄지어 놓여 있는데, 구두골이 각자 하나씩 꽂혀 있었다. 그녀는 분노에 가까운 감정을 품고 그 옷들을 바라보고 있었다는 사실을 깨달았다. 어떻게 다들 보이지도 않는 위엄을 고요하게 뽐내며 저렇게 의기양양하게 걸려 있을까? 하지만 다시 한번 생각해보니 그 감정은 공포에 더 가까웠다. 그녀는 그 옷들을 만져보려고 손을 내밀었다가 거두었다. 옷들이 따뜻해질까 봐 겁이 나다시피 했다.

"자기야, 어디 있어?" 피터가 부엌에서 불렀다.

"갈게." 그녀는 마주 외쳤다. 얼른 벽장문을 닫고 거울을 흘끗 쳐다보고 삐친 애교머리 하나를 누른 다음 잘 가다듬은 껍데기 안에서 조심스럽게 움직여가며 그에게로 걸어갔다.

식탁이 유리잔으로 뒤덮여 있었다. 개중 몇 개는 새것이었다. 파티에 대비해 사놓은 모양이었다. 결혼하고 나서 쓰면 될 것이었다. 조리대에는 색깔과 크기가 다양한 술병들이 줄줄이 놓여 있었다. 스카치위스키, 호밀위스키, 진이었다. 피터가 만반의 준비를 갖추어놓은 듯했다. 그는 마른 행주로 잔을 마지막으로 닦고 있었다.

"내가 뭐 도와줄 거 없어?" 그녀는 물었다.

"응, 있어. 이걸 접시에 좀 담아줄래? 자, 내가 당신 주려고 스카치 따라놨어. 우리가 먼저 마시고 있자." 그는 시간 아깝게 기다리고 있지 않았다. 절반을 마신 그의 잔이 조리대에 놓여 있었다.

그녀는 술잔 너머로 그를 향해 미소를 지으며 술을 한 모금 마셨다. 너무 독했다. 목구멍이 화끈거렸다. "나 술 취하게 만들려는 거야?" 그녀는 물었다. "얼음 하나 더 넣어도 되지?" 그녀는 술잔에 번들거리는 립스틱 자국이 남은 것을 보고 질색했다.

"냉장고에 얼음 많아." 그는 더 희석해서 마셔야겠다는 그녀의 말에 좋아하는 눈치였다.

큼지막한 통에 얼음이 담겨 있었다. 두 개의 비닐봉지에도 담겨 있었다. 나머지는 전부 술병이었다. 맨 아래 칸에는 맥주가 쌓여 있었고, 냉동실 바로 옆 칸에는 길쭉한 초록색의 진저에일과 짧은 무색의 토닉워터와 소다수가 있었다. 그의 냉장고는 새하얗고 티끌 한 점 없고 정리가 잘되어 있었다. 그녀는 자신의 냉장고를 떠올리며 양심의 가책을 느꼈다.

그녀는 피터가 시킨 대로 그릇과 접시에 감자칩과 땅콩과 올리브와 버섯 피클을 열심히 담되 매니큐어가 지저분해지지 않도록 손끝으로만 음식을 만졌다. 거의 다 끝났을 때 피터가 그녀의 뒤로 다가와 한쪽 팔로 허리를 감싸 안았다. 다른 쪽 손으로는 원피스 지퍼를 반쯤 내렸다가 다시 올렸다. 그녀는 목덜미에 닿는 그의 숨결을 느낄 수 있었다.

"침대에 후딱 들어갔다 나올 시간이 없어서 너무 아쉽다." 그가 말했다. "하지만 당신 꾸민 게 헝클어지면 안 되니까. 뭐, 그럴 시간은 나중에도 충분하고." 그는 다른 쪽 팔로 그녀의 허리를 감싸 안았다.

"피터." 그녀가 말했다. "나를 사랑해?" 그녀는 전에도 장난처럼 물어본 적이 있었고 답을 의심하지 않았다. 하지만 이번에는 그가 뭐라고 할지 꼼짝 않고 기다렸다.

그는 귀걸이에 가볍게 입을 맞췄다. "당연히 사랑하지, 그게 무슨 소리야." 비위를 맞춰주기로 작정한 애정 어린 말투였다. "당신이랑 결혼할 건데, 안 그래? 특히 이 빨간색 원피스 입었을 때 더 사랑해. 당신, 빨간색 옷을 더 자주 입어야겠어." 그가 포옹을 풀자 그녀는 남은 버섯 피클을 병에서 접시로 마저 옮겨 담았다.

"자기야, 잠깐 들어와봐." 그가 외쳤다. 방에서 부르는 소리였다. 그녀는 손을 헹궈서 닦고 안으로 들어갔다. 그는 책상 스탠드를 켜놓고 책상에 앉아서 카메라를 만지고 있었다. 그가 웃는 얼굴로 그녀를 올려다보았다. "파티 사진을 좀 찍어서 기록으로 남겨두려고." 그가 말했다. "나중에 사진을 보면서 이때를 추억하면 재밌을 거야. 우리 둘이서 처음으로 연 파티다운 파티잖아. 특별한 순간이지. 그나저나 결혼식 사진사 구했어?"

"몰라." 그녀는 말했다. "아마 구해놨을 거야."

"내가 직접 찍고 싶지만 그건 물론 불가능할 테지." 그는 말하고 폭소를 터뜨렸다. 그러고는 노출계를 손보기 시작했다.

그녀는 다정하게 그의 어깨에 몸을 기대고 그 너머로 책상에 놓인 파란색 플래시전구와 오목하고 동그란 은색의 플래시건을 흘끗 쳐다보았다. 그는 펼쳐놓은 잡지를 참고하고 있었다. '실내 플래시 조명'이라고 된 기사에 표시를 해놓았다. 그 옆에 광고가 있었다. 머리를 하나로 올려 묶은 어린 여자아이가 스패니얼을 잡고 있었다. 광고 문구는 '이 순간을 영원히 간직하세요'였다.

그녀는 창가로 다가가 아래를 내려다보았다. 새하얀 도시와 좁은 길과 차가운 겨울 불빛이 펼쳐졌다. 그녀는 들고 있던 술을 한 모금 마셨다. 얼음이 잔 속에서 달가닥거렸다.

"자기야." 피터가 말했다. "시간이 거의 다 됐지만 손님들이 오기 전에 자기 단독 사진을 몇 장 찍고 싶은데 그래도 될까? 이 필름은 몇 장 안 남아서 새 필름을 넣으려고. 슬라이드로 찍으면 빨간색이 더 돋보일 텐데, 이왕 하는 김에 흑백으로도 몇 장 찍을게."

"피터." 그녀는 머뭇거리며 말했다. "그건 좀……." 그의 제안에 아무 이유 없이 불안해졌다.

"겸손할 것 없어." 그가 말했다. "저기 총 옆에 서서 벽 쪽으로 살짝 몸을 기대줄래?" 그는 조명이 그녀의 얼굴을 비추도록 책상 스탠드를 돌리고 검은색의 조그만 노출계를 그녀를 향해 내밀었다. 그녀는 벽을 등지고 섰다.

그는 카메라를 들어서 실눈을 뜨고 꼭대기에 달린 조그만 유리창을 들여다보았다. 렌즈를 조정해 그녀에게 초점을 맞추었다. "자." 그가 말했다. "그렇게 뻣뻣하게 서 있지 말고 긴장 풀어. 그렇게 어깨 웅크리지도 말고 자, 가슴을 내밀고, 표정이 너무 불안해 보인다, 자연스럽게, 응? 스마일……."

그녀의 몸이 딱딱하게 굳어버렸다. 그렇게 서서 자신을 향한 동그란 유리 렌즈를 쳐다보고 있는 동안 옴짝달싹은 물론이고 얼굴 근육조차 움직일 수가 없었고, 셔터를 누르지 말라고 얘기하고 싶었지만 꼼짝할 수 없었다…….

현관문을 두드리는 소리가 들렸다.

"젠장." 피터가 말했다. 그는 카메라를 책상에 내려놓았다. "손님들이 왔나 보네. 나중에 찍자." 그는 밖으로 나갔다.

메리언은 벽 모서리에서 천천히 몸을 떼어냈다. 가쁜 숨을 몰아쉬고 있었다. 그녀는 한 손을 내밀어 억지로 카메라를 건드렸다.

"내가 왜 이러는 걸까?" 그녀는 혼잣말을 중얼거렸다. "그냥 카메라일 뿐인데."

27

맨 처음 도착한 손님은 사무실의 처녀들이었다. 루시 혼자 먼저 오고 5분 뒤에 에미와 밀리가 거의 동시에 도착했다. 그들은 서로 여기서 만날 줄 몰랐는지 다른 동료들도 초대를 받았다는 데 짜증이 난 눈치였다. 메리언은 소개를 하고 방으로 안내해 벗은 외투를 그녀의 외투와 함께 침대에 놓게 했다. 다들 묘한 말투로 메리언에게 빨간색 옷을 좀 더 자주 입어야겠다고 했다. 다들 고개를 길게 빼고 허리를 펴서 거울에 비친 자신의 모습을 확인하고는 거실로 나갔다. 루시는 입술을 다시 칠했고 에미는 두피를 잽싸게 긁었다.

그들은 덴마크 모던디자인의 소파에 조심스럽게 자리를 잡고 앉았고 피터가 술을 가져다주었다. 루시는 자주색 벨벳 원피스를 입고 은색 아이섀도를 칠하고 인조 속눈썹을 붙였다. 에미는 고등학교 시절의 이브닝드레스를 어렴풋이 연상시키는 분홍색 시폰 원피스를 입었다. 스프레이를 뿌려서 머리칼이 뭉텅이로 뻣뻣하게 굳었고 슬립이 보였다. 밀리는 엉뚱한 곳이 튀어나온 옅은 파란색 새틴 원피스를 입었다. 스팽글로 뒤덮인 조그만 이브닝 백을 들었고 셋 중에 가장 긴장한 목소리였다.

"다들 와줘서 고마워요." 메리언은 이렇게 말했지만 그 순간에는 전혀 고맙지 않았다. 그들은 흥분해서 어쩔 줄 몰라 했다. 피터를 닮은 남자가 마술같이 등장해 한쪽 무릎을 꿇고 자기들에게 청혼하길 기대했다. 덩컨은 둘째 치고 피시, 트레버와 맞닥뜨리면 그들이 어떤 반응을 보일까? 뿐만 아니라 덩컨은 둘째 치고 피시, 트레버가 **그들과** 맞닥뜨리면 어떤 반응을 보일까? 그녀는 두 쌍의 삼인조가 비명을 지르며 한 쌍은 현관문으로, 다른 한 쌍은 창문으로 대탈출을 감행하는 광경을 그려보았다. 내가 무슨 짓을 저지른 걸까? 그녀는 생각했다. 하지만 대학원생 세 명의 존재가 거의 믿기지 않는 지경에 이르렀다. 밤이 깊어지고 스카치위스키에 취할수록 그들이 점점 있음 직하지 않게 느껴졌다. 어쩌면 그들은 나타나지 않을 수도 있었다.

비누 인간과 그 부인들이 띄엄띄엄 등장했다. 피터가 전축에 음반을 올려놓았고 거실이 점점 시끄럽고 복잡해졌다. 노크 소리가 들릴 때마다 사무실의 처녀들은 문 쪽으로 고개를 돌렸다. 눈부시게 잘나가는 부인이 미끈한 남편과 들어설 때마다 그들은 점점 더 다급하게 다시 고개를 돌려서 술잔을 사이에 두고 어색한 대화를 나누었다. 에미는 라인스톤 귀걸이 한쪽을 만지작거렸다. 밀리는 이브닝 백의 헐거워진 스팽글을 잡아당겼다.

메리언은 번번이 미소를 지으며 능숙하게 부인들을 방으로 안내했다. 외투가 점점 쌓였다. 피터가 모두에게 술잔을 건넸고 그도 여러 잔 마셨다. 땅콩과 감자칩과 다른 음식들이 이 손에서 저 손으로, 손에서 입으로 옮겨졌다. 거실의 그룹은 벌써부터 전형적으로 영역이 나뉘기 시작했다. 부인들은 소파 쪽, 남자들은 전축 쪽이었고 그 중간에 보이지 않는 무인 지대가 생겼다. 사무실의 처녀들은 안타깝게도 자리를 잘못 잡는 바람에 부인들의 대화를 듣고 있어야 했다. 메리언은 또다시 양심의 가책을 느꼈다. 하지만 지금 당장은 그들을 챙길 겨를이 없었다. 버섯 피클을 날라야 했다. 에인슬리는 왜 이렇게 늦는지 궁금해졌다.

문이 다시 열렸고 클래라와 조가 등장했다. 그들 뒤로 레너드 슬랭크가 보였다. 메리언의 근육이 경련을 일으키는 바람에 들고 있던 접시에서 버섯 하나가 떨어져 바닥에 맞고 튕겨 전축 아래로 들어갔다. 그녀는 접시를 내려놓았다. 피터가 렌과 요란하게 악수하며 벌써부터 그들을 맞이하고 있었다. 마신 술이 한 잔 추가될 때마다 그의 목소리가 커졌다. "아니, 어떻게 지냈어요? 여기서 이렇게 만나니까 반갑네요. 어휴, 진작부터 연락하려고 했는데." 그의 말에 렌은 휘청거리며 멍한 눈으로 반응했다.

메리언은 클래라의 외투 소매를 단단히 붙잡고 방으로 끌고 들어갔다. "쟤가 여긴 웬일이야?" 그녀는 다소 거칠게 물었다.

클래라는 외투를 벗었다. "데리고 왔다고 뭐라 하지는 말아줘. 다 같은 친구니까 그럴 리 없겠지만. 다른 데 혼자 가도록 내버려두느니 데리고 오는 편이 낫겠다 싶었어. 너도 봐서 알겠지만 상태가 메롱이라. 베이비시터가 도착한 직후에 쟤가 찾아왔는데, 술을 진탕 마셨는지 꼴이 엉망이더라고. 어떤 여자랑 문제가 생겼다며 횡설수설하는데 꽤 심각하게 느껴졌고, 무서워서 자기 아파트로 돌아가지 못하겠다고 하지 뭐야. 누가 무슨 짓을 할 수 있다고 그러는지 나도 모르겠지만. 그래서 2층 뒷방에 데리고 있으려고 해. 원래는 아서의 방이지만 같이 써도 렌은 상관하지 않을 거야. 너무 딱하지 뭐야. 걔를 살뜰하게 보살펴줄 현모양처 타입이 필요하겠어, 전혀 대처를 하지 못하는 눈치라……."

"그 여자가 누군지 얘기했어?" 메리언은 얼른 물었다.

323

"아니." 클래라는 눈썹을 추켜세웠다. "쟤가 원래 이름을 잘 밝히지 않잖아."

"술 한 잔 줄게." 메리언이 말했다. 그녀가 한 잔 더 마시고 싶었다. 클래라와 조는 당연히 그 여자가 누군지 몰랐을 것이다. 알았더라면 렌을 데리고 왔을 리 없었다. 그가 따라나섰다니 놀라울 따름이었다. 에인슬리도 참석할 가능성이 높다는 걸 분명 알았을 텐데, 너무 취해서 될 대로 되라는 식이었을지 몰랐다. 가장 걱정이 되는 부분이 있다면 그의 존재가 에인슬리에게 어떤 영향을 미치느냐였다. 심란해진 그녀가 불안한 짓을 저지를 수도 있었다.

메리언은 거실로 돌아갔을 때 사무실의 처녀들이 레너드를 임자 없는 싱글로 한눈에 낙점했다는 것을 알 수 있었다. 그들이 중립 지대의 한쪽 벽에 그를 세워놓고 두 명이 양옆을, 한 명이 앞을 가로막고 있었다. 그는 한 손으로 벽을 짚고 몸을 지탱하고 있었다. 다른 손에는 맥주가 가득 든 큼지막한 맥주잔을 들고 있었다. 그는 대화를 나누는 동안 어느 누구도 너무 오랫동안 쳐다보고 싶지 않은 사람처럼 이 얼굴에서 저 얼굴로 계속 시선을 옮겼다. 생기가 없고 파이 생지처럼 희멀거니 칙칙하며 이상하게 퉁퉁 부은 얼굴은 불신과 권태와 불안이 한데 어우러진 표정을 짓고 있었다. 하지만 그들이 그에게서 몇 마디를 유도하는 데 성공했는지 루시가 "텔레비전요? 정말 재밌겠어요!"라고 외치는 소리와 나머지 둘이 어색하게 키득거리는 소리가 들렸다. 레너드는 다급하게 맥주를 한 모금 마셨다.

메리언이 잘 익은 올리브를 내오자 조가 남자들 영역에서 그녀에게로 다가왔다. "안녕하세요." 그가 말했다. "오늘 저녁에 여기로 초대해줘서 정말 고마워요. 클래라가 집 밖으로 나올 기회가 거의 없거든요."

그들은 소파 쪽에서 어떤 비누 인간의 부인과 대화를 나누고 있는 클래라를 동시에 쳐다보았다.

"걱정이 많이 되거든요." 조가 하던 얘기를 계속했다. "클래라의 입장에서는 대부분의 다른 여자들보다 많이 힘들 거예요. 대학 생활을 했던 여자라면 다 그렇게 많이 힘들 거라고 생각해요. 지성이라는 게 있었고, 교수님들은 그녀가 하는 말에 관심을 기울였고, 생각할 줄 아는 인간으로 대했는데 결혼을 하고 나니 코어를 침범당해서……."

"뭐를 침범당해요?" 메리언은 물었다.

"코어. 그녀가 지금까지 건설한 인격의 중심요. 자기 이미지라고 할까요."

"아, 네." 메리언은 말했다.

"여성으로서의 역할과 코어가 정면으로 충돌하는 구도라, 여성으로서의 역할은 수동성을 요구하고……."

휘핑크림과 마라스키노 체리로 장식한 큼지막한 공 모양의 페이스트리가 조의 머리 위에 떠 있는 상상이 메리언의 머릿속을 스치고 지나갔다.

"그래서 그녀는 남편에게 코어를 장악당하도록 허락하죠. 게다가 아이들까지 태어났으니 어느 날 아침에 눈을 떴을 때 그녀는 안에 아무것도 남지 않았다는 걸 깨달아요. 안이 텅 비어서 자기가 누군지 더는 알 수가 없고요. 코어가 파괴돼버렸으니 말이에요." 그는 가만히 고개를 젓고 술을 한 모금 마셨다. "내가 가르치는 여학생들에게서도 그런 현상을 느낄 수 있어요. 하지만 경고해봐야 소용없는 일이겠죠."

메리언은 아무 무늬 없는 베이지색 옷을 입고 연한 황토색 머리를 길게 늘어뜨리고 서서 대화를 나누고 있는 클래라를 돌아보았다. 조가 클래라에게 그녀의 코어가 파괴됐다는 얘기를 한 적 있을지 궁금해졌다. 그녀는 사과와 벌레가 연상됐다. 그녀가 지켜보는 가운데 클래라가 한 손으로 뭔가를 강조하는 제스처를 취하자 비누 인간의 부인이 놀란 표정을 지으며 뒷걸음질 쳤다.

"물론 그걸 안다고 해서 해결되지는 않죠." 조가 말했다. "알건 모르건 벌어지는 현상이니까요. 여자들은 대학에 진학하면 안 되는 것일 수도 있어요. 그럼 나중에 정신적인 삶을 놓치고 살았다는 기분이 들지 않을 테니까. 클래라만 해도 내가 나가서 뭐라도 하라고 하면, 야간대학 수업이라도 들으라고 하면 묘한 표정으로 나를 쳐다보기만 해요."

메리언은 애정이 담긴 눈빛으로 조를 올려다보았지만, 지금까지 마신 술 때문에 애정의 정확한 풍미가 흐릿해졌다. 러닝셔츠 차림으로 집 안을 돌아다니며 정신적인 삶에 대해 명상하고 설거지를 하고 봉투에서 우표를 우툴두툴하게 뜯어내는 그의 모습이 떠올랐다. 그렇게 뜯은 우표를 나중에 어떻게 하는지 궁금했다. 손을 내밀어 그를 토닥이며 걱정 말라고, 클래라의 코어는 파괴되지 않았고 모든 게 잘될 거라고 얘기해주고 싶었다. 뭐라도 주고 싶었다. 그녀는 들고 있던 접시를 내밀었다. "올리브 하나 드세요." 그녀는 말했다.

조의 뒤편에서 문이 열렸고 에인슬리가 들어왔다. "실례할게요." 메리언은 조에게 말한 뒤 올리브를 전축 위에 내려놓고 에인슬리를 붙잡으러 갔다. 미리 경고를 해야 했다.

"안녕." 에인슬리가 숨을 헐떡이며 말했다. "생각보다 늦어서 미안. 하지만 갑자기 짐을 싸고 싶어져서……."

메리언은 렌이 보지 못하길 바라며 그녀를 얼른 방으로 데려갔다. 지나가면서 보니 그는 여전히 사무실의 처녀들에게 둘러싸여 있었다.

"에인슬리." 외투와 함께 단둘이 있게 되자 그녀가 말했다. "렌이 왔는데 술에 취한 것 같아."

에인슬리가 외투를 벗었다. 눈부시게 아름다웠다. 청록색에 가까운 초록색 옷을 입고 아이섀도와 구두의 색깔을 맞췄다. 똬리를 튼 머리칼이 반짝이며 머리통을 휘감았다. 분출되는 호르몬으로 얼굴에서 빛이 났다. 배는 아직 티가 날 만큼 나오지 않았다.

그녀는 거울 속에 비친 자신의 모습을 뜯어보고 난 다음 대답했다. "그래서?" 그녀는 눈을 동그랗게 뜨며 침착하게 물었다. "정말이지 메리언, 나는 눈곱만큼도 상관없어. 오늘 오후에 그런 대화를 나누면서 서로의 입장을 분명하게 확인했으니까 둘 다 성숙한 어른처럼 행동할 수 있겠지. 이제는 그가 무슨 말을 하든 전혀 아무렇지 않아."

"하지만." 메리언은 말했다. "걔는 상당히 괴로워하는 눈치야. 클래라 말로는 그래. 클래라네 집에 신세를 지겠다고 찾아갔나 봐. 들어왔을 때 보니까 엉망이더라. 그러니까 걔 속 뒤집어놓는 얘기는 자제해주었으면 해."

"그럴 이유가 전혀 없지." 에인슬리는 대수롭지 않게 말했다. "내가 그 사람한테 말을 걸 이유가 말이야."

거실에서 보이지 않는 울타리를 사이에 두고 한쪽에 모여 있던 비누 인간들이 점점 시끌벅적해졌다. 요란하게 폭소를 터뜨렸다. 한 명은 지저분한 우스갯소리를 늘어놓았다. 여자들의 목소리도 높이와 강도가 더해져 바리톤과 베이스 위에서 소프라노로 경쟁적으로 쨍그랑거렸다. 에인슬리가 등장하자 그녀를 향해 일대 파도가 일었다. 과연 비누 인간 몇몇이 자기편을 버리고 소개를 받으려고 다가오자 당사자의 부인들이 그 어느 때보다 촉각을 곤두세우며 소파에서 일어나 그들을 도중에 저지하려고 잰걸음을 옮겼다. 에인슬리는 멍하니 미소를 지었다.

메리언은 에인슬리에게 술을 한 잔 주고 자기도 한 잔 더 마시려고 부엌으로 들어갔다. 유리잔과 술병이 깔끔하게 줄지어 있던 부엌의 질서가 저녁이 깊어가는 동안 붕괴됐다. 개수대는 녹아가는 얼음과 음식물 찌꺼기로 넘쳐났고, 사람들은 올리브 씨와 깨진 유리 조각을 어떻게해야 하는지 모르는 눈치였다. 비었거나 아직 남은 술병들이 조리대와 식탁과 냉장고 위에 세워져 있었다. 그리고 뭔지 모를 것이 바닥에 쏟아져 있었다. 그래도 깨끗한 잔이 남아 있었다. 메리언은 에인슬리를 위해 잔 하나를 채웠다.

부엌에서 나가는데 방에서 누군가의 목소리가 들렸다.

"전화상으로 들었을 때 생각했던 것보다 더 잘생기셨네요." 루시의 목소리였다.

메리언은 방 안을 흘끗 들여다보았다. 루시가 은색으로 칠한 눈꺼풀을 들어 피터를 올려다보고 있었다. 그는 카메라를 들고 어린애처럼, 하지만 어째 바보처럼 웃으며 그녀를 내려다보고 있었다. 루시가 레너드 포위 작전을 포기한 것이었다. 소용없다는 것을 알아차린 모양인데, 그녀는 전부터 이런 방면에서 그 둘보다 눈치가 더 빨랐다. 하지만 그 대신 피터를 찔러보려고 하다니 애처로웠다. 사실 측은했다. 피터는 유부남과 거의 다를 게 없는 품절 상태였다.

메리언은 혼자 빙그레 웃으며 걸음을 옮기려고 했지만 그녀를 발견한 피터가 찔렸는지 지나치게 명랑한 표정을 지으며 카메라를 흔들었다. "자기야, 파티 분위기가 무르익었어! 사진 찍을 시간이 거의 다 됐어!" 루시가 블라인드처럼 눈꺼풀을 들어 올리며 입구 쪽으로 고개를 돌리고 미소를 지었다.

"이거 마셔, 에인슬리." 메리언은 동그랗게 에워싼 비누 인간들을 뚫고 들어가 술잔을 건넸다.

"고마워." 에인슬리는 말하고 딴 데 정신 팔린 표정으로 잔을 받아 들었다. 메리언은 위험신호를 감지하고 에인슬리의 시선을 따라갔다. 렌이 거실 저편에서 입을 살짝 벌리고 그들을 빤히 쳐다보고 있었다. 밀리와 에미가 계속 끈질기게 그를 붙잡아놓고 있었다. 밀리가 앞으로 이동해 넓은 치맛자락으로 최대한 많은 공간을 차단했고 에미는 농구의 가드처럼 왔다 갔다 사이드스텝을 밟았다. 하지만 한쪽 옆구리가 무방비 상태였다. 메리언이 고개를 다시 돌렸을 때 마침 에인슬리가 미소를 지었다. 유혹의 미소였다.

문을 두드리는 소리가 들렸다. 내가 가서 열어야겠네. 메리언은 생각했다. 피터는 방 안에서 바쁘니까.

그녀는 문을 열었고 어리둥절해하는 트레버의 얼굴과 맞닥뜨렸다. 다른 두 명과 처음 보는 인물이 그의 뒤에 서 있는데, 헐렁한 해리스 트위드 외투를 입고 선글라스를 쓰고 까만색의 긴 스타킹을 신은 걸 보면 여자인 것 같았다. "이 호수가 맞나요?" 트레버가 물었다. "피터 월랜더 씨 댁이에요?" 그는 그녀를 알아보지 못한 게 분명했다.

메리언은 속으로 파랗게 질렸다. 그들을 까맣게 잊고 있었던 것이다. 뭐, 안이 워낙 시끄럽고 혼란스러워서 피터가 이들의 존재를 알아차리지 못할 수도 있었다.

"아, 와줘서 정말 고마워요." 그녀는 말했다. "들어와요. 그나저나 나, 메리언이에요."

"아, 하하하, 그렇죠." 트레버는 날카롭게 외쳤다. "못 알아보다니 이런 바보 같으니라고! 와, 우아해 보여요. 빨간색 옷을 좀 더 자주 입어야

329

겠어요."

트레버와 피시와 다른 인물은 그녀를 지나서 안으로 들어갔지만 덩컨은 그 자리에 남았다. 그녀의 팔을 잡고 복도로 끌어당겨 그녀의 등 뒤로 문을 닫았다.

그는 말없이 서서 자신의 머리칼 사이로 그녀를 쳐다보며 새로워진 부분을 구석구석 살폈다. "코스튬 파티라고 안 했잖아요." 마침내 그가 말했다. "도대체 누구로 분장한 거예요?"

실망감에 메리언의 어깨가 처졌다. 그러니까 전혀 끝내주게 보이지 않는다는 뜻이었다. "내가 치장한 걸 처음 봐서 그래요." 그녀는 힘없이 말했다.

덩컨은 낄낄거렸다. "귀걸이가 제일 마음에 드네요." 그가 말했다. "그거 어디서 주웠이요?"

"아, 그만해요." 그녀는 토라진 티를 내며 말했다. "들어와서 술이나 한잔해요." 그는 아주 짜증 나게 굴고 있었다. 그녀가 뭘 입고 있을 거라고 생각했던 걸까? 굵은 베옷을 입고 재를 뒤집어쓰고 있어야 했나? 그녀는 문을 열었다.

말소리와 음악 소리와 웃음소리가 복도에까지 넘실거렸다. 잠시 후에 번쩍하고 플래시가 터졌고 누군가가 우렁찬 목소리로 의기양양하게 외쳤다. "으하하! 범죄 현장을 포착했다!"

"저 사람이 피터예요." 메리언이 말했다. "사진을 찍고 있나 봐요."

덩컨은 뒷걸음질 쳤다. "안으로 들어가고 싶지 않아요."

"하지만 들어가야 해요. 피터를 만나야 해요, 당신이 피터를 만났으면 해요." 갑자기 그가 그녀와 함께 들어가는 것이 아주 중요한 일이 되었다.

"싫어요, 싫어요." 그는 말했다. "안 돼요. 안 좋은 예감이 느껴져요. 우리 둘 중 한 명이 분명 증발할 텐데 아마 나일 거예요. 아무튼 저긴 너무 시끄러워서 내가 감당할 수 없어요."

"제발요." 그녀는 말하고 그의 팔을 잡으려고 했지만 그는 이미 몸을 돌려서 복도에서 다시 달아나려 하고 있었다.

"어디 가려고요?" 그녀는 그의 뒤에 대고 애처롭게 외쳤다.

"빨래방에요!" 그도 마주 외쳤다. "안녕, 결혼 잘해요." 그는 덧붙였다. 그가 모퉁이를 도는 순간 일그러진 미소가 마지막으로 언뜻 그녀의 눈에 들어왔다. 계단을 멀어져가는 그의 발소리가 들렸다.

문득 그녀는 그를 따라가고 싶어졌다. 그와 함께 가고 싶어졌다. 북적대는 거실을 다시 마주할 자신이 없었다. 하지만 그녀는 "어쩔 수 없어"라고 혼잣말을 중얼거렸다. 다시 안으로 들어갔다.

그녀가 맨 처음 맞닥뜨린 것은 피셔 스미스의 넓적한 등판이었다. 그는 반항인가 싶을 만큼 캐주얼한 줄무늬 터틀넥스웨터를 입고 있었다. 그의 옆에 서 있는 트레버는 흠잡을 데 없는 정장에 셔츠와 넥타이까지 갖춰 입었다. 둘 다 까만 스타킹을 신은 인물과 대화를 나누고 있었다. 죽음의 상징 어쩌고저쩌고했다. 그녀는 덩컨이 사라진 이유를 설명하고 싶지 않았기에 교묘하게 그들을 피해서 지나갔다.

그녀는 자신이 에인슬리의 뒤에 서 있다는 걸 깨달았다. 그 둥글둥글한 청록색의 형상 저편에 레너드 슬랭크가 서 있다는 건 잠시 후에 알아차렸다. 에인슬리의 머리에 가려서 그의 얼굴은 보이지 않았지만 맥주잔을 들고 있는 팔과 손을 보면 알 수 있었다. 이제 보니 잔을 새로 채웠다. 에인슬리가 나지막한 목소리로 다급하게 그에게 뭐라고 얘기하고 있었다.

그가 혀가 꼬인 발음으로 대답하는 소리가 들렸다. "싫어, 젠장! 당신은 절대 나를 가질 수 없어……."

"알았어, 그럼." 메리언이 그녀의 의도를 파악할 겨를도 없이 에인슬리가 손을 위로 들었다가 아래로 힘껏 내려 유리잔을 바닥에 대고 박살 냈다. 메리언은 놀라서 펄쩍 뛰었다.

유리잔이 산산조각 나는 소리에 플러그가 뽑힌 것처럼 대화가 멎었고 바이올린이 나지막이 탄식하는 소리만 들리는 어색한 사방의 정적 사이로 에인슬리가 말을 꺼냈다. "렌하고 내가 근사한 소식을 발표하려고 해요." 그녀는 극적인 효과를 위해 눈을 번뜩이며 잠시 머뭇거렸다. "우리가 아이를 낳기로 했어요." 그녀의 목소리는 나긋나긋했다. 맙소사. 메리언은 생각했다. 얘가 결단을 강요하려고 하네.

소파 쪽에서 몇 명이 헉하는 소리를 냈다. 누군가가 낄낄거렸고 비누 인간 중 한 명은 "잘했네, 잘했어. 렌이 누군지는 모르겠지만"이라고 했다. 이제 메리언은 렌의 얼굴을 볼 수 있었다. 하얗던 거죽에 얼룩덜룩하게 벌건 반점이 생겼다. 아랫입술은 부들부들 떨리고 있었다.

"이 더러운 년아!" 그가 쉰 목소리로 외쳤다.

잠깐 정적이 흘렀다. 비누 인간의 부인 한 명이 뭔가에 대해 속사포처럼 대화를 시도하다가 금세 말꼬리를 흐렸다. 메리언은 렌을 지켜보았다. 에인슬리를 한 대 치는 게 아닌가 싶었지만 그는 오히려 이를 드러내며 웃어 보였다. 귀를 기울이고 있는 군중을 향해 고개를 돌렸다.

"맞습니다, 여러분." 그가 말했다. "그리고 지금 다정한 친구들이 오순도순 모인 이 자리에서 세례식을 거행할까 합니다. 태내 세례라고 할까요. 이로써 그 아이에게 내 이름을 부여하노라." 그는 한 손을 불쑥 내밀어 에인슬리의 어깨를 잡고 맥주잔을 들어 그 안에 든 맥주를 마지막한 방울까지 그녀의 머리 위로 천천히 부었다.

비누 인간의 아내들이 일제히 환희의 비명을 질렀다. 비누 인간들은 "이봐요!"라고 고함을 질렀다. 마지막 거품이 흘러내리는 동안 피터가 플래시전구를 카메라에 장착하며 방에서 뛰쳐나왔다. "잠깐만요!" 그는 외치고 사진을 찍었다. "좋았어! 아주 엄청난 작품이 될 거예요! 파티 분위기가 본격적으로 무르익었군요!"

몇몇 사람이 짜증 난 눈빛으로 그를 흘끗거렸지만 대부분 전혀 관심을 보이지 않았다. 다들 움직이고 떠드느라 정신이 없었다. 뒤에서는 사카린처럼 달짝지근한 바이올린 연주가 이어지고 있었다. 에인슬리는 물벼락을 맞은 몸으로 그 자리에 가만히 서 있었다. 거품과 맥주가 그녀의 발치 마룻바닥에 고여 있었다. 얼굴은 일그러졌다. 울음을 터뜨릴 만한 가치가 있을지 조만간 결정을 내려야 할 것이었다. 렌은 그녀를 잡았던 손을 놓았다. 고개를 숙이고 들리지 않는 말을 중얼거렸다. 방금 전에 무슨 짓을 저질렀는지 잘 모르겠고 이제 어떻게 해야 할지 전혀 모르는 사람처럼 보였다.

에인슬리는 몸을 돌려서 화장실로 걸음을 옮겼다. 비누 인간들의 부인 몇 명이 쪼르르 달려나와 위로한답시고 가르랑거리며 사람들의 시선을 나눠 가지려 했다. 하지만 그들보다 먼저 도착한 사람이 있었다. 피셔 스미스였다. 그가 시커먼 털로 빽빽하게 뒤덮인 근육질의 웃통을 드러내며 털실로 짠 스웨터를 벗었다.

"실례할게요." 그가 그녀에게 말했다. "감기 걸리면 안 되잖아요. 지금 이런 상태일 때는." 그가 스웨터로 그녀를 닦아주기 시작했다. 노심초사하느라 두 눈이 촉촉했다.

에인슬리의 머리는 다 풀려서 어깨 위로 가닥가닥 늘어져 맥주를 뚝뚝 흘리고 있었다. 그녀는 웃으며, 속눈썹에 맺힌 맥주 아니면 눈물 사이로 그를 올려다보았다. "우리 초면이죠?"

"나는 이미 당신이 누군지 알 것 같은데요." 그는 줄무늬 소매로 그녀의 배를 조심스럽게 토닥이며 상징적인 의미가 가득 깃든 목소리로 말했다.

시간이 지났다. 에인슬리와 렌으로 인해 생긴 균열이 어찌어찌 매끄럽게 봉합되었고 경이롭게도 파티는 계속됐다. 누군가 깨진 유리 조각과 맥주를 치웠고 거실에서는 이제 아무 일도 없었던 듯 대화와 음악과 음주가 이어졌다.

하지만 부엌은 참사 현장이었다. 홍수가 쓸고 지나간 자리 같았다. 메리언은 쓰레기를 뒤적이며 깨끗한 잔을 찾았다. 들고 다니던 잔을 어딘가에 두었는데 어딘지 기억이 나지 않았고 술을 한 잔 더 마시고 싶었다.

깨끗한 잔이 더는 없었다. 그녀는 누가 썼던 잔을 집어 수돗물로 헹구고 스카치위스키를 천천히, 조심스럽게 따랐다. 호수에 똑바로 누워 있기라도 한 것처럼 평화롭게 부유하는 기분이었다. 그녀는 문간으로 다가가 거기에 몸을 기대고 거실을 바라보았다.

'지금까지 잘 버티고 있는 중이야! 잘 버티고 있는 중이야!' 그녀는 속으로 외쳤다. 그랬다는 데 놀라운 한편으로 어마어마하게 기뻤다. 다들 저기서 파티를 즐기고 있었고(이제 보니 에인슬리와 피셔가 보이지 않았고 렌도 마찬가지였다. 이 셋이 어디 갔을지 궁금했다) 그녀도 마찬가지였다. 떠받쳐주는 그들이 있었기에 그녀는 동질감을 구명 튜브 삼아 제법 든든하게 떠 있을 수 있었다. 그들 모두에게 따뜻한 애정이 느껴졌다. 보이지 않는 투광조명이 비추고 있기라도 한 듯 그들의 형체와 얼굴이 평소보다 훨씬 선명하게 눈에 들어왔다. 심지어 비누 인간의 부인들과 한 손을 흔들어대는 트레버도 좋았다. 반짝이는 하늘색 원피스를 입고 저쪽에서 웃고 있는 밀리도, 심지어 너덜너덜한 슬립 아랫단이 보이는 줄도 모른 채 돌아다니는 에미마저 좋았다. 피터도 그들 사이에 있었다. 그는 계속 카메라를 들고 다니며 간혹 사진을 찍었다. 보고 있자니 홈비디오 광고에서 가족의 평범한 일상을 찍고 또 찍는 아버지가 연상됐다. 이보다 더 훌륭한 피사체가 어디 있을까? 웃으며 잔을 드는 사람들, 생일 파티장의 아이들…….

그 안에 내내 들어 있던 게 이거였어. 그녀는 생각하며 기뻐했다. 이게 그의 미래의 모습이야. 진정한 피터, 내면의 피터는 놀랍거나 무서운 구석이 전혀 없었다. 그저 이렇게 더블베드가 있는 단층집에서 사는, 이렇게 뒷마당에서 숯불구이를 즐기는 남자였다. 이렇게 홈비디오를 찍는 남자였다. 내가 그를 호출했어. 그녀는 생각했다. 내가 그를 불러냈어. 그녀는 스카치위스키를 조금 마셨다.

기나긴 탐색의 결과였다. 그녀는 복도와 방을 따라, 기나긴 복도와 널찍한 방을 따라 시간을 거슬러 올라갔다. 모든 것이 흐름을 늦추는 듯했다.

그중 복도를 따라서 걷는 저 사람이 진짜 피터라면 마흔다섯 살에 배불뚝이가 된다는 걸까? 그녀는 생각했다. 토요일이면 쭈글쭈글한 청바지를 대충 걸쳐 입고 지하의 작업실로 향한다는 걸까? 이런 이미지가 떠오르자 마음이 놓였다. 그는 취미 생활을 할 테고 편안한 인간, 정상적인 인간이 될 것이다.

그녀는 오른쪽에 달린 문을 열고 안으로 들어갔다. 머리가 벗어져가고 있지만 여전히 지금 모습이 남아 있는 마흔다섯 살의 피터가 눈부신 태양이 내리쬐는 가운데 길쭉한 포크를 들고 석쇠 옆에 서 있었다. 하얀 요리사용 앞치마를 두르고 있었다. 그녀는 어디 있는지 꼼꼼하게 살펴보았지만 그 마당에 그녀는 없었고 그래서 오싹해졌다.

아냐. 그녀는 생각했다. 내가 잘못 들어온 게 분명해. 이게 마지막 방일 리 없어. 마당 저편의 울타리에 또 다른 문이 하나 달려 있는 것이 보였다. 그녀는, 이제 보니 다른 쪽 손에 큼지막한 식칼을 들고 꿈쩍 않고 서 있는 인물 뒤편을 지나 잔디밭을 가로질러 문을 열고 반대편으로 나갔다.

그녀는 다시 사람들로 북적거리는 피터의 거실로 돌아와 술잔을 들고 문틀에 기대서 있었다. 다만 이번에는 사람들이 좀 더 선명하고 또렷하고 멀어 보였고 점점 더 빠르게 움직이며 귀갓길을 재촉하고 있었다. 외투를 입은 비누 인간의 부인들이 방에서 일렬로 빠져나와 작별 인사를 조잘거리며 남편을 따라서 비틀비틀 밖으로 나가는데, 빨간 원피스를 입고 통신판매 카탈로그 속의 종이 모델처럼 포즈를 잡고 서서 고개를 돌리고 미소를 지으며 하얗고 텅 빈 공간에서 파닥이는 저 조그맣고 평면적인 여자는 누구일까? 이럴 수는 없었다. 뭔가 더 있어야 했다. 그녀는 다음 문 앞으로 달려가 휙 하니 열었다.

거기에는 검은색의 화려한 겨울 양복을 입은 피터가 있었다. 손에 카메라를 들었는데, 이제 그녀는 그것의 실체를 알아차렸다. 문은 더는 없었고 그녀가 감히 그에게서 시선을 떼지 못하고 문손잡이를 찾느라 등 뒤를 더듬고 있었을 때 그가 카메라를 들어 그녀를 겨누었다. 입을 벌리고 이를 드러내며 으르렁거렸다. 눈부신 플래시가 터졌다.

"안 돼!" 그녀는 비명을 질렀다. 팔로 얼굴을 가렸다.

"자기야, 왜 그래?" 그녀는 고개를 들었다. 피터가 옆에 서 있었다. 진짜 피터였다. 그녀는 손을 내밀어 그의 얼굴을 건드렸다.

"놀라서." 그녀는 말했다.

"당신 술이 정말 약하구나?" 그는 애정과 짜증이 한데 섞인 목소리로 말했다. "내가 저녁 내내 사진을 찍고 다녔으니 이제 익숙해졌을 만도 한데."

"아까 그 사진 나 찍은 거야?" 그녀는 물으며 화해를 청하는 뜻에서 미소를 지었다. 그녀의 얼굴이 넓게 펴지면서 얇은 종이처럼 살짝 바스러지는 것이 느껴졌다. 군데군데 칠이 벗겨져 너덜거리는 사이로 뒤쪽의 철판이 드러나 보이는 거대한 광고판 속 모델의 미소였다.

"아니, 거실 저쪽에 있는 트리거 사진이야. 걱정 마, 당신은 나중에 찍어줄 테니까. 하지만 이제 술은 그만 마시는 게 좋겠다. 당신 지금 휘청거리고 있어." 그는 그녀의 어깨를 토닥이고 저쪽으로 걸어갔다.

그렇다면 그녀는 아직 안전했다. 너무 늦기 전에 빠져나가야 했다. 그녀는 몸을 돌려서 술잔을 식탁에 내려놓았다. 절박해지자 갑자기 머리가 잘 돌아갔다. 덩컨이 있는 데까지 갈 수 있느냐가 관건이었다. 그는 어떻게 하면 되는지 알 것이다.

그녀는 부엌을 좌우로 살피고 잔을 집어 남은 술을 개수대에 쏟았다. 만전을 기울여 아무 단서도 남기지 않을 작정이었다. 그런 다음 수화기를 들고 덩컨의 번호를 눌렀다. 벨이 울리고 또 울렸지만 아무 응답이 없었다. 그녀는 수화기를 내려놓았다. 거실에서 또다시 플래시가 터졌고 피터의 웃음소리가 들렸다. 빨간색 옷을 입는 게 아니었다. 덕분에 완벽한 표적이 되고 말았다.

그녀는 살금살금 방 안으로 들어갔다. 아무것도 빠뜨리면 안 돼. 그녀는 속으로 중얼거렸다. 다시는 돌아오지 못할 테니까. 전에는 결혼하면 방이 어떻게 달라질지 궁금해하며 다양한 배치와 색상의 배합을 고민했었다. 이제는 어떻게 달라질지 알 수 있었다. 지금과 똑같을 것이었다. 그녀는 외투를 찾으려고 쌓인 외투 더미를 헤집었다. 어떤 외투를 입고 왔는지 순간 기억이 나지 않았지만 마침내 찾아서 입었다. 거울은 애써 피했다. 몇 시쯤 됐는지 알 수가 없었다. 손목을 흘끗 쳐다보았다. 아무것도 없었다. 그럴 수밖에 없었다. 에인슬리가 전체적인 분위기와 어울리지 않는다고 했기 때문에 시계를 빼서 집에 두고 왔다.

거실에서 피터가 다른 소음 위로 외쳤다. "자, 이제 단체 사진 찍읍시다. 다들 모여주세요."

서둘러야 했다. 이제는 거실을 지나는 것이 관건이었다. 눈에 잘 띄지 말아야 했다. 그녀는 외투를 다시 벗고 둘둘 말아서 왼쪽 겨드랑이춤에 끼고 원피스가 배경 속으로 묻히는 보호색이 되어주길 바랐다. 그녀는 벽에 몸을 붙이고 풀숲처럼 뒤엉킨 사람들 사이를 지나 현관문을 향해 나아갔다. 그들의 등과 치맛자락을 나무와 덤불 삼아 몸을 숨겼다. 피터는 저쪽에서 사람들을 한데 모으려고 하고 있었다.

그녀는 현관문을 열고 슬그머니 빠져나갔다. 외투를 다시 입고 신문지에 갇혀 한데 뒤엉킨 신발 속에서 장화를 찾아서 들고 전속력으로 계단을 향해 달려갔다. 이번에는 그에게 붙들릴 수 없었다. 그가 방아쇠를 당기면 그녀는 저지당할 것이었다. 그 손놀림, 그 하나의 자세 안에 단단히 고정돼 움직일 수도, 달라질 수도 없을 것이었다.

6층 층계참에서 달리기를 멈추고 장화를 신은 다음 넘어지지 않게 난간을 붙잡고 계속 내려갔다. 그녀의 살이 천과 쇠로 이루어진 뼈대와 고무줄에 눌려 감각을 잃은 듯이 느껴졌다. 걷기가 힘들어서 온 신경을 집중해야 했다. 내가 취했나 봐. 그녀는 생각했다. 신기하게 취한 것처럼 느껴지지가 않네. 바보야, 술 취한 사람들이 추운 데로 나가면 모세혈관이 어떻게 되는지 잘 알잖아. 하지만 도망치는 것이 더 중요했다.

텅 빈 로비에 다다랐다. 쫓아오는 사람이 아무도 없었지만 어떤 소리가 들리는 것 같았다. 유리에서 남 직한 얇은 소리, 샹들리에가 부딪치듯 차가운 소리였고, 반짝이는 이 공간의 고압 전류가 웅웅거리는 소리였다.

그녀는 눈발 속으로 나섰다. 거치적거리는 다리가 허락하는 한도 안에서 최대한 빠르게, 찍찍거리는 소리와 함께 눈을 밟아가며 길거리를 달렸다. 겨울에는 평평한 바닥조차 위험한데 넘어지면 안 되는 상황이었으니 눈으로 인도를 살피며 균형을 잡았다. 피터가 거실에서 정확한 타이밍을 기다리며 손님들 뒤를 몰래 따라다녔듯이 지금 그녀의 뒤를 밟으며 추적에 나섰을지 몰랐다. 열의에 불타는 그 음흉한 명사수가 여러 겹의 다른 껍데기 아래에 숨어 처음부터 한복판에서 그녀를 기다리고 있었다. 치명적인 무기를 손에 든 살인마가.

그녀는 얼음을 밟고 미끄러져 하마터면 넘어질 뻔했다. 다시 중심을 잡았을 때 뒤를 돌아보았다. 아무것도 없었다.

"진정해." 그녀는 말했다. "흥분하지 말고." 날카롭게 헐떡이는 호흡이 목구멍에서 빠져나오기 직전에 허공에서 얼어붙었다. 그녀는 좀 더 천천히 계속 걸었다. 처음에는 무작정 달렸다면 지금은 어디로 가는지 정확히 알았다. "너는 괜찮을 거야." 그녀는 혼잣말을 중얼거렸다. "빨래방까지만 가면 돼."

28

덩컨이 빨래방에 없을지 모른다는 생각은 하지 못했다. 그랬기에 마침
내 빨래방에 다다라 숨이 가쁘기는 했지만 도착했다는 데 안도하며 유
리문을 열었을 때 아무도 없는 것을 보고 그녀는 충격을 받았다. 믿을
수가 없었다. 그녀는 길게 늘어선 하얀색 기계 앞에 우두커니 섰다. 어
디로 가야 할지 알 수가 없었다. 덩컨과 만나는 순간만을 상상했을 뿐
그 이후의 시간에 대해서는 고민한 적이 없었다.

하지만 잠시 후 저쪽 끝에 놓인 어느 의자에서 피어오르는 한 줄기
연기가 보였다. 그일 수밖에 없었다. 그녀는 앞으로 걸어갔다.

그는 의자 등받이 너머로 머리 꼭대기만 간신히 보일 만큼 납작하게
웅크리고 앉아서 바로 앞 세탁기의 동그란 유리창만 쳐다보고 있었다.
세탁기 안에는 아무것도 없었다. 그녀가 바로 옆 의자에 앉아도 그는
고개를 들지 않았다.

"덩컨." 그녀가 불러도 아무 대답이 없었다.

그녀는 장갑을 벗어서 한 손을 내밀어 그의 손목을 건드렸다. 그가
움찔했다.

"나 왔어요." 그녀가 말했다.

그가 그녀를 쳐다보았다. 두 눈이 안으로 더 움푹 들어가 평소보다 더 어두워 보였고 형광등 불빛이 비친 얼굴은 핏기가 없었다. "아. 왔군요. 주홍색의 음녀(영국 오컬트 작가 크롤리의 정신철학인 '텔레마'에 등장하는 여신. 여성의 성적 충동을 표상한다 — 옮긴이)께서 직접. 지금 몇 시예요?"

"모르겠어요." 그녀는 말했다. "시계가 없어서."

"여긴 어쩐 일이에요? 파티장을 지켜야 하는 거 아니에요?"

"더는 거기 있을 수가 없었어요." 그녀는 말했다. "와서 당신을 만나야 했어요."

"왜요?"

그녀는 이상하게 들리지 않을 만한 이유가 생각나지 않았다. "그냥 당신이랑 같이 있고 싶었어요."

그는 수상하다는 듯이 그녀를 쳐다보고 담배를 다시 한 모금 빨았다. "저기, 이제 거기로 돌아가요. 그게 당신의 의무예요. 그 아무개한테는 당신이 필요해요."

"아니, 그 사람보다는 당신한테 내가 더 필요해요."

이렇게 얘기하자 진짜 그런 것 같았다. 그녀가 당장 숭고한 인물이 된 것처럼 느껴졌다.

그는 씩 웃었다. "아니에요. 당신은 내가 구원을 받아야 한다고 생각하지만 그렇지 않아요. 아무튼 아마추어 사회복지사의 시범 케이스는 되고 싶지 않네요." 그는 다시 세탁기 쪽으로 시선을 옮겼다.

메리언은 한 짝의 장갑에 달린 손가락을 만지작거렸다. "하지만 나는 당신을 구원하려는 게 아니에요." 그녀는 그의 꾀에 넘어가 자가당착에 빠지고 말았다는 사실을 깨달았다.

"그럼 내가 당신을 구원해주길 바라는 모양이네요? 무엇으로부터요? 당신이 알아서 다 해결한 줄 알았는데. 그리고 어차피 나는 전혀 도움이 안 된다는 걸 알잖아요." 자기는 무능력한 인간이라고 어렴풋이 우쭐대는 말투였다.

"아, 우리 구원을 운운하지는 말기로 해요." 메리언은 다급하게 말했다. "자리를 옮기면 안 될까요?" 그녀는 거기서 나가고 싶었다. 유리창이 줄줄이 이어지고 비누와 표백제 냄새가 곳곳에 스민 이 하얀 공간에서는 대화조차 불가능했다.

"여기가 뭐 어때서요?" 그가 물었다. "나는 여기가 마음에 드는데."

메리언은 그를 잡고 흔들고 싶었다. "내가 하고 싶은 말은 그게 아니에요." 그녀는 말했다.

"아." 그는 말했다. "아, 그거요. 오늘 밤이 그날 밤이고 지금이 아니면 기회가 없다는 거죠?" 그는 새 담배를 꺼내 불을 붙였다. "내 집으로 갈 수는 없어요, 알다시피."

"내 집으로 갈 수도 없어요." 어차피 이사할 텐데 왜 안 되나 하는 생각이 얼핏 들었다. 하지만 에인슬리가 언제 들이닥칠지 몰랐고 아니면 피터가…….

"여기 있어도 될지 몰라요. 생각해보면 재밌지 않아요? 세탁기 안으로 들어가서 지저분한 영감들이 접근하지 못하게 당신이 입은 빨간색 원피스로 창을 가리고…….".

"나가요." 그녀는 일어나며 말했다.

그도 따라 일어섰다. "알았어요, 나는 융통성이 있는 사람이니까. 이제 내가 실상을 파악한 것 같기도 하고요. 어디 가려고요?"

"아무래도 호텔 같은 데를 찾아야겠어요." 그녀는 말했다. 무슨 수로 목적을 달성할 수 있을지 막연했지만 그래야 한다고 고집스럽게 믿었다. 그 방법밖에 없었다.

덩컨은 사악하게 미소를 지었다. "당신이랑 부부인 척하라고요? 그런 귀걸이를 끼고 있는데? 절대 안 믿을걸요? 미성년자를 더럽힌다고 당신을 욕할 거예요."

"상관없어요." 그녀는 말했다. 손을 올려 귀걸이를 돌려서 빼기 시작했다.

"아, 지금은 그냥 둬요." 덩컨이 말했다. "전체적인 느낌이 망가지면 싫지 않겠어요?"

다시 길거리로 나섰을 때 끔찍한 생각 하나가 퍼뜩 그녀의 머릿속에 떠올랐다. "아, 안 돼." 그녀는 걸음을 멈추고 말했다.

"왜요?"

"돈이 한 푼도 없어요!" 당연히 그녀는 파티에 가는데 돈을 들고 나올 필요가 없다고 생각했다. 이브닝 백만 외투 주머니에 넣어가지고 나왔다. 여기까지 걸어와서 이런 대화를 나누도록 그녀의 등을 떠밀었던 원동력이 점점 사라지는 것을 느낄 수 있었다. 그녀는 무기력하고 무능력했다. 울고 싶었다.

"나한테 있을지 몰라요." 덩컨이 말했다. "원래 좀 들고 다니거든요. 비상용으로." 그는 주머니를 뒤지기 시작했다. "이거 들어봐요." 그는 오므린 그녀의 손안에 초코바를 올려놓더니 그 위로 깨끗하게 접은 은색 초코바 포장지 몇 장, 하얀 호박씨 껍질 몇 개, 빈 담뱃갑, 매듭 진 지저분한 끈, 열쇠가 두 개 달린 열쇠고리, 종이에 싼 껌 뭉치, 신발 끈을 쌓았다. "이쪽 주머니가 아니네요." 그렇게 말하고 다른 주머니에서 꾸깃

343

꾸깃한 지폐 몇 장을 꺼내자 그 와중에 잔돈이 폭포처럼 길 위로 쏟아졌다. 그는 잔돈을 주워서 전부 셌다. "킹 에드워드 호텔은 안 되겠지만 다른 데는 갈 수 있겠어요." 그가 말했다. "하지만 이 일대는 안 돼요. 여긴 판공비 지역이라. 좀 더 시내 쪽으로 가야 해요. 총천연색의 화려한 블록버스터가 아니라 전위영화가 되겠네요." 그는 돈과 쓰레기 한 움큼을 다시 주머니에 넣었다.

전철역은 폐쇄돼 격자 모양의 철문이 입구를 막고 있었다.

"버스를 타고 가야겠어요." 메리언이 말했다.

"안 돼요. 서서 버스를 기다리기에는 날이 너무 추워요."

그들은 다음번 모퉁이를 돌았고 불을 밝힌 가게들을 지나 텅 빈 널찍한 길을 따라 남쪽으로 걸었다. 차량이 거의 없었고 행인은 그보다 더 없었다. 정말 늦은 시각인가 보다. 그녀는 생각했다. 파티는 끝났을지, 그녀가 사라진 것을 피터가 알아차렸을지 상상해보려고 했지만 떠오르는 것이라고는 혼란스러운 소음과 음성, 단편적인 얼굴과 눈부신 플래시 불빛뿐이었다.

그녀는 덩컨의 손을 잡았다. 그가 장갑을 끼지 않았기 때문에 그의 손과 그녀의 손을 같이 그녀의 주머니에 넣었다. 그러자 그가 거부에 가까운 감정을 드러내며 그녀를 내려다보았지만 손을 빼지는 않았다. 양쪽 모두 아무 말도 하지 않았다. 점점 더 추워졌다. 그녀의 발가락이 욱신거리기 시작했다.

얼어붙은 호수 쪽으로 완만한 내리막길을 몇 시간은 됨 직하게 걸었지만 호수 근처에도 가지 못했다. 몇 블록을 걷고 또 걸어도 벽돌로 지어진 우뚝한 사무용 건물과, 색 전구와 조그만 깃발을 달아놓은, 텅 빈 지평의 자동차 영업소만 계속 이어졌다. 그들이 찾는 것은 코빼기도 보

344

이지 않았다. "길을 잘못 들었나 봐요." 어느 정도 시간이 지났을 때 덩컨이 말했다. "진작 도착했어야 하는데."

쌓인 눈 때문에 인도가 미끄러운, 좁고 어두컴컴한 교차로를 따라가자 드디어 네온사인이 요란하게 번쩍이는 좀 더 큰 길이 나왔다. "여기가 좀 더 가능성이 있어 보이네요." 덩컨이 말했다.

"이제 어쩌죠?" 그녀는 이렇게 묻고 자신의 말투가 처량하게 들린다는 것을 의식했다. 속수무책으로 아무 결정도 내릴 수가 없었다. 그가 결정권을 쥐고 있었다. 이러니저러니 해도 돈을 가지고 있는 사람이 그였다.

"젠장, 나도 이럴 때 어떻게 해야 하는지 모르겠어요." 그가 말했다. "해본 적이 있어야 말이죠."

"나도 마찬가지예요." 그녀는 변명조로 말했다. "그러니까 이런 경험은 없다고요."

"분명 일반적인 공식이 있을 텐데." 그가 말했다. "하지만 우리는 그냥 되는대로 부딪쳐보는 수밖에요. 북쪽에서 남쪽으로 가면서 차례대로 알아보기로 해요." 그는 도로를 훑어보았다. "남쪽으로 내려갈수록 점점 허름해지는 것 같네요."

"아, 진짜 쓰레기장은 아니었으면 좋겠는데." 그녀는 울부짖었다. "벌레가 있으면 어떡해요!"

"아, 글쎄요. 벌레가 있으면 더 재미있어질지도 모르죠. 아무튼 따질 수 있는 상황이 아니에요."

그는 쇼윈도에 대담한 신부가 서 있는 양복 대여점과 칙칙해 보이는 꽃집 사이에 끼어 있는 좁은 빨간색 벽돌 건물 앞에서 걸음을 멈추었다. 대롱대롱 매달린 네온사인에 '로열 매시 호텔'이라고 적혀 있었다.

그 아래에 문장이 그려져 있었다. "여기서 기다려요." 덩컨이 말하고 계단을 올라갔다.

그가 계단을 다시 내려왔다. "문이 잠겨 있네요."

그들은 계속 걸었다. 다음번에 등장한 건물은 좀 더 조짐이 좋았다. 우중충했고 그리스풍의 덩굴무늬를 돌에 새긴 돌림띠가 창문을 두르고 있는데, 검댕으로 짙은 회색이었다. 빨간색 간판에 '온타리오 타워스'라고 적혀 있는데, 맨 앞의 'O'자가 떨어져나갔다. '요금이 저렴합니다'라고 했고 영업 중이었다.

"나는 들어가서 로비에 서 있을게요." 그녀는 말했다. 발이 꽁꽁 얼었다. 게다가 대담하게 나가야 할 필요성이 느껴졌다. 덩컨이 아주 잘 대처하고 있으니 그녀가 도의적으로나마 용기를 북돋워주어야 했다.

그녀는 허름한 카펫 위에 서서 번듯한 여자처럼 보이려고 했지만 귀걸이 때문에 그렇게 보일 가능성이 낮다는 걸 알았다. 덩컨은 눈살을 찌푸리고 수상하다는 듯이 그녀를 쳐다보고 있는, 쪼글쪼글하고 후줄근한 야간 직원에게 다가갔다. 그와 덩컨이 나지막이 대화를 나누었다. 잠시 후에 덩컨이 돌아와 그녀의 팔을 끌었고 그들은 밖으로 나갔다.

"뭐래요?" 밖으로 나왔을 때 그녀가 물었다.

"여긴 그런 데가 아니래요."

"좀 가소롭네요." 그녀는 말했다. 기분이 상했고 분했다.

덩컨은 실실 웃었다. "왜 이래요." 그가 말했다. "순결을 더럽힌 것도 아닌데. 그런 데를 찾아야 한다는 뜻일 뿐이죠."

그들은 모퉁이를 돌아 가능성이 있어 보이는 길을 따라 서쪽으로 걸었다. 허름하지만 아닌 척하는 시설을 몇 군데 지나친 끝에 좀 더 허름하고 아닌 척하지 않는 곳을 찾았다. 다른 건물들처럼 전면이 바스러진 벽돌이 아니라 분홍색 회반죽이었고 그 위에 이런 문구가 큼지막하게 적혀 있었다. '1박 4달러' '모든 객실 TV 완비' '빅토리아 앤드 앨버트 호텔' '시내에서 가장 저렴한 요금'. 길쭉한 건물이었다. '남성'과 '여성 및 동반자'라고 적힌 맥줏집 간판이 저쪽에서 보였고 선술집도 있는 모양이었다. 하지만 이 시각에는 둘 다 문을 닫았을 터였다.

"여기가 그런 데인 것 같아요." 덩컨이 말했다.

그들은 안으로 들어갔다. 야간 근무 직원이 하품을 하며 열쇠를 꺼냈다. "늦게 다니시네요?" 그가 말했다. "4달러요."

"늦었다고 생각할 때가 가장 빠른 때라잖아요." 덩컨은 말하고 주머니에서 지폐를 한 줌 꺼내다 카펫 위로 각종 동전을 쏟았다. 그가 동전을 줍느라 허리를 숙이자 직원이 노골적이지만 조금은 지긋지긋하게 여기는 표정으로 메리언을 음흉하게 쳐다보았다. 메리언은 눈을 내리깔았다. 내가 그런 여자처럼 옷을 입고 그런 여자처럼 행동하면, 저 남자라고 왜 나를 그런 여자로 생각하지 않겠어? 이런 암울한 생각을 했다.

그들은 카펫이 듬성듬성 깔린 계단을 말없이 올라갔다.

마침내 찾은 객실은 크기가 넓은 벽장만 했고 철제 침대와 등받이가 곧은 의자와 칠이 벗겨져가는 화장대가 있었다. 한쪽 구석에는 25센트 짜리 동전을 넣어서 보는 미니 티비 세트가 있고 화장대 위에는 하늘색과 분홍색의 해진 수건이 개켜져 있었다. 침대 맞은편의 좁은 창문 바깥으로 파란색 네온사인이 보였다. 네온사인이 불길하게 웅웅거리는 소리를 내며 깜빡였다. 객실 문 뒤편의 또 다른 문을 열면 손바닥만 한 화장실이 나왔다.

덩컨이 그들의 등 뒤로 문의 빗장을 질렀다. "이제 어떻게 하면 돼요?" 그가 물었다. "당신은 알 거잖아요."

메리언은 장화와 신발을 차례대로 벗었다. 얼었던 발가락이 녹으면서 찌릿찌릿했다. 그녀는 위로 세운 외투 옷깃과 바람에 헝클어진 머리칼 사이로 그녀를 빤히 쳐다보는 수척한 얼굴을 바라보았다. 얼굴이 백짓장처럼 하얀데 코만 추워서 빨개졌다. 그녀가 지켜보는 가운데 그가 옷 속 어딘가에서 너덜너덜한 회색 휴지를 한 장 꺼내 코를 닦았다.

맙소사. 그녀는 생각했다. 내가 여기서 뭐 하는 걸까? 어쩌다 여기까지 왔을까? 피터가 알면 뭐라고 할까? 그녀는 창문 앞으로 다가가 멍하니 밖을 내다보았다.

"와." 뒤에서 덩컨이 환호성을 질렀다. 그녀는 고개를 돌렸다. 그가 화장대에 놓인 수건 뒤편으로 큼지막한 재떨이를 발견한 것이었다. "이거 끝내준다." 조개껍질 모양이었고 가장자리를 물결 모양으로 만든 분홍색 사기 재떨이였다. "버크스 폴스 기념품이라고 적혀 있어요." 그가 신난 목소리로 알려주었다. 바닥을 보느라 뒤집자 담뱃재가 조금 바닥에 떨어졌다. "메이드 인 재팬." 그가 선언했다.

메리언은 절망이 밀려오는 것을 느꼈다. 무슨 조치를 취해야 했다. "저기요." 그녀는 말했다. "그 얼어죽을 재떨이는 내려놓고 옷 벗고 저 침대 안으로 들어가요!"

덩컨은 혼난 아이처럼 고개를 숙였다. "알았어요." 그가 말했다.

그는 옷을 한 장의 거죽처럼 한꺼번에 벗을 수 있는 지퍼 장치가 어딘가에 숨어 있기라도 했던 것처럼 삽시간에 옷을 벗었다. 그걸 한데 뭉쳐서 의자 위로 던지고 잽싸게 침대 안으로 들어가 턱까지 시트를 올린 다음 별로 유쾌하지 않은 호기심을 거의 노골적으로 드러내며 그녀를 쳐다보았다.

그녀는 입술을 굳게 다물고 결의를 다지며 옷을 벗기 시작했다. 시트

꼭대기에서 그의 두 눈이 개구리처럼 희번덕거리며 쳐다보고 있으니 스타킹을 아무렇지 않게 벗어 던지거나 그 비슷한 흉내조차 낼 수가 없었다. 그녀는 등 뒤로 손을 뻗어 더듬더듬 원피스 지퍼를 찾았다. 손이 닿지 않았다.

"지퍼 좀 내려줘요." 그녀는 거두절미하고 말했다. 그는 고분고분 그녀가 시키는 대로 했다.

그녀는 원피스를 의자 등받이 위로 던지고 끙끙대며 거들에서 빠져나왔다.

"어?" 그가 외쳤다. "끝내준다! 광고에서는 본 적 있지만 실제로는 한 번도 못 봤어요. 어떤 원리인지 궁금했는데 구경해도 돼요?"

그녀는 거들을 그에게 건넸다. 그는 일어나 앉아서 세 방향으로 늘리고 뼈대를 구부리며 살펴보았다. "와, 무슨 중세시대도 아니고." 그가 말했다. "이걸 무슨 수로 견뎌요? 항상 입고 다녀야 해요?" 치아교정기나 탈장대처럼 불편하지만 하고 다녀야 하는 외과용 장치라도 되는 듯한 말투였다.

"아뇨." 그녀는 말했다. 그녀는 슬립 차림으로 서서 이제 어떻게 하면 좋을지 고민했다. 내숭이겠지만 불을 켠 채로 나머지 옷까지 벗기는 싫었다. 하지만 그가 지금 너무 즐거워하는 눈치라 그걸 깨뜨리고 싶지 않았다. 방이 추워서 몸이 떨리기 시작한 것도 있었다.

그녀는 이를 악물고 고집스럽게 침대를 향해 걸어갔다. 불굴의 의지를 동원해야 하는 임무였다. 소매 달린 옷을 입고 있었다면 아마 걸어붙였을 것이다. "저쪽으로 가요." 그녀는 말했다.

덩컨은 거들을 내던지고 거북이가 등딱지 안으로 들어가듯 이불 속으로 들어갔다. "아, 안 돼요." 그가 말했다. "저기 들어가서 얼굴에 바른 그 쓰레기를 벗겨내기 전에는 이 침대 안으로 못 들어와요. 간음 자체는 아주 괜찮을지 몰라도 하고 났을 때 꽃무늬 벽지처럼 된다면 사양할래요."

듣고 보니 그의 말에도 일리가 있었다.

그녀는 화장을 거의 지우고 다시 방으로 돌아가 불을 끄고 그의 옆으로 들어갔다. 정적이 흘렀다.

"이제 내가 남자다운 두 팔로 당신을 으스러뜨려야 하는 건가 봐요." 덩컨이 어둠 속에서 말했다.

그녀는 그의 서늘한 등 아래로 한쪽 손을 집어넣었다.

그는 그녀의 머리를 더듬고 목에 대고 코를 킁킁거렸다. "당신한테서 희한한 냄새가 나요." 그가 말했다.

30분 뒤에 덩컨이 말했다. "안 되겠어요. 나는 더럽혀지지 않는 인물인가 봐요. 담배 좀 피울게요." 그는 일어나 어둠 속에서 더듬더듬 몇 발짝 걸어가 옷을 찾고 그 안을 뒤진 끝에 담배를 꺼내서 들고 돌아왔다. 그녀는 이제 그의 얼굴을 부분적으로 볼 수 있었다. 사기 재떨이가 담뱃불 빛을 받고 어슴푸레하게 반짝였다. 그는 덩굴무늬로 되어 있는 철제 침대 머리에 기대앉아 있었다.

"뭐가 문제인지 잘 모르겠어요." 그가 말했다. "어느 정도는 당신 얼굴이 보이지 않는 게 싫어서 그런 것도 있지만 보인다면 더 끔찍할지 몰라요. 하지만 그게 다가 아니에요. 덜 자란 조그만 동물이 되어 거대한 살덩이 위를 기어 다니는 듯한 느낌이 들어요. 당신이 뚱뚱해서 그런 건 아니에요." 그는 덧붙였다. "당신은 뚱뚱하지 않아요. 그냥 전체적으로 이 주변에 살이 너무 많아서 숨이 막혀요." 그는 자기 쪽 침대 커버를 젖혔다. "이러니까 좀 낫네." 그는 말했다. 담배를 든 손을 얼굴 위에 얹었다.

메리언은 시트를 숄처럼 두르고 그의 옆에 무릎을 꿇고 앉았다. 그의 길고 하얀 몸은 윤곽선만 간신히 보일락 말락 했다. 그의 하얀 살이 창밖의 파란 불빛을 받고 하얀 시트를 배경으로 희미하게 빛났다. 옆방에서 누군가가 변기 물을 내렸다. 물이 꾸르륵거리며 관을 타고 내려가는 소리가 허공에서 소용돌이쳤고 한숨과 쳇소리가 반씩 섞인 소리를 내다가 점점 잦아들었다.

그녀는 시트 위에서 주먹을 불끈 쥐었다. 짜증이 나서 몸에 힘이 들어갔고 또 다른 감정이 느껴졌다. 공포의 서늘한 기운이었다. 그녀의 곁 어둠 속에 비현실적으로 누워 있는 그 하얗고 공허한 무형의 그것, 그녀의 시선에 따라 움직이며 체온도 냄새도 두께도 소리도 없게 느껴지는 그것이 소극적으로 보이는 허울 아래에서 어떤 반응을 보일지 예측할 수 없었지만, 지금 이 순간만큼은 어떤 반응을 유도하는 것이 그녀의 과거와 현재와 미래를 통틀어 가장 중요한 일인데 반응을 유도할 방법이 없었다. 그 사실에 공포보다 더 끔찍한 서늘한 황량함이 엄습했다. 여기서는 의지를 발휘해도 아무 의미가 없었다. 그녀는 아무리 의지를 동원해도 손을 내밀어 그를 다시 만질 수 없었다. 아무리 의지를 동원해도 몸을 움직일 수 없었다.

담뱃불이 사라졌다. 바닥에 딱딱한 사기 재떨이를 탁 하고 내려놓는 소리가 들렸다. 그녀는 그가 어둠 속에서 미소를 짓고 있다는 것을 느낄 수 있었지만 어떤 표정인지는 짐작할 수 없었다. 냉소적인 표정일까, 사악한 표정일까 아니면 다정한 표정일까.

"누워요." 그가 말했다.

그녀는 시트를 두른 채 무릎을 세우고 털썩 드러누웠다.

그가 한 팔로 그녀를 감싸 안았다. "아니, 몸 구부리지 말고요. 태아 자세를 흉내 내는 건 전혀 도움이 되지 않겠어요. 그건 내가 지금까지 충분히 시도해봤잖아요." 그는 마치 다림질을 하듯 손으로 그녀를 가만히 쓰다듬어 몸을 펴게 했다.

"이건 그냥 뚝딱 해치울 수 있는 게 아니에요." 그가 말했다. "서두르지 말아줘요."

그는 그녀에게로 좀 더 가까이 다가갔다. 그녀는 목덜미에 닿는 날카롭고 서늘한 그의 숨결과 그녀의 살에 맞대는 서늘한 얼굴을 차례로 느낄 수 있었다. 호기심이 많고 아주 조금 호의적인 어떤 동물의 주둥이 같았다.

29

그들은 호텔에서 모퉁이를 돌면 나오는 지저분한 카페에 앉아 있었다. 덩컨은 아침으로 뭘 먹을 수 있는지 알아보느라 남은 돈을 세고 있었다. 메리언은 외투 단추를 여미지는 않았지만 옷깃을 맞잡고 있었다. 남들에게 빨간색 원피스를 보이고 싶지 않았다. 누가 봐도 간밤에 입었던 옷이었다. 에인슬리의 귀걸이는 주머니에 넣었다.

그들 사이에 놓인 초록색 플라스틱 합판 테이블은 지저분한 접시와 컵과 부스러기와 음료 튄 자국과 기름얼룩의 집합체였다. 플라스틱 합판이 황야처럼 순결하고 아직 인간의 나이프와 포크로 훼손되지 않았던 좀 더 이른 아침에 용감하게 아침을 먹으러 나선 사람들이 남긴 흔적이었다. 그 길로 두 번 다시 지나갈 일이 없다는 걸 아는 일회성 나그네들이 닥치는 대로 폐기하거나 버린 잡동사니였다. 메리언은 쓰레기가 흩뿌려진 그들의 흔적을 혐오하는 눈빛으로 바라보았지만 아침 식사만큼은 마음 편하게 받아들이려고 했다. 속에서 한바탕 난리가 벌어지는 건 싫었다. 그냥 커피하고 토스트나 먹어야겠다, 어쩌면 잼을 살짝 발라서. 거기에는 거부 반응을 일으키지 않겠지. 그녀는 생각했다.

산발한 웨이트리스가 와서 테이블을 치웠다. 모퉁이가 너덜너덜한 메뉴판을 그들 앞에 한 장씩 턱 내려놓았다. 메리언은 메뉴판을 펴고 '아침 추천 메뉴'라고 된 칸을 보았다.

간밤에는 모든 게 해결된 것처럼 느껴졌었다. 심지어 사냥꾼의 눈빛을 한 피터의 얼굴마저 하얀 계시 속으로 흡수됐다. 그 계시는 희열이라기보다 분명한 깨달음에 가까웠지만 수면 속으로 가라앉았다. 수도관 속에서 물이 한숨을 쉬는 소리와 복도에서 나는 시끄러운 소리에 눈을 떴을 때는 그 깨달음이 뭐였는지 기억나지 않았다. 그녀는 가만히 누워서 얼룩덜룩한 물 자국으로 산만한 천장을 응시하며 어떤 깨달음이었는지 기억을 더듬으려고 했지만 소용이 없었다. 밤새 베개 아래 안전하게 묻혀 있던 덩컨의 머리가 거기서 나왔다. 그는 그녀가 누구인지, 자기가 그 객실에는 어쩐 일인지 전혀 모르겠다는 듯한 눈빛으로 잠깐 그녀를 쳐다보았다. 그러다가 잠시 후 "우리 이제 여기서 나가요"라고 했다. 그녀는 몸을 기울여 그의 입에 입을 맞췄지만 그녀가 몸을 떼자 그는 그저 입술을 핥고는 그러다 보니 생각이 났다는 듯 이렇게 말했다. "배고프다. 우리 아침 먹으러 가요." 그러고는 "당신 얼굴이 엉망이네요"라고 덧붙였다.

"당신도 건강의 화신처럼 보이지는 않거든요?" 그녀는 대꾸했다. 그는 눈가에 심하게 다크서클이 생겼고 머리는 까치집이었다. 그들은 침대에서 일어났다. 그녀는 누렇고 울퉁불퉁한 화장실 거울에 얼굴을 잠깐 비춰보았다. 헬쑥하고 하얗고 이상하게 푸석푸석했다. 진짜였다. 정말로 얼굴이 엉망이었다.

간밤의 그 옷을 다시 입고 싶지 않았지만 선택의 여지가 없었다. 그들은 회색 햇빛이 비치자 허름한 것이 더욱 선명하게 드러나 보이는 좁

354

은 공간 안에서 말없이 어색하게 옷을 입고 살금살금 계단을 내려갔다.

그녀는 다시 옷을 입은 채 테이블 맞은편에 웅크리고 앉아 있는 그를 바라보았다. 그는 담배에 불을 붙이고 연기를 바라보고 있었다. 두 눈은 그녀의 접근을 허락하지 않고 멀찌감치 거리를 두었다. 어둠 속에서 뾰족한 덩어리와 모서리로만 이루어진 것처럼 느껴졌던 길고 굶주린 몸, 거의 해골에 가까울 정도로 도드라졌던 갈비뼈, 빨래판처럼 울퉁불퉁했던 그 골격이 그녀의 머릿속에 남긴 각인이 무른 표면에 찍힌 여느 일시적인 자국처럼 급속도로 지워지고 있었다. 그녀가 어떤 결정을 내렸다 한들 모두 잊었다. 그들의 살결을 비추는 청색광과 같은 환상이었을 수도 있었다. 하지만 그의 인생에 한 가지 성과가 생겼다고, 그녀는 피곤한 성취감을 느끼며 생각했다. 그건 그나마 작은 위안이었지만 그녀의 입장에서는 영원한 것도, 끝난 것도 없었다. 피터는 사라지지 않고 그 자리에 있었다. 그는 테이블에 떨어진 부스러기처럼 현실 속에 존재했으니 그녀는 거기에 맞게 행동해야 할 것이다. 그녀는 돌아가야 할 것이다. 오전 버스는 놓쳤지만 피터에게 연락해 설명하고 오후 버스를 타면 될 것이다. 아니면 설명을 건너뛰어도 됐다. 사실 설명할 필요가 없는 것이, 설명에는 원인과 결과가 수반되는데 이 사건에는 둘 다 없었다. 뜬금없이 시작돼 뜬금없는 방향으로 흘러간, 궤도 밖의 사건이었다. 문득 그녀는 짐을 싸지 않았다는 것이 생각났다.

그녀는 메뉴판을 내려다보았다. "베이컨과 원하는 스타일로 요리한 달걀." 그녀는 메뉴판을 읽었다. "통통하고 부드러운 소시지." 돼지와 닭이 떠올랐다. 얼른 '토스트' 쪽으로 넘어갔다. 뭔가가 목구멍 안에서 움직였다. 메뉴판을 닫았다.

"뭐 먹을래요?" 덩컨이 물었다.

"아무것도 못 먹겠어요." 그녀는 말했다. "전혀 아무것도 못 먹겠어요. 심지어 오렌지주스도." 결국 그렇게 됐다. 그녀의 몸이 자가 차단에 돌입했다. 먹을 수 있는 음식의 테두리가 점점 작아져 바깥의 모든 것을 거부하는 한 점이 되었다. 그녀는 자기 연민으로 거의 훌쩍이며 메뉴판 표지에 남은 기름얼룩을 바라보았다.

"진짜요? 뭐, 알았어요." 덩컨은 선선히 말했다. "그럼 남은 돈을 내가 다 써도 되겠네요."

웨이트리스가 오자 그는 햄과 달걀을 주문했고 미안한 기색이나 일언반구 말도 없이 그녀의 목전에서 게걸스럽게 해치웠다. 그가 포크로 달걀을 찔러 끈적끈적한 노른자를 접시 위로 터뜨리자 그녀는 고개를 돌렸다. 구역질이 날 것 같았다.

"자." 음식값을 계산하고 밖으로 나왔을 때 그가 말했다. "이래저래 고마웠어요. 나는 이제 집에 가서 기말 보고서를 쓸게요."

메리언은 버스 안에서 풍길 차가운 석유와 퀴퀴한 시가 냄새를 떠올렸다. 부엌 개수대에 쌓여 있던 접시를 떠올렸다. 버스를 타고 고속도로를 달리는 동안 안은 덥고 답답해질 테고 타이어는 고음으로 끽끽거리며 신음할 것이다. 접시와 씻지 않은 유리잔 사이에 어떤 역겨운 것이 숨어서 살고 있을까? 그녀는 돌아갈 수 없었다.

"덩컨." 그녀는 말했다. "제발 가지 말아요."

"왜요? 뭐 남은 거 있어요?"

"돌아가지 못하겠어요."

그는 미간을 찌푸리고 그녀를 내려다보았다. "내가 어떻게 해주길 바라요?" 그가 물었다. "나한테 아무것도 기대하면 안 돼요. 나는 내 껍데기로 돌아가고 싶어요. 소위 말하는 현실은 이 정도면 당분간 충분하거든요."

"아무것도 할 필요 없어요, 그냥……."

"아뇨." 그가 말했다. "그러고 싶지 않아요. 당신은 이제 도피처가 아니에요, 너무 현실적이라. 당신은 뭔가 신경 쓰이는 일이 생겨서 거기에 대해 얘기하고 싶어 할 테고 그러면 나는 당신이 걱정되기 시작할 텐데 그럴 시간이 없어요."

그녀는 밟혀서 질척질척해진 눈길 위에 서 있는 네 개의 발을 내려다보았다. "정말이지 돌아가지 못하겠어요."

그는 그녀를 좀 더 유심히 들여다보았다. "토할 것 같아요?" 그는 물었다. "그러지 말아요."

그녀는 잠자코 그의 앞에 서 있었다. 그녀와 같이 있어야 하는 그럴듯한 이유를 제시할 길이 없었다. 아무 이유가 없었다. 그걸 통해 얻을 수 있는 게 뭐가 있겠는가.

"음." 그는 머뭇거리며 말했다. "알았어요. 하지만 오래는 같이 못 있어요, 알았죠?"

그녀는 고마워하며 고개를 끄덕였다.

그들은 북쪽으로 걸었다. "내 집으로 갈 수는 없어요." 그가 말했다. "두 친구가 난리 부릴 거예요."

"알아요."

"그럼 어디 가고 싶어요?" 그가 물었다.

거기에 대해서는 생각해본 적이 없었다. 모든 곳이 불가능했다. 그녀는 두 손으로 귀를 막았다. "모르겠어요." 그녀의 언성이 히스테리 환자처럼 점점 높아졌다. "모르겠어요, 그냥 돌아가야 할까 봐……."

"아, 왜 이래요." 그가 다정하게 말했다. "신파극은 사양할게요. 그냥 좀 걸어요." 그는 귀를 막고 있던 그녀의 손을 치웠다. "좋아요." 그녀는 말하고 어린애 달래듯 하는 그에게 장단을 맞췄다.

덩컨은 걸어가는 동안 깍지 낀 그들의 손을 앞뒤로 흔들었다. 아침에는 뚱하더니 기분이 바뀌어서 지금은 아무 생각 없이 즐거워했다. 그들은 호수를 등지고 오르막길을 걸었다. 인도는 결의에 차 미간을 찌푸리고 두 눈을 번뜩이며 양손에 든 종이봉투를 바닥짐 삼아 쇄빙선처럼 거침없이 나아가는, 모피를 입은 토요일의 아주머니들로 북적거렸다. 메리언과 덩컨은 그들을 요리조리 피해서 지나가다 유난히 살기등등한 아주머니가 등장했을 때는 잡았던 손을 놓았다. 도로에서는 차량들이 매연을 뿜고 흙탕물을 튀기며 달렸다. 눈송이처럼 묵직하고 축축한 검댕 부스러기들이 잿빛 허공에서 떨어졌다.

"상쾌한 공기를 좀 마셔야겠어요." 말없이 한 20분 정도 걸었을 때 덩컨이 말했다. "꼭 죽어가는 올챙이들로 가득한 어항 속에 있는 기분이에요. 잠깐 전철 타고 이동해도 괜찮겠어요?"

메리언은 고개를 끄덕였다. 멀리 갈수록 좋다고 생각했다.

그들은 파스텔색 타일이 깔린 가장 가까운 승강장으로 내려갔고 이따금 축축한 털실과 좀약 냄새를 맡다가 에스컬레이터를 타고 다시 햇빛 속으로 나섰다.

"이제 우리 전차 타요." 덩컨이 말했다. 어디로 가려는지 정한 눈치라 메리언으로서는 고마울 따름이었다. 그가 앞장서고 있었다. 그가 알아서 하고 있었다.

전차에서는 서서 가야 했다. 메리언은 철제 기둥을 붙잡고 허리를 숙여서 창밖을 내다보았다. 큼지막한 금색 스팽글이 박힌 초록색과 주황색의 찻주전자 덮개 모양 양털 모자 위로 낯선 풍경이 휙휙 지나갔다.

상점에 이어 집에 이어 다리에 이어 다시 집이 몇 채 더 지나갔다. 여기가 어디쯤인지 도통 알 길이 없었다.

덩컨이 그녀의 머리 위로 손을 내밀어 줄을 당겼다. 전차가 멈추어서자 그들은 사람들을 뚫고 뒷문으로 가서 내렸다.

"이제 우리 걸어요." 덩컨이 말했다. 그는 골목길로 들어갔다. 메리언의 동네보다 집들이 작고 조금 더 신축이었지만 그래도 여전히 어두컴컴하고 우뚝했다. 나무 현관을 네모반듯한 기둥이 받치고 있는 집이 많았고 페인트 색깔은 회색 아니면 거무스름한 흰색이었다. 잔디밭에 쌓인 눈은 이곳이 더 깨끗했다. 그들은 인도에 쌓인 눈을 치우는 노인을 지나쳤다. 삽이 바닥을 긁는 소리가 고요한 허공에서 유난히 시끄럽게 들렸다. 고양이가 비정상적으로 많았다. 메리언은 봄에 눈이 녹으면 길에서 얼마나 냄새가 날까 하는 생각이 들었다. 흙, 고개를 내민 구근, 축축한 나무, 작년에 떨어져 썩어가는 낙엽, 자기들이 엄청 깨끗하고 은밀한 줄 아는 고양이들이 겨우내 눈 속에 구멍을 파서 덮어놓은 것들. 삽을 들고 회색 문 밖으로 나와 서걱서걱 잔디밭을 긁고 뭘 묻는 노인들. 봄맞이 대청소. 목적의식.

그들은 길을 건너 가파른 언덕을 내려가기 시작했다. 갑자기 덩컨이 눈썰매라도 되는 양 메리언을 앞에서 끌며 달리기 시작했다.

"그만해요!" 그녀는 소리를 질렀다가 우렁찬 자기 목소리에 깜짝 놀랐다. "나 달리기 못해요!" 각 집마다 음침한 구경꾼이 한 명씩 서 있기라도 한 듯 지나가는 모든 창문에 달린 커튼이 위험하게 흔들리는 것처럼 느껴졌다.

"안 돼요!" 덩컨이 그녀를 향해 마주 외쳤다. "우리 지금 도망치는 중이에요! 달려요!" 그녀의 겨드랑이에서 솔기가 터졌다. 허공에서 분해된 빨간 원피스가 갈기갈기 찢겨 깃털처럼 뒤편 눈밭 위로 떨어지는 환상이 보였다. 그들은 이제 인도에서 벗어나 도로를 미끄러지며 펜스 쪽으로 달렸다. 거기에 노란색과 검은색 바둑판무늬로 된 '위험' 팻말이 걸려 있었다. 그녀는 이러다 나무 펜스를 뚫고 차가 낭떠러지에서 추락하는 영화 속 한 장면처럼 거의 슬로모션으로 보이지 않는 절벽 너머로 돌진하는 게 아닌가 싶어 겁이 났지만, 덩컨이 마지막 순간에 펜스 끝에서 높은 비탈 사이로 난 좁은 보도 쪽으로 휙 방향을 틀었다. 언덕 기슭의 인도교가 빠르게 그들을 향해 다가왔다. 그가 갑자기 달리기를 멈추자 그녀가 미끄러져 그와 부딪쳤다.

그녀는 허파가 찢어질 것 같았다. 과호흡으로 머리가 어지러웠다. 그들은 다리 옆면의 시멘트 벽에 기대섰다. 메리언은 그 위에 팔을 얹고 숨을 골랐다. 눈과 나란한 높이로 지란 나무들의 우듬지가 보였다. 미로처럼 엉킨 나뭇가지 끝이 벌써 옅은 노란색과 옅은 빨간색으로 물들었고 싹이 맺혔다.

"아직 더 가야 해요." 덩컨이 말하고 그녀의 팔을 잡아당겼다. "내려가요." 그는 다리 끝으로 앞장서 갔다. 한쪽에 오솔길이 있었다. 정식으로 난 길이 아니라 발자국이 찍힌 진창길이었다. 그들은 계단 내려가는 법을 배우는 어린아이처럼 옆으로 한 걸음씩 조심스럽게 내려갔다. 다리 아랫면에 달린 고드름에서 그들 위로 물이 뚝뚝 떨어졌다.

바닥에 다다라 평평한 지면에 섰을 때 메리언이 물었다. "아직 더 가야 해요?"

"네." 덩컨이 말했다. 그는 다리를 등지고 걷기 시작했다. 메리언은 목적지에 앉을 만한 자리가 있길 바랐다.

도시를 가르는 여러 협곡 중 하나인데 그녀로서는 어느 협곡인지 알 수가 없었다. 거실 창밖으로 보이는 골짜기 근처까지 걸어가본 적은 있지만 이 주변은 어딜 봐도 낯설었다. 이 협곡은 좁고 깊었고 가파른 비탈의 눈밭 속에 꽂힌 것처럼 보이는 나무들로 사방이 막혀 있었다. 저위쪽의 가장자리 근처에서 아이들 몇 명이 놀고 있었다. 빨간색과 파란색의 선명한 재킷이 보였고 아이들의 희미한 웃음소리가 들렸다.

그들은 얼어붙은 눈을 밟으며 한 줄로 걸었다. 그 전에도 이 길로 지나간 사람이 있었지만 많지는 않았다. 어쩌다 한 번씩 말발굽이 아닌가 싶은 발자국이 등장했다. 그녀에게 보이는 것이라고는 덩컨의 구부정한 등과 오르내리는 발뿐이었다.

그가 고개를 돌려 얼굴을 보여주었으면 좋겠다는 생각이 들었다. 표정 없는 그의 외투를 보면 불안해졌다.

"잠깐 앉았다 갈게요." 그가 마치 대답이라도 하듯 이렇게 말했다.

그녀의 눈에는 앉을 만한 곳이 보이지 않았다. 이제 그들은 키가 큰 잡초밭을 지나고 있어서 뻣뻣하게 마른 줄기에 몸이 쓸렸다. 미역취, 산토끼꽃, 우엉, 앙상하게 마른 이름 모를 회색 풀이었다. 우엉에는 깔쭉깔쭉한 갈색 씨앗이 송이송이 달렸고 산토끼꽃은 대가리에 빛바랜 은색의 가시가 꽂혀 있었다. 하지만 좁아졌다가 다시 갈라지는 단조로운 밭을 지나는 동안 그것 말고는 거치적거리는 것이 아무것도 없었다. 잡초밭을 지나자 양쪽으로 절벽이 우뚝 솟아올랐다. 불규칙한 간격을 두고 골짜기 표면을 침식한 도랑은 안중에도 없다는 듯이 이제 그 꼭대기의 가장자리를 따라 주택이 일렬로 이어졌다. 개울은 지하 수로로 사라졌다.

메리언은 뒤를 돌아보았다. 이제 보니 협곡이 곡선을 그리며 꺾여 있었다. 그런 줄도 모르고 거길 둘러 걸었다. 앞에 다리가 하나 더 보이는

데 아까보다 컸다. 그들은 계속 걸었다.

"나는 겨울에 여기 내려오는 걸 좋아해요." 잠시 후에 덩컨의 목소리가 들렸다. "전에는 여름에만 왔어요. 모든 게 자라는 철이라 초록색 이파리하고 이런저런 것들로 빽빽해서 1미터 앞도 보이지 않아요. 그중에 옻나무도 있고요. 여기서 사는 사람도 있어요. 고주망태 할아범들이 내려와 다리 아래에서 잠을 자고 아이들도 여기서 놀아요. 어딘가에 마구간도 있어요. 우리가 걷고 있는 길이 말이 다니는 길일 거예요. 예전에는 여기가 더 시원해서 내려왔거든요. 하지만 눈으로 덮여 있을 때가 더 좋아요. 쓰레기가 가려져서. 여기도 쓰레기로 채워지고 있어요, 먼저 개울부터. 인간들이 온 사방에 쓰레기를 버리는 이유를 모르겠어요…… 폐타이어, 깡통……." 입이 보이지 않으니 어딘지 모르는 데서 흘러나오는 목소리처럼 느껴졌다. 눈 속으로 흡수되기라도 한 듯 짧게 끊겼고 무디게 들렸다.

골짜기의 폭이 넓어졌고 이 근처는 잡초가 덜했다. 덩컨이 길에서 벗어나 얼어붙은 눈을 부쉈다. 그녀도 뒤따라갔다. 그들은 조그만 둔덕을 터벅터벅 올라갔다. "여기예요." 덩컨이 말했다. 그가 걸음을 멈추고 몸을 돌리더니 손을 내밀어 그녀를 자기 옆으로 끌어 올렸다.

메리언은 숨을 토하며 자기도 모르게 뒷걸음쳤다. 그들이 서 있는 곳은 낭떠러지 제일 끝이었다. 그들의 발 앞에서 지면이 갑작스럽게 끊겼다. 그 아래는 대충 원형에 가까운 거대한 구덩이인데, 나선형의 오솔길 아니면 도로가 비탈을 뱅글뱅글 돌아 내려가며 눈으로 덮인 평평한 바닥까지 이어졌다. 400미터쯤 되는 공터를 사이에 두고 그들 바로 맞은편에, 길쭉한 헛간처럼 생긴 시커먼 건물이 서 있었다. 모든 게 닫혀 있고 버려진 것처럼 느껴지는 건물이었다.

"저건 뭐예요?" 그녀는 물었다.

"그냥 벽돌 더미예요." 덩컨이 말했다. "저 아래에 있는 저게 순수한 진흙이에요. 사람들이 굴착기를 몰고 저 길로 내려가서 채취하죠."

"협곡에 이런 게 있는 줄 몰랐어요." 그녀는 말했다. 도시 안에 이런 구멍이 있다니 문제가 있는 것처럼 느껴졌다. 협곡보다 지대가 더 낮은 곳이 있다니. 하얀 구덩이 바닥도 의심스러워졌다. 어째 견고해 보이지 않았다. 아래가 비어 있는 위험한 곳, 그 위로 걷기라도 하면 아래로 떨어질 것만 같은 살얼음판처럼 보였다.

"아, 여기에는 좋은 게 많아요. 근처 어딘가에 교도소도 있어요."

덩컨은 천연덕스럽게 절벽 끝에 앉아서 다리를 대롱거리며 담배를 꺼냈다. 그녀도 잠시 후에 그 옆에 앉았지만 흙이 못 미더웠다. 함몰하기 쉬운 종류의 흙이었다. 그들은 바닥에 뚫린 거대한 구멍을 내려다보았다.

"지금 몇 시인지 궁금하네요." 메리언이 말했다. 그녀는 자기 목소리에 귀를 기울였다. 뻥 뚫린 공간이 그녀의 목소리를 삼켰다.

덩컨은 아무 대꾸도 하지 않았다. 말없이 담배만 마저 피우고는 일어나 잡초가 없는 평지까지 가장자리를 따라 걸어가서 눈밭에 드러누웠다. 그렇게 대자로 누워서 하늘을 올려다보는 모습이 어찌나 평화로운지 그녀도 그가 누워 있는 곳으로 걸어갔다.

"감기 걸릴 거예요." 그가 말했다. "하지만 눕고 싶으면 누워요."

그녀는 팔 하나 거리를 두고 그의 옆에 누웠다. 여기에서는 너무 붙어 있으면 안 될 것 같았다. 머리 위 하늘은 균일한 연회색이었고 그 뒤편 어딘가에 숨은 태양으로부터 빛이 번졌다.

덩컨이 정적에 대고 말했다. "왜 돌아갈 수가 없어요? 아니, 당신은

363

결혼도 하고 그럴 거잖아요. 능력 있는 타입인 줄 알았는데."

"맞아요." 그녀는 뚱한 목소리로 말했다. "예전에는 그랬어요. 모르겠어요." 그 얘기는 하고 싶지 않았다.

"그게 다 마음속 문제라고 하는 사람이 있을 거예요."

"나도 알아요." 그녀는 짜증스럽게 말했다. 아직은 그것도 모를 정도로 멍청하지 않았다. "하지만 어떻게 하면 그걸 없앨 수가 있어요?"

"다른 사람도 아니고 나한테 물어보면 안 되는 거 아니에요?" 덩컨의 목소리가 말했다. "다들 나더러 상상의 세계에서 산다고 하는데. 하지만 내 경우에는 그나마 그 상상이 내 것이라고 할 수 있어요. 내가 고른 상상이고 또 가끔은 그게 마음에 들 때도 있어요. 하지만 당신은 당신의 상상을 못마땅하게 여기는 것 같아요."

"정신과 상담을 받아야 하는 거 아닌가 모르겠어요." 그녀는 우울한 목소리로 말했다.

"으, 안 돼요, 그러지 말아요. 정신과 의사들은 당신을 조정하려고 할 거예요."

"하지만 나는 조정을 받았으면 좋겠어요. 불안하게 살아야 할 이유가 없잖아요." 생각해보니 굶어 죽을 이유도 없었다. 그녀가 진심으로 원하는 것은 그저 안전한 삶 하나뿐이었다. 지금까지 몇 개월 동안 그런 삶을 향해 다가가는 줄 알았는데 전혀 진전이 없었다. 그리고 그녀는 이룬 것도 전혀 없었다. 현재로서는 유일한 성과가 덩컨 하나뿐인 듯했다. 그거 하나만큼은 버팀목으로 삼을 수 있었다.

갑자기 그가 아직 옆에 있는지, 사라지거나 하얀 바닥 아래로 꺼지지는 않았는지 확인해야겠다는 생각이 들었다. 검증이 필요하다는 생각이 들었다.

"어젯밤에는 어땠어요?" 그녀는 물었다. 그는 아직까지 거기에 대해서 한마디도 하지 않았다.

"뭐가요? 아. 그거요?" 그는 몇 분 동안 아무 말도 하지 않았다. 그녀는 신탁이라도 받는 사람처럼 귀를 쫑긋 세우고 그의 대답을 기다렸다. 하지만 마침내 말문을 열었을 때 그는 이렇게 얘기했다. "나는 여기가 좋아요. 겨울 중에서도 특히 이때는 절대 0도에 가까워져서 내가 인간이구나 하는 생각이 들거든요. 상대적으로. 나는 열대 섬을 절대 좋아할 일 없을 거예요. 너무 육질이 많아서 내가 걸어 다니는 채소인지 아니면 거대한 양서류인지 계속 궁금해질 거예요. 하지만 눈 속에서는 무(無)에 최대한 가까워지죠."

메리언은 어리둥절했다. 이게 그것과 무슨 상관일까?

"당신은 내가 근사했다고 얘기해주길 바라죠?" 그가 물었다. "그로써 내가 껍데기에서 벗어날 수 있었다고. 남자가 됐다고. 내 모든 문제가 해결됐다고."

"뭐……."

"당연히 그렇겠죠. 그리고 그럴 줄 알았어요. 나는 사람들이 내 상상 속의 삶에 동참하는 걸 좋아하고 나도 대개는 그들의 상상 속의 삶에 기꺼이 동참해요, 어느 정도까지는. 괜찮았어요. 여느 때처럼 좋았어요."

그 말에 담긴 뜻이 버터를 자르는 칼처럼 매끄럽게 그녀의 안으로 스며들었다. 그러니까 그녀가 처음이 아니었던 것이다. 그녀가 최후의 보루 삼아 애써 유지하려고 했던 그 빳빳한 간호사의 이미지가 물에 젖은 신문처럼 구겨졌다. 그녀의 나머지 부분은 화를 낼 기운조차 없었다. 그녀는 완벽하게 속았다. 진작 알아차렸어야 하는 건데. 하지만 텅 빈 하늘을 올려다보며 잠깐 생각해보니 별 상관이 없었다. 그리고 지금까지 수없이 그래왔듯 좀 전의 폭로가 사기일 가능성도 있었다.

그녀는 일어나 앉아서 소매에 묻은 눈을 털었다. 이제 행동을 개시해야 할 때였다. "알았어요, 농담 잘 들었어요." 그녀는 말했다. 그의 말을 믿는지 안 믿는지 알쏭달쏭하게 두었다. "이제 어떻게 할지 결정해야 해요."

그는 그녀를 보며 씩 웃었다. "나한테 묻지 말아요, 그건 당신 문제니까. 뭔가 조치를 취해야 할 것처럼 보이긴 하네요. 진공 상태에서 자해를 계속하다 보면 좀 재미없어지거든요. 하지만 그건 당신이 만든 당신만의 막다른 골목이니까 나갈 방법도 당신이 생각해야 할 거예요." 그는 일어섰다.

메리언도 따라서 일어섰다. 조금 전까시만 해도 마음이 평온했는데 이제는 절박감이 다시 돌아와 약효가 번지듯 그녀의 살 속으로 스며드는 것을 느낄 수 있었다. "덩컨." 그녀가 말했다. "나랑 같이 가서 피터한테 얘기해주면 안 돼요? 나는 할 수 없을 것 같고 뭐라고 하면 좋을지도 모르겠고 그이는 이해하려고 하지 않을 테고……."

"무슨 소리예요." 그가 말했다. "그럴 수는 없죠. 나는 제3자인데. 대참사가 될 거예요, 모르겠어요? 내 입장에서는 말이에요." 그는 두 팔로 자기 몸통을 감싸고 팔꿈치를 잡았다.

"제발요." 그녀는 말했지만 그가 거절할 거라는 사실을 알고 있었다.

"안 돼요." 그는 말했다. "그건 올바른 일이 아닐 거예요." 그는 몸을 돌려 그들의 몸이 눈밭에 남긴 자국을 내려다보았다. 그 위로 올라가 처음에는 자기 자국을, 그다음에는 그녀의 자국을 발로 밟아서 문댔다. "이리 와요." 그가 말했다. "어떻게 하면 돌아갈 수 있는지 가르쳐줄게요." 그는 그녀를 좀 더 안쪽으로 데려갔다. 올라갔다가 다시 내려가는 길이 나왔다. 그 길의 끝에 오르막길로 된 거대한 고속도로가 등장했고, 저 멀리에 다리가 또 하나 있는데 전철이 지나가는 낯익은 다리였다. 이제 그녀는 거기가 어딘지 알 수 있었다.

"저기까지도 나랑 같이 가주지 않을 거예요?" 그녀는 물었다.

"네. 나는 여기 좀 더 있을 거예요. 하지만 당신은 이제 그만 가요." 그녀를 밀쳐내는 말투였다. 그는 몸을 돌려서 멀어졌다.

차량들이 쌩하니 지나갔다. 그녀는 언덕 비탈을 따라 다리까지 반쯤 갔을 때 한 번 뒤를 돌아보았다. 하얗고 광활한 골짜기 속으로 사라졌을 줄 알았던 그가 여전히 가장자리에 웅크리고 앉아서 아무것도 없는 구덩이를 응시하고 있는 모습이 눈밭을 배경으로 까맣게 보였다.

30

메리언이 막 집에 도착해 지퍼를 내리려고 쭈글쭈글한 원피스와 씨름하고 있을 때 전화벨이 울렸다. 누구 전화일지 알았다.

"여보세요?" 그녀는 말했다.

피터의 목소리는 분노로 싸늘했다. "메리언, 도대체 어디 있다 온 거야? 온 사방으로 전화를 돌렸잖아." 그는 숙취에 시달리는 눈치였다.

"아." 그녀는 대수롭지 않다는 듯이 무심하게 말했다. "어디 좀 다녀왔어. 저기 어디."

그는 폭발했다. "도대체 왜 파티에서 빠져나간 거야? 당신 때문에 분위기 잡쳤잖아. 단체 사진 찍으려고 아무리 찾아도 보여야 말이지. 물론 사람들 앞이라 조용히 지나갔지만 다들 집으로 돌아간 다음 당신 친구 루시랑 차를 몰고 온 동네를 헤집고 다녔고, 당신 집으로 대여섯 번 전화했고, 우리 둘 다 얼마나 걱정했는지 몰라. 루시가 같이 고생해줘서 얼마나 고마웠다고. 지각 있는 여자가 아직 **몇** 명은 남아 있다는 걸 알 수 있어서 다행이기도 했고……."

그렇겠지. 메리언은 루시의 은색 눈꺼풀을 떠올리며 잠깐 짜르르한 질투를 느꼈다. 하지만 겉으로는 이렇게 말했다. "피터, 흥분하지 마. 바람 좀 쐬러 나갔다가 무슨 일이 생겼어, 그뿐이야. 흥분할 이유가 전혀 없잖아. 무슨 사고가 난 것도 아니고."

"무슨 소리야, 흥분하지 말라니!" 그가 말했다. "밤늦게 길거리를 돌아다니면 안 되지, 그러다 성폭행을 당할 수도 있는데. 이번이 처음도 아니고 가끔 다른 사람 생각도 해주면 안 돼? 최소한 나한테 어디 갔는지는 알려줘야지, 당신이 버스를 타지 않았더라면서 당신 부모님이 겁에 질려서 장거리전화를 하셨는데, 거기다 대고 내가 뭐라고 했어야겠어?"

아, 맞다. 그녀는 생각했다. 그걸 깜빡하고 있었다. "아무튼 나는 전혀 아무 일 없어."

"하지만 어디 갔었어? 당신이 없어진 걸 알고 나서 사람들한테 당신 봤느냐고 조용히 물어보고 다니다가 이름이 트레버인가 뭔가 하는 그 백마 탄 왕자 스타일의 당신 친구한테 정말이지 희한한 얘기를 들었다고. 그 친구가 얘기한 남자가 도대체 누구야?"

"부탁이야, 피터." 그녀는 말했다. "이런 얘기 전화로 하는 거 싫어." 그녀는 문득 그에게 전부 털어놓고 싶은 충동이 일었지만, 아무것도 증명하지도 이루지도 못했는데 그런들 무슨 이득이 있을까 싶었다. 그래서 대신 이렇게 물었다. "지금 몇 시야?"

"2시 30분." 그녀가 단순한 정보를 묻자 그는 놀라서 감정 없는 목소리로 대답했다.

"그럼 좀 있다가 여기로 올래? 5시 30분쯤에. 차 한잔 마시면서 찬찬히 얘기하자." 그녀는 달래는 투로 사근사근하게 말했다. 그녀도 이게 얼마나 여우 같은 짓인지 알았다. 아직은 아무 결정도 내린 게 없지만 조만간 어떤 결단을 내리리라 느꼈고 시간을 벌어야 했다.

"뭐, 알았어." 그는 언짢아하며 말했다. "하지만 실망하지 않게 해줘."
그들은 동시에 전화를 끊었다.

메리언은 방으로 들어가 옷을 벗었다. 그런 다음 한 층 내려가서 얼른 목욕을 했다. 아랫동네는 고요했다. 아래층 아주머니는 어두컴컴한 소굴에서 어제 일을 곱씹고 있거나 에인슬리가 벼락을 맞고 즉사하길 기도하고 있을지 몰랐다. 메리언은 반항심에 욕조에 낀 비누 자국을 씻어내지 않았다.

그녀에게 필요한 것은 대화를 피하는 방법이었다. 설전을 벌이고 싶지는 않았다. 그녀는 진짜가 뭔지 알 수 있었다. 리트머스시험지처럼 간단하고 직접적인 실험이 진짜였다. 그녀는 옷을 입고―회색의 수수한 모직 원피스면 적당할 것이다―외투를 걸치고 편하게 들고 다니는 핸드백을 찾아서 돈을 셌다. 부엌으로 나가 식탁에 앉아서 목록을 적다가 몇 단어 만에 연필을 내려놓았다. 뭐가 필요한지 알았다.

슈퍼마켓으로 출동한 그녀는 사향쥐 모피를 두른 아주머니들을 노련하게 압도하고 토요일을 맞아 상점을 찾은 아이들을 가장자리로 몰며 체계적으로 통로를 이동해 필요한 물건을 진열대에서 꺼냈다. 원하는 이미지가 형체를 갖추어갔다. 달걀. 밀가루. 풍미를 더할 레몬, 설탕, 슈거 파우더, 바닐라, 소금, 식용색소. 전부 새것이라야 했다. 집에 있는 건 쓰고 싶지 않았다. 초콜릿. 아니다, 코코아가 낫겠다. 동그란 은색 장식이 담긴 유리통. 차곡차곡 포개진 세 개들이 플라스틱 믹싱볼, 티스푼, 알루미늄 짜주머니와 케이크 틀. 요즘은 슈퍼마켓에 없는 게 거의 없어서 다행이야. 그녀는 생각했다. 그녀는 종이봉투를 들고 다시 아파트로 걸음을 옮겼다.

스펀지케이크로 할까 에인절케이크로 할까? 그녀는 고민하다가 스펀지로 결정했다. 그 편이 더 어울렸다.

오븐을 켰다. 이 주변은 서서히 번져나가고 있는 피부병을 유발하는 먼지에 잠식당하지 않았는데, 최근 들어 별로 오븐을 사용한 적이 없기 때문이었다. 그녀는 앞치마를 두르고 새 그릇과 다른 도구를 수돗물로 헹구되 쌓인 설거지는 절대 건드리지 않았다. 그건 나중에 처리할 문제였다. 지금은 시간이 없었다. 물기를 닦고 달걀을 깨서 노른자와 흰자를 분리하되 머릿속을 비우고 손놀림에 온 신경을 집중했고, 반죽을 치고 체에 거르고 치댈 때는 각각의 시간과 질감에 집중했다. 스펀지케이크는 손놀림이 가벼워야 했다. 반죽을 틀에 붓고 모로 눕힌 포크로 찔러 공기구멍을 크게 냈다. 틀을 오븐에 넣을 때쯤에는 유쾌하게 콧노래를 부르다시피 했다. 오랜만에 만드는 케이크였다.

케이크가 오븐에서 구워지는 동안 그릇을 다시 씻고 아이싱을 만들었다. 기본적인 버터크림이 가장 잘 어울릴 것이었다. 아이싱을 3등분해서 세 개의 그릇에 나눠 담았다. 가장 양이 많은 것은 흰색 그대로 두었고, 그다음으로 많은 것은 슈퍼마켓에서 산 적색 식용색소로 빨간색에 가까운 밝은 분홍색으로 물들였고, 마지막 남은 하나는 코코아를 넣고 저어서 짙은 갈색으로 만들었다.

케이크를 어디에 담지? 모두 끝났을 때 이런 생각이 들었다. 접시를 한 장 씻어야겠네. 개수대에 쌓인 설거지 맨 아래에서 길쭉한 접시를 끄집어내 박박 깨끗하게 씻었다. 더께를 없애느라 세제가 어지간히 들었다.

케이크를 찔러보았다. 다 구워졌다. 케이크를 오븐에서 꺼내 거꾸로 뒤집어서 식혔다.

에인슬리가 집에 없어서 다행이었다. 앞으로 하려는 일에 아무 방해도 받고 싶지 않았다. 사실 에인슬리가 집에 들어온 흔적도 없었다. 청록색 원피스가 보이지 않았다. 그녀의 방에 들어가보니 간밤에 놓아둔 그대로 침대 위에서 여행 가방이 입을 벌리고 있었다. 방바닥을 표류하던 쓰레기 몇 개가 소용돌이에 휩쓸리기라도 한 듯 그 안에 뒤죽박죽으로 담겨 있었다. 몇 개의 여행 가방이라는 제한적이고 직선적인 공간 안에 그 방의 온갖 잡동사니를 욱여넣을 방법이 있을까 하는 생각이 언뜻 들었다.

그녀는 케이크를 식히는 동안 방으로 들어가 머리를 빗고 미용실에서 만든 컬의 흔적이 보이지 않도록 뒤로 넘겨서 핀을 꽂았다. 머리가 멍하고 어지러웠다. 잠도 부족하고 먹는 것도 부족해서 그런 모양이었다. 그녀는 거울을 보며 이를 드러내고 씩 웃었다.

케이크가 얼른 식지 않았다. 그래도 냉장고에 넣지는 않았다. 그랬다가는 냄새가 밸 것이었다. 케이크를 틀에서 꺼내 씻어놓은 접시에 담아서 부엌 창문을 열고 눈 덮인 창틀에 내어놓았다. 그녀는 식지 않은 케이크에 아이싱을 입히면 어떻게 되는지 알았다. 전부 녹아버릴 것이다.

지금 몇 시일까 싶었다. 시계가 전날 저녁 그대로 화장대에 놓여 있었지만 멈춰버렸다. 에인슬리의 트랜지스터라디오를 켜면 정신이 사나울 것이었다. 안 그래도 그녀는 이미 신경이 곤두선 상태였다. 전화하면 시간을 알려주는 번호가 있지만…… 아무튼 서둘러야 했다.

케이크를 창틀에서 들어내 충분히 식었는지 만져보고 식탁에 내려놓았다. 그런 다음 작업에 착수했다. 포크 두 개를 동원해 케이크의 가운

데를 갈랐다. 한쪽 절반은 평평한 면이 아래로 가게 접시에 올렸다. 일부분을 떼어내 그것으로 머리를 만들었다. 그런 다음 양쪽 옆을 살짝 집어서 허리를 만들었다. 나머지 절반은 길게 뜯어 팔다리를 만들었다. 구멍이 숭숭 뚫린 케이크라 폭신폭신해서 모양이 잘 잡혔다. 흰색 크림으로 머리와 팔다리를 붙이고 남은 크림으로 만들어놓은 형체를 덮었다. 여기저기 울퉁불퉁하고 겉면에 부스러기가 너무 많았지만 그래도 제 역할을 하기에 충분했다. 발과 발목은 이쑤시개로 보강했다.

이제 백지처럼 하얀 몸이 만들어졌다. 이목구비 없이 아이싱을 뒤집어쓰고 접시에 놓여 있는 폭신한 케이크가 살짝 외설스럽게 느껴졌다. 이제 옷을 입히기 위해 밝은 분홍색 크림으로 짜주머니를 채웠다. 먼저 비키니를 입혔지만 너무 휑했다. 몸통을 채웠다. 이제 평범한 원피스 수영복이 되었지만 그래도 그녀가 원하는 분위기가 아니었다. 위아래를 덧붙여가며 계속 넓혀나간 끝에 원피스 비슷하게 만들었다. 내친김에 네크라인과 치맛단에 주름 장식을 한 줄씩 추가했다. 같은 색으로 미소를 머금은 분홍색의 도톰한 입술과 분홍색 신발도 만들었다. 마지막으로 뭉툭한 두 손에 분홍색 손톱을 다섯 개씩 그렸다.

머리칼이나 눈 없이 입술만 그렸더니 케이크가 기묘해 보였다. 그녀는 짜주머니를 씻고 이번에는 초콜릿색 크림으로 채웠다. 코와 두 개의 큼지막한 눈을 그리고 양쪽 눈에 풍성한 속눈썹을 달고 그 위에다 눈썹을 그렸다. 강조하는 뜻에서 선을 그려 다리를 둘로 나누고 몸통과 두 팔 사이에도 그 비슷한 선을 그렸다. 머리칼은 시간이 더 오래 걸렸다. 바로크풍으로 구불구불, 빙글빙글 감은 머리를 정수리에 높다랗게 얹고 어깨 위로 늘어뜨렸다.

눈이 아직 비었다. 그녀는 초록색으로 결정하고—그게 아니면 대안이 빨간색과 노란색밖에 없었다—이쑤시개로 양쪽 눈에 초록색 식용 색소를 찍었다.

이제 공 모양의 은색 장식만 없으면 됐다. 양쪽 눈에 하나씩 얹어 동공을 만들었다. 나머지로는 분홍색 원피스에 꽃무늬를 만들고 몇 개는 머리칼에 붙였다. 이제 이 여자는 우아하고 고풍스러운 도자기 인형처럼 보였다. 생일용 초를 몇 개 살 걸 그랬다는 생각이 잠깐 들었지만 꽃을 데가 없었다. 완벽한 이미지라 초를 꽂을 만한 자리가 없었다.

그녀가 만든 작품이 인형 같은 얼굴로 그녀를 올려다보았다. 초록색 눈동자에 박힌, 지적으로 보이는 은색의 조그만 반짝이 말고는 아무 표정이 없었다. 그걸 만드는 동안 신명이 났었는데 이제 와 곰곰이 들여다보고 있으려니 서글퍼졌다. 심혈을 기울여서 만들었건만 앞으로 이 아이가 어떻게 되겠는가?

"너 맛있어 보인다." 그녀는 작품을 향해 말했다. "아주 먹음직스러워 보여. 너는 결국 먹히게 될 거야. 음식의 운명이 그렇거든." 음식이라는 단어에 배 속에서 경련이 일었다. 그녀의 작품이 가엾어졌지만 이제는 어쩔 도리가 없었다. 그 작품의 운명은 정해졌다. 이미 계단을 올라오는 피터의 발소리가 들렸다.

이 얼마나 엄청난 바보짓인가, 제정신 박힌 사람의 눈에 그녀가 얼마나 어린애 같고 채신머리없이 보일까 하는 생각이 메리언의 머릿속을 스치고 지나갔다. 그녀는 지금 어떤 게임을 벌이고 있다고 생각했던 걸까? 하지만 중요한 건 그게 아니라고, 그녀는 흘러내린 머리칼을 넘기며 불안한 마음을 달랬다. 피터가 그녀를 철이 없다고 생각하면 그녀도 그렇게 믿고 그의 평가를 받아들일 것이다. 그래도 그는 웃어넘길 테고 그들은 앉아서 조용히 차를 한잔 마실 수 있을 것이다.

피터의 모습이 계단통 위로 등장하자 그녀는 진지하게 미소를 지었다. 턱을 내밀고 인상을 쓰고 있는 걸 보면 그는 아직 화가 풀리지 않은 모양이었다. 입은 옷도 화가 난 분위기에 잘 어울렸다. 근엄하고 딱 떨어지며 쌀쌀맞은 양복인데, 넥타이만 탁한 밤색이 언뜻언뜻 섞인 페이즐리 무늬였다.

"아니, 이게 다……." 그가 말문을 열었다.

"피터, 거실로 가서 앉을래? 내가 깜짝 선물을 준비했거든. 그거 보고 나서 할 얘기가 있으면 하자." 그녀는 그를 향해 다시 미소를 지었다.

그는 어리둥절해하느라 미간을 찌푸리는 것을 깜빡했다. 어색한 사과를 예상하고 있었던 것이다. 하지만 그녀가 시킨 대로 했다. 그녀는 잠깐 문간에 서서 소파에 얹힌 그의 뒤통수를 다정하달 수 있는 눈빛으로 바라보았다. 평소처럼 든든한 진짜 피터를 다시 맞닥뜨리고 났더니 간밤에 느꼈던 두려움이 한심한 히스테리로 쪼그라들었고, 덩컨에게로 도망쳤던 것이 어리석은 도피가 되었다. 이제는 그가 어떻게 생겼는지 거의 기억조차 나지 않았다. 피터는 적이 아니라 다른 대부분의 사람들처럼 평범한 인간에 불과했다. 그녀는 그의 목에 손을 얹고 흥분하지 말라고, 모든 게 다 잘될 거라고 말하고 싶어졌다. 돌연변이는 덩컨이었다.

하지만 그의 어깨가 어딘지 모르게 이상했다. 계속 팔짱을 끼고 앉아 있는 게 분명했다. 뒤통수 저편에 달린 얼굴이 다른 사람의 얼굴일 수 있었다. 그리고 그들은 하나같이 진짜 옷을 입고 진짜 몸을 달고 다녔다. 신문에 등장하는 사람들, 2층 창문에서 저격할 기회를 기다리는, 아직 정체가 밝혀지지 않은 사람들. 그들이 날마다 길거리에서 그녀를 스쳐 지나갔다. 오후에는 그를 안전한 정상인으로 착각하기 십상이었지만 그런다고 뭐가 달라지지는 않았다. 그런 착각을 현실이라고 믿으면 그 대가로 진짜 현실이 시험대에 오를 수 있었다.

그녀는 부엌에서 성상이나 쿠션에 얹은 왕관같이 성스러운 물건을 들고 행진하는 연극배우처럼 조심스럽고 경건하게 접시를 들고 나왔다. 무릎을 꿇고 피터 앞에 놓인 커피 테이블에 접시를 내려놓았다.

"당신은 나를 파괴하려고 하고 있지?" 그녀는 물었다. "나를 동화시키려고 하고 있지? 하지만 내가 대역을 만들었어, 당신이 훨씬 더 좋아할 만한 걸로. 당신이 처음부터 진심으로 원했던 건 이거 아니야? 내가 포크 가져다줄게." 그녀는 밋밋한 목소리로 말했다.

피터는 케이크에서 그녀의 얼굴로 시선을 옮겼다가 다시 케이크를 쳐다보았다. 그녀는 정색을 하고 있었다.

그의 눈이 놀라서 동그래졌다. 그는 확실히 그녀를 철이 없다고 생각하지 않았다.

그가 떠나자—그는 대화다운 대화도 나누지 않고 금세 자리에서 일어났다. 당황스러워하며 엉덩이를 들썩였고 심지어 차도 사양했다—그녀는 일어나 여자를 내려다보았다. 피터는 그것을 먹어치우지 않았다. 그것은 상징으로서 완전히 실패했다. 오묘하고 축축한 은색 눈이 비웃으며 그녀를 올려다보았다.

그녀는 갑자기 허기가 졌다. 미치도록 배가 고파졌다. 케이크는 결국 케이크에 불과했다. 그녀는 접시를 식탁으로 들고 가 포크를 찾았다. "발부터 먹어주겠어." 그녀는 결정했다.

그녀는 처음 한 입을 음미했다. 기분이 이상했지만 다시 맛을 보고 씹고 삼킬 수 있어서 뛸 듯이 기뻤다. 그럭저럭 괜찮네. 그녀는 평가를 내렸다. 그래도 레몬을 살짝 더 넣어야겠어.

먹는 데 관여하지 않는 그 이외의 부분은 벌써부터 피터에 대한 그리움으로 몸살을 앓았다. 유행이 지나서 구세군 중고 용품점의 서글픈 의복 코너에 모습을 드러내기 시작한 스타일을 그리워하는 마음과 비슷했다. 눈을 감으면 샹들리에와 휘장으로 치장한 우아한 살롱을 전경으로 흠잡을 데 없는 복장을 갖추어 입고 한 손에 스카치위스키 잔을 들고 말쑥하게 포즈를 잡고 서 있는 그가 떠올랐다. 한쪽 발은 박제한 사자 머리 위에 얹었고 한쪽 눈에는 안대를 썼다. 한쪽 팔 아래에는 스트랩에 끼운 리볼버가 있었다. 금색 덩굴무늬가 여백을 빙 둘렀고 피터의 왼쪽 귀 살짝 위편에 압정이 꽂혀 있었다. 그녀는 곰곰이 생각하며 포크를 핥았다. 그는 분명 성공한 인물이 될 것이다.

다리를 반쯤 먹었을 때 계단을 올라오는 두 쌍의 발소리가 들렸다. 잠시 후에 에인슬리가 피셔 스미스의 부스스한 머리를 뒤편에 거느리고 부엌 입구에 등장했다. 청록색 원피스를 그대로 입고 있었는데, 옷상태가 엉망이었다. 그녀도 마찬가지였다. 얼굴이 초췌했고 지난 24시간 동안 배가 눈에 띄게 불룩해진 것 같았다.

"왔어?" 메리언은 그들을 향해 포크를 흔들며 말했다. 분홍색 허벅지를 한 덩이 찔러서 입으로 가져갔다.

피셔는 계단을 다 올라오자마자 벽에 기대 눈을 감았지만 에인슬리는 그녀에게 관심을 돌렸다. "메리언, 그거 뭐야?" 그녀는 다가와서 확인했다. "여자잖아. 케이크로 만든 여자!" 그녀는 묘한 눈빛으로 메리언을 바라보았다.

메리언은 씹어서 삼켰다. "먹어봐." 그녀가 말했다. "진짜 맛있어. 오늘 오후에 내가 만든 거야."

에인슬리는 이 광경에 담긴 의미를 제대로 삼키려는 듯 물고기처럼 입을 벌렸다가 다물었다. "메리언!" 마침내 그녀가 경악하며 외쳤다. "너는 지금 너의 여성성을 거부하고 있어!"

메리언은 씹던 것을 멈추고 에인슬리를 물끄러미 응시했다. 에인슬리는 장식용 줄처럼 눈을 덮은 머리칼 사이로 상처받은 한편 걱정하는 눈빛, 거의 근엄하달 수 있는 눈빛으로 그녀를 쳐다보고 있었다. 어떻게 저렇게 괴로워할 수 있을까? 어떻게 저렇게 잔뜩 심각한 분위기를 풍길 수 있을까? 도덕적으로 진지하기가 아래층 아주머니에 버금갔다.

메리언은 접시를 다시 들여다보았다. 다리가 사라진 여자가 멀건 미소를 지으며 계속 누워 있었다. "말도 안 돼." 그녀는 말했다. "케이크일 뿐인걸." 그녀는 시체에 포크를 꽂아 머리와 몸을 깔끔하게 절단했다.

3부

31

나는 아파트를 청소하고 있었다. 용기를 내기까지 이틀이 걸렸지만 마침내 시작할 수 있었다. 차근차근 해나가야 했다. 먼저 표면의 쓰레기. 에인슬리의 방에서부터 출발해 그녀가 두고 간 것을 전부 종이 상자에 쑤셔 넣었다. 쓰다 만 화장품병과 립스틱, 바닥에 지층처럼 쌓인 묵은 신문과 잡지, 침대 아래에서 나온 말라비틀어진 바나나 껍질, 그녀에게 버림받은 옷. 내 물건 중에 버리고 싶은 것들도 똑같이 상자에 담았다.

바닥과 가구가 깨끗해지자 몰딩과 문 꼭대기와 창틀을 비롯해 눈에 보이는 모든 곳의 먼지를 닦았다. 그런 다음 바닥을 쓸고 문지르고 왁스를 칠했다. 나온 먼지의 양이 어마어마했다. 묻혀 있던 마루를 발굴한 수준이었다. 그런 다음 설거지를 하고 부엌 창문에 걸린 커튼을 빨았다. 그러고는 일손을 멈추고 점심을 먹었다. 점심을 먹은 뒤에 냉장고 청소에 착수했다. 그 안에 쌓인 끔찍한 것들은 자세히 들여다보지 않았다. 조그만 병들을 햇빛에 비춰보기만 해도 열지 않는 편이 좋겠다는 것을 알 수 있었다. 안에 든 각종 물체들이 자연의 섭리에 따라 열심히 털이나 복슬 털, 깃털을 키웠고 어떤 냄새가 날지 짐작하고도 남았다. 조심스럽게 쓰레기 봉지 안에 넣었다. 냉동실은 얼음송곳으로 공격했지만 두툼한 얼음이 겉은 이끼나 스펀지처럼 보일지 몰라도 그 속은 바위처럼 단단하다는 것을 터득하고 조금 녹인 다음 쪼거나 뭘 넣어서 들어올려보기로 했다.

막 창문 청소를 시작했을 때 전화벨이 울렸다. 덩컨이었다. 나는 놀랐다. 그를 거의 잊고 있었던 것이다.

"어떻게 된 일이에요?" 그가 물었다.

"다 끝났어요." 나는 말했다. "피터가 나를 파괴하려고 했었다는 걸 깨달았어요. 그래서 지금 다른 일자리를 찾고 있어요."

"아." 덩컨은 말했다. "사실 내가 물은 건 그게 아니었는데. 피셔에 대해서 궁금해하고 있었거든요."

"아." 나는 말했다. 그럼 그렇지.

"어떻게 된 일인지는 알 것 같은데 이유를 잘 모르겠어서요. 그 친구가 자기 의무를 저버렸거든요."

"그의 의무요? 대학원 말이에요?"

"아뇨." 덩컨이 말했다. "나요. 앞으로 나, 어떻게 해요?"

"그걸 내가 어떻게 알아요." 나는 말했다. 앞으로 내가 어떻게 할 생각인지에 대해서 그는 알고 싶어 하지 않는다는 데 짜증이 났다. 이제 다시 일인칭 단수로 나를 대하고 보니 그의 상황보다 내 상황에 훨씬 더 관심이 갔다.

"워, 워." 덩컨이 말했다. "우리 둘 다 그러면 되겠어요? 우리 중 한 명은 안타까워하면서 들어주고 다른 한 명은 괴로워하면서 혼란스러워해야죠. 지난번에는 당신이 괴로워하면서 혼란스러워했잖아요."

어쩌겠어. 나는 생각했다. 너는 이길 수 없는 싸움이야. "아, 알았어요. 조금 있다가 와서 차 한잔 마실래요? 집이 엉망이긴 하지만." 나는 미안해하는 투로 덧붙였다.

그가 왔을 때 나는 의자를 밟고 서서 창문에 뿌려놓은 유리세정제를 닦아내고 있었다. 하도 오랫동안 청소를 하지 않아서 먼지가 겹겹이 쌓여 있었는데, 거기로 다시 밖을 내다볼 수 있게 되면 신기할 거라는 생각이 들었다. 손이 닿지 않는 바깥쪽이 아직 지저분한 것이 신경 쓰였다. 검댕과 빗물 자국이었다. 나는 덩컨이 들어오는 소리를 듣지 못했다. 그는 아마 몇 분 동안 서서 나를 구경하다가 "나 왔어요"라고 선언했을 것이다.

나는 움찔했다. "아, 왔어요? 이 창문만 끝내고 바로 갈게요." 내가 말했다. 그는 부엌 쪽으로 어슬렁어슬렁 사라졌다.

에인슬리가 버리고 간 블라우스에서 뜯어낸 한쪽 소매로 창문을 마지막으로 닦은 다음 조금 아쉬워하며 의자에서 내려왔다. 일단 시작하면 끝을 보아야 직성이 풀리는 성격인데, 아직 창문 몇 개가 남았다. 게다가 앞으로 논의하게 될 피셔 스미스의 연애 생활에 별로 구미가 당기지 않았다. 부엌으로 가보니 덩컨이 의자에 앉아서 열어놓은 냉장고 문을 혐오와 불안이 섞인 눈빛으로 빤히 쳐다보고 있었다.

"이 안에서 나는 냄새 뭐예요?" 그가 코를 킁킁거리며 물었다.

"아, 여러 가지가 섞였어요." 나는 대수롭지 않게 대답했다. "바닥 광택제, 유리세정제, 기타 등등." 나는 건너가 부엌 창문을 열었다. "차요, 아니면 커피요?"

"상관없어요." 그는 말했다. "진정한 진실이 뭐예요?"

"그 둘이 결혼한 건 알죠?" 차가 더 간편할 텐데 찬장을 잽싸게 뒤져보았지만 찾을 수가 없었다. 나는 원두를 재서 추출기 안에 넣었다.

"네, 뭐, 그렇죠. 피시가 다소 애매모호한 쪽지를 남겼거든요. 하지만 어쩌다 그렇게 된 거예요?"

"이런 일이 대개 어떤 식으로 이루어지던가요? 파티에서 만나서 그렇게 됐죠." 나는 불을 켜고 의자에 앉았다. 그에게 함구할까 고민했지만 그가 상처받은 표정을 짓기 시작했다. "당연히 몇 가지 복잡한 문제가 있겠지만 해결될 거라고 봐요." 에인슬리는 또다시 한참 동안 외박을 하더니 어제 들어와서 짐을 쌌다. 그동안 피셔는 소파 쿠션에 머리를 기대고 눈을 감고 거실에서 기다렸는데, 자기 안에 존재하는 활력을 자각하고 곤두선 수염이 인상적이었다. 그녀가 흘린 몇 마디를 종합해보면 신혼여행은 나이아가라폭포로 갈 예정이고 그녀의 표현을 빌리자면 피셔는 '아주 훌륭한 위인'이 될 것 같다고 했다.

나는 이 모든 것을 덩컨에게 최대한 잘 설명했다. 그는 그 어떤 말에도 실망하거나 기뻐하지 않았고 심지어 놀라워하지도 않았다.

"흠." 그가 말했다. "피셔를 위해서는 잘된 일인 것 같네요. 인간은 너무 많은 비현실을 감당할 수 없으니까요. 하지만 트레버는 충격이 이만저만이 아니에요. 신경성두통으로 드러눕더니 요리하러조차 일어나질 않아요. 이게 다 무슨 뜻인가 하면 내가 집을 옮겨야 한다는 거예요. 해체된 가정이 얼마나 해로운지 당신도 들어서 알죠? 내 성격이 비뚤어지는 건 싫어요."

"에인슬리를 위해서 다 잘됐으면 좋겠어요." 진심이었다. 그녀는 자기 한 몸 챙길 능력이 된다는 나의 근거 없는 믿음이 맞는 것으로 밝혀져서 기뻤다. 한동안 믿음이 흔들렸던 것이다. "어쨌든 자기가 원한다고 생각하는 걸 손에 넣었으니 그것만으로도 의미가 있다고 봐요." 나는 말했다.

"다시 세상으로 내쫓겼네요." 덩컨은 생각에 잠긴 투로 말했다. 엄지손가락을 물어뜯고 있었다. "나는 어떻게 될지 궁금해요." 하지만 자신의 의문에 아주 관심이 있지는 않은 눈치였다.

에인슬리 얘기를 했더니 레너드가 생각났다. 나는 에인슬리의 결혼 소식을 들은 직후에 클래라에게 연락해 렌에게 이제 숨어 지내지 않아도 된다는 말을 전해달라고 했다. 나중에 그녀가 다시 전화했다. "많이 걱정된다." 그녀가 말했다. "예상외로 그다지 안도하지 않는 눈치야. 당장 자기 아파트로 돌아가겠다고 할 줄 알았더니 싫대. 집 밖으로 나가기 겁이 난대, 아서의 방 안에서는 더할 나위 없이 행복해 보이는데. 애들은 웬만하면 걔를 잘 따르고 나도 애들을 잠깐 맡길 사람이 있어서 좋긴 한데, 문제는 걔가 아서의 장난감을 죄다 건드려서 가끔 둘이 싸운다는 거야. 그리고 아예 출근을 하지 않고 심지어 회사에 연락해서 자기 소재를 밝히지도 않아. 걔가 계속 이런 식으로 나오면 나도 무슨 수로 대처해야 할지 모르겠어." 하지만 그녀의 목소리가 평소보다 훨씬 자신만만하게 들렸다.

냉장고 안에서 요란한 금속성의 쿵 하는 소리가 들렸다. 덩컨은 움찔하며 물고 있던 엄지손가락을 뺐다. "저거 무슨 소리예요?"

"아, 아마 얼음 떨어지는 소리일 거예요." 내가 말했다. "냉장고 성에를 제거하는 중이거든요." 커피가 다 끓여진 냄새가 났다. 나는 식탁에 잔을 두 개 놓고 커피를 따랐다.

"다시 먹기 시작했어요?" 잠시 정적이 흐른 뒤에 덩컨이 물었다.

"맞아요." 내가 말했다. "점심으로 스테이크 먹었어요." 이 말을 한 이유는 자부심 때문이었다. 그렇게 대담한 일을 시도해 성공했다니 아직까지도 기적처럼 느껴졌다.

"뭐, 그래야 건강에 더 좋죠." 덩컨이 말했다. 그는 집에 온 이래 처음으로 나를 똑바로 쳐다보았다. "전보다 얼굴도 나아 보이네요. 생기 넘치고 다 좋게 느껴져요. 비결이 뭐예요?"

"얘기했잖아요." 나는 말했다. "아까 통화했을 때."

"피터가 당신을 파괴하려고 했다는 그거요?"

나는 고개를 끄덕였다.

"그건 말도 안 돼요." 그가 심각한 투로 말했다. "피터는 당신을 파괴하려고 하지 않았어요. 그건 당신의 상상이에요. 사실 당신이 그를 파괴하려고 했죠."

나는 가슴이 철렁했다. "진짜예요?" 나는 물었다.

"잘 생각해봐요." 그는 머리칼에 가려진 눈으로 최면을 걸려는 듯 나를 쳐다보며 말했다. "하지만 진정한 진실은 뭔가 하면 피터가 아니었어요. 나였어요. 내가 당신을 파괴하려고 했어요."

나는 신경질적으로 웃음을 터뜨렸다. "그런 소리 하지 말아요."

"알았어요." 그는 말했다. "나야 늘 말을 잘 듣잖아요. 어쩌면 피터가 나를 파괴하려고 했거나 아니면 내가 그를 파괴하려고 했거나 아니면 우리 둘이 서로를 파괴하려고 했다, 이건 어때요? 근데 그게 무슨 상관이에요, 당신은 이제 이른바 현실로 복귀했고 소비자가 되었는데."

"아, 맞다." 나는 생각이 나서 말했다. "케이크 먹을래요?" 몸통 절반과 머리가 남았다.

그는 고개를 끄덕였다. 나는 그에게 포크를 주고 남은 시체를 선반에서 꺼냈다. 랩으로 된 수의를 벗겼다. "거의 머리만 남았어요." 나는 말했다.

"당신이 케이크도 만들 수 있는 줄은 몰랐네요." 그는 한 입 먹고 나서 말했다. "거의 트레버가 만든 것만큼 맛있어요."

"고마워요." 나는 겸손하게 말했다. "시간 나면 요리하는 거 좋아해요." 나는 미소를 머금은 분홍색 입술에서부터 그다음에는 코, 그다음에는 한쪽 눈의 차례로 케이크가 사라지는 것을 지켜보았다. 어느 순간 초록색의 다른 쪽 눈 말고는 얼굴의 아무것도 남지 않았다가 그마저도 삽시간에 자취를 감추었다. 그는 머리칼을 먹어치우기 시작했다.

그가 그렇게 먹는 것을 보고 있으려니 묘한 만족감이 느껴졌다. 그는 좋아하며 감탄하지도 않고 심지어 표정의 변화도 없이 케이크를 흡입했지만 만든 보람이 있었다. 나는 그를 보며 편안하게 미소를 지었다.

그는 마주 미소를 짓지 않았다. 당면 과제에 집중했다.

그는 마지막 남은 초콜릿색의 곱슬곱슬한 머리를 포크로 긁어 먹고 접시를 옆으로 치웠다. "고마워요." 그가 입술을 핥으며 말했다. "잘 먹었어요."

옮긴이의 말

　마거릿 애트우드가 첫 소설인《먹을 수 있는 여자》를 집필한 1960년
대 중반은 페미니즘이 정치권 안에서 다시금 조금씩 관심을 모으던 시
기였다. 19세기와 20세기 초반의 1세대 페미니즘 운동이 여성 참정권
을 비롯해 제도적 성평등에 집중했다면 1960년대에 미국에서 시작돼
서구 세계 전반으로 번진 2세대 페미니즘은 섹슈얼리티, 가족과 직장
내에서의 실질적인 불평등, 법적인 불평등, 재생산권 등으로 담론의 범
위를 넓혔다.《먹을 수 있는 여자》는 여성의 여러 가지 권리를 주제로
전면적인 논의가 이루어지기 전에 출간됐기 때문에 저자도 서문에서
밝혔다시피 페미니즘 문학이 아니라 "프로토페미니즘 문학"이라고 해
야 하겠지만 변화의 필요성을 촉구하고 화두를 제공하기에 충분했다.
따라서 이 작품은 문학계에 한 획을 긋는 작가의 탄생을 알리는 상서로
운 서막이었다고 하겠다.
　친구의 표현에 따르면 "거의 비정상에 가까울 정도로 정상"적인 주인
공 메리언은 겉보기에 완벽한 삶을 사는 듯이 느껴진다. 그녀에게는 안
정적인 직장과 재미있는 친구들과 잘생긴 약혼자가 있다. 하지만 어느

순간부터 음식에 대해 거부 반응을 일으키고 먹을 수 없는 품목이 점점 늘어난다. 그런 증상이 시작된 시점은 프러포즈를 수락함으로써 그녀에게 요구되는 역할에 변화가 생겼고 그 역할에 거부감이 생겼을 때부터였다.

《먹을 수 있는 여자》에서 다루는 주제는 남자, 사회, 음식, 먹는다는 행위와 여성의 관계다. 저자는 음식과 먹는다는 행위를 통해 남성 위주의 현대사회를 향한 젊은 여성의 반항에 대해 이야기한다. 메리언은 사회에서 부여하는 역할과 스스로 느끼는 자아상 사이에서 괴로워한다. 그런 갈등과 반항의 상징이 음식이다. 메리언을 보면 알 수 있다시피 이 사회에서 여성들이 자신에게 강요되는 역할과 불공평한 시스템을 극복하고 살아남으려면 좀 더 강인하고 독립적인 자아를 구축해야 한다. 작품의 말미에서 그녀는 음식과 새로운 관계를 맺음으로써 그와 같은 자아를 부분적으로나마 구축하는 데 성공한다. 여자의 모습으로 만든 케이크를 먹음으로써 거짓되고 공허한 정체성에서 탈출하고 자신에 대한 주도권을 되찾는다.

대부분의 여자를 약탈자로 간주하는 피터. 여자는 남자를 돌보는 도우미라고 생각하는 덩컨. 여자를 성적인 도구로 이용하거나 여신처럼 떠받들거나 둘 중 하나이며 뭐든 열일곱 살이 넘으면 늙었다고 생각하는 렌. 여자를 연약한 제물 취급하며 보호의 대상으로 여기는 조. 50여 년 전에 쓰인 작품인 데다 배경이 캐나다지만 이들 군상은 전혀 낯설지가 않다. 이처럼 서로 다른 시각과 기대 속에서 정체성의 혼란을 느끼는 메리언의 모습도 마찬가지다. 외견상으로는 그간 여성들의 상황이 많이 발전한 것처럼 보일지 모른다. 이제는 결혼을 하면 으레 회사를 그만둘 것으로 간주되지 않으며 이 작품 속의 보그 부인처럼 함부로

해고 조치를 내렸다가는 큰일 난다. 하지만 82년생 김지영은 왜 자아분열을 일으켰을까. 내가 페미니즘 관련 이슈로 흥분하면 남편은 네 일도 아닌데 왜 그러느냐고 한다. 하지만 페미니즘은 여전히 현재진행형인 나의 일이고 우리 아이들의 일이다.

페미니즘 문학의 지평을 연 저자는 노벨문학상 후보로 꾸준히 거론되고 있다. 아쉽게도 올해에도 또다시 불발에 그치고 말았지만 모쪼록 앞으로도 더 많은 작품이 국내 독자들에게 소개되었으면 하는 바람이다.

이은선

먹을 수 있는 여자

1판 1쇄 발행 2020년 11월 25일

지은이·마거릿 애트우드
옮긴이·이은선
펴낸이·주연선

총괄이사·이진희
책임편집·심하은
표지 및 본문 디자인·이다은
마케팅·장병수 김진겸 이선행 강원모
관리·김두만 유효정 박초희

(주)은행나무
04035 서울특별시 마포구 양화로11길 54
전화·02)3143-0651~3 ｜ 팩스·02)3143-0654
신고번호·제 1997—000168호(1997. 12. 12)
www.ehbook.co.kr
ehbook@ehbook.co.kr

잘못된 책은 바꿔드립니다.

ISBN 979-11-91071-16-0 (03840)